# मैं भी भारत

(हिंदी उपन्यास)

## अजय सिंह राणा

"भगत सिंह को जब फाँसी हुई तो वह लेनिन को पढ़ रहे थे। एक इंकलाबी दूसरे इंकलाबी से मिल रहा था। उस दिन उन्होंने एक सफ़्हा मोड़ा था और आज उस सफ़्हे को खोलने की जरूरत है"

–अजय सिंह राणा

Winner of best book award by Chandigarh Sahitya Akedemi & Haryana Sahitya Akedemi

"मैंने कब्रिस्तान में उन लोगों की कब्रें भी देखी है जिन्होंने इसलिए संघर्ष नहीं किया कि कहीं वे मारे न जाएं"

–चे ग्वेरा

2. मैं भी भारत ( हिंदी उपन्यास )

**Express Publishing by Notion Press Platform, India**
**Email ID:** publish@notionpress.com
Made with on the Notion Press Platform
www.notionpress.com

**ISBN: (See back cover  of the book )**
**Price: Rs 350 (Paperback)**
**Price Rs 525 (Hardcase)**

**First Edition: 2025**
With Notion Press Chennai, Tamil Nadu

मैं भी भारत ( हिंदी उपन्यास ) अजय सिंह राणा
**MAIN BHI BHARAT  (HINDI NOVEL)**
**By-Ajay Singh Rana (winner of best book award by sahitya akedemi**
**Chandigarh & Haryana)**
Mobile:9888719827
Email:ranageographer@gmail.com
Cover page design by Ajay Singh Rana
**Thanks to google /particular creators for sketches & pictures used**
**in this book especially cover page picture.**

हरियाणा और चंडीगढ़ के युवा कथाकार और उपन्यासकार अजय सिंह राणा अपनी रचनात्मकता के प्रति न सिर्फ निष्ठावान हैं बल्कि अपनी कथा भाषा, कथ्य और ट्रीटमेंट के प्रति भी बहुत सचेत रहते हैं। ये उपन्यास और कहानियाँ लिखते रहे हैं। इनके उपन्यास तथा कहानियों ने पाठकों को आश्वस्त किया है कि ये नए समय का संज्ञान लेने वाले लेखक हैं। अजय सिंह राणा प्रतीकों के जरिए न सिर्फ मन का अंतर्द्वंद्व रचते हैं बल्कि कथा को भी गूढ़ अर्थ देते हैं। लेखक के अंदर जो बेचैनी होनी चाहिए वह अजय के अंदर देखने को मिलती है। इस जुनून और ज़िद्द के साथ अगर ये निरन्तरता बनाए रखेंगे तो निश्चित रूप से बहुत कुछ प्राप्त करेंगे।

—ज्ञानप्रकाश विवेक<br>
(वरिष्ठ उपन्यासकार, कहानीकार और गज़लकार)

# आत्मकथ्य

उपन्यास लेखन मेरे लिए जीवन को सीखने या जानने का एक खूबसूरत ज़रिया है। लेखन के दौरान अपने द्वारा रचे सभी चरित्र जीवित होकर आपके जीवन का हिस्सा बन जाते हैं फिर आप उनसे चाह कर भी अलग नहीं हो सकते। उनके सुख में आप हँसते भी हो और दुख में आँसू भी बहाते हो। बहुत अलग तरह का अहसास जिसे शब्दों में बतलाना असंभव है मेरे लिए। लेखक कहानी खुद नहीं लिखता बल्कि सभी चरित्र कलम पकड़कर लिखवाते हैं। जब हम शब्दों के साथ ईमानदार हों तो कहानी खुद नदी की तरह बहने लगती है। फिर शब्द कोरे कागज़ पर स्याही बन ठीक वैसे ही उतरने लगते हैं जैसा कलम चाहती है। साहित्य केवल विचार नहीं है लेकिन विचारों के बगैर साहित्य भी नहीं हो सकता। जब तक आप किसी मुद्दे को लेकर अपनी सामाजिक और राजनीतिक समझ नहीं रखते तो लेखक कहलवाना बेमानी होगा। मेरा मानना है कि जो लोग साहित्य को राजनीति से अलग समझते हैं, असल में वे लोग न तो साहित्य की समझ रखते हैं और न ही समाज व संस्कृति के गहरे रिश्तों की।

इस बार मेरे इस उपन्यास 'मैं भी भारत' में शब्दों का वार्तालाप देश की मिट्टी से होगा, जहाँ से जन्म लेती है एक उम्मीद, जिसके आधार पर ही तो धरती का समस्त जीवन टिका हुआ है। मिट्टी से जुड़े कई सवाल जिनका जवाब सदियों से किसी भी व्यक्ति या सरकार के पास नहीं है, शायद उन सवालों के जवाब आपको इन शब्दों के सागर में डूबने से प्राप्त हो जाएँ क्योंकि गहरे सवालों के जवाब गहराई में उतरने से ही प्राप्त होते हैं। समय बदलता रहा है और आगे भी बदलता रहेगा। शायद ही ज़मीन से जुड़े सवालों के जवाब कोई दे पाए? क्योंकि मिट्टी से दूर रहकर मिट्टी के सवालों के जवाब दिए ही नहीं जा सकते? और न ही समझा जा सकता है उन सवालों के गहरे अर्थों को? इनके अर्थों को जानने के लिए हमें मिट्टी में रहकर मिट्टी होना पड़ता है और जंगल में रहकर जंगली बनना पड़ता है। इनसे दूर रहकर उनके अधिकारों के प्रति हम संवेदनशील नहीं हो सकते। 'मैं भी भारत' हाशिये पर खड़े लोगों की कहानी है जिन्हें इतिहास के पन्नों में उचित जगह नहीं मिली। प्रेमचंद जी ने कहा है कि साहित्य राजनीति के आगे चलने वाली

एक मशाल है जिसे सामाजिक सरोकारों को अनदेखा नहीं करना चाहिए। उन्हीं से प्रेरणा पाकर इस बार मैंने ज़मीन में कुछ शब्दों को बोने की कोशिश की है ताकि कुछ सवालों के जवाब पौधे बनकर उग जाएँ और चीख-चीख कर बहरों के कान के परदे फाड़ दें, जिन्हें सुनाई नहीं देता उन बेबस आवाज़ों का दर्द। देश के ग्रामीण परिवेश से लेकर शहर की समस्याओं से जूझते कुछ सवाल चरित्र बन आपके सामने मेरे इस उपन्यास में अब हाज़िर हैं।

इंडिया बनाम भारत के बीच खड़े 'हम भारत के लोग' ही इस देश को देश बनाते हैं और देश से बढ़कर कुछ भी नहीं, कोई भी नहीं क्योंकि आम जनता ने ही इस देश की नींव को आधार दिया है। जब देश की बात आती है तो उसमें 'सभी लोग' आते हैं, हम उन्हें धर्म,जाति और अमीर-गरीब की लकीरें खींचकर अलग नहीं कर सकते। मेरी यह कथा है मानवीय संवेदनाओं की एक आवाज़ और मानवीय अधिकारों की एक पुकार। मानवीय शोषण के खिलाफ एक बुलन्द स्वर भी कह सकते हो जो शायद बहरी हो चली व्यवस्था के कान का मैल निकाल दें ताकि वह इस स्वर को सुन सके।

मुझे लगता नहीं है बल्कि पूर्ण विश्वास है कि जब हम दिल से लिखते हैं तो एक अदृश्य शक्ति जादू की तरह  हमारे चारों ओर कार्य करती है और हमारे द्वारा लिखित शब्दों पर हावी हो जाती है, चाहे वे शब्द पेंसिल से लिखे हों या स्याही से रचे हों। यह अदृश्य शक्ति शब्दों को सफेद कागज़ के एक कोने से दूसरे कोने तक बहा कर ले जाती है। मेरे विचार में इस अदृश्य शक्ति ने मेरी कल्पना शक्ति को सहारा दिया और इस कथ्य को आगे बढ़ाने में मेरे अंदर एक अदृश्य ताकत का संचार किया। इससे वाकई मेरे लेखन ने लौ पकड़ी और मैंने पाया कि मेरे काल्पनिक शब्द सजीव होकर वास्तविक कृति के रूप में मेरे सामने विचरण कर रहे हैं। इस तरह इस उपन्यास के लेखन को लगभग छ: वर्ष का समय लगा।

हालांकि मैं वर्ष 1999 से लेखन में हूँ लेकिन पुस्तक प्रकाशन का सिलसिला वर्ष 2013 से आरम्भ हुआ, जब मेरा पहला काव्य-संग्रह 'उम्मीद के किनारे' को चंडीगढ़ साहित्य अकादमी ने उत्कृष्ट पांडुलिपि के रूप में चयनित और सम्मानित किया। इसके बाद वर्ष 2015 में मेरे प्रथम उपन्यास 'ख़ाली घरौंदे' और वर्ष 2018 में दूसरा उपन्यास 'तेरा नाम इश्क़' का प्रकाशन

हुआ। चंडीगढ़ साहित्य अकादमी ने मेरी इन किताबों को भी सम्मानित किया। इसके बाद वर्ष 2019 में *भीगे हुए ख़त* और वर्ष 2020 में '*तुम ज़िंदा हो माँ*' काव्य-संग्रहों का प्रकाशन हुआ और अब यह कल्पना का सफ़र काग़ज़ पर सवार होकर उड़ान भरने लगा है। पाठकों की निरंतर मिलती प्रतिक्रियाओं और दुआओं ने मेरे इस साधारण से सफ़र को असाधारण सफ़र में बदल दिया। जिसके फलस्वरूप हरियाणा साहित्य अकादमी ने वर्ष 2019 के लिए जब मेरे उपन्यास '*तेरे नाम इश्क़*' चंडीगढ़ साहित्य अकादमी ने वर्ष 2020 में '*तुम ज़िंदा हो माँ*' और वर्ष 2022 में मकड़जाल को 'बेस्ट बुक ऑफ द ईयर' के लिए चयनित किया तो एहसास हुआ कि वह अदृश्य शक्ति वाकई ही काम कर रही है जिसका ज़िक्र मैंने अभी किया था। यह मेरे लिए पाठकों का प्यार और एक साहित्यिक सुखद अनुभूति थी, जिसका वर्णन करने के लिए मेरे पास शब्द नहीं हैं बल्कि एक ज़िम्मेदारी का अहसास है। इसलिए '*मैं भी भारत*' के लेखन में मैंने अपने आप को पहले से ज़्यादा अनुशासित रखने का प्रयास किया क्योंकि इस उपन्यास का विषय मेरे पिछले उपन्यासों से भिन्न है।

यह विषय शोध-प्रधान है जिसके लिए मुझे अनेक शब्दों को खंगालना पड़ा। इसके लेखन के दौरान उड़ीसा के आदिवासी लोगों की जीवन शैली और उनकी समस्याओं को नज़दीक से देखने और समझने का यह सफ़र मेरे लिए बहुत महत्त्वपूर्ण बन गया। इस उद्देश्य से मैंने उड़ीसा और बंगाल के कुछ आदिवासी गाँवों की यात्रा की। बारह-तेरह दिन की इस यात्रा में मुझे बहुत कुछ जानने का मौका मिला। मेरे लिए यह उनकी पारिवारिक संरचना उनका रहन-सहन और उनकी संस्कृति के विभिन्न पहलूओं को नजदीक से महसूस करने का अवसर था। उनके गाँव हमारे उत्तर भारत के गाँव से बिल्कुल अलग हैं। गरीबी उनके जीवन की स्थाई निवासी है। इस भारत का 'असली भारत' तो इन आदिवासी गाँवों में ही बसा है जहाँ आधुनिकता के अंश खोजे नहीं मिलते। इस सफ़र में छतीसगढ़ और झारखंड के गाँवों से भी रूबरू होने का मौका मिला। जंगलों से गुजरती हमारी ट्रेन भी इन सभी बातों की गवाह बनी। इस यात्रा के दौरान मुझे जो अनुभव प्राप्त हुए, उन्हें शब्दों के माध्यम से इस किताब में उतारने का यह एक छोटा-सा प्रयास है।

इसी दौरान बहुत सारी डॉक्यूमेंट्री फिल्में और बेहतरीन साहित्य को पढ़ने का मौका मिला, उन सभी साहित्यकारों और फ़िल्मकारों का भी मैं हमेशा आभारी रहूँगा। जिस तरह से एक बिंदु पर मेरे शब्दों ने जब लौ पकड़ी

तो मुझे लगा था कि वह अदृश्य शक्ति फिर मेरी मदद कर रही है, ठीक उसी तरह से वह अदृश्य शक्ति आज भी मेरे साथ है। यह मेरे लिए बहुत ही अनमोल भावना थी और हमेशा रहेगी।

'करोना काल' के ख़ालीपन में इस उपन्यास को पूरा करना मेरी एकमात्र पूँजी थी जिसे मैं पुस्तक के रूप में आकार दे रहा था। इस उपन्यास ने मुझे अपने जीवन को खंडों में देखने की क्षमता भी प्रदान की। नक्सल जैसे मुद्दे पर अनेक उपन्यास पहले भी लिखे गए हैं और अनेक फिल्में बनी हैं लेकिन मैं विश्वास दिलाता हूँ कि यह उपन्यास भावनात्मक तौर पर इस विषय पर प्रकाश डालेगा और शायद आपको सोचने पर मजबूर भी करे। अहसास के धरातल पर कुछ शब्दों को बाँधने की यह मेरी कोशिश कितनी सफल रही है यह तो आप इसे पढ़कर ही बता सकते हैं। मुझे उम्मीद है कि जब यह उपन्यास आपके हाथ में होगा और जितना प्यार मेरे पहले उपन्यासों 'ख़ाली घरौंदे' और 'तेरा नाम इश्क़' को मिला, ठीक उतना ही प्यार इस उपन्यास को भी मिलेगा। मैं लेखन के द्वारा ही अपने पाठकों से जुड़ा रहना चाहता हूँ इसलिए मुझे पहले की तरह केवल आपकी सराहना की ही नहीं बल्कि आपके सुझाव और उसमें छिपे प्यार की भी जरूरत है। आप सब से यही अनुरोध है कि इस उपन्यास को अपना अमूल्य समय प्रदान करें और पहले की तरह अपनी बेबाक और महत्त्वपूर्ण राय प्रेषित करें।

– अजय सिंह राणा

8. मैं भी भारत (हिंदी उपन्यास)

# आभार

मेरे संवेदनशील पाठकों, नए-पुराने मित्रों, सभी अध्यापकों,

मेरे परिवार, शहर घरौंदा, जन्मभूमि गाँव गोंदर

और

कर्मभूमि 'द सिटी ब्यूटीफुल' चंडीगढ़ का आभार


साहित्यकार डॉ.अश्वनी शांडिल्य जी, श्रीमती मालती गुप्ता जी और नेहा शर्मा जी का उपन्यास के हर पहलू पर दिए गए सुझावों के लिए हार्दिक आभार


# विशेष आभार

बंगाल के श्री तारक नाथ जी
(जिन्होंने हमें आदिवासी नक्सल प्रभावित इलाकों से रूबरू करवाया)

# समर्पण

मेरे महान देश भारत और धरती पुत्रों के लिए

गीता, आकाश और वसुंधरा को प्यार

# अनुक्रम

# अध्याय-1

## 'बहती नदी का हिस्सा...'

कुल्हाड़ी से खून अभी भी रिस-रिस कर ज़मीन पर टपक रहा था। वह थक कर नदी के किनारे बैठ गया। वह बहुत देर से जंगल में भटक रहा था। उसने पास बहती नदी के पानी को देखा। लगातार होती तेज बरसात से नदी में पानी का स्तर बढ़ने लगा था। बहुत वर्षों बाद इस ज़मीन को बारिश नसीब हुई थी। उसके जख़्मों से बहता लहू अब उस बहती नदी का हिस्सा बन चुका था। नदी का बहाव तेज था। उसकी धीमी आवाज़ ने अब ज़ोर पकड़ लिया था। सब कुछ बहा ले जाने की ताकत अब उसमें थी। डर था कि वह किनारे तोड़ सारे इलाके को अपनी गिरफ़्त में न ले ले।

लौह अयस्क, यूरेनियम की खदानों और मीलों से रिसता गंदला लाल पानी भी नदी में आ मिला था। धीरे-धीरे नदी का जल सुर्ख हो गया। उसके शरीर पर चिपके फटे-पुराने कपड़े खून में डूबकर लाल हो चुके थे। लाल रंग क्रांति का प्रतीक होता है और प्रेम का भी। उसे प्रेम था इन जंगलों से, अपनी मिट्टी से और अपने लोगों से। यह विद्रोह भी इन सब के लिए ही तो था।

प्यासी कुल्हाड़ी से खून लगातार रिस-रिस कर टपक रहा था जैसे उसकी प्यास आज भी अधूरी हो। उसके हाथ से कुल्हाड़ी अभी भी छूटी नहीं थी। वह जंगल की पनाह में वापिस आ गया, वह जंगल जिसे वह ईश्वर मानता था। बारिश इतनी तेज हो चली थी कि जंगल की ख़ामोशी भी पुकार उठी। ये जंगल, उनके घर आदिम समय से हैं और उनका प्यार इन जंगलों के लिए उससे भी पुराना। यह कौन नहीं जानता कि मानव सभ्यता का आरम्भ इन जंगलों से ही तो है। बेशक आज उन्होंने अपनी जरूरतों के हिसाब से उन्हें साफ कर अपने लिए ज़मीन तैयार की, गाँव-बस्तियाँ बसाई लेकिन इन जंगलों के प्रति उनका कर्ज़ कम नहीं हुआ।

गाँव के एक छोर पर फैले घने जंगल को आज भी अलौकिक दर्जा हासिल था। वहाँ फैले सारे पेड़-पौधे-लताएँ सब उनके लिए पूजनीय थे। जंगल के एक खास हिस्से को भगवान का घर माना जाता था। पेड़ों को काटा जाना वे किसी बड़ी आफत का प्रतीक मानते थे। उस स्थान के प्रति उनकी आस्था बेहद गहरी थी। उनका मानना था कि उनके वन्य देव आज भी इन जंगलों की रक्षा करते हैं। आज इंसानी दखलअंदाजी ने यहाँ की वन्य-व्यवस्था

को तहस-नहस कर दिया था। धीरे-धीरे सरकारी फरमान पर जंगल के वृक्ष लाश बनकर ज़मीन की आग़ोश में समाने लगे। विकास के नाम पर आदिवासियों को उनके अपने घर से बाहर निकाल कर जंगल के मुहाने पर बसा दिया गया।

जंगलों की अंधाधुंध कटाई शुरू हो जाने पर उन वनों की पवित्रता दांव पर लग गई। ज़मीन में दबे कीमती खनिज पदार्थों पर कुछ अमीर लोगों का अधिकार होने लगा। विकास के उठे बवंडर ने धीरे-धीरे वन्य जीवन को बदल दिया। घर से बेघर लोग अपने घर को बर्बाद होते कैसे देखते? गायब होते अपने जंगल, अपनी ज़मीन की दुर्दशा पर कोई आंसू बहाने वाला नहीं था। धीरे-धीरे एक आवाज़ हलक से उठ रही थी, उस व्यवस्था के खिलाफ जिसे जनता के द्वारा ही चुना गया था। क्या वह इस भारत का हिस्सा होकर भी उसका हिस्सा नहीं थे?

इस गाँव में हत्याएँ हुई थी लेकिन न कोई शहरी चैनल और न कोई अख़बार, गाँव में फैली उन खून से बनी आकृतियों को दिखा रहा था। बेहद दु:खद। मृत्यु के प्रति इन अख़बारों की उदासीनता सोचनीय थी, जिसके पीछे का सच बहुत काला था। जंगल की ख़ामोशी को वहाँ के लोगों की सहमति मान लेना उचित नहीं था।

हत्याएँ दोनों तरफ हुई थी। जायज़ और नाजायज़ का फैसला अब कुदरत को करना था। बारिश अभी भी ज़ोर-ज़ोर से हो रही थी। आकाश से ज़मीन तक का सफ़र बूँदें कम समय में तय कर रही थी। वे लालायित थी ज़मीन की प्यास बुझाने को। खून में लथपथ कुल्हाड़ी का लहू भी अब बरसते पानी से पूरी तरह साफ हो चुका था। धीरे-धीरे बहती नदी का रंग भी हल्का पड़ने लगा। उसके ज़िस्म से रिसता लहू भी बंद हो चुका था लेकिन उसकी साँसें अभी भी चल रही थी। वह अपना लगभग सब कुछ बहुत पीछे छोड़ आया था और अब यहाँ से उसका वापिस जाना नामुमकिन था। आकाश से पानी ऐसे बरस रहा था जैसे बादल फट पड़े हों। वर्षों की प्यासी ज़मीन आज तृप्त हो रही थी।

◼◼◼

# अध्याय-2
## 'आग के दरिया का मुँह धरती की ओर..'

दूर क्षितिज तक मैदान में घास का नामोनिशान नहीं था, खेतों में पड़ी बची-खुची फसलें भी अपने अस्तित्व के लिए संघर्ष कर रही थी। दूर फैले पहाड़ के पास उन घने जंगलों में धीरे-धीरे ख़ामोश हवा भी कुछ आवाज़ें करने लगी थी। आकाश में दूर तक अगर था तो बस एक धूल का गुबार, जिसे देखकर ऐसा लग रहा था कि आज सारी उम्मीदें उस रेत के बवंडर में खो जाएँगी। हवा ने गति पकड़ ली थी। तेज चलती धूल भरी आँधियों से आकाश में इक्का-दुक्का बादल भी गायब होने लगे थे। गर्मी के ऐसे मौसम में उठते बवंडर प्राय: बारिश की उम्मीद लेकर आते हैं लेकिन यहाँ ये उम्मीदें केवल भ्रम मात्र थी। बार-बार आने वाले धूल भरे बवंडरों ने अँधेरे का साम्राज्य स्थापित कर दिया था। ऐसा प्रतीत हो रहा था कि बादलों का जमघट लग गया हो लेकिन यह उसका सिर्फ एक वहम था, केवल मन का एक वहम।

धीरे-धीरे हवा मंद पड़ गई। धूल भी हटने लगी। बवंडर के बाद चीखती हवा खेतों से होती हुई दूर जंगलों में कहीं दफ़्न हो गई। फिर एक दम शांत वातावरण...आकाश बिल्कुल साफ। सूरज ने एक बार फिर से आग के दरिया का मुँह धरती की ओर उड़ेल दिया। ज़मीन फिर तपने लगी। उसी क्रम में धरती बेआब होती चली गई। धरती की सारी नमी जैसे गर्म उठती लहरों ने सोख ली हो। सूरज अपनी अग्नि यात्रा पर निकल चुका था। आग उगलता सूरज केवल धरती का कलेजा ही नहीं जला रहा था बल्कि उन आदिवासी आँखों की नमी को भी वाष्पीकृत कर रहा था जो बड़ी उम्मीद से हर रोज बेनूर होते आकाश की ओर देखती। दूर कहीं कुछ मज़दूर लोहे और यूरेनियम की खदानों की ओर जा रहे थे।

पिछले कई महीनों से बारिश नहीं हुई थी। नमी की कमी में कठोर धरती का तल पपड़ीदार हो गया था। बेनूर होते आसमान का रूप देख उस बूढ़े चेहरे का नूर भी जा चुका था। पैरों में टूटी चप्पलें जिसको उसने एक रस्सी के टुकड़े से अपने पैर के साथ बाँध रखा था। पैर में पड़ी चप्पल भी ठीक अपने मालिक की तरह अस्तित्व की लड़ाई लड़ रही थी। आदिवासी किसान बिरंचि नारायण बेहद उदास था। जून का महीना आ चुका था। मानसून का असर कहीं भी दिखाई नहीं दे रहा था। मौसम इस तरह से ही हर रोज करवटें बदल रहा था।

बारिश की उम्मीद में न जाने कितनी आँखें आकाश के उस पार देख रही थी। वह चिंतित था आने वाले भविष्य के लिए। मिट्टी की मुंडेर पर थकती और धँसी आँखों से खुले आसमान को निहारता लाचार आदिवासी किसान बिरंचि नारायण अपनी आँखें ठीक से खोल नहीं पा रहा था। तेज रोशनी में उसकी आँखें चुंधिया-सी गई थी। वह बवंडर के बाद की चमकीली रोशनी को सहन नहीं कर पा रहा था। कुदरत भी उसके साथ लुका-छिपी का खेल न जाने कितने वर्षों से खेल रही थी। उसके शरीर पर कपड़े के नाम पर एक पुरानी धोती और गमछा था। उसका चेहरा काला पड़ चुका था और आँखें पीली। अपनी उम्र से भी ज़्यादा बुढ़ापा उसके चेहरे पर उतर आया था। उसके मिट्टी में सने पैर काँप रहे थे। उसका ध्यान अब भी आकाश की ओर ही था। शायद उसे अभी भी पूरी उम्मीद थी कि बादल आएँगे। बादलों के इंतज़ार में गाँव के सभी पोखर भी सूख चुके थे।

"बाबा क्या कर रहे हो? क्यों घूर रहे हो इस बैरी आसमान को? आओ अब तुम कुछ खा लो।" दूर से आते बुद्धरायशरण ने आवाज़ लगाते हुए कहा। उन दोनों के शरीर मिट्टी में ऐसे लथपथ थे कि कहना कठिन था कि मिट्टी में वे हैं या मिट्टी उन दोनों पर।

"तूने सुना बुद्ध, एक आवाज़ को...अभी कुछ देर पहले...सुना तूने?" बिरंचि नारायण ने अपने सिर को कपड़े से ढ़कते हुए उत्सुकता से पूछा। बुद्धरायशरण ठीक उसके पास आकर बैठ गया। उसके चेहरे पर हैरानी नहीं थी।

"नहीं मैंने तो कुछ नहीं सुना, आँधी का शोर इतना था कि कहाँ सुनाई दिया कुछ?" उसने कस्सी को एक तरफ रख हाँफते हुए कहा। दूसरे हाथ में एक कपड़े में बँधी रोटियाँ थी, जिसे खोल कर उसने बाहर निकाल लिया। केवल पाँच रोटियाँ, सब्जी बिल्कुल नहीं। जंगली मक्खियों और चींटों को भून कर बनाई लाल मिर्च की चटनी तो रोटियों के पाटों में दबी पड़ी अपनी कहानी स्वयं ही कह रही थी। पोटली के दूसरे हिस्से में अधपके चावल भी थे।

"सच में नहीं सुना तूने!! जब हवा तेज चल रही थी, वह खेतों के आर-पार होते हुए, सूखे पत्तों को उड़ाते हुए, पत्थरों से गुज़रते हुए सीटियाँ नहीं बजा रही थी?" बिरंचि नारायण ने बैठते हुए पूछा और बुद्धरायशरण की ओर देखा। बुद्धरायशरण चुपचाप बिरंचि नारायण की आँखों में सूख चुकी नमी को खोज रहा था।

4. मैं भी भारत (हिंदी उपन्यास)

''कैसी सीटियाँ...कैसी आवाज़?'' बुद्धरायशरण ने रोटी निकालकर बिरंचि नारायण के हाथ में रख दी और एक रोटी का टुकड़ा तोड़ अपने मुँह में डाल लिया।

''सच, मैंने नहीं सुना...मैंने बिल्कुल नहीं सुना बाबा'' उसने अपनी दबी आवाज़ में कहा। उसके मुँह में निवाला था। उसका ध्यान अब खाने पर था। बुद्धरायशरण ने रोटी के टुकड़ों से चावल मिलाकर एक निवाला मुँह में डाल लिया।

''तूने नहीं सुना, जब सारा आकाश काला हो गया था। हवा की साँय-साँय की आवाज़ धीरे-धीरे कम होने लगी थी। उन सीटियों की आवाज़ भी धीमी हो गई। फिर निस्तेज आसमान में आग का गोला चमका। उस धुंधलके में रोशनी कम थी लेकिन चीखती हवा अब भी धीरे-धीरे खेतों पर पिनपिना रही थी और बची-खुची फसलें भी हवा के बोझ से निढाल हो गई थी।'' बिरंचि नारायण के हाथ में रोटी ज्यों की त्यों थी। उसने दूसरे हाथ से थकी हारी फसलों की ओर इशारा किया। बुद्धरायशरण एक निवाला खा चुका था।

''बाबा तुम कैसी-कैसी बातें करते हो। मुझे तो तुम्हारा कहा समझ में नहीं आता। उम्र बढ़ने के साथ-साथ कुछ पगला से गए हो'' बुद्धरायशरण ने हँसते हुए कहा। उसने रोटी का एक टुकड़ा फिर से लाल चटनी में लगाया और चावल मिलाकर अपने मुँह में ठूँस लिया।

खेतों और किनारों पर पड़ी खरपतवार पर धूल ने अपने निशान बना लिए थे। बचे-खुचे पौधों का रुख भी हवा के बहने की दिशा में हो गया था। उनकी जड़ें भी मिट्टी का साथ छोड़ने वाली थी लेकिन नमी रहित कठोर मिट्टी ने उन्हें कसकर पकड़ रखा था। हवा में धूल की गंध बरकरार थी।

''आज खाने का मन नहीं है बेटा, तू खा ले'' बिरंचि नारायण ने रोटी धरती पर बिछे कपड़े पर रख दी और फिर से आकाश को निहारने लगा। उसके हिस्से के चावल अभी भी कपड़े पर बिखरे उसे निहार रहे थे।

॰

भुवनेश्वर से पाँच सौ किलोमीटर दूर...हिलखेड़ी। उड़ीसा के कालाहांडी जिले में बुहानगढ़ कस्बे के पास एक पिछड़ा आदिवासी गाँव।

खेतों में लगी खरीफ की फसल का भविष्य मानसून पर ही टिका था। बुद्धरायशरण, बिरंचि नारायण का भतीजा था जो उसके साथ खेतों के काम में उसका पूरा साथ देता। दूर फैले जंगल उनका घर भी थे और जीने का सहारा

भी लेकिन आज उनसे उनका घर छिन चुका था। चोरी-छिपे वे जंगल जाते क्योंकि जंगल से उनका घर चलता था। ज़मीन में छिपी खदानें और जंगल से मिलने वाली वस्तुओं पर अब उनका जीवन टिका हुआ था। खेती से विमुख होकर खदानों की ओर जाना उनके जीवन का हिस्सा बन चुका था लेकिन बिरंचि नारायण और बुद्धरायशरण को अभी भी बरसात की उम्मीद थी। उन्होंने अभी तक खदानों का रुख नहीं किया था। उन्हें उम्मीद थी कि उनके घर के पोखर एक दिन जल से भर जाएंगे। उनके आँगन में लगी तुलसी हरी-भरी हो जाएगी।

जंगल से सियाललता और शहद लाने की जिम्मेदारी बुद्धरायशरण की थी क्योंकि जंगल के सभी दुर्लभ रास्ते उसको पता थे। बचपन से बुद्धरायशरण का ध्यान पढ़ाई में ज़्यादा नहीं था। उसे किताबों से ज़्यादा अपनी मिट्टी, जंगल और नदियाँ पसन्द थी। छोटी-छोटी पगडंडियाँ भी उसको भली-भांति पहचानती थी। जंगल में सियाललता एकत्र करते हुए वह पक्षियों के मधुर कलरव में हमेशा खो जाता था।

उसके बाबा बिरंचि नारायण की तरह उसे भी बारिश का बेसब्री से इंतज़ार था। बाहर फैली ख़ामोशियों की आवाज़ उसे समझ आने लगी थी लेकिन वह आज अनजान बना बैठा था। वह अपने बाबा का दिल तोड़ना नहीं चाहता था। हवा के उठते बवंडर को उसने भी देखा था। वह बिरंचि नारायण का बहुत ख़्याल रखता और जंगल-ज़मीन के ज़्यादातर काम खुद ही कर देता। जंगल में जाने के कड़े नियम थे लेकिन वह इन नियमों की परवाह नहीं करता था। जंगल को वह अपना पहला घर मानता था। बेशक सरकारी आदेश ने वर्षों पहले ही जंगलों पर उनके पैतृक अधिकार छीन लिए थे लेकिन वह अभी भी अपने पैतृक घर जंगल को हासिल करना चाहता था।

वह बहुत छोटा था जब उसके माता-पिता चल बसे। तभी से बिरंचि नारायण और उसकी पत्नी महालया ने उसे अपने बेटे की तरह अपने पास रखा। बुद्धरायशरण की शादी हुई लेकिन पत्नी बीमारी से कम उम्र में ही चल बसी। यह उसका दुर्भाग्य था। अब उसके जीवन के दो उद्देश्य थे, एक अपने पिता समान चाचा बिरंचि नारायण, माँ समान चाची महालया का ख़्याल रखना और दूसरा अपनी ज़मीन और जंगलों के हक़ की लड़ाई।
▯

उधर इस जंगलमय जीवन से दूर बिरंचि नारायण का इकलौता पुत्र दनेश्वर जो शहर गया तो शहर का ही होकर रह गया। दनेश्वर बचपन से ही पढ़ाई में अच्छा था। बिरंचि नारायण और बुद्धरायशरण दोनों खुद ये चाहते थे कि वह इस माहौल में न रहे। सरकारी स्कूल में पढ़ कर जब वह बारहवीं पास हुआ था तो बिरंचि नारायण ने उसे दूर शहर के कॉलेज में भेज दिया। स्कूल के एक मास्टर के कहने भर से उसे शहर के आवासीय डिग्री कॉलेज में आसानी से एडमिशन मिल गया था।

बिरंचि नारायण खुद पढ़ा-लिखा नहीं था। बिरंचि नारायण को उम्मीद थी कि उसका यह बेटा पढ़कर शायद एक बड़ा आदमी बनेगा, जो कर्ज़ के नीचे दबे उसके ज़मीर को बचा लेगा। मज़बूरी में उसकी पढ़ाई का खर्च ज़मीन के टुकड़े को बेचकर चुकाया गया था। शायद धरती को इसलिए ही 'माँ' कहा गया है कि वह अपने आँचल का एक टुकड़ा फाड़कर हमारे जख़्मों पर मरहम बन जाती है। माँ के इस आँचल को सिलने की सारी उम्मीदें बिरंचि नारायण ने दनेश्वर से लगा रखी थी। ज़ायदाद के नाम पर उसके पास नाम की ही ज़मीन थी। जंगल से निकाले जाने के बाद जो सरकार ने दिया उस पर होने वाली फसल में वह केवल अपना गुज़ारा भर ही कर रहा था। बस जंगलों से एकत्र की हुई सियाललता से रस्सी, बैग बना कर और शहद एकत्र कर उनका कुछ गुज़ारा हो जाता था।

इस गाँव का पिछड़ापन किसी भी अख़बार की सुर्खियाँ नहीं थी। क्या यह भारत नहीं था? हिलखेड़ी गाँव के निवासी केवल वनवासी नहीं थे। अब वे भूमिवासी भी थे। मिट्टी से जुड़ा उनका अनसुना अतीत, हजारों वर्षों की संस्कृति का मुकुट पहने इन पहाड़ों की तलहटी में, इस देश की मिट्टी का वह हिस्सा है जिसको शायद कागज़ पर कभी लिखा ही नहीं गया। ये आदिवासी लोग अपना इतिहास यहाँ के वनों की मिट्टी और पहाड़ों की ढलानों पर खुद लिखते हैं। कागज़ पर लिखे इतिहास में शायद ही इनके वंशजों का कोई अता-पता हो। इनका अतीत इन घने जंगलों की तरह रहस्यमयी है और वर्तमान संघर्षमयी।

पीढ़ी दर पीढ़ी आपसी विश्वास और परंपराओं की आदि माटी से इनका इतिहास वर्तमान का दामन थामे हुए है जो जंगल के छोटे-छोटे गाँवों में पनप रहा था। आस-पास के गाँव पहाड़ के इस छोर से उस छोर तक फैलकर वर्तमान की बसाव स्थिति में आ गए थे। पूँजीपतियों की नौकर बनी सरकारों ने

उनसे उनके दैव्य वन छीन लिए थे इसलिए वे धीरे-धीरे इन पहाड़ों की तलहटी में आ बसे थे। शहर से दूर जंगलों के पार, यह आदिवासी बस्ती...यह गाँव पहाड़ी की तलहटी में अपने अस्तित्व को लेकर आज भी संघर्षरत था।

किसी सरकार या किसी नेता को इसकी कोई फिक्र नहीं थी। यह आदिवासी गाँव दूरदराज़ के पिछड़े क्षेत्र में होने के कारण मॉडर्न तकनीकों से कोसों दूर था। शायद वहाँ कोई सरकार या उसकी योजना अभी तक पहुँच नहीं पाई थी। गाँव की किसी झोपड़ी ने अभी तक पंखे-बिजली का नामोनिशान तक नहीं देखा था, मोबाइल तो बहुत दूर की बात थी। बिजली के नाम पर केवल बिजली के खंबे थे और टूटी तारें, जिन पर न जाने कब बिजली की तारें सीधी पड़ें, यह भगवान ही जानता था।

गाँव के मुखिया का वायदा है कि जल्दी ही गाँव के आँगन में बिजली आ जाएगी। बिजली आने से ट्यूबवेल की व्यवस्था भी हो जाएगी ताकि पानी की समस्या से लड़ा जा सके लेकिन साहूकार और सरकार के वायदों का स्वरूप एक जैसा ही होता है। दोनों की मिलीभगत पर इसमें सत्य खोजना मरुस्थल में जल प्राप्त करने के बराबर है।

जंगल की ज़मीन ने खदानों और मिलों का रूप धारण कर लिया था। साहूकार और सरकार विकास के नाम पर किसान और मजदूर बने आदिवासियों के अस्तित्व को मिटाने पर लगी थी। दोनों की मिलीभगत के परिणामस्वरूप ही यहाँ के लोगों का भविष्य अंधकारमय होता जा रहा था।

❑

बिरंचि नारायण और बुद्धरायशरण की आँखें अभी भी खुले आसमान को टटोल रही थी लेकिन दूर-दूर तक बादलों का कोई ठिकाना नहीं था। तरसती आँखें अभी भी उम्मीद पर टिकी हुई थी लेकिन दूर-दूर तक फैले इस आसमान में खुश्क हवाएँ गर्द में लिपटी थी।

*'मिट्टी में सने शरीर केवल शरीर नहीं हैं,*
*तेज तपती धूप में और सर्द कठोर ठंडी हवाओं में तपते-जमते*
*ज़मीन के गर्भ से उस अन्न को उगाते हैं*
*जिससे हमारी साँसें संचालित होती हैं और*
*वे हुक्मरान कहते हैं कि ये हिस्सा नहीं है इस ज़मीन का...*
*क्या हक़ नहीं उन्हें मिट्टी में सने शब्दों से*
*अपनी ही ज़मीन पर 'अपना हक़' लिखने का?'*

बिरंचि नारायण को अपनी कर्ज़ में डूबी ज़मीन से प्यार था। वह अपने बेटे दनेश्वर को  गाँव से दूर भेजकर उसे कामयाब तो देखना चाहता था लेकिन अपने बेटे से मिलने की तड़प भी उसे कई बार रुआँसा कर देती थी। महालया और बिरंचि नारायण उसे दिन रात याद करते लेकिन दनेश्वर का कोई अता-पता नहीं था।

▮▮▮

उड़िसा के उस गाँव से दूर कोलकाता के पास किसी जगह ट्रेन में –

ट्रेन की खिड़की और दौड़ते पेड़ों की कतार। दूर तक फैली हुगली नदी ...सब पीछे छूट रहा था। यादों का बवंडर उसके मन में तेजी से चल रहा था। उस लड़की को नहीं पता था कि वह कहाँ जा रही है लेकिन एक विश्वास उसे खींचे लिए जा रहा था किसी अपने की ओर जो ज़िंदगी की कशमकश में उससे छूट गया। विश्वास की ज़मीं पर उसने आज एक अनजान व्यक्ति के साथ यह सफ़र तय करने का फैसला ले लिया था क्योंकि उसके अतीत  से जुड़े कुछ बिखरे पन्ने उस अनजान व्यक्ति के पास थे और कुछ उसके खुद के ज़हन में। वह अनजान व्यक्ति उस ट्रेन की बोगी में ठीक उसके सामने बैठा था।

उसे अभी तक याद है जब यह अनजान व्यक्ति बिना जान पहचान के उसके घर सुबह-सुबह पहुँच गया था। सुबह का वह दृश्य उसकी आँखों के सामने घूम गया।

उसने घंटी बजते ही दरवाज़ा खोल दिया था। वह लड़की बंगाल की एक पारंपरिक साड़ी पहने उसके सामने खड़ी थी जिसे वहाँ तांत के नाम से जाना जाता है। सूती धागे से बुनी इस साड़ी में वह बेहद आकर्षक लग रही थी।  ऐसा लग रहा था कि जैसे उस समय वह कहीं जाने की तैयारी में हो।

''माफ  कीजिए, मैंने आपको पहचाना नहीं'' यह कहते हुए उसने उस व्यक्ति को सिर से पाँव तक गहरी दृष्टि से देखा लेकिन उसको पहचानने में वह असफल रही। उस व्यक्ति का रंग साँवला, मुहँ कुछ चौड़ा, नाक कुछ लम्बी, कद छोटा और शरीर थोड़ा भारी लेकिन कपड़ों से वह एक जैंटलमैन सरकारी अफसर लग रहा था। उस अनजान व्यक्ति की आँखों पर ऐनक लगी हुई थी, फिर भी उसकी आँखें आकर्षक थी। उसने पर्स से अपना आई कार्ड और एक तस्वीर निकालकर उस लड़की के हाथ पर रख दी।

''मुझे लग रहा है कि आप तैयार होकर कहीं बाहर जा रही हैं। अगर कुछ समय आप मुझे दो तो...'' उस अनजान व्यक्ति ने अपना वाक्य अधूरा

छोड़ दिया। उसकी आवाज़ इतनी मधुर, इतनी रोमांचक, इतनी विनम्र थी। जान पड़ता था कि वह कोई बड़े पद का अधिकारी हो जैसा कि देखने से वह लग भी रहा था। वह लड़की सुंदर होते हुए भी उसके सामने तुच्छ लग रही थी। उस लड़की ने आई कार्ड और तस्वीर को गौर से देखा। अब उसके चेहरे पर चिंता के निशान थे।

''आप अंदर आइए प्लीज़..आप इन्हें कैसे जानते हो ?'' उसके चेहरे से मुस्कुराहट जा चुकी थी। उसकी नज़र तस्वीर पर थी।

''आपको मेरे साथ चलना होगा आज और अभी। मैं आपको लेने आया हूँ।'' उसकी आवाज़ में एक आग्रह भी था और एक ऑर्डर भी।

उस लड़की ने उस तस्वीर को देखा और फिर उसके आई कार्ड को। वह निर्णय ले चुकी थी।

''जी मैं तैयार हूँ...बताइए कहाँ चलना है ?'' उसने अपने मन के आवेग को संभालते हुए कहा। उसकी सारी ज्ञानेंद्रियाँ शिथिल-सी हो गई थी मानो किसी ऊँचे वृक्ष से वह गिर पड़ी हो। उसे पुरानी बातें रह-रहकर याद आने लगी। अब वह उस अनजान व्यक्ति के साथ जाने को तैयार थी।

उस अनजान व्यक्ति की निगाह उसके सुंदर चेहरे पर थी। वह भी इतनी खूबसूरत लग रही थी मानो किसी कवि की कोमल कल्पना मूर्तिमान हो गई हो। उस लड़की ने अपना बैग और अपना वॉयलिन अपने साथ ले लिया।

हावड़ा के शालीमार रेलवे स्टेशन से गाड़ी को छूटे कुछ समय ही हुआ था। अभी कई घंटों का सफ़र बाकी था। ट्रेन की खिड़की से आती हवा उसके बालों को बिखरा रही थी।

''तुम चुप क्यों हो गई। फिर क्या हुआ? क्या बिरंचि नारायण अपने बेटे दनेश्वर से मिल पाया?'' उस अनजान व्यक्ति ने पूछा। एक झटके में वह दोबारा ट्रेन में थी। सुबह वाला वह व्यक्ति उसके साथ था। वह व्यक्ति बिखरे पन्नों को समेटने की कोशिश कर उससे सब जान लेना चाहता था।

''आपको कैसे पता चला कि मैं कोलकाता में हूँ? आप तो मुझे जानते नहीं हो?'' उसके सुंदर चेहरे पर असंख्य सवाल थे। उस व्यक्ति को जवाब देने से पहले उसने अपना प्रश्न किया।

‘‘मैं आपके पुराने ऑफिस में गया था, जहाँ से पता लगाना मेरे लिए कोई मुश्किल काम नहीं था। अब आप जान ही गई हो कि मैं जिस तरह के काम से जुड़ा हूँ, यह जानना मेरे बाएँ हाथ का काम है।’’ वह मुस्कुराया।

‘‘आपको यह फोटो कहाँ से मिली?’’ उसने अपनी साड़ी संभालते हुए पूछा।

‘‘मैंने कहा न कि जो काम मैं करता हूँ यह मेरे लिए आम बात है। मैं इनके बारे में ज़्यादा नहीं जानता हूँ लेकिन इसकी आँखें मुझे भूलती नहीं, कुछ जानी-पहचानी-सी लगती हैं’’ उसके चेहरे पर मुस्कान कायम थी।

उस लड़की ने उस तस्वीर को देखा और उन आँखों को भी और चुप हो गई।

‘‘अब आगे बताइए। सफ़र लंबा है और आपने मेरा आई कार्ड देख कर जान भी लिया है। मुझे विश्वास भी है कि आप मुझे गलत नहीं समझ रही होंगी। मैं आपको आपकी मंज़िल तक पहुँचाने आया हूँ और मेरा कोई मकसद नहीं है। इतना लंबा सफ़र है और मैं इस कहानी के टूटते तारों को जोड़ना चाहता हूँ। मैं जानता हूँ कि आपका इस कहानी में कोई अहम रोल नहीं है लेकिन मैं और आप इस कहानी का टुकड़ों में हिस्सा रहे हैं जब तक हम एक-दूसरे को उन हिस्सों के बारे में नहीं बताएँगे तो यह कहानी मुकम्मल नहीं हो सकती। और अब तुम यह जान ही चुकी हो कि मैं कोलकाता में केवल हावड़ा ब्रिज देखने और पुचके खाने ही नहीं आया था। अब आगे बताइए’’

वह मुस्कुराए बिना रह न सका लेकिन वह चुप थी। उसे उसकी इस बात पर कोई हँसी नहीं आई। वह उस तस्वीर को एकटक निहारे जा रही थी।

कोलकाता से भुवनेश्वर की ओर गाड़ी दौड़े जा रही थी।

उनका सफ़र केवल उस शहर तक का नहीं था, उन्हें और आगे तक जाना था। ट्रेन की लयबद्ध ध्वनि सफ़र को गतिशील बनाए हुए थी। उसने उस व्यक्ति को देखा और अपनी बात शुरू की। अतीत के बिखरे पन्ने एक बार फिर सिमटने लगे। बाहर सफेद बादल ट्रेन के साथ-साथ चल रहे थे जैसे वह भी इस कहानी का हिस्सा बनना चाह रहे हों।

❏❏❏

# अध्याय-3

## 'मिट्टी से रेत का सफ़र'

समुद्र का गर्जता किनारा। दूर-दूर तक जल ही जल। चुप्पी की चादर लिए वह उन लहरों को सुन रहा था जो साहिल से टकरा रही थी। शाम के धुंधलेपन में वह अपना भविष्य खोजने में लगा था। ऊँचा कद, सांवला चेहरा हल्की-हल्की दाढ़ी, सुडौल शरीर, एकदम नौजवान है दनेश्वर। अपने बाबा और माँ के सपनों को पूरा करने के लिए इस नगर में पढ़ने चला आया। लाखों नौजवान एक उम्मीद लेकर गाँव से शहर की ओर पलायन करते हैं। ये शहर चुंबक होते हैं जो हमें खींच लेते हैं अपनी ओर, उन सपनों को पूरा करने का लालच देकर।

समुद्र की लहरों का शोर धीरे-धीरे कम हो रहा था। सागर से आने वाली हवा रह-रहकर उसके बदन को छू रही थी। जब भी ये निर्जीव हवा इस जीते-जागते बदन से टकराती तो उसमें एक अज़ीब-सी सिहरन पैदा होती। उसने ठीक अपने पीछे शहर की बड़ी-बड़ी बिल्डिंगों को सूनी-सूनी निगाहों से मुड़कर देखा। उसके गाँव से कितने अलग होते हैं ये शहर। मिट्टी से रेत के इस सफ़र को वह महसूस कर रहा था। रेत-सीमेंट से बनी इमारतों में रहने वाले लोग भी शायद वैसे ही हो गए थे। मिट्टी उपजाऊ होती है। उत्पन्न करने की क्षमता रखती है लेकिन ये रेत-सीमेंट एक बांझ की तरह होते हैं जो शायद कुछ भी उत्पन्न करने में असमर्थ होते हैं।

अक्सर अँधेरा बढ़ने पर सागर में उठने वाली लहरें तेज और उग्र हो जाती हैं लेकिन चाँद की गैरहाजिरी में आज कुछ शांत हो गई थी। सागर की सतह पर एक गहरी-सी ख़ामोशी फैल गई। दनेश्वर को शहर में आए कई वर्ष हो गए थे। वह शिक्षा के क्षेत्र में कुछ अच्छा करना चाहता था। माँ-बाबा की उसे हमेशा चिंता रहती लेकिन उसकी मजबूरी कि वह बहुत दिनों से उनसे मिलने गाँव न जा सका। काफी समय से वह एक पत्र तक नहीं लिख पाया था। उसके पास वहाँ की कोई खैर-ख़बर नहीं थी।

उसकी पढ़ाई तो पूरी हो चुकी थी लेकिन नौकरी की तलाश अभी भी जारी थी। एक उम्मीद से वह हर रोज़ अख़बार ख़रीदता लेकिन उसे अख़बार की खबरों से कोई लेना-देना नहीं था। वह नौकरी की एडवर्टाइजमेंट देखकर ही उन्हें रद्दी की टोकरी में फेंक देता। अब उसका कुछ भी पढ़ने का मन नहीं

था। जितना पढ़ा उससे भी कुछ हासिल नहीं हो पाया था। इतने बड़े शहर में ट्यूशन पढ़ा कर जैसे-तैसे उसका गुजारा हो रहा था। रही घर पैसे भेजने की बात हो तो वह एक सपना बन कर रह गया। वह जानता था कि ज़मीन बिकने की वज़ह से ही तो वह शहर आ पाया था। उस ज़मीन का जो कर्ज़ उसके मन पर था, शायद वह कभी चुका पाए। वैसे भी ऐसे कर्ज़ चुकाने बेहद मुश्किल होते हैं जो हमारी रूह से जुड़े होते हैं। उसका मन उचाट-सा हो गया था। सारा दिन उससे काटे न कटता।

खूनी रंग का गोला बना सूरज क्षितिज पर अभी तक लटक रहा था। थोड़ा-सा खिसककर वह सागर की आग़ोश में चला गया। अब आसमान लालिमा से भर गया। बादल का एक टुकड़ा किसी खून-से सने चेहरे की तरह उस जगह पर जा लटका था जहाँ बूँद की जगह शायद वह खून बरसाने वाला हो। ऐसा प्रतीत हो रहा था ये बादल गाँव से अपनी नाराज़गी दिखा रहे थे। इनका शहर के आकाश में विचरण करना उन किसानों से विश्वासघात था जो टकटकी लगाए इन बादलों का इंतज़ार करते हैं।

अंधेरे का रंग चढ़ने लगा था। शाम का तारा उस गर्द में टिमटिमाता दिखाई दे रहा था। बिल्कुल उस उम्मीद की तरह जो सब दुखों का कारण है, चाहे यह कंक्रीट के जंगल हो या धूल के ढेर में बसे खेत-खलियान या वे आदिवासी किसान।

"तुम्हें चले जाना चाहिए।" एक आवाज़ ने दनेश्वर की ख़ामोशी को ऐसे तोड़ा जैसे ठहरे पानी में पत्थर डालने से उसमें हलचल मच जाती है। साहिल ठीक उसके पीछे खड़ा था, शहर में उसका इकलौता दोस्त। दनेश्वर ने उसके प्रश्न का कुछ जवाब नहीं दिया। वह अभी भी अपने आप में खोया था।

"माँ-बाप को इस तरह भुलाना क्या ठीक है भाई?" साहिल के शब्द गूँजने लगे। दनेश्वर ने साहिल को ध्यान से देखा। वह संजीदा था।

"इस बारे में मैं हर पल सोचता हूँ। अपने अंतर्मन की आवाज़ सुनता हूँ लेकिन फिर उस आवाज़ को दबा देता हूँ...गला ही घोंट देता हूँ। कोई विकल्प नज़र नहीं आता। मेरे दोस्त भूखे आदमी के पास खाने के अलावा कोई विकल्प है क्या?" उसके इस सवाल पर साहिल चुप हो गया। वह उसके बदलते भाव को पढ़ रहा था। उसके भाव न जाने किस लिपि में लिखे थे, जितना पढ़ने की वह कोशिश करता उतना ही उलझ रहा था। उसने सच कहा था कि भूखे आदमी की खोज खाने पर जाकर ही खत्म होती है। उसका सच

केवल भोजन ही होता है उसके अलावा कुछ भी नहीं। बाकी अन्य सभी बातें उसके लिए कोरा मिथ है। भूख व्यक्ति से उसके विचार छीन लेती है। यह विचारों की लड़ाई भी व्यक्ति भरपेट ही कर सकता है।

''कितना अरसा हो गया माँ से बातें किए हुए। ऐसा नहीं कि उनकी याद नहीं आती। कसम लेकर आया था कि कुछ बन जाऊँगा तो ही गाँव की दहलीज़ छुऊँगा। भावुकता में मैंने कैसी कसम ले ली? मुझे अफसोस के साथ-साथ आज आत्मग्लानि भी है कि मैं उनके लिए कुछ नहीं कर पाया। शायद कर पाऊँगा भी नहीं। कुछ भी संभव नहीं लगता। चप्पलें घिस गईं धक्के खाते-खाते एक ढंग की नौकरी तक नहीं मिली इस शहर में।'' उसने एक नज़र से जैसे शहर की बिल्डिंगों को माप दिया हो।

''मेरा मतलब, तेरा दिल दुखाना नहीं था यार। निराश न हो...मिल जाएगी नौकरी भी...एक दिन अल्लाह -ताला जरूर सुनेंगे।'' साहिल ने दोनों हाथों को जोड़ दुआ की।

शुरूआत में इस अपरिचित शहर के चार दिन भी उसे चार साल जैसे खींचे हुए महसूस हुए थे। आया तो भीतर ही भीतर एक अनिश्चितता थी। पता नहीं किस वक्त ही वह तय कर ले कि उसे इस शहर में हरगिज़ नहीं रहना। अगर साहिल न होता तो वह यहाँ कतई नहीं रहने वाला था। अकेले में उसे कमरे की दीवारें सिमटती-सी महसूस होती थी। उसे धीरे-धीरे लगता कि कमरे की हवा खत्म हो रही है और उसे कहीं बाहर चले जाना चाहिए लेकिन साहिल इस शहर में उसके लिए एक बड़ा सहारा था।

साहिल दनेश्वर का गहरा दोस्त...साथ ही पढ़ाई की लेकिन भविष्य और वर्तमान एक-सा। वह चाहता था कि दनेश्वर भी उसके साथ फैक्ट्री में काम कर ले। यह ट्यूशन में क्या रखा है? कभी ट्यूशन होती है तो कभी नहीं लेकिन दनेश्वर का सपना शिक्षा के क्षेत्र में ही नौकरी हासिल करना था। उसे यह ज़िद थी लेकिन उसका अपना भविष्य आज अँधकार में चला जा रहा है।

साहिल एक मुस्लिम परिवार का नौजवान युवा...उसके अब्बू की एक्सीडेंट में मृत्यु ने उसके बचपन को पिता के प्यार से मरहूम कर दिया। कुछ दिनों बाद बीमारी ने उससे उसकी अम्मी को भी छीन लिया। प्राइवेट नौकरी में इतना तो वह कमा लेता था कि किराए के मकान और खाने पीने की चीजों का खर्च निकल जाता था। रात को वह किराए की टैक्सी चलाता। बहुत मेहनती लेकिन गलत को गलत और सही को सही कहने वाला एक कोरा दोस्त।

‘‘सॉरी भाई...मैं फिजूल के सवाल पूछ बैठा। तुम चलो मेरी फैक्ट्री में...कम से कम महीने के आखिर में तनख़्वाह तो आ जाती है वहाँ।’’ साहिल ने उसके कँधे पर हाथ रखते हुए कहा। एक अपनेपन का एहसास दनेश्वर के शरीर को महसूस हुआ।

‘‘थैंक्यू भाई...नहीं...मैं नहीं कर पाऊँगा यह काम। मुझे तो कोई सरकारी कॉलेज या स्कूल मिल जाए, जहाँ मैं कुछ कर सकूँ अपनी मनमर्जी का। मेरे बाबा चाहते थे कि मैं एक टीचर ही बनूँ। मुझे सरकारी व्यवस्था पर यकीन है...एक दिन जरूर नौकरी मिलेगी...जब तक सरकारी न मिले, प्राइवेट ही सही।’’

‘‘अरे भाई...क्या रखा है इस मास्टरगिरी में। जरा बता...हमने पढ़ कर क्या तीर मार लिया है। सरकारी नौकरियाँ हैं कहाँ? की थी न बी.एड मैंने भी तेरे साथ। सारे पैसे स्वाह हो गए। झूठे वायदे करके वोट हथियाने की बेहतरीन नौकरी तो ये नेता लोग कर रहे हैं। खूब धड़्ल्ले से लूटते हैं देश को और हम और तुम साले इनकी भीख पर आश्रित हैं।’’

दनेश्वर चुप था। वह साहिल की बात पर सहमत था।

‘‘लोकतंत्र में बराबरी का अधिकार बस नाम का है। यह लोकतंत्र है ही नहीं, इसे अगर भीड़तंत्र कहें तो ज़्यादा वाज़िब होगा। भीड़ में न जाने कितने चेहरे?...किसका क्या नाम?...क्या पहचान?...सब भेड़ चाल है यहाँ...बस सरकारी आंकड़े हैं...हम गरीबों की ज़िंदगी इससे ज़्यादा कुछ नहीं। हम गरीबों के हक को मारकर अमीरों के घर भरना यही है बस लोकतंत्र।’’

साहिल व्यवस्था के खिलाफ भरा बैठा था। उसे अब सरकार से कोई उम्मीद नहीं थी।

दनेश्वर के मन में अंतर्द्वंद्व चल रहा था। वह उसकी बात चुपचाप सुन रहा था

‘‘चल छोड़ यार...पान खाते हैं...बहुत दिन हो गए।’’ साहिल उसे खींचकर पास के ठेले पर ले गया।

एक बनारसी पान साहिल ने अपने मुँह में दबाया और दूसरा दनेश्वर को ऑफर किया। दनेश्वर ने पान लेने से मना कर दिया।

‘‘यार तुम्हें पता ही है कि मैं पान नहीं खाता। फिर क्यों?’’

‘‘ठीक है भाई हमें तो लगी है तलब...मन है भाई..मन को नहीं मारते...हम तो जरूर लेंगे। वैसे भी इन शहरों में कहाँ मिलता है मन मुताबिक

पान। बस हर जगह ये मछलियाँ...'' साहिल ने मुस्कुराते हुए कहा और ज़मीन बिछे कपड़े पर पड़ी मछलियों की ओर इशारा किया।

''कितने पैसे हुए?'' दनेश्वर ने पर्स निकालते हुए पान वाले से पूछा।

''ज़्यादा पैसे हैं क्या? जब नौकरी लग जाएगी तो दे देना। अभी इस अपनेपन को अपने अंदर ही रख लो भाई जान...आगे काम आएगा। एक तो पान लिया नहीं और दिखाने चले दरियादिली।'' साहिल ने उसे टोका और पर्स जेब में रखने का इशारा किया।

''सुना नहीं कितने पैसे हुए? जरा बता जल्दी।'' साहिल ने पान वाले से रौब में पूछा।

''बाबू जी सौ रुपये''

''क्या कहा सौ रुपये...क्यों लूटने में लगे हो? यह क्या अँधेरगर्दी मचाई है? एक सरकार ने तो हमें नंगा कर ही दिया है...तू भी कपड़े उतार ले अब। वैसे भी तेरा पान उस लेवल का नहीं था जैसा होना चाहिए था'' साहिल ने ऊँचे स्वर में कहा।

''बाबू जी महंगाई बहुत है। हम भी क्या करें...शहर में गुज़ारा नहीं होता।'' उसने दोनों हाथ जोड़ते हुए कहा।

''अच्छा ले...तू भी भर ले अपना पेट लेकिन बीस रूपए की चीज को सौ में बेचना बेटा कमाई नहीं है...कोरी लूट है...अल्लाह देख रहा है सब।'' साहिल ने पैसे थमाते हुए कहा। उसने सरकार का गुस्सा उस बेचारे पर निकाल दिया। मुँह में भरे पान की पीक थूकी और उसे चुभती नज़रों से घूरने के बाद एक हल्की-सी मुस्कान छोड़ दी।

पान वाले के पपड़ी जमे होठ और गंदली आँखें उसकी गरीबी का परिचायक थी। अब वह पान वाला कमा रहा था कि लूट रहा था, वही जानता था। उस छोटे से ठेले को वहाँ खड़े करने लिए हजारों रुपए महीने में पुलिस वालों के मुँह में ठूँसता था। पान शायद बीस रूपए का ही था लेकिन पुलिस वालों ने उसे सौ का बना दिया था। अब किसका कसूर था..? सरकारी व्यवस्था का या उसकी मजबूरी का? यह भी एक बड़ा सवाल था। वे दोनों दोस्त अपने रास्ते हो लिये थे लेकिन उनकी तलाश अभी भी जारी थी।

◻◻◻

# अध्याय-4

## 'कमाल की होती है न यह मिट्टी!'

दूधिया रात थी। चाँदनी चाँद से छिटक कर वातावरण में फैले धूल के गुबार को चूमकर खुले आसमान में लेटे बिरंचि नारायण तक पहुँचने का प्रयास कर रही थी। घर के आँगन में आँधी के निशान अभी तक थे। महीन तरीके से धूल वहाँ के चप्पे-चप्पे पर विद्यमान थी। घर के आँगन में पड़ी जर्जर खाटें, बिस्तर, बर्तनों पर वह धूल अच्छी तरह से जम गई थी। जहाँ भी उनकी उंगलियाँ पड़ती, वहीं निशान उभर आते। मिट्टी घर की खिड़कियों, दरवाज़ों से झड़ रही थी और सभी जगह अपनी मौजूदगी का अहसास करवा रही थी। कमाल की होती है न यह मिट्टी। बरसात की नमी पाकर यह एक चीज को अंकुरित कर देती है और जरा-सा पानी पाकर यह उसको आधार प्रदान करती है, जिस पर उस पौधे का संपूर्ण भविष्य टिका होता है। किसान के लिए मिट्टी उसका वर्तमान और उसका भविष्य दोनों तय करती है। वे इस मिट्टी को माँ समझकर पूजते हैं और इस मिट्टी से प्राप्त अन्न से अपना जीवन निर्वाह करते हैं। सिर्फ अपना ही नहीं समाज के उस हिस्से का भी जो इस मिट्टी से बचता फिरता है। अनाज उगाने वाले असली हकदार आज भी मृत्यु को गले लगा रहे हैं। भूख की लड़ाई में वे अपना जीवन हार जाते हैं। शहर में बैठे लोगों को यह पता ही नहीं चलता कि जो अन्न उनके शरीर को प्राप्त हो रहा है, वह कितने लोगों की मेहनत का प्रतिफल है।

आधी रात बीत चुकी थी।

बिरंचि नारायण स्वप्न में था। आधी-अधूरी नींद में स्वप्न चुपके से उसे आ पकड़ते हैं। आँखें मूदने पर उसे लगा कि वह एक बड़े शमशान में खड़ा है जहाँ एक मरा पशु किसी ने फैंक दिया जिसे गिद्ध, चील्ह और कौवे नोच रहे थे। उनका मुँह इंसान की तरह और देह परिंदे की तरह प्रतीत हो रही थी। फिर कुछ लोग कटे हुए बकरे को उठा लाए। वे उसकी खाल उतारने लगे।

रात को एक साया घर की छत पर दिखाई दिया। बुद्धरायशरण अभी-अभी आया था। आते ही वह बिस्तर पर निढाल हो गया। दिन भर की थकावट ने उसके शरीर को चूर-चूर कर दिया था। सारा दिन जंगल में वह मारा-मारा फिरता। जब खेत की ज़मीन से कुछ नहीं मिलता तो विपरीत परिस्थितियों में ये

जंगल ही तो उन्हें पाल रहे थे लेकिन इन जंगलों पर किसी और का हक उसे बेचैन कर देता था। बुद्धरायशरण जान चुका था कि यहाँ के संसाधनों पर सरकारी तंत्र की बुरी नज़र पड़ चुकी है। अब जंगल उनके होकर भी उनके नहीं थे। किससे लड़े, गाँव में ज़मींदार से या सरकार से? बुद्धरायशरण इस बात को भली-भांति जान चुका था कि ये गाँव के मुखिया भी तो गाँव के लोगों के न होकर नेताओं और सरकारी तंत्र की कठपुतलियाँ होते हैं।

वह रात को चुपके से घर आता और अपने कच्चे मकान की छत पर जाकर सो जाता। गाँव में कच्चे झोपड़ों के बीच कुछेक मकान ऐसे थे जो कच्ची मिट्टी से बने थे। हर रोज़ वह टूटी सीढ़ी के सहारे छत पर जाता ताकि उसके बाबा बिरंचि नारायण की नींद खराब न हो। आज भी वह चुपके से आकर चारपाई पर लेट गया। अब वह गहरी नींद में जा चुका था लेकिन महालया और बिरंचि नारायण की आँखों में नींद अभी कुछ देर पहले ही आई थी।?

खुले आँगन में बिछी पुरानी चारपाई पर लेटे बिरंचि नारायण की आँखें बंद थी। वहाँ की चुप्पी आसमान को चीरने का प्रयास कर रही थी। साथ ही बिछी चारपाई पर महालया लेटी हुई थी। हवा की आवाज़ अब धुँधलके से भी ज़्यादा शांत थी। चाँदनी छिटक-छिटक कर आ रही थी। ख़ामोशी भी चारों तरफ फैली थी। बदलती करवटों के सिलसिले को सुबह का इंतज़ार था लेकिन ऐसी सुबह जो बादल लेकर आए, जिससे फसलों और आँखों की प्यास बुझ जाए।

बिरंचि नारायण नींद में जोर-जोर से साँसें ले रहा था।

''सुनिए जी! क्या हुआ?'' महालया ने कच्ची नींद से उठते हुए पूछा।

''कुछ नहीं...कुछ भी तो नहीं...बस नींद नहीं आ रही थी।'' वह पसीने में तर-बितर था।

''क्यों सोए नहीं थे अब तक! मुझे लगा नींद में कुछ बड़बड़ा रहे थे?'' महालया ने करवट लेते हुए कहा। दो टूटी चारपाई खुले आसमान के नीचे बिछी हुई थी।

''नहीं...नहीं ऐसी बात नहीं ...नींद नहीं आ रही...पता नहीं क्या होगा इस बार धान का? अगर बरसात हो जाती तो कम से कम बैंक से जो कर्जा उठाया है फसल के लिए वह तो धीरे-धीरे चुक जाता। ज़मींदार की भी उधारी

है। अब क्या करें, सारी ज़मीन भी तो नहीं बेची जाती?'' बिरंचि नारायण ने दबे स्वर में कहा। वह स्वप्न वाली बात को भूल जाना चाहता था। वह शून्य में ताक रहा था। चाँद की बिखरती रोशनी में उसके प्रश्न तैरने लगे। महालया धीरे-से उसके सिरहाने आकर बैठ गई।

''क्यों चिंता करते हो? दनेश्वर जब शहर से आ जाएगा तो सब ठीक हो जाएगा। पिछली बार जब वह आया था तो कह रहा था कि उसकी पढ़ाई पूरी हो गई है और जब उसे नौकरी मिल जाएगी तो वह सब ठीक कर देगा।'' महालया ने चेहरे पर हल्की-सी मुस्कान लेते हुए कहा। उसके हाथ बिरंचि नारायण के सिर पर पड़े बचे-खुचे बालों को सहलाने लगे।

''पुरख़ों के 'पूजा दिवस' को तो कितने महीने हो गए...वह महुआ पूजन पर भी नहीं आया...पता नहीं कैसा होगा...न चिट्ठी...न पत्री?'' बिरंचि नारायण ने आकाश की ओर देखते हुए कहा। उसके मन में उठे सवाल काले आकाश पर तारे बन चमकने लगे। वे टिमटिमा रहे थे उम्मीद की रोशनी बन कर। तभी उसकी आँखें डबडबा गईं।

''तुम भी बस...जरा-सी बात पर आँखें भर लेते हो...आ जाएगा...नौकरी की तलाश में लगा होगा। जब काम मिल जाएगा तो एक दिन जरूर आएगा मिलने।'' महालया ने बीच में ही बात काट दी। उसका ध्यान भी उन तारों पर था जो उम्मीद बन अभी भी टिमटिमा रहे थे।

''नौकरी...हाँ...तुम सही कह रही हो...इंतज़ार ही करना होगा।'' उसने करवट लेते हुए अपनी कमर सीधी की और बहते आँसुओं को हथेली से पोंछा।

''हाँ...हमारे भाग्य में जाने कब तक इंतज़ार लिखा है!'' मायूसी ने महालया के चेहरे को भी घेर लिया।

''महालया...अरे मुझे समझाते-समझाते तुम तो खुद उदास हो गई। अब तुम सो जाओ और मुझे भी सोने दो। हम नाहक ही चिंता कर रहे हैं, होता तो वही है जो ऊपर वाला चाहता है।'' बिरंचि नारायण ने उसे समझाया लेकिन वह अपने आप को भी समझाने की कोशिश कर रहा था।

''अच्छा ये बताओ..बुद्ध आ गया था क्या?''

''हाँ, वो तो कब का आ गया। तुम भी सो जाओ अब'' महालया ने शांत स्वर में कहा। महालया का ध्यान छत पर लेटे बुद्धरायशरण पर गया। वहाँ से उसकी चारपाई का पिछला हिस्सा और उसके पैर दिखाई दे रहे थे।

‘‘ठीक है महालया, मैं भी सो जाता हूँ...ये बेचारा भी न जाने कहाँ मारा-मारा फिरता है। देख उसके आने की आवाज तक भी नहीं आई... जाने कैसे बेसुध पड़ा है ।’’ उसने छत की मुंडेर की ओर देखा। उसे केवल उसके पैर दिखाई पड़ रहे थे।

अगर बुद्धरायशरण न होता तो वे दोनों अपने श्वास कभी के त्याग देते। हवा की खुश्क आवाज़ अभी भी उसके ज़हन में गूँज रही थी। महालया कुछ देर बाद सो गई लेकिन नींद बिरंचि नारायण की आँखों से कोसों दूर थी। ख़ामोशी उसके बगल में आकर खड़ी हो गई थी।
इंतज़ार...कितना इंतज़ार...और कब तक !!!

आँगन में अभी भी ढिबरी जल रही थी। उसके अंधकार भरे जीवन में इसकी रोशनी एक उम्मीद का प्रतीक थी।

*‘‘मिट्टी में लिपटे पाँव, नंगे पाँव, थकते पाँव,*

*अपने भूखे और जर्जर शरीर को खींचते हुए*

*मरते-गिरते सिसकियाँ भरते दूर-दूर तक फैले लाचारी के महासागर में*

*एक उम्मीद भरी नज़रों से ताकते जलती-बुझती दोपहरी में,*

*और सूनी रातों में संघर्षरत, बदलते मौसम से लड़ते हुए,*

*एक अधूरे सफ़रपर चले जा रहे हैं....*

*जाने कब तक?’’*

❏❏❏

# अध्याय-5

## 'ज़मीन धीरे-धीरे कठोर होती जा रही है'

सुबह-सुबह धूल उड़ाती कारों की कर्कश आवाज़ें कानों को बींधती हुई तेज ढोल की धमक की तरह गाँव के बीचो-बीच कच्ची सड़क पर पड़ रही थी। आवाज़ के शोर ने बुद्धरायशरण की नींद को तोड़ दिया। सुबह की ख़ामोशी को जैसे एक झटके से बिखरा दिया गया था। तेजी से दौड़ती मोटर कारें मंद पड़ गईं। पहियों की आवाज़ धीमी हुई और सड़क के धूल भरे दाएँ किनारे पर आकर सारी कारें रुक गईं। बुद्धरायशरण थका होने के कारण बेचैनी और पीड़ा से तड़प रहा था। उसका सिर दर्द से फटा जा रहा था। ऊपर से यह गाड़ियों का शोर, उसे सहन नहीं हो रहा था।

''सुबह-सुबह...क्या मुसीबत आ गई है।'' वह कराहता हुआ अपने आप से बोला।

''बाबा देखना बाहर गली में, मैं अभी आया'' उसने चारपाई पर कुलमुलाते हुए छत से आवाज़ लगाई। उसने चारपाई से उठने का प्रयास किया और कमर सीधी की। उसका शरीर पसीने से लथपथ था और माथा एकदम गरम। हड्डी का एक-एक जोड़ कराह रहा था। उसने उठकर सबसे पहले गली में झांकने कोशिश की लेकिन केले और नारियल के वृक्षों के झुंडों में से उसे कुछ दिखाई नहीं दिया। वह कोशिश कर सीढ़ी के माध्यम से नीचे आँगन में आ गया। वह ठीक से चल नहीं पा रहा था।

''क्या हुआ बेटा...तबीयत ठीक नहीं लग रही तेरी? न जाने रातों को कहाँ मारा-मारा फिरता है।'' महालया ने उसके पास आते हुए पूछा।

''अम्मा मेरी चिंता मत करो। बाबा बाहर गए क्या?'' उसने दोबारा आँख मलते हुए पूछा।

''हाँ...अभी-अभी बाहर गली में कुछ शोर मचा था जैसे कोई तूफान आया हो। शायद ज़मींदार बाबू होंगे।'' महालया ने उसके माथे के पसीने को अपनी साड़ी के पल्लू से पोंछते हुए कहा।

''कहाँ के ज़मींदार बाबू साले!! हम जैसे कमजोर लोगों को लूटकर बन गये बड़े मुखिया। खुद कुछ किया नहीं, बड़े ज़मींदार से विरासत में मिली है इसे ये ज़मींदारी। बड़े मालिक तो फिर भी कुछ ठीक थे लेकिन ये तो साला कुत्ता है। यहाँ तो भगवान ही न जाने किस अनजान गुनाह की सजा हम गरीबों

को दे रहा है और ऊपर से यह हरामी।'' बुद्धरायशरण ने आसमान को निहारा। दूर-दूर तक बादलों का नामोनिशान नहीं था। गरीब होना इस संसार में सबसे बड़ा अभिशाप है। यह अभिशाप उसके जन्म से मरण तक साथ रहता है जिसका निवारण वह अपनी इस ज़िंदगी में कभी नहीं कर पाता। उसका सारा जीवन दूसरों की दया पर निर्भर रहता है। इन कमजोर लोगों को दबाकर कुछ भरपेट लोग इस धरती पर राज़ करते है जबकि यह धरती तो सभी की है। गरीबी केवल बाहरी तत्त्व नहीं है बल्कि यह मानवीय अनुभव को आकार देने वाला सर्वव्यापी प्रभाव है, जो इंसान को अंदर तक तोड़ देता है। जहाँ आर्थिक समानता, न्याय, हक आदि शब्द केवल झूठ है, सच केवल है-सहनशीलता और दुख।

एक अज़ीब-सी ख़ामोशी गाँव में फैल गई थी। गाड़ी का काफिला थम चुका था। धूल धीरे-धीरे बैठ रही थी। पीपल के पेड़ के पास बने चबूतरे पर ज़मींदार दुर्जेधन नायक बेख़ौफ बैठ गया। उसके आस-पास केले के भी घने वृक्ष लगे थे जिस पर अभी ताजा-ताजा फल लगा था। केलों का आकार सामान्य से छोटा था। वहाँ चबूतरे के पास ज़मींदार दुर्जेधन नायक के पालतू लठैत उसके पीछे मुस्तैदी से खड़े थे। गाँव के सभी आदिवासी किसान नीचे ज़मीन पर ही बैठ गए। सभी बुत बन गए थे जैसे उनके ऊपर कोई देवता का शाप हो। पत्ता फड़कने की आवाज़ तक नहीं आ रही थी। उनकी आवाज़ें जैसे उनके गलों में ही रुँध गई हो।

'बिरंचि नारायण...तुम गाँव के बड़े बुजुर्ग हो और समझदार भी। जो भी तय हुआ था, वह तो आप लोगों को देना होगा। तुम ही समझाओ अब इन सबको।'' युवा ज़मींदार दुर्जेधन नायक की कर्कश आवाज़ ने वहाँ फैली ख़ामोशी को चीर दिया। बीस साल का नौजवान, रंग गेहुआँ, शरीर तगड़ा, छह फुट के आसपास। सफेद रंग के कुर्ते पायज़ामे में वह पूरा नेता लग रहा था। देखने में आकर्षक लेकिन व्यवहार से पूरा दानव।

''मैं क्या समझाऊँ मालिक, आप ही हमारे लिए सब कुछ हो'' बिरंचि नारायण ने नज़रें झुकाकर कहा।

''बुवाई के समय जो पैसा तुम लोगों ने लिया था, वह तो चुकाना ही होगा। यह तुम लोग अच्छे से समझ लो'' उसकी बड़ी-बड़ी आँखें आग बरसाने लगी। तभी एक तेज आवाज़ ने माहौल में गर्माहट बढ़ा दी।

‘‘यह तो ज़ुल्म है सरकार। आप तो जानते हैं कि बरसात की एक-एक बूँद को यह ज़मीन तरस रही है और धीरे-धीरे कठोर होती जा रही है। यहाँ तक कि हमारे ये पोखर भी सूख चुके है। सारी मछलियाँ भी मर चुकी है। जब धरती माँ का सीना ही कठोर हो गया है तो आप ही कुछ रहम करो सरकार...हम कैसे चुका पाएँगे? अभी तो बिल्कुल नहीं।’’ बुद्धरायशरण ने ख़ामोशी को तोड़कर उसकी आँख में आँख मिलाते हुए विनम्र भाव से कहा लेकिन उसके अंदर का ज्वालामुखी फटने को तैयार था। उसने घर के दरवाजे पर लगी तुलसी माँ और मंदिर को प्रणाम किया और आगे की पंक्ति में आकर बैठ गया। बिरंचि नारायण ने उसे चुप रहने का इशारा किया।

‘‘चुप कर, ज़्यादा लीडर मत बन और आवाज़ को भी नीचा कर।’’ ज़मींदार दुर्जेधन नायक का मिज़ाज बिगड़ा।

‘‘मैंने तो कुछ भी ऐसा नहीं कहा सरकार? आप नाहक ही...’’ बुद्धरायशरण ने तेज आवाज़ में कहा।

‘‘मेरा मूड खराब मत कर, यह पैर में पड़ी जूती देखी है न, अभी खुराक मिल जाएगी और तेरा हाज़मा ठीक हो जाएगा। रही रहम की बात, रहम करके ही तो पैसे दिए थे। कोई हराम के नहीं थे। एक बार मेरा दिमाग घूम गया तो फिर भगवान भी तुम्हें बचा नहीं पाएगा।’’ दुर्जेधन नायक का चेहरा गुस्से से लाल हो गया।

बिरंचि नारायण सकपकाया। वह जानता था कि ज़मींदार गुस्से में कुछ भी कर सकता है क्योंकि वह उस गाँव का भगवान भी है और सरकार भी।

‘‘मालिक आप तो पढ़े-लिखे हो, यह रहा कोरा अनपढ़ कभी-कभी दो बूँद दारू ले लेता है तो बहक जाता है।’’ बिरंचि नारायण ने खुशामदी लहजे में झूठ-सच का मिश्रण कर बुद्धरायशरण को बचाने की कोशिश की क्योंकि बुद्धरायशरण न तो कोरा अनपढ़ था और न ही शराबी ।

बुद्धरायशरण को वह ज़मींदार वहाँ बर्दाश्त नहीं हो पा रहा था। उसके सीने में आग लग चुकी थी। अगर उसे मौका मिलता तो वह दुर्जेधन नायक को उसकी औकात बता देता लेकिन वह मजबूर था। वह दूर जाकर अपने घर की दहलीज़ पर बैठ गया और तुलसी माँ के सूखे पत्तों को निहारने लगा जो सूख चुके थे। उसका शरीर अभी भी तप रहा था। तभी उसे कच्ची सड़क के माथे पर विचित्र रंगों की छायाएँ फिसलती-सी नज़र आई। दूर से कुछ टूटने की आवाज़ उसके अंदर गुंजने लगी। पसीनों की बूँदों से उसके सिर के बाल चिपक से गये

थे। रात की नींद से उसकी आँखें बोझिल थी या खारे पानी के दबाव से यह तो वह खुद भी नहीं जानता था। तभी उसकी नज़र दूर पीपल पर लगे लाल रंग के झंडे पर गई और वहीं ठहर गई। लाल झंडा हवा में आज़ादी से लहरा रहा था।

''तुम लोगों की जुबान बहुत चलने लगी है। मालिक के सामने बोलने से पहले चार बार सोचना चाहिए। मालिक तुम लोगों की कितनी मदद करते हैं और बिरंचि नारायण तुम तो इस बैलबुद्धि को जरा समझाओ। तुम्हारे बेटे को जब शहर में पढ़ाई के लिए जाना था तो तुम्हारी कौड़ी की ज़मीन के बदले पूरे एक लाख रुपये दिए थे ताकि तुम्हारे बेटे की फीस भरी जा सके और वह पढ़ सके। और हाँ...वो बैंक का लोन भी तो दिलवाया था सरकार ने। एक मरांडी का बेटा हेमरन और तुम्हारा बेटा दनेश्वर...गया है कोई गाँव से ऐसे, बताओ ज़रा।'' ज़मींदार के मुनीम जीवन ने याद दिलाते हुए कहा।

दोनों भौहों के मध्य नमकीन नदी का बहाव बिरंचि नारायण रोके बैठा था। डर के साथ-साथ भावुकता का ज्वार उसके अंदर निर्मित हो गया जो उसके शब्दों को जकड़ कर बैठ गया। उसके पास जैसे शब्दों का अकाल पड़ गया था।

तभी सन्नाटे में कुछ खटपट हुई। बुद्धरायशरण ने पलट कर देखा।

जवानी का गुरूर सिर पर लिए कावेरी घर से निकलकर गली के एक किनारे पर आकर बैठ गई। उसकी चाल मदमस्त थी और एक-एक अंग सांचे में ढला हुआ। कावेरी चक्रधर बाबा की इकलौती बेटी जो बिरंचि नारायण के घर के साथ वाले घर में रहती थी। गाँव की सबसे सुंदर लड़की।

पत्नी के जाने के बाद बुद्धरायशरण के अकेलेपन को किसी ने अगर भरा था तो वह कावेरी थी। कावेरी का उनके घर और उनका कावेरी के घर आना-जाना आम बात थी। ये दो परिवार आपसी प्रेम में बँधे थे। उसकी आँखों की चंचलता और गहराई को देखकर बुद्धरायशरण भूल गया था कि उसका शरीर बुखार से तप रहा था। ऐसे में कावेरी का घर से बाहर आना उसको ठीक नहीं लग रहा था।

दुर्जेधन नायक की गंदी नज़र कावेरी के शरीर पर टिक गई। उसकी लम्बी लटकी चोटी देख वह सब कुछ भूल गया। दुर्जेधन नायक को लगा कि जैसे किसी अप्सरा ने उसे अपने हुस्न का गुलाम बना लिया हो। बे-इंतेहा नफरत का तूफान जैसे थम-सा गया था। दुर्जेधन नायक की नज़र अब एक जगह ठहर गई। गरीबों के कपड़ों में झांकने का यह ज़मींदारी रिवाज़ सदियों

पुराना था और इसके सहने की उनकी मज़बूरी शायद उससे भी पुरानी। उनकी गरीबी का फायदा उठाकर अक्सर पैसे वाले लोग न केवल उनके ज़िस्म से खेलते है बल्कि उनकी आत्मा तक को कचोटते है। धनाड्य लोगों की पैसे की चमक के आगे गरीबों का शरीर एक वस्तु बनकर रह गया था।

''आपने ठीक कहा मुनीम जी, आपके एहसानों को हम कहाँ भूल सकते हैं। रही बात पैसों की, थोड़ी-सी मोहलत दे दीजिए। मैं कस्बे के सरकारी बैंक गया था, जहाँ से आपने लोन दिलवाया था। उन्होंने कहा है कि जब गाँव में बिजली आ जाएगी तो घर की ज़मीन के बदले भी लोन दे देंगे। सरकारी योजना के तहत लोन का कोई नया प्रावधान भी है। एक बार गाँव में बिजली आ जाए...फिर पानी...तो ज़मीन में कुछ उग सकेगा तो हम सब चुका देंगे। बैंक का भी और आपका भी। बड़े ज़मींदार जी ने ही तो बिजली की तारें खिंचवाने का वायदा किया था और रही जंगल की बात वहाँ सरकारी वन अधिकारी पकड़ लेते हैं और अंदर जाने नहीं देते। हम बहुत लुक-छिप कर जाते हैं तभी घर चल पाता है। अगर ऐसा ही रहा तो उन सरकारी खदानों पर जाने की नौबत आ जाएगी।'' बिरंचि नारायण ने हाथ जोड़ते हुए कहा। उसकी आँखें नम हो चुकी थी। ऐसी सामाजिक संरचना में पीड़ित व्यक्ति को न्याय मिलना और समानता की बात करना एकदम बेमानी-सा था।

उधर दुर्जेधन नायक का ध्यान कावेरी के अनढके शरीर पर था जो उसके पुराने कपड़ों से झांक रहा था। वह उसे ऊपर से नीचे तक निहार रहा था। उसकी सुंदरता ने उसे मोह लिया था। कामदेव उसके सिर चढ़कर बोल रहा था। उसके गुस्से का ऊफान कम हो चुका था।

''ठीक है बिरंचि नारायण, तुम बड़े हो। हम तुम्हारी बात रखते हैं। हाँ...रही बिजली की बात...इस बार जल्दी ही बिजली गाँव में आ जाएगी और फिर गाँव में हमारे खेतों की तरह ट्यूबवेल भी आ जायेगा। पानी की समस्या भी दूर हो जाएगी। ये जंगल भी तो तुम्हारे ही हैं, मैं बात करूँगा उन वन अधिकारियों से। और हाँ तुम अच्छे से जानते ही हो कि ये काम मैं ही कर सकता हूँ...सिर्फ मैं। मुझे भी तुम लोगों से हमदर्दी है...प्यार है।'' उसने तिरछी नज़र से कावेरी की ओर देखा। उसके कड़वाहट भरे मुँह का अचानक ज़ायका बदल गया था। अब उसके मुँह से निकले शब्द शहद की चाशनी में लिपटे हुए थे। कावेरी की मुस्कान उसका दिल बींध रही थी।

उधर बुद्धरायशरण ने भी दुर्जेधन नायक की नज़रों को पढ़ लिया था। उसकी आँखों में उतर आए दानव को वह भली-भांति देख पा रहा था लेकिन वह चाहकर भी कुछ नहीं कर सकता था। अब उसका ध्यान उस लहराते लाल झंडे से हट चुका था लेकिन झंडा अभी भी लहरा रहा था।

''यह चक्रधर की बेटी है न?'' उसने मुनीम को अपने पास इशारे से बुलाया और बड़े ही धीमे स्वर में पूछा।

''जी सरकार।''

''बहुत अच्छा, जवान हो गई है यह तो।''

''जी सरकार।''

''तुम जानते ही हो कि जब फल पक जाए तो पक्षी का क्या कसूर? वह तो चोंच मारेगा ही। यह लड़की हमें चाहिए...हर हालत में...चलो अब चलते हैं'' उसकी नज़र कावेरी पर टिकी हुई थी।

कारें दहाड़ी और गियर बदलने से रेस की आवाज़ आई। धरती को हिलाते हुए गाड़ियाँ धूल पैदा करती हुई गाँव की सीमा से बाहर की ओर चली गईं। सारा गाँव शांत हो गया था। ख़ामोशी फिर से वहाँ पसर गई।

॰

दुर्जेधन नायक जा चुका था। न जाने कितने बेकसूर किसानों के लहू और पसीने को निचोड़ कर उसने यह साम्राज्य स्थापित किया। गाँव में तरक्की के नाम पर कुछ भी नहीं था सिर्फ बिजली के खंबे और टूटी सड़कें। बिजली की ऐसी तारें जिनमें कभी बिजली का करंट दौड़ा ही नहीं। जहाँ एक तरफ देश डिजिटल इंडिया बन रहा था, वहीं दूसरी तरफ दूर दराज़ के ऐसे पिछड़े आदिवासी गाँव जो सरकार और सरकारी योजनाओं से बेहद परे थे।

जंगल छीन कर इन्हें बाहर इन बस्तियों में बसाया गया था कि खेती से इनके जीवन में कुछ स्थायित्व आएगा लेकिन जंगल की मिट्टी से मैदान की मिट्टी के सफ़र में इनके जीवन में कुछ नहीं बदला। न ही पेट की भूख और न ही ज़मीन की प्यास। पानी, मिट्टी, जंगल और पहाड़ सभी पर साहूकारों का कब्जा। यहाँ तक कि दूर-दूर फैले आकाश पर भी इन सब का नियंत्रण हो चुका था। शायद वह आकाश भी तो इन मुखियाओं के यहाँ गुलाम हो गया था।

''मेरा बस चले तो साले को यहीं काट दूँ।'' बुद्धरायशरण ने चिल्लाते हुए कहा। उसका बुखार शायद उतर गया था क्योंकि उसकी आवाज़ में चार गुना जोश था और गुस्सा भी। बिरंचि नारायण ने ख़ामोश निगाह से उसे देखा।

‘‘अपनी बहू बेटियों को अंदर ही रखा करो, जब जानवर गाँव में आ जाएँ। इनकी नज़रें केवल हमारी ज़मीन पर ही नहीं...हमारी घर की इज़्ज़त पर भी है...सूअर हैं ये साले!!’’ उसका दिमाग घूमने लगा। कलेजे को बींध देने वाली बातें उसके मुँह से निकल रही थी। उसने दुर्जेधन नायक के कामातुर भाव को ताड़ लिया था। उसे कावेरी की परवाह थी। वह दिल ही दिल में उसे चाहता था। कावेरी भी उसके अनकहे प्रेम से बेखबर नहीं थी। वह जानती थी कि बुद्धरायशरण उसे पसंद करता है। वह कावेरी से नज़र बचाकर थूक गिटककर वहाँ से घर के अंदर चला गया। ख़ामोशी फिर से पसर गई। बिरंचि नारायण उसके पीछे-पीछे घर के अंदर चला गया।

गाँव में किसी के मुँह से कोई शब्द नहीं निकला। सब को साँप सूँघ गया था। लगातार होते हुए शोषण ने उनकी जुबान में गाँठ मार दी थी। हमेशा से ऐसा ही हो रहा था। कोई नई बात नहीं। उन्हें आदत हो चुकी थी शोषण करने की और इन्हें हो चुकी थी सहने की। ज़मींदार दुर्जेधन नायक के कारिंदे उसके नाम पर कभी भी गाँव में आ धमकते थे। हर बार की तरह वह बंद गाड़ियों में आते। खुश्क पड़ी ज़मीन को जाँचने के लिए अपनी उंगलियों से खुरचकर देखते और उसकी मनचाही कीमत लगाते। बंद कारें जब खेतों में चलती दिखती तो किसान सहमा-सा अपने घर के दरवाज़े के पास धूप में खड़े थके मांदे कोल्हू के बैलों की भाँति घुटनों के बल बैठकर सलाम ठोकता। उनकी किस्मत खेत में उड़ती गर्द में चित्रकारी करने मात्र तक ही रह गई थी। वे नहीं जानते थे कि उनका सही मालिक कौन है, यह ज़मींदार, हमारी सरकारें या केवल भगवान या वह भी नहीं। सारा गणित गड़बड़ था।

किसी भी आदिवासी किसान के पास ज़मीन तभी तक रह सकती है जब तक वह कर्ज़ चुकाने के काबिल बना रहे। यह कर्ज़ देने वाले चाहे ज़मींदार हो या बैंक, हवा-पानी या गोश्त नहीं निगलते बल्कि उनका भोजन केवल अपना फायदा होता है। वे ब्याज खाकर जिंदा रहते हैं। ब्याज के बिन इनका हश्र बहुत बुरा होता है। यह एक सच है, एक दम कोरा। कल्पना की उधेड़बुन में न जाने कितने सपने किसान देखता है कि फसल अच्छी होगी तो कीमत अच्छी मिलेगी और सब ठीक हो जाएगा लेकिन वह नहीं होता जो वे सोचते हैं। कल्पना और वास्तविकता की लड़ाई में वे हार जाते हैं। कर्ज़ वालों को लाभांश चाहिए, वे कल्पना के संसार को नहीं मानते। वे हकीकत की

दुनिया में जीते हैं जहाँ भावनाएँ महत्वपूर्ण नहीं हैं, महत्वपूर्ण है तो केवल उनका लाभांश।

लेकिन एक चिंगारी बुद्धरायशरण के सीने में जल रही थी जो काफ़ी है ऐसी व्यवस्था को जलाने के लिए। बस उसे एक हवा की जरूरत थी। और समय का इंतज़ार भी। वह लाल झंडा अभी भी पेड़ पर लहरा रहा था।

"बाबा तुम इन लोगों को उतना नहीं जानते जितना कि मैं। सुअर हैं साले।" बुद्धरायशरण अंदर चारपाई पर आकर बैठ गया था। गुस्सा अभी भी चेहरे को जला रहा था। उसके शब्द बिरंचि नारायण के ज़हन में गूँज रहे थे।

"हाँ मैं जानता हूँ बेटा लेकिन क्यों लगते हो इनके मुँह...गाँव में तुम ही हो हमारा सहारा...तुम्हें कुछ हो गया तो?" बिरंचि नारायण ने बेचैनी से इधर-उधर देखा। उसके काँपते होठों से शब्द पत्ते बनकर झर रहे थे। फिर वह अचानक ख़ामोश हो गया।

"बाबा तुम मेरी फिक्र मत करो। मैं हमेशा तुम्हारे साथ हूँ और रहूँगा। ये लोग मेरा कुछ नहीं बिगाड़ सकते लेकिन बाबा मैं क्या करूँ, अब सहन नहीं होता।" उसने बाबा को अपने दिल की बात कही। महालया भी पास खड़ी सब कुछ सुन रही थी।

"तुम्हें कुछ हो गया न बेटा तो फिर हम कैसे जिएँगे? क्या करेंगे? इस ज़मीन की तरह तुम भी हमारे लिए एक उम्मीद हो बेटा।" बिरंचि नारायण की आँखों से आँसू बह निकले। उसने उनकी आँखों में उम्मीद के आँसू देखे।

"ठीक है बाबा...मैं आगे ध्यान रखूँगा। तुम फिक्र मत करो।" उसने बिरंचि नारायण को समझाते हुए गले लगा लिया। कावेरी भी पीछे-पीछे वहाँ आ गई थी। वह महालया के पास आकर खड़ी हो गई।

किसी भी किसान के लिए अपनी ज़मीन का छोटा-सा टुकड़ा ही उसकी सम्पूर्ण धरती है। वह उसकी पालनहार है। बिरंचि नारायण के लिए उसकी ये धरती ही उसकी उम्मीद है। उससे अलग होकर अगर कोई दुनिया हो भी तो उससे उसका कोई वास्ता नहीं था। जब धरती बनी होगी तो एक ही थी। धीरे-धीरे मानव सभ्यता के विकास ने इन्हें सीमाएँ दी और बाँट दिया इसे अपनी मनमर्जी से। ज्यों-ज्यों हम सभ्य होते गए, त्यों-त्यों हम बँटते गए। क्या यही सभ्यता है? क्या यही सभ्यता की परिभाषा है? अब कौन-सी धरती अच्छी

है या बुरी, बेचारा बिरंचि नारायण नहीं जानता था, उसे उससे क्या ? उसकी मुट्ठी भर ज़मीन ही उसकी आदिभूमि है जो उसका सर्वस्व था।

बुद्धरायशरण जा चुका था। वह उसके आसपास नहीं था। उसके चेहरे की हर लकीर उसके बिखराव से सजी थी। उसकी नज़रों के सामने धूलधक्कड़ हवा आसमान में छतरीनुमा शक्ल में तैर रही थी। वह एक ताजा हवा के इंतज़ार में था। वह स्थिर हो गया था जैसे वह किसी हिलडुल के लिए तैयार न हो। वह आँखें बंद कर कल्पना के घोड़े पर सवार हो अपने खेतों में पहुँच चुका था। घर का आसमान उसे खेत का खुला आसमान नज़र आ रहा था। अचानक हल्की घास, जो भूरी हो चुकी थी, की चादर पर उसने अपनी कमर सटा दी। उसका शरीर घास और कंकड़ पर बढ़ता चला गया चला जा रहा था। अब वह सोच की मुद्रा में डूबा कुछ याद करते हुए बुदबुदाया...... ''दनेश्वर.... दनेश्वर!!!''
☐

धूप में चल-चलकर उनकी आँखें और चेहरे लाल पड़ गए थे। बिरंचि नारायण और बुद्धरायशरण जब थक हार के घर पहुँचे तो कावेरी घर की दहलीज पर पानी का गिलास लिए खड़ी थी। उसकी पतली-छरहरी काया देख बुद्धरायशरण की नज़र एक बार उस पर टिकी लेकिन फिर इधर-उधर बिखर गई जैसे उसने उसे देखा ही न हो।

''बैंक वालों ने कुछ मोहलत दी क्या ?'' महालया ने  बड़ी उत्सुकता से पूछा।

''अम्मा...तू भी...अभी तो आए...थोड़ा सुस्ता तो लेने दो। तुम्हें पता है न कितनी दूर है शहर। पूरा सौ किलोमीटर और उस टेम्पों वाले ने हमारे सारे हाड़ तोड़ दिए...सड़क की हालत को तू जानती ही है'' बुद्धरायशरण ने बुरा-सा मुँह बनाते हुए कहा। रिश्ते में महालया उसकी चाची-ताई लगती लेकिन वह उन्हें कभी-कभी अम्मा के नाम से ही संबोधित करता। एक माँ की तरह ही वह भी उसका पूरा ख़्याल रखती।

''हाँ अम्मा...तुम बाबा को आराम करने दो।'' कावेरी ने चारपाई बिछाते हुए कहा। उसकी आवाज़ में एक मिठास थी।

''कावेरी! जीती रह बेटी, आज अपने बाबा के साथ जंगल में नहीं गई ?'' बिरंचि नारायण ने शुभाशीष देते हुए पूछा । चक्रधर उसके बचपन का मित्र था।

‘‘नहीं...अब क्या है खेत में...कुछ नहीं है वहाँ बाबा...बस एक चक्कर मार कर लौट आते हैं। एक दिन खदानों की ओर भी गए थे लेकिन लौट आए। अब ज़्यादा मेहनत का काम नहीं हो पाता उनसे।'' कावेरी ने तकिया देते हुए कहा।

‘‘सही कह रही हो बेटी...अब क्या है इस ज़मीन में...शायद अब दरबदर होना पड़ेगा...पहले सरकार ने जंगल छीन लिए हैं...अब खेत और शायद अब घर भी...।'' कहते-कहते बिरंचि नारायण बीच में ही रुक गया।

यह प्रश्न महालया के मन में भी था लेकिन उसकी चुप्पी सब कुछ कह रही थी। बुद्धरायशरण से रुका नहीं गया और वह बोल उठा।

‘‘हमें अब ज़मीन से दरबदर होना होगा? हमारे औजार हल...खुरपी...दरांती...सब कैद हो जाएँगे...उनके बही-खातों में कुछ आंकड़ों के रूप में... कुछ साहूकारों के पास और कुछ सरकारों के पास...कुछ नहीं बचेगा हमारे पास?'' उसके चेहरे पर निराशा के साथ-साथ गुस्से के भाव पैदा हो गए थे। वह अपने आप को रोक नहीं पा रहा था।

‘‘इस मिट्टी में हम जिए...इसी मिट्टी में हमने अन्न उगाया। अब इस पर हमारा मालिकाना हक भी नहीं रहेगा? कुछ अंकों से भरे कागज़ के टुकड़ों से क्या हमारा मालिकाना हक यहाँ से छीन लिया जाएगा? खेतों में जो भी हम लोग उगाते हैं उसका एक हिस्सा हमारा होता था लेकिन अब वह हिस्सा भी हमारा नहीं रहेगा?'' बुद्धरायशरण बोलता जा रहा था। हर शब्द दर्द में डूबे लावे की तरह दिख रहा था। महालया उसके शब्दों के अर्थ समझ रही थी।

‘‘यह ज़मीन हमारी है...हम कब से उसे जोत रहे हैं। हम पहले ही अधभूखे बैठे हैं...यहाँ बच्चों का पेट तक नहीं भरता है...हमारे शरीर पर पूरे कपड़े तक नहीं हैं।'' महालया यह कहकर सुबक पड़ी। उसके शब्द भी हलक से बाहर आ गए। भावुकता ने उन्हें बाहर धकेल दिया था। बिरंचि नारायण उसके पास आया।

‘‘महालया हम अकेले नहीं हैं बल्कि गाँव के हर तीसरे व्यक्ति की ज़मीन गिरवी पड़ी है...चाहे वह साहूकार के पास हो या सरकारी बैंकों के पास।'' बिरंचि नारायण  की आँखें भर आई। आँखों में पीड़ा के एहसास के पार कुछ दर्द भरे शब्द आहें भर रहे थे।

‘‘आखिर हम जाएँगे कहाँ?'' कावेरी ने सवाल किया।

‘‘हम जाएँ भी तो जाएँ कहाँ? हमारे पास कोई कानी-कौड़ी भी नहीं...क्या हम उस ज़मीन पर बसे हैं जो हमारी नहीं...नहीं...मैं नहीं जाऊँगी...कहीं भी नहीं, बस कह दिया।’’ महालया की आँखों से आँसू बह उठे।

घर में ख़ामोशी थी। किसी के पास कोई जवाब नहीं था। सारे सवाल उस ख़ामोशी में तैर रहे थे। उस घर की दीवारों से टकराकर सारे सवाल क्यों सिसकियाँ लेने लगे...सब एक-दूसरे का मुँह ताक रहे थे। सूखे पोखर और सूखी तुलसी उनके दुख का परिचायक थी। अब आगे कौन-सा दुख उन्हें झेलना था, वे नहीं जानते थे?

▯▯▯

ट्रेन दौड़े जा रही थी। वे दोनों एक-दूसरे को देख रहे थे। खिड़की से आती हवा उन्हें छू कर कुछ कहना चाहती थी।

‘‘तो क्या गाँव में कभी बारिश नहीं हुई?’’ उस अनजान व्यक्ति ने उस सुंदर लड़की से पूछा।

‘‘आपने भी तो उस इलाके में काफी समय गुजारा है। आपको तो मालूम होना चाहिए वहाँ के बारे में?’’ उस लड़की ने पलट कर सवाल किया।

‘‘हाँ बात तो आप सही कह रही हो। वहाँ प्रकृति का धरती के साथ आँख मिचौली का रिश्ता तो है लेकिन अपने काम में व्यस्त होने की वज़ह से मैं कभी देख ही नहीं पाया। ज़मीन का दर्द ए.सी.कमरों में बैठ कर कहाँ महसूस होता है मैडम?’’ उसने सफाई देते हुए कहा।

‘‘लेकिन आप जिस काम में हो तो यह जानना आपके लिए मुश्किल तो होना नहीं चाहिए था? वैसे भी आप कोलकाता केवल हावड़ा ब्रिज और पुचके खाने नहीं आए थे?’’ उसकी बातों में कटाक्ष था।

‘‘बात तो आपकी सही है कि मैं केवल कोलकाता के पुचके ही तो खाने नहीं आया था। आपकी जानकारी के लिए बता दूं कि मैंने फील्ड में भी काम किया है। कुछ किस्से मेरे पास भी हैं मैडम जो आप नहीं जानती होंगी।’’ वह मुस्कुराया।

‘‘कुछ चीजें हमें मालूम तो होती हैं लेकिन हम उनकी तपिश को महसूस नहीं कर सकते जब तक हम उससे न गुज़रें।’’ उस लड़की की बात में एक सच था जिसे वह व्यक्ति भी समझ रहा था।

''जी आपने सही कहा। शोषण से जन्मी मजबूरी तेज़ाब बन जाती है। जला देती है सब कुछ। खदानों पर काम करते लोगों को मैंने देखा है वहाँ'' उस व्यक्ति ने गम्भीरता से कहा।

''साहब खाना?'' अचानक एक आवाज़ ने उन्हें डिस्टर्ब किया। रेलवे से एक कर्मचारी उनके लिए खाना लेकर हाज़िर था।

''अरे हाँ...क्या समय से लेकर आया है भाई। मुझे तो भूख भी लगी है।'' उस व्यक्ति के चेहरे पर रौनक आ गई। खाना उन दोनों के सामने था।

उस लड़की ने उसकी ओर देखा लेकिन चुप रही।

''खाना आपके लिए भी आया है मैडम।'' उसने प्यार से कहा।

''नहीं मुझे भूख नहीं, आप खा लीजिए।'' उसने उदास मन से कहा और बाहर खिड़की की ओर देखने लगी।

''अच्छा फिर तो मैं भी नहीं लूँगा लेकिन अगला स्टेशन आने पर आप मना नहीं करोगे।'' उसने खाने को एक तरफ रख दिया। वह अभी भी चुप थी।

'' अच्छा फिर क्या हुआ?''

उसने अपने ए.सी कंपार्टमेंट के पर्दे ठीक किए और कहानी में खो गया। उस लड़की ने उसकी ओर देखा और आगे की बात कहनी शुरू की।

◻◻◻

# अध्याय-6

## 'उसके मोक्ष की स्थिति नहीं थी'

समुद्र की लहरें गरज रही थी। आसमान को बादलों ने घेर रखा था और हवा में बेचैनी थी। ज़मीन को बारिश का इंतज़ार था। इंतज़ार की परतें उसके चेहरे पर भी थी। वह साहिल के सवाल का जवाब खोज रहा था। माँ और बाबा की आँखें उसका पीछा नहीं छोड़ रही थी। वह अपनी ज़मीन और अपनी पहचान को नहीं भूला था। और न ही आँगन में लगी तुलसी माँ को।

''साहिल...तुम ठीक कह रहे थे कि जड़ें हैं हमारी वहाँ गाँव में लेकिन...?''

''लेकिन क्या?''

''तुम्हारा एक-एक शब्द सही है लेकिन वापिस जाने से मुझे नफरत है जब तक मुझे काम न मिल जाए। माँ से किए वायदे की अहमियत है मेरे लिए।''

''ठीक है भाई...तू और तेरा वायदा...कसम...क्या सत्तर के दशक की फिल्मों के वायदे की तरह फना होने को तैयार रहते हो। यह शहर है न! दुबके पड़े लोगों का शहर है। तीखी रोशनी से सजे आसमान वाला नकली शहर...हमें ज़्यादा दूर नहीं जाना पड़ेगा। इस भीड़ में भटक जाएँगे। फिर देखना अपने भटकने का नज़ारा।'' वह बोलता जा रहा था लेकिन दनेश्वर साहिल की फिजूल बातों को समझना नहीं चाहता था

''साहिल...तुम्हें एक बात कहूँ...सफलता समझते हो? सबको अच्छी लगती है...चाहे किसी भी रास्ते से आती हो...उसके लिए चाहे मुझे कितना ही क्यों न भटकना पड़े, मैं इसके लिए तैयार हूँ।'' दनेश्वर ने कहा।

''जी भाई...नाराज मत होइए...या अल्लाह! अपने इस बंदे पर आप अपनी नेमत बख्शें ताकि इसे अच्छी नौकरी मिल सके। चल चने खाते हैं।'' साहिल दौड़कर चने वाले से अख़बार की कीप में चने लेकर आ गया।

अचानक दनेश्वर की नज़र अखबार के उस छोटे से टुकड़े पर छपी एक एडवर्टाइजमेंट पर गई। उसने उसे खोलकर पढ़ा और उसका चेहरा खिल गया।

''यार देख..एक पोस्ट निकली है...!''

''कहाँ? दिखा जरा?'' साहिल ने उत्सुकता दिखाई।

''पब्लिक स्कूल...कोई ट्रस्ट है...स्केल भी ठीक है...दो दिन के बाद ही इंटरव्यू है। मैं तो अप्लाई कर रहा हूँ...तुम भी कर दो।'' दनेश्वर ने पढ़ने के बाद साहिल की ओर देखा।

''नहीं यार, मेरा अब टीचिंग में कोई इंटरेस्ट नहीं...तुझे इसकी जरूरत है तो तू ही कर। हम तो मस्त हैं अपनी छोटी-सी नौकरी में। वैसे इस चने ने कमाल कर दिया आज। मुझे पूरा यकीन है कि तुझे यह नौकरी जरूर मिलेगी और तू अपने गाँव भी जा सकेगा।'' साहिल के चेहरे पर उसके लिए खुशी और दिल में दुआएँ थी।

बूँदा-बाँदी शुरू हो चुकी थी। वे उस अख़बार के टुकड़े को सीने से लगाए वहाँ से दौड़ लिए। उसने नौकरी के लिए अप्लाई कर दिया था।

उड़ीसा का प्रसिद्ध धार्मिक शहर पुरी जो भारत में हिंदू आस्था का केंद्र है। पुरी जगन्नाथ हिंदुओं के चार पवित्र धामों में से एक महत्त्वपूर्ण धाम है। यह भुवनेश्वर से लगभग सत्तर किलोमीटर दूर है।

*♪''कहीं तो मिलेगी, बहारों की मंज़िल, दूर तो है पल,*
*दूर नहीं है नज़ारों की मंज़िल''♪*

मरीन ड्राइव पुरी, समुद्र तट के पास एक चाय वाले की दुकान से एक पुराने गीत की गूँज उसके कानों तक पहुँच रही थी। चाय वाला मैगी बनाने में मस्त था। लोग चाय के साथ मैगी का भी मजा ले रहे थे।

कुछ दिनों से होने वाली बारिश के बाद की उमस ने वहाँ एक अजीब-सी बेचैनी फैला दी थी। समुद्र की लहरों की आवाज़ दिन ढलने से और बढ़ गई थी। काम न होने की वजह से दनेश्वर ज़्यादातर समय इस जगह पर ही गुजारता था। उसे प्यार था इस जगह से...समुद्र के गहरे रंग से। बजते गीत के शब्द उसे अपनी मंज़िल की ओर बढ़ने का इशारा कर रहे थे। उसे उस नौकरी के लेटर के जवाब का इंतजार था। अप्लाई किए हुए कई दिन बीत चुके थे लेकिन उसे विश्वास था कि जवाब जल्द ही आएगा। उसने अपने वन्य देवी-देवताओं को याद किया। वह गहरी सोच में डूबा था। साहिल हर रोज की तरह काम से देर रात ही लौटता था।

बाहर अँधेरा फैलने लगा था। शहर की लाइट उस अँधेरे पर विजय हासिल करने में लगी थी। पुरी शहर के बारे में उसने सुन रखा था कि अगर कोई व्यक्ति यहाँ कुछ दिन गुजार ले तो उसे मोक्ष प्राप्त हो जाता है, उसे किसी

और तीर्थ पर जाने की जरूरत नहीं पड़ती। शायद यह उसके मोक्ष की स्थिति नहीं थी। अभी कुछ दिन और उसे इस शहर में रहना था। अभी और पुण्य कमाना बाकी था। इस बेरोजगारी से कम पैसे में ज़्यादा काम करने का पुण्य है। वह मन ही मन मुस्कुराया। समुद्री बीच को बाँस की बाड़ द्वारा मुख्य सड़क से अलग किया हुआ था। मरीन ड्राइव पर स्थित स्वर्गद्वार जगह पर असंख्य होटलों की लाइटें चमक रही थी। लाखों पर्यटक हर साल यहाँ आते और घूम कर चले जाते लेकिन वह पर्यटक नहीं था। भगवान जगन्नाथ की कृपा स्वरूप वह यहाँ अपने पिछड़े गाँव से भविष्य के सपने बुनने आया था। ग्रेजुएशन की पढ़ाई उसने भुवनेश्वर के एक डिग्री कॉलेज से की और उसके बाद अपनी बी.एड. पूरी करने के लिए पुरी आ गया। पिछले सालों में उसने कोरेसपोंडेस स्टड़ी से अर्थशास्त्र में मास्टर्स भी पूरी कर ली थी। यू.जी.सी. नेट पास होने के बावजूद भी उसे कोई नौकरी न मिली। पढ़ाई में हजारों रुपये स्वाहा हो गए लेकिन इस यज्ञ से सिर्फ धुआँ ही धुआँ नसीब हुआ और हाँ झुलसा देने वाली आग भी, जिसमें वह हर पल जल रहा था। पीछे बीते दिन उसके ज़हन में अपने आप को दोहरा रहे थे।

बात शुरू के दिनों की थी जब वह साहिल से मिला। बेहद अज़ीज दोस्त। वे एक साथ कई शहरों में घूमते। वे रेल बस आदि से निकल जाते थे...दूर...कोई छोटे-मोटे काम की तलाश में ताकि अपने खर्च निकाल सकें। वे कॉलेज के दिन थे, कोई डर नहीं था, सिर्फ सपने थे। वो चाय के कुल्हड़...वो कैंटीन... सब कुछ आँखों के आगे तैर गया। ग्रेजुएशन पूरी करने के बाद वे दोनों अपने सपनों को पूरा करने 'पुरी' आ गए। साहिल ने तो अपनी पढ़ाई बीच में ही छोड़ दी क्योंकि सिर्फ ट्यूशन से उसका कुछ हो नहीं पाता था।

''साहिल ने ठीक किया...पढ़ाई-वढ़ाई छोड़ अपने किसी दूर के अंकल की कंपनी में लग गया।'' वह मन ही मन बड़बड़ा रहा था। उसे पता ही नहीं चला कि वह अचानक सड़क के बीचों-बीच कब जा खड़ा हुआ था।

''मैं यह सब बातें क्यों याद कर रहा हूँ? क्या मेरे साथ कुछ होने वाला है? आज मन पिछली जिंदगी को क्यों दोहरा रहा है?'' उसने जल्दी से सड़क पार की और एक ऑटो को इशारा किया।

वह देश की ऐसी जगह पर था जहाँ भारतीय इतिहास की यादगार लड़ाई 'कलिंग युद्ध' लड़ी गई। जिसकी वज़ह से सम्राट अशोक बौद्ध धर्म के

मार्ग पर चलकर संत बन गए लेकिन सम्राट अशोक के पास तो छोड़ने के लिए बहुत कुछ था, उसके पास तो कुछ भी नहीं।

बिल्डिंग के बाहर कुछ लोग बैठे शराब पी रहे थे। रात हो चली थी। दूसरी मंज़िल पर एक छोटे से कमरे में वे दोनों रहते थे। शहर के भीड़भाड़ वाले इलाके गोपालगंज में किराया कम होने के कारण वे दोनों यहाँ काफी समय से रह रहे थे। हालांकि यह इलाका शहर का सबसे बदनाम इलाका था।

बिल्डिंग के बाहर निचले फ्लोर पर ठंडे पानी की फ्रिज़नुमा मशीन लगी थी। नल खोल कर उसने ठंडा पानी पिया और ऊपर चला गया। वह अपने कमरे पर आ गया था। देर हो चुकी थी लेकिन साहिल का अब तक कोई पता नहीं था। उसका फैक्ट्री जाने का समय तो तय था लेकिन आने का कोई नहीं।

कमरे में सब कुछ बिखरा पड़ा था। कोने में एक पुरानी मेज थी। वह कुर्सी खींचकर बैठ गया। गर्मी बहुत थी। स्विच ऑन करते ही पंखा अपने होने का एहसास करवाने लगा। मेज पर कागज़ कॉपियाँ और कुछ लिखे नोट्स् रखे थे जो हवा से बिखरने लगे। उसने पंखे की स्पीड कम की। पंखे की खटखट कमरे के सन्नाटे का हिस्सा बन चुकी थी। जब कभी लाइट जाती थी और पंखा रुक जाता तो मेज पर पड़ी किताबों के पन्ने असमंजस में एक-दूसरे को देखने लगते थे। इस इलाके में लाइट का आना-जाना लगा ही रहता था। वह अभी तक गहरी सोच के समंदर से बाहर नहीं आया था।

''भैया...भैया...!'' दरवाज़े पर खटखटाहट हुई। उसका ध्यान भटका। यह मनोज की आवाज़ थी। सामने रहने वाला लड़का जो यहाँ इंजीनीयरिंग करने आया था। दरवाज़ा खोलते ही उसने एक लेटर उसके हाथ में थमा दिया।

''नमस्ते भैया...कूरियर वाला आया था, आप थे नहीं तो मैंने यह रिसीव कर लिया।''

दनेश्वर ने मुस्कुराकर 'थैंक्यू' कहा।

कमरे में फिर सन्नाटा छा गया। अब आवाज़ केवल दीवार पर टंगी मृत घड़ी में ही जीवित थी। वह अपनी मेज पर झुक कर बैठ गया और लिफाफे को पास रखे कटर से काटकर खोल लिया।

कमरे में दो अलमारियाँ थी। किताबें शीशे की खिड़कियों से बाहर झाँकती हुई उसको देख रही थी। उसने अपनी छाती की हड्डियों को मेज पर सटा लिया। सफेद ए-4 साइज का कागज उसके हाथ में था। ट्रस्ट के एक प्रसिद्ध

स्कूल का अप्वाइंटमेंट लेटर उस पर बड़े-बड़े अक्षरों में स्कूल का नाम ठीक ऊपर लिखा था '*अशोका पब्लिक स्कूल*' अर्थशास्त्र लेक्चरर की पोस्ट...लगभग बीस हजार की तनख़्वाह...उसकी खुशी का ठिकाना नहीं था। उसे यकीन नहीं हो रहा था। उसे लगा कि वह अभी भी सपने में ही है। अभी कुछ दिन पहले ही तो अप्लाई किया था। उसे विश्वास नहीं था कि इतनी जल्दी जवाब आ जाएगा।

अभी मुश्किल से चार-पाँच हजार रुपये ही वह ट्यूशन से कमा पाता था। उसके लिए यह लेटर बहुत अहम था। उसकी आँखें डबडबा-सी गईं। उसकी आँखों से दो बूँदें उस लेटर पर जा गिरी थीं। उन बूँदों में माँ और बाबा का अक्स उभर आया था। एक धुँधली-सी तस्वीर पुराने दिनों की बाहर आ गई थी। उसे समझ नहीं आ रहा था कि वह अपनी इस खुशी को उन्हें कैसे बताए। गाँव में न मोबाइल, न कोई और साधन। बस एक डाक व्यवस्था के भरोसे ही सारा कम्युनिकेशन टिका था। उसने सोच लिया था कि वह पहली तनख़्वाह माँ-बाबा को भेजेगा और दूसरी तनख़्वाह वन्य देवी गुदिचा माँ के मंदिर में अर्पित करेगा, जहाँ माँ ने उसके लिए मन्नत माँगी थी।

दरवाज़ा एक बार फिर खटका। वह दौड़कर दरवाज़े के पास गया। उसने एक पल में दरवाज़ा खोल दिया। साहिल सामने खड़ा था। रात के ग्यारह बज चुके थे।

''यार...आज मज़ा आ गया...वह रहमती के पास गया था। तुझे भी ले जाऊँगा इक दिन उस जगह। तेरी सारी उदासी रिस-रिसकर बाहर आ जाएगी।'' वह अपनी बातों में पहले की तरह मस्त था और नशे में धुत भी।

''क्यों जाता है ऐसी गंदी जगह पर? क्यों मेरी बात नहीं मानता? तुम्हें कुछ हो गया तो?'' उसे उसके मुँह से शराब की बदबू आ रही थी।

''यार कुछ नहीं होगा मुझे...प्रोटेक्शन भी तो कुछ चीज होती है। बहुत ख़्याल रखता हूँ मैं।'' उसने कंडोम का पैकेट दिखाते हुए दनेश्वर की ओर देखा और मुस्कुराया।

''क्यों करते हो ये सब?'' दनेश्वर ने दबे स्वर में कहा।

''सारा दिन फैक्ट्री की भागदौड़ में इतना थक जाता हूँ तो थोड़ा गम गलत करने चला जाता हूँ भाई। वैसे तू भी चल एक दिन मेरे साथ। सब दुख-सुख भूल जाएगा।''

''नहीं मानेगा न...कभी मेरी बात?''

‘‘क्यों जासूसी कर रहा है भाई...अब ठीक से अंदर तो आने दे...सारे सवाल बाहर दहलीज पर ही पूछेगा क्या?’’ वह मुस्कुराते हुए अंदर आ गया।

‘‘यह क्या है?’’ दनेश्वर के हाथ में कागज़ को देखते हुए उसने पूछा।

‘‘देख तेरी दुआओं से नौकरी लग गई...।’’ दनेश्वर ने लेटर उसके हाथ में रख दिया।

‘‘अरे वाह भाई...आखिर सुन ही ली, मेरे अल्लाह ने और तेरे बाँसुरी वाले ने।’’ वह खुशी के मारे उछल पड़ा।

‘‘बाँसुरी वाला तेरा भी तो है...’’

‘‘ जी भाई...जब तू मेरा है तो तेरा बाँसुरी वाला भी है...खुदा तेरा सच में शुक्रिया...मजा आ गया।’’ और वह नशे में चूर उसके बिस्तर पर धड़ाम से गिर गया।

उसके हाथ में वो लेटर फड़फड़ा रहा था।

◻◻◻

वे दोनों उस फड़फड़ाते लेटर की आवाज़ उस ट्रेन में भी सुन पा रहे थे। वह  अनजान व्यक्ति सब कुछ जानने के लिए उत्सुक था। वह ज़मीनी स्तर पर पड़ी सच्चाई को टटोलना चाहता था।

ट्रेन सरपट मंज़िल की ओर दौड़ती जा रही थी।

‘‘खाना ठंडा हो रहा है मुझे लगता है कि अब हमें खाना खा लेना चाहिए।’’

‘‘तो क्या उसने वह नौकरी ज्वाइन कर ली?’’ उसने खाना खाते हुए पूछा।

‘‘बेरोजगार व्यक्ति और भला क्या करता?’’ लड़की ने सवाल किया।

‘‘सही बात है मेरा सवाल ही गलत है।’’ वह मुस्कुराया लेकिन लड़की का ध्यान अब खाने पर था।

‘‘कोलकाता में क्या पसंद है आपको?’’ उसने बात जारी रखते हुए पूछा।

‘‘रसगुल्ला।’’ लड़की ने जवाब दिया।

‘‘अरे मैं रसगुल्ले की बात नहीं कर रहा हूँ, जगह की बात कर रहा हूँ।’’ वह मुस्कुराया।

‘‘मुझे रात को हावड़ा ब्रिज और उसके नीचे बहती नदी बहुत पसंद है। हुगली नदी का बहता पानी और उसका मंद स्वर मेरे मन को बेहद भाता

है। क्रुज में बैठकर जब हम हावड़ा ब्रिज के नीचे से गुजरते हैं तो बस मजा ही आ जाता है।'' उसके शब्द कुछ अर्थ लिए हुए थे।

''शादी हो चुकी आपकी?''

''जी होने वाली है जल्दी ही।''

''क्या करता है लड़का?''

''मेरे साथ ही है मेरे ऑफिस में।''

''मम्मी-पापा को पसंद है वो?'' वह कहकर मुस्कुराया।

''आप कुछ ज़्यादा पर्सनल नहीं हो रहे हो? मेरे लिए पैरेंट्स भी इंपोर्टेंट है इसलिए उनकी मर्जी से ही हो रही है। और कुछ तो नहीं जानना मेरे बारे में।''

''सॉरी मैडम...आप नाराज न हो...मेरा मतलब आपको ठेस पहुँचाना नहीं था।''

''ठीक है कोई बात नहीं''

''आपको इनसे मिले कितना समय हो गया?'' उसने उस लड़की के पास पड़ी तस्वीर की ओर इशारा किया। उसने जवाब नहीं दिया।

''शहर छोड़ने के बाद दोबारा मुलाकात हुई इनसे?'' उसने दोबारा पूछा

''नहीं...कई बार हम चाहकर भी नहीं मिल पाते है...और शायद वह समय भी सही नहीं था। मुझे जो ठीक लगा मैंने वही किया।''

''पश्चाताप है अब?'' उस व्यक्ति का सवाल कठिन था। उसने उस व्यक्ति को देखा और उदास हो गई। यादों का ज्वार उसकी आँखों में रह-रहकर उठ रहा था। आँखों से ढरक आए आँसुओं को उसने चुपचाप पोंछ लिया।

''सॉरी, अगर आप अपनी कहानी बताना नहीं चाहती हो तो रहने दीजिए लेकिन अब इस कहानी में आगे क्या हुआ जो आप मुझे बता रही थी?'' उसने दुखी भाव से गहरी साँस ली और पुनः विचारों में खो गई।

''शोषण को झेलता गरीब व्यक्ति कुछ देर तो चुप रहता है लेकिन जब उसकी ख़ामोशी टूटती है तो बड़ी से बड़ी व्यवस्था नष्ट हो जाती है।'' वह लड़की अतीत के पन्ने अपने मन ही मन पलटने लगी।

◼◼◼

# अध्याय-7

## 'दमन का प्रतीक'

ज़मींदार की हवेली, इलाके का एकमात्र पक्का बड़ा मकान। गाँव से दूर...नदी के किनारे...सभी सुविधाओं से सम्पन्न। शहर की सभी सुविधाएँ जिससे गाँव वंचित था वे यहाँ थी, चाहे वह बिजली हो, मोबाइल हो या आधुनिक टेलीविजन। सभी टावर और तारें इस हवेली से आगे नहीं थी। हालांकि गाँव हवेली से दूर नदी के पास था लेकिन इतना भी दूर नहीं कि वहाँ ये तारें और टावर न लग सकें। उस नदी के पास दूर यह हवेली हर रोज अपनी शान में दमदमाती थी और गाँव अंधेरों के गर्त में सोया रहता। इस ठहरी नदी में कभी-कभार मौसमी बरसात में ही पानी दिखाई देता था। नदी की नमी सूख चुकी थी, ठीक वैसे ही जैसे इस हवेली में रहने वाले लोगों के दिलों में एहसास की बूँदों की नमी। ऊँचे-ऊँचे नारियल के पेड़ और केले के उपवन घर को घेरे हुए थे।

कावेरी के बाबा चक्रधर ज़मींदार दुर्जेधन नायक के खेतों में मजदूर किसान के तौर पर काम करते थे। काम क्या...गुलामी समझो। उनके पास कोई और चारा भी नहीं था। कावेरी पर ज़मींदार दुर्जेधन नायक की गंदी नज़र पड़ चुकी थी। जब से उसने उसे गाँव में देखा था, तभी से उसकी नीयत ठीक नहीं थी। उसे देखकर उसके अंदर का राक्षस करवटें ले रहा था।

एक रात स्वप्न में दुर्जेधन नायक को रह-रह कर कावेरी की छवि दिखाई दे रही थी। स्वप्न में ही सही वह उसके घर पहुँच चुका था। कावेरी जैसे ठीक उसके सामने खड़ी थी। उसकी आँखें उसके एक-एक अंग को गहराई से निहारने लगी। कावेरी की उम्र कोई अट्ठारह साल, लंबी-तगड़ी लड़की। उसका रंग भी गुलाबी, जैसे मैदे में गुलाबी लिपस्टिक घोल दी गई हो। उसके गुलाबी होंठ पतले और लंबे थे। उसकी नग्न बाजुओं में एक अज़ीब-सी बेताबी को वह महसूस कर रहा था। उसकी बाहों से लंबे बाल घुटनों तक पहुँच रहे थे। उसे सब्ज़ हरे रंग की पुरानी मैली-कुचैली साड़ी में कुछ ढका, कुछ अनढका शरीर, काले रंग के ब्लाउज में फँसी वह झाड़ू थामे अपने आँगन में सफाई करने में व्यस्त दिखाई दे रही थी। वह कभी एक हाथ से झाड़ू को थामती तो कभी दूसरे हाथ से साड़ी का सरकता पल्लू। वह अपने जवान होते शरीर और बाहर झाँकते अंगों को ढकने का असफल प्रयास कर रही थी।

उसकी काली भौहें और आँखें कजरारी थी। उसका कद पाँच फुट आठ इंच के आस पास होगा। गाँव में वह सबसे लंबी लड़की थी। आमतौर पर भारत में इतनी लंबी औरतें दिखाई नहीं देती और आदिवासी गाँव में तो बिल्कुल भी नहीं। कावेरी को सपने में देख वह बावला हो चुका था। वह उसकी ओर बढ़ा लेकिन तभी बाहर कुछ गिरने की आवाज़ से दुर्जेधन नायक का स्वप्न टूट कर बिखर गया। वह पसीने से तर-ब-तर था। उसके स्वप्न भी उसके मन की तरह काले थे।

बड़े ज़मींदार की तबीयत खराब होने के बाद उनकी देखभाल के लिए चक्रधर कावेरी को भी हवेली पर लाने लगा था। यह बात जब छोटे ज़मींदार दुर्जेधन नायक को पता चली तो वह बेहद खुश हुआ। कावेरी को उसके इरादे की भनक नहीं थी। उसका हवेली पर आना उसकी मजबूरी थी क्योंकि बड़े ज़मींदार साहब के उसके बाबा पर बहुत एहसान थे। वह बाबा की बात को इंकार नहीं कर पाई थी।

कावेरी जब भी हवेली पर आती तो दुर्जेधन नायक मौके की तलाश में रहता कि कैसे भी उसके पास आए और उसे झपट ले। न जाने कितनी औरतों के साथ उसके जिस्मानी संबंध थे। एक-आध से तो उसका काम चलता ही नहीं था। वह एक मक्कार फरेबी और झूठा इंसान था। धीरे-धीरे कावेरी ने उसकी नजरों को पढ़ लिया था और वह उसके इरादों को समझने लगी थी। वह उससे बचती फिरती लेकिन ज़मींदार दुर्जेधन नायक हमेशा उसे पाने की ताक में रहता। कावेरी की तीखी मुस्कान सीधे नश्तर के समान उसका दिल चीर देती। कामवासना में दुर्जेधन नायक का शरीर झुलस रहा था लेकिन उसे मौका मिल नहीं पा रहा था।

चक्रधर बड़े ज़मींदार का बेहद वफादार कारिंदा था। न जाने उसकी कितनी पुश्तों ने अपनी हड्डियाँ इस परिवार की सेवा में गलाई थी। बड़े ज़मींदार की हालत काफी दिनों से नाजुक चल रही थी। शराब की लत ने उनको सदा के लिए बिस्तर पर लिटा दिया था।

''बेटी कावेरी...सुन...सुन तो कावेरी...'' बड़े ज़मींदार की आवाज़ सुन चक्रधर ने पलट कर देखा। कावेरी साफ-सफाई के काम में लगी थी। ऊपर के कमरे से बेहद कमजोर थके हड्डियों का ढांचा नज़र आ रहे बड़े ज़मींदार को उसने देखा। उनकी आँखों में थकावट और बेबसी थी। वह बेचारे

लाचार दिखाई पड़ रहे थे। कमजोरी इतनी थी कि पेट सूख कर कमर से जा लगा था। कोई भी उनकी पसलियाँ गिन सकता था। दुर्जेधन नायक के बिल्कुल विपरीत बड़े ही नेक दिल इंसान थे बड़े ज़मींदार।

"हाँ बड़े बाबू जी...आई मैं...आप वहीं रुको।" कावेरी कहते हुए सीढ़ियाँ चढ़ गई। पीछे-पीछे चक्रधर भी दौड़ पड़ा।

"क्या हुआ बड़े बाबू जी? आप बिस्तर से क्यों उठ गए? डॉक्टर ने मना किया है ना।" कावेरी ने उनको संभाला।

"बेटी...मेरी तबीयत आज कुछ ठीक नहीं लग रही है। बहुत बेचैनी हो रही है। तुम यह काम छोड़ो और मेरी दवाई आदि का देख लो। इतने नौकर हैं साले! सारे कामचोर!" खाँसते हुए वह सीढ़ियों के पायदान पर बैठ गए।

"आपको कुछ नहीं होगा मालिक। आप चिंता मत करो।" चक्रधर ने उनको दोनों हाथों से सहारा दिया।

"यह दुर्जेधन भी जान लेकर ही रहेगा मेरी। इससे अच्छा तो न ही जन्म होता इसका। हमारी सारी इज़्ज़त मिट्टी में मिला कर रख दी है इसने। क्या करे हमारे नसीब में ये दिन भी देखने बाकी थे।" उनकी श्वास बढ़ गई। वह हाँफने लगे। कावेरी और चक्रधर ने उनको उठाया। पानी पिलाया और बिस्तर पर ले जाकर लिटा दिया।

"आप फिक्र मत करो मालिक, मैं कावेरी को हर रोज सुबह जल्दी आपकी सेवा में भेज दिया करूँगा।"

"ठीक है चक्रधर...भेज दिया करना...पता नहीं क्या हो गया आजकल भूख भी कम हो गई है। कमजोरी इतनी की बस खड़ा भी नहीं हो पाता हूँ। बड़ी मुश्किल से खड़े हाने की हिम्मत जुटाई थी आज।" वे मायूसी से बोले। कावेरी ने उनका सिर दबाना शुरू कर दिया।

"देसी दवा ले आऊँ मालिक...आप वाली स्पेशल...घोड़े की तरह दौड़ोगे।" चक्रधर ने उन्हें छेड़ते हुए कहा।

"अरे मजाक करता है...तेरी आदत नहीं गई...अरे भाई पहले ही एक गुर्दा शराब की भेंट चढ़ चुका है। अब क्या मारेगा मुझे? वे दिन चले गए चक्रधर...चल मुझे आराम करने दे...वहाँ जानवरों के बाड़े में जाकर देख कुछ काम। कुछ काम होगा वहाँ तेरे लायक।" बड़े ज़मींदार ने मुस्कुराते हुए कहा।

चक्रधर से उनका प्रेम किसी से भी छिपा नहीं था। चक्रधर जानवरों की देखरेख करने चला गया। थोड़ी देर बाद बड़े ज़मींदार सो गए। कावेरी वहीं उनके सिरहाने पर बैठी थी। उसकी भी आँखें नींद से डबडबा गईं।

छोटे ज़मींदार की गाड़ी की आवाज़ ने कावेरी की नींद में खलल डाल दिया। वह हवेली पहुँच चुका था। उसने घबराकर अपने दुपट्टे को संभाला और बड़े ज़मींदार के कमरे से बाहर आ गई। बड़े हॉल में बड़े से सोफे पर ज़मींदार दुर्जेधन नायक बैठा था। वह अपने मुनीम के साथ कुछ बही-खाते का हिसाब देखने में मशगूल था। छोटे ज़मींदार की उम्र शादी लायक हो चुकी थी लेकिन वह शादी करना नहीं चाहता था। अक्सर मजाक में वह कहा करता था कि जब दूध बाजार में मिल जाता है तो भैंस काहे को बाँधे।

कावेरी की डर के मारे नीचे हॉल में आने की हिम्मत नहीं हो पा रही थी। वह रह-रहकर बाहर के दरवाज़े की ओर देख रही थी। उसे उसकी बड़ी आँखों से डर लग रहा था। वे आँखें उसको हर समय खाने को दौड़ती थी। उसको यह लगता था कि वे आँखें उसको नोच रही हैं।

''अरे तुम...कावेरी, तुम कब आई...आज तेरे बाबा दिखाई नहीं दे रहे।'' उसने बड़े प्यार से कहा। इसी बीच उसने मुनीम जी को जाने का इशारा भी कर दिया।

''बाबा जानवरों के बाड़े में काम देख रहे हैं।'' उसने कंपकंपाती आवाज़ में धीरे से कहा। उसकी घबराहट बढ़ती जा रही थी। शब्द बिखर कर बाहर आ रहे थे।

''नीचे आओ...वहाँ क्या कर रही हो?'' उसने तेज़ आवाज़ में कहा।

''जी मालिक...'' सुडौल शरीर की कावेरी धीरे-धीरे सीढ़ियाँ उतर रही थी। डर से उसका शरीर गर्म पड़ चुका था जैसे उसे बुखार हो। उसे समझ नहीं आ रहा था कि वह क्या करे। वह उसके इरादे भाँप गई थी।

ज़मींदार दुर्जेधन नायक के माथे पर पड़ी सिलवटें कावेरी के दिल में खौफ पैदा कर रही थी। दुर्जेधन के अंदर की हवस उसकी आँखों में दिखाई दे रही थी।

उसने रिमोट से दीवार पर लगे टीवी की आवाज़ को धीमा कर दिया। गाँव में बिजली, गाँव की सीमा से बाहर केवल इस शानदार हवेली के लिए ही थी। टेलीफोन, मोबाइल, डिश टीवी जैसी सुविधाएँ वहाँ उपलब्ध थी लेकिन

हवेली की दहलीज़ के बाहर आम लोग सभी सुविधाओं से वंचित थे। वह चुभती नजरों से कावेरी को घूरे जा रहा था।

''कावेरी...इधर आओ...आज मैं तुम्हें कुछ दिखाता हूँ।'' उसने कावेरी को खींचकर अपने पास बिठा लिया। कावेरी की नज़र अभी भी दरवाज़े पर थी। वह दौड़कर उस पार जाना चाहती थी।

''यह स्मार्टफोन है जो शहरों में चलता है...इससे केवल बात ही नहीं होती...गाने...फिल्म सब देख सकते हैं।'' उसकी बाँछे खिल गई थी। बहुत इंतज़ार के बाद उसे कावेरी एकांत में मिली थी। उसका आँगन खुशी के मारे महक रहा था। आज वह मौका खोना नहीं चाहता था।

''और पास आओ दूर क्यों जा बैठी हो?'' कावेरी ने उससे दूर हाने की कोशिश की।

''मुझे घर जाना है...खाना बनाना है...बाबा बाहर इंतज़ार कर रहे होंगे। आप...आप अपनी हद में रहे मालिक...।'' उसने झिझकते हुए गुस्से में विरोध किया। बात पूरी होने से पहले ही दुर्जेधन ने कावेरी को जोर से अपनी ओर खींच लिया। बिल्कुल सटाकर उसका एक हाथ उसकी कमर पर था। वह उसकी साँसों के उतार-चढ़ाव को महसूस कर रही थी। तभी उसका दूसरा हाथ भी उसने जोर से पकड़ लिया। वह परेशान हो उठी लेकिन वह कुछ कर नहीं पा रही थी। मजबूर दिल कह रहा था कि उसे धक्का मार कर दूर कर दे। वह उसकी हवस को भली-भांति समझ चुकी थी। वह धीरे-धीरे उसकी कमर को सहलाने लगा।

''मुझे छोड़ दो...मालिक...मुझे जाना है...यह गलत है।'' कावेरी की नज़र फिर से दरवाज़े की ओर गई जो अभी भी खुला था। बाहर से आती हवा के झोंके से वह दरवाज़ा हिल रहा था। वह वहाँ से हाथ छुड़ाकर भागना चाहती थी लेकिन उसके गन्दे हाथ का दबाव उसके बदन पर बढ़ता जा रहा था।

''मुझे जाने दो...बाहर मेरे बाबा मेरा इंतज़ार कर रहे हैं'' वह गिड़गिड़ाई लेकिन वह उससे सट गया। वह अपना होशो-हवाश खोता जा रहा था। कावेरी उसका मुँह नोच लेना चाहती थी लेकिन उसकी मजबूरी उसके सामने मुँह उठाए खड़ी थी।

''कावेरी...अरे ओ...कावेरी'' चक्रधर की आवाज़ से दुर्जेधन नायक की पकड़ ढीली पड़ी और कावेरी मौका मिलते ही कूदकर दहलीज़ से बाहर।

वह बस देखता ही रह गया। उसका चेहरा गुस्से से तिलमिला गया। वह कुछ नहीं कर पाया।

दरवाज़ा अभी भी हवा से हिल रहा था...आज़ादी का रास्ता...। गुलामी के दमन का प्रतीक बन गया था वह दरवाज़ा। आज़ाद कावेरी उसे बाहर खड़ी घूर रही थी।

□

दूर कहीं गाँव से मजदूर खदानों की ओर चले जा रहे थे। किसानों का एक समूह उम्मीद भरी नज़रों से आकाश को देख रहा था। दोनों के भाग्य में कब आज़ादी की राह लिखी थी? कौन जानता था? लोहे की खदानों से बहते लाल पानी ने मिट्टी की उर्वरता को कम कर दिया था। खेत बर्बाद हो रहे थे लेकिन न कुदरत और न ही सरकार... कोई भी नहीं सुन रहा था। आज़ादी की राह उनके लिए इतनी आसान नहीं थी लेकिन भविष्य ने उनके लिए कुछ सोच लिया था।

□□□

# अध्याय-8

## 'मजबूरी का अथाह सागर'

बाहर सितंबर की ढलती दोपहर में धरती सूरज की रोशनी में चमक रही थी। उसके ऊपर 'पुरी' शहर का आकाश बीती हुई गर्मियों की पीली सतह पर एक मखमली कुशन की तरह टिका हुआ था। बारिश के पहले वाली उमस में सारा शहर उबल-सा रहा था। मौसम में कहीं भी कोई सम नहीं, सब विषम था। सड़क पर दौड़ती ज़िंदगी में कहीं कोई कसाव नहीं, कोई बंधन, कोई नियम नहीं था। उबलती गर्मी में सफेद कमीज और काली टाई उसकी काली पैंट पर जच रही थी। साहिल ने उसे अच्छे से तैयार करके भेजा था।

बस के इंतज़ार में वह काफी देर से खड़ा था कि तभी उसकी नज़र हल्की हरी साड़ी में बैठी एक लड़की पर पड़ी जो गहरी सोच में थी। एक हाथ में कुछ किताबें...दूसरे हाथ में पर्स। बीच-बीच में वह पलकें उठा कर रास्ते को दूर तक निहारती और फिर नज़रें झुका कर अपने आप में ही खो जाती। इक्का-दुक्का लोग ही बस स्टैंड पर थे। हल्की गर्म हवाओं की तपिश उसके चेहरे पर महसूस हो रही थी। तभी एक बस सामने से आती दिखाई दी।

''क्या यह बस रेक्टर सोसाइटी की ओर जाएगी.... ?''

''नहीं।'' बात पूरी होने से पहले ही कंडक्टर ने मना कर दिया। वहाँ से कुछ लोग उस बस में चढ़ गए।

अब वे दोनों ही बस स्टॉप पर थे। उसकी नज़र फिर से उस लड़की पर गई। उसकी साड़ी के पल्लों पर रंग-बिरंगी नन्हें मोतियों वाली सुंदर काशीदाकारी की हुई थी।

''बस नंबर 'पाँच' आएगी।'' उस लड़की ने विनम्रता से उसे बताया जो जवाब कंडक्टर ने नहीं दिया था।।

''जी शुक्रिया।'' वह भी मुस्कुराया। धूप में उस लड़की ने साड़ी का पल्लू अपने सिर पर ले लिया। उसमें उसका दमकता गोरा चेहरा ऐसे दिख रहा था जैसे सितारे ओढ़ कर चाँद ज़मीं पर आ गया हो।

उसने फिर दौड़ती-उबलती सड़क को देखा। इसके साथ-साथ उसका ध्यान बार-बार घड़ी की ओर भी था। उसे ग्यारह बजे से पहले वहाँ पहुँचना था और अब घड़ी पौने ग्यारह का समय दिखा रही थी। वह इस नौकरी के अवसर

को खोना नहीं चाहता था लेकिन दूर-दूर तक बस का कोई भी ठिकाना नहीं था।

''कितनी दूर होगी ये सोसाइटी?'' उसने उस लड़की से पूछा। वह बात करने का अवसर खोज रहा था।

''यहाँ से कोई पन्द्रह किलोमीटर। चिल्का झील जाने वाली सड़क पर है।'' उसने पल्लू को सरकाते हुए कहा। वह बला की खूबसूरत नज़र आ रही थी।

''पन्द्रह किलोमीटर? कोई ऑटो भी तो दिखाई नहीं दे रहा...?'' वह उसका जवाब सुनकर परेशान-सा हो गया।

''चिंता मत कीजिए, अभी बस आ जाएगी। दस मिनट में पहुँच जाओगे। ऑटो वाला हद से ज़्यादा चार्ज करेगा बाकी आपकी मर्जी।'' उसकी मीठी भाषा ने उसे असहज कर दिया था। वह तपती दोपहर में बारिश की बूँदों के समान उसके अंतर्मन को सुकून पहुँचा रही थी। दनेश्वर का सारा ध्यान उस पर केंद्रित हो गया था। उसकी खूबसूरती रह-रहकर उसको अपनी ओर खींच रही थी। उसके छोटे-छोटे लड़कों जैसे बाल उस पर जच रहे थे।

''क्या आप भी उसी तरफ जा रही हो?'' उसने संकोच करते हुए पूछा।

''हाँ.. आपको वहाँ कहाँ जाना है? एड्रेस तो होगा आपके पास?''

''अशोका पब्लिक स्कूल।''

''अच्छा! फिर चिंता मत करो, मैं भी वही जा रही हूँ।'' उसने खिलती धूप की तरह मंद-मंद मुस्कुराते हुए कहा।

''आप वहाँ..... ?''

''जी, मैं वहाँ टीचर हूँ।''

''अरे वाह! किस विषय में?''

''अंग्रेजी विषय में ?''

''आज मैं भी वहाँ ज्वाइन करने जा रहा हूँ।'' उसके चेहरे पर मुस्कुराहट आ गई। वह लड़की भी उसके चेहरे की खुशी को देख पा रही थी।

''बधाई हो।''

''शुक्रिया जी, अगर आप बुरा न माने तो क्या मैं आपका नाम जान सकता हूँ?''

तभी बस के हॉर्न ने उनका ध्यान बटाया।

''चलिए बस आ गई है।'' वह लड़की दौड़कर बस में चढ़ गई और ख़ाली पड़ी 'महिला सीट' पर बैठ गई। उसने सिर से पल्लू हटा लिया था। दनेश्वर को बस में सीट नहीं मिली लेकिन उसका ध्यान उस मासूम सुंदर चेहरे पर जा टिका था। उसका सवाल अधूरा रह गया था।

बस खचाखच भरी हुई थी। देखने में वह लड़की कहीं से भी अध्यापिका नहीं लग रही थी। वह एक कम उम्र की कॉलेज छात्रा जैसी थी जिसके चेहरे से मासूमियत टपक रही थी। उसके चेहरे का मौन पुरी के सागर के उलट शांत लग रहा था। बस चिल्का रोड की ओर बढ़ चली थी। रास्ते में चिल्का लेक से अलग छोटे-छोटे तालाब भी नज़र आ रहे थे, जहाँ मछुवारों की नावें दिखाई देने लगी थी।

बस में भीड़ के कारण पसीने में दनेश्वर की सारी कमीज़ भीग चुकी थी। टाई की नॉट भी ढीली पड़ चुकी थी।

'' यह चिल्का लेक आस-पास ही है क्या?''

''नहीं.. चिल्का तो यहाँ से बहुत दूर है लेकिन आपकी मंज़िल सामने है।'' वह लड़की मुस्कुराई।

रेलवे लाइन के पास एक उजाड़ हिस्से में शहर से दूर रेक्टर सोसाइटी की एक नई बिल्डिंग के सामने बस रुकी। स्कूल का नाम एक बोर्ड पर बड़े अक्षरों में लिखा था। बोर्ड के निचले हिस्से में जंगली घास उग आई थी, जिसने बोर्ड के आधे भाग को ढक रखा था। लोहे का एक मजबूत दरवाज़ा उसके सामने था। उस बड़े से गेट में एक छोटा-सा रास्ता भी था।

''चलिए यही है आपका...मतलब हमारा स्कूल।'' वह मुस्कुराई और वे दोनों स्कूल के अंदर दाखिल हो गए।

''वहाँ दाएँ ओर प्रिंसीपल साहब का कमरा है।''

''ठीक है जी, थैंक्यू...हाँ एक बात ओर?'' उसने संकोचवश पूछा।

''क्या?''

''क्या आपका नाम जान सकता हूँ?''

''नाम में क्या रखा है? वह तो पता लग ही जाएगा।'' उसने मुस्कुराकर जवाब दिया।

''जी एक और बात... ? स्कूल का समय तो सुबह का होता है । आप आज लेट हो क्या?'' दनेश्वर ने घड़ी देखते हुए कहा।

''नहीं...आज मैं हाफ-डे लीव पर थी।'' वे दोनों मुस्कुराए ।

वह स्टाफरूम की ओर जा चुकी थी और वह प्रिंसीपल के रूम की ओर बढ़ गया।

॰

स्कूल शहर से दूर एकांत और खूबसूरत जगह में बना हुआ था। स्कूल के बीच सीमेंट की घुमावदार सड़क एक ब्लॉक को दूसरे ब्लॉक से जोड़ रही थी। सड़क के दोनों ओर मेहंदी की झाड़ियाँ और ताड़ के सुंदर भव्य वृक्ष स्कूल की इमारत से भी ऊँचे थे। आँगन में नारियल और केले के वृक्ष भी बहुतायत में थे। स्कूल का वातावरण इतना शांत था कि पत्तों की सरसराहट भी वहाँ सुनाई दे रही थी लेकिन कमरों के अंदर का नज़ारा बिल्कुल विपरीत था। दरवाज़े के दूसरी ओर बच्चों का शोर, बंद शीशों से बाहर नहीं आ पा रहा था। ज़्यादातर कमरों की छत ढलवां थी। स्कूल के आँगन में पेड़ों की छाया की गहरी परत ज़मीन पर बिछी हुई थी। उसे गर्मी से थोड़ी राहत मिली। इस शानदार स्कूल की बड़ी इमारत में वह अपने आप को बेहद छोटा महसूस कर रहा था। उसने गाँव के छोटे जर्जर स्कूल में शिक्षा प्राप्त की थी। जहाँ पर सुविधाओं के नाम पर केवल एक जर्जर इमारत और धूल से भरी धरती थी। एक पल के लिए वह अपने बचपन में चला गया।

''हाँ जी सर...कहाँ जा रहे हो?'' किसी ने पीछे से कँधे पर हाथ रखते हुए कहा। दनेश्वर ने मुड़कर पीछे देखा।

''किससे मिलना है साहब?''

''प्रिंसीपल से मिलना है। आपके स्कूल में नया हूँ।''

''आप नये टीचर हो?''

''हाँ जी..''

''अच्छा नई अपॉइंटमेंट है। बहुत बढ़िया सर। चलिए मेरे साथ, मैं मिलवा देता हूँ प्रिंसीपल साहब से। आप आइए।'' उसने हँसते हुए कहा।

''अरे भाई थैंक्यू, क्या नाम है आपका?'' दनेश्वर ने खुश होते हुए पूछा।

''मेरा नाम सत्या है। प्रिंसीपल सर अभी राउंड पर हैं। अभी आ जाएँगे। आप इंतज़ार कीजिए।'' उसने बताया।

''ठीक है जी, तब तक नारियल पानी मिल जाएगा?''

‘‘क्यों नहीं, यह क्या कहने की बात है। अगर यहाँ नहीं मिलेगा तो ओर कहाँ मिलेगा। यही तो मेरी ड्यूटी है।’’ वह दौड़कर एक नारियल ले आया।।

‘‘आप हमारे प्रिंसीपल से मिलकर खुश हो जाओगे। बड़े ही हँसमुख, दिल के साफ, निगाह के सच्चे पढ़े-लिखे विद्वान हैं।’’ यह कहते हुए वह बाहर चला गया।

दनेश्वर प्रिंसीपल के कमरे में बिछे शानदार सोफे पर बैठ गया। एक होटल के कमरे के मानिंद कमरा सजा हुआ था। फर्श पर एक सुंदर कालीन बिछी हुई थी, जिसमें पैर धँसे जा रहे थे। एयर कंडीशनर के कारण कमरे का तापमान भी कम था। उसके पसीने से भीगे शरीर को अब राहत महसूस हो रही थी। सामने बड़ी-सी टेबल और उस पर बड़ा सा कांच। पेपर रीड करने के लिए एक छोटा-सा स्टैंड, एक छोटा-सा काँच का ग्लोब, पेन स्टैंड, पेपर वेट, एक छोटी सी इलेक्ट्रिक बेल का बटन, सुयोजित ढंग से सामने दीवार पर दाएँ ओर काँच के शोकेस में ट्रॉफियाँ भरी पड़ी थी। कमरे की दीवारों पर स्कूल के हाउस और ड्यूटी चार्ट बड़े ही बेहतरीन ढंग से लगे थे।

तभी कमरे में एक सज्जन दाखिल हुए। दुबले-पतले छिपकली से, बालों की एक लट माथे पर झूमती हुई, मुस्कुराते हुए दनेश्वर को देख ठिठक गए।

‘‘आप मिस्टर दनेश्वर ?’’

‘‘यस सर, आई एम दनेश्वर।’’ वह सोफे से हड़बड़ी में खड़ा हो गया।

‘‘वेलकम जी, आइए आप यहाँ सामने बैठिये।’’

‘‘थैंक्यू सर।’’ वह प्रिंसीपल के बिल्कुल सामने बिछी कुर्सी पर बैठ गया।

‘‘आपके स्कूल की बिल्डिंग बहुत खूबसूरत है सर’’

‘‘हेव यू सीन द होल स्कूल ?’’

‘‘जी नहीं सर पूरा तो नहीं देखा, अभी बाहर से ही देखा है।’’

‘‘आर यू कंफर्टेबल इन इंग्लिश ?’’

‘‘यस सर, समझने में कोई प्रॉब्लम नहीं है लेकिन बोलने में थोड़ा...धीरे धीरे सीख जाऊँगा सर।’’ उसने झिझकते हुए कहा।

‘‘यू नो...यह एक इंग्लिश मीडियम स्कूल है ?’’

‘‘जी सर...यह मेरी पहली जॉब है। मुझे ‘स्पोकन इंग्लिश’ की प्रॉब्लम है लेकिन मैं सब सीख लूँगा सर।’’ दनेश्वर के माथे पर पसीने की बूँदें उभर आई थी। उसके शब्दों में ईमानदारी थी।

उसे डर था कहीं उससे यह अवसर छिन न जाए। उसकी सारी पढ़ाई हिंदी मीडियम से हुई थी। केवल मास्टर डिग्री में ही इंग्लिश मीडियम था। उसने आत्मीयता से अपने दिल की बात बता दी थी। प्रिंसीपल उसकी बात सुन मुस्कुराए

‘‘बेटा, मैं अर्थॉरिटी नहीं हूँ जो आपको सेलेक्ट करूँ लेकिन आपका इस स्कूल में स्वागत है। आपकी अप्वाइंटमेंट हमने बड़ी ही इमरजेंसी में की है क्योंकि हमारे स्कूल की इकोनोमिक्स की टीचर किसी कारणवश जॉब छोड़कर चली गई है। शायद आपको पता नहीं कि बिना टेस्ट और इंटरव्यू के यहाँ जॉब मिलना असम्भव है। आपका एकेडमिक रेकॉर्ड देखकर ही हमने आपको अप्वाइंटमेंट लेटर दिया है ताकि बच्चों की पढ़ाई खराब न हो। आपके एकेडमिक रिकॉर्ड से यह तो हम जानते हैं कि विषय पर आपकी पकड़ होगी लेकिन आपको बता देना चाहता हूँ कि आपकी जॉइनिंग केवल मेरे हाथ में नहीं है। स्कूल के जो डायरेक्टर साहब हैं वही फाइनल निर्णय करेंगे। बस एक ख़्याल रखना, उनके सामने तो आपको अंग्रेजी में ही बात करनी होगी। नहीं तो आपकी अप्वाइंटमेंट कैंसिल हो जाएगी।’’ प्रिंसीपल ने आत्मीयता के साथ उसके साथ बात की।

‘‘जी सर, आई विल ट्राय।’’

‘‘आल द बेस्ट, स्कूल को तुम्हारी इस वक्त बेहद जरूरत है। आप मुझे अच्छे इंसान लगते हो। यह जॉब जरूर तुम्हारी रहेगी।’’

दनेश्वर का ध्यान टेबल पर रखी नेम प्लेट पर था। ‘‘विवेक कुमार’’

‘‘जी सर, मैं ख़्याल रखूँगा। एक बात कहूँ सर?’’

‘‘क्या?’’

‘‘आपका नाम बहुत अच्छा है सर।’’ वह मुस्कुराया।

‘‘आओ मैं आपको ऑफिस के लोगों से मिलवा देता हूँ। तुम्हारा टेम्पररी टाइम टेबल, सैलरी डिटेल्स, सब समझा देंगे।’’

वह प्रिंसीपल के पीछे-पीछे हो लिया। इतने बड़े स्कूल में आकर वह अभिभूत था। उसकी आत्मा इस घोर अनुभूति से पुलकित थी। तभी स्कूल के

आँगन में उसकी नज़र दो बड़ी-बड़ी संगमरमर की मूर्तियों पर जा टिकी। सम्राट अशोक और गौतम बुद्ध की प्रतिमा।

''उषा, यह मिस्टर दनेश्वर है। इन्हें इनका टाइम टेबल दे दीजिए और सैलरी डिटेल्स बता दीजिए।''

''ओके सर।''

वह चुपचाप ऑफिस में उषा के सामने वाली कुर्सी पर बैठ गया। वह उषा को देख रहा था जो अपने कागज़ी काम में बिज़ी थी। एक अधेड़ उम्र की औरत माथे पर बिंदी, ब्राउन साड़ी, सिंदूर, बिल्कुल भारतीय परंपरा में लबरेज़ नारी व्यक्तित्व।

दनेश्वर समझ चुका था कि स्कूल को उसकी बेहद जरूरत है और उसने मन में ठान लिया था कि वह इस जॉब को जाने नहीं देगा, चाहे कुछ भी हो जाए। पैसों की किल्लत और बेरोजगारी के दंश से वह बेहद हताश हो चुका था। इस निराशा के अंधकार में ये जॉब एक उम्मीद की किरण बन कर आई थी।

''सैलरी-वैलरी तो पता लग गई होगी आपको।'' उषा ने ख़ामोशी को तोड़ते हुए पूछा।

''जी वह तो अप्वाइंटमेंट लेटर में लिखी ही है।''

''अरे सर जी, अप्वाइंटमेंट लेटर को भूल जाइए, आपको शुरूआत में दस हजार रूपये महीना मिलेगा। सर ने आपको बताया नहीं क्या?''

''लेकिन उसमें तो बीस हजार?'' दनेश्वर को कुछ समझ नहीं आ रहा था।

''अरे ऐसा तो अप्वाइंटमेंट लेटर में निकालना पड़ता है। कुछ सरकारी और कुछ शिक्षा बोर्ड के झमेले हैं, बाकी आप समझदार ही हो।  आपकी पहली जॉब जो है, अनुभव भी नहीं है। धीरे-धीरे अनुभव बढ़ेगा तो पैसा भी बढ़ेगा सर।'' वह मुस्कुराई। उसकी मुस्कुराहट के पीछे लोमड़ी-सी चालाकी थी।

दनेश्वर ख़ामोश हो गया और निराश भी लेकिन वह कर भी क्या सकता था। एक तरफ शर्तों पर आधारित नौकरी और दूसरी ओर एक मजबूरी का अथाह सागर। वह उस अथाह सागर से शायद ही निकल पाए?

''चिंता मत करो। मैं बड़े साहब से बात करूँगी, मतलब डायरेक्टर साहब से। आपके डॉक्यूमेंट देख रही हूँ। आपके बहुत अच्छे अंक हैं। हर स्कूल को आप जैसे विद्वान अध्यापक की जरूरत होती है और मैं भी तो

आपकी तरह यहाँ एम्प्लाइ हूँ, मालिक थोड़े ही हूँ। जो बात थी मैंने बता दी।''
वह फिर से मुस्कुराई।

वह सब जान चुका था कि स्कूल में सैलरी का क्या गेम है लेकिन उसके लिए यह जॉब बेहद महत्वपूर्ण थी। उसने उषा की हाँ में हाँ मिलाई और मौन स्वीकृति दी।

''कल आपको टाइम टेबल दे दिया जाएगा। बड़ी क्लासेज़ के साथ कुछ प्राइमरी सेक्शन भी पढ़ाने पढ़ सकते हैं आपको।''

''लेकिन मैं तो लेक्चरर हूँ, जे.बी.टी. नहीं, मैं छोटी क्लासेस को कैसे पढ़ा पाऊँगा?''

'अरे भाई एक-आध छोटी भी पढ़ा लोगे तो क्या चला जाएगा आपका। दनेश्वर बाबू टीचर तो टीचर होता है। उसके पास समस्या नहीं समस्याओं का समाधान होना चाहिए। जब तक हमारी प्राइमरी टीचर नेहा शर्मा नहीं आती, एक पीरियड छोटी क्लास में भी लेना पड़ेगा। वह लंबी छुट्टी पर है। सभी एडजस्टमेंट करते हैं सर यहाँ, आप भी कीजिए।'' उषा ने मुस्कुराते हुए कहा।

मजबूर दनेश्वर ने गर्दन हिलाकर सहमति जता दी।

जिस समाज में शिक्षकों के साथ ही दुर्भाग्यपूर्ण व्यवहार हो रहा हो तो बाकी लोगों की स्वतंत्रता, न्याय और समानता भी बेमानी है। शिक्षक समाज में ज्ञान और संवेदना का संचार करता है लेकिन शिक्षा के इन्हीं मंदिरों में उनकी संवेदनाओं से खिलवाड़ हो रहा था। समाज के जिन अधिकारों को वह सुनिश्चित करता है, आज वे ही अधिकार एक भौंडा मजाक बन कर रह गए थे।

□□□

# अध्याय-9

## 'रस्सी अभी भी ख़ाली हवा में झूल रही थी'

हवेली की उस दिन की घटना को कावेरी अपने ज़हन से निकाल नहीं पा रही थी। जहाँ-जहाँ दुर्जेधन नायक ने उसके शरीर को छुआ था, उसे अभी तक वहाँ-वहाँ बहुत बुरा महसूस हो रहा था। वह उन सारे निशानों को मिटा देना चाहती थी लेकिन अपने अंतर्मन में पड़े निशानों को वह कैसे मिटाए? उसके स्पर्श को याद कर उसकी आत्मा में सिहरन-सी पैदा हो गई। सूखी रेत के कण हवा में उड़ कर उसके गीले चेहरे पर आ टिके। उसे लगा मानो ये रेत के कण उसके भीतर चरमरा रहे हों।

कावेरी नहा कर बाहर आ गई। उसका चेहरा कुंदन-सा उज्ज्वल और आँखें छोटे बच्चे-सी दमक रही थी। उसने गीले बालों को खुला छोड़ रखा था और उसके बाल उसके गालों को छूते हुए कंधों पर झूल रहे थे। उसने तुलसी माँ को जल चढ़ाकर हरि मंदिर को प्रणाम किया। उसका चेहरा अभी भी नम था। तभी अपने घर में बुद्धरायशरण को आते देख वह अनमनी-सी मुस्कुराई। उसकी मुस्कुराहट में बनावटीपन था। वह अपने दर्द को छिपाने की कोशिश कर रही थी।

''अच्छा हुआ तुम आ गए, अगर बाबा उठ गए हो तो हुक्का उनके कमरे में रख आओ। मैं कपड़े धोने लगी थी इसलिए देर हो गई...वैसे मैंने इसे कब से तैयार किया हुआ था।'' उसने पास पड़े गीले कपड़ों को उठाते हुए हुक्के की ओर इशारा किया।

''ठीक है कावेरी।'' उसने हुक्का हाथ में उठा लिया। अभी उसमें आग सुलग रही थी। कावेरी अभी भी उससे नज़रें चुरा रही थी।

''तुम आज कुछ बदली-बदली-सी लग रही हो? तुम ठीक तो हो ना?'' बुद्धरायशरण ने उसके पास आकर पूछा।

'' हाँ...ठीक हूँ मुझे क्या हुआ!'' उसने मुस्कुराते हुए कहा। उसकी बनावटी मुस्कान अभी भी बरकरार थी। वह मुस्कुराती हुई घर के आँगन में कपड़े सूखने डालने लगी। कावेरी ने घर की दीवारें कच्चे रंग से पोत रखी थी लेकिन उसके चेहरे का रंग आज उतरा हुआ था।

बुद्धरायशरण अभी भी उसे देख रहा था। उसने उसकी आँखों में विचित्र अज्ञात से भरे भय को महसूस कर लिया था। वह कावेरी के बाबा

चक्रधर के पास जाकर शांत बैठ गया। झुकी हुई गर्दन से खंखियाती आवाज़ में चक्रधर ने शिकायती स्वर में कहा।

''देख ले बुद्ध, ये कावेरी मेरी बात तो मानती नहीं, शायद तेरी ही बात मान ले। ज़्यादा बड़ी हो गई है अब।''

''क्यों क्या हुआ बाबा?'' उसने हैरानी से पूछा।

''हवेली पर जाने से मना कर रही है। बस ज़िद है कि अब नहीं जाना।'' चक्रधर एक टूटी-सी खाट में धँस कर बैठे हुए अपने में ही सिमट कर बेहद कमजोर लग रहे थे। बिरंचि नारायण और वह हमउम्र थे।

बुद्धरायशरण को याद था कि अभी बाहर कावेरी के पैर कुछ देर के लिए देहरी पर रुक से गए थे, जब उसने प्रश्न किया था। उसके प्रश्न का उत्तर उसने अनमने ढंग से दिया था, उसके कदम फिर तेज़ी से आगे बढ़ गए थे। उसने पीछे मुड़कर नहीं देखा था। वह अपनी आँखें बचाकर चुपके से दौड़ गई थी।

''बाबा एक बात कहूँ। तुम बुरा मत मानना, कावेरी का हवेली पर जाना मुझे भी खलता है। छोटे ज़मींदार को तो तुम जानते ही हो?'' बुद्धरायशरण ने अपने दिल की बात कही।

''बात तो तेरी ठीक है बेटा लेकिन मजबूरी है मेरी। काम के बदले थोड़े बहुत पैसे मिल जाते हैं। तुम तो जानते ही हो कि बिना पैसे घर नहीं चलता।'' चक्रधर ने खाँसते हुए कहा।

''आज तुम्हारी तबयीत कुछ ठीक नहीं लग रही बाबा?''

''नहीं...ठीक है बेटा, अब तबीयत का क्या...उम्र भी तो हो चली है। मुझे तो कावेरी की चिंता है...मुझ से बात नहीं कर रही...कल से मौन धारण किये हुए है।'' चक्रधर आँखें मूंद चारपाई पर लेट गया। अभी तक उसने हुक्के को हाथ भी नहीं लगाया था। उसके चेहरे पर भी गहरा-सा मौन उतर आया। ये कच्चे घरों की दीवारें बरामदे की आवाज़ को नहीं सुनती, सुनती हैं तो उस मौन को जो सारे घर में छाया हुआ था। उस मौन को बुद्धरायशरण महसूस कर रहा था।

अचानक बाहर हवा चलने लगी। रेत के गर्म रेले बार-बार टूटे दरवाज़े खटखटा रहे थे और रास्ता न पाकर आँगन में बिखरने और पसरने का मौका खोज रहे थे। कावेरी ने गीले कपड़ों को जल्दी से समेट लिया था।

‘‘बाबा...तुमने अभी तक हुक्का नहीं पीया।’’ कावेरी ने अचानक आकर उन्हें चौंका दिया। बुद्धरायशरण ने सहारा देकर बाबा को बिठाया।

‘‘बेटा कावेरी तू भी, एकदम धम्म से आती है... सारा घर हिला दिया तूने तो’’ बाबा ने हुक्का बुद्धरायशरण के हाथ से ले लिया।

‘‘तुम्हारी तबीयत खराब है ऐसे में ये हुक्का सेहत के लिए ठीक नहीं??’’ बुद्धरायशरण ने चिंता व्यक्त करते हुए कहा।

‘‘कुछ नहीं होता बेटा, ये हुक्का बेहद पुराना है, कभी बड़े ज़मींदार ने दिया था, जब छोटे ज़मींदार पैदा हुए थे।’’ चक्रधर ने हुक्के का दम मारते हुए कहा। उसकी आँखों में चमक-सी आ गई।

‘‘रहने दो बाबा हमेशा उनकी बढ़ाई। मैं नहीं जाऊँगी वहाँ।’’ कावेरी ने अपना फैसला एक बार फिर से सुना दिया।

‘‘ देख...देख, ऐसे जिद पकड़े हुए है।’’ चक्रधर ने बुद्धरायशरण की ओर देखते हुए कहा।

‘‘कावेरी ठीक कह रही है बाबा। बड़े ज़मींदार तो भले मानस हैं लेकिन छोटे ज़मींदार की नज़र घटिया है।’’ बुद्धरायशरण ने बात स्पष्ट की।

‘‘बेटा मेरी मजबूरी है। तुम्हें तो पता है कि हमारे खेतों में कुछ हो नहीं पाता है। यह पेट ससुरा तो माँगता है न। कुछ करेंगे नहीं तो खाएँगे क्या? जंगल में भी जंगलात अफसर जाने नहीं देते। खदानों पर जाने की हिम्मत नहीं है। घर के पोखर में भी नाममात्र पानी बचा है। अब हवेली पर थोड़ा बहुत काम मैं देख लेता हूँ। बड़े ज़मींदार साहब बीमार हैं। यह कुछ सेवा कर आती है तो थोड़ा बहुत पैसा मिल जाता है। वैसे भी बहुत एहसान हैं हम पर उनके।’’ चक्रधर ने हुक्के को एक तरफ रख दिया। हुक्का काफी पुराना और टूटा हुआ था जिस कारण उससे पानी रिस रहा था।

कावेरी वहीं पास आकर खड़ी हो गई। उसके मुख पर चुप्पी की एक लंबी रेखा-सी खिंच गई थी। वह सही बात बताकर बाबा का दिल दुखाना नहीं चाहती थी। उसका चेहरा समय की बुझी बासी परतों को काट रहा था। रह-रह कर उसकी आँखों में हवेली का वो ही दृश्य भरा था। वो ही चेहरा, वही गंदे हाथ जो वासना में डूबे हुए अंगों को ढूँढ रहे थे।

‘‘ बाबा मैं नहीं जाऊँगी वहाँ।’’ उसने काँपते होठों से हिम्मत करते हुए कहा जैसे नदी के प्रवाह ने बाँध को तोड़ दिया हो।

‘‘कैसी बात करती हो बेटी, अगर काम करेंगे तो पैसा आएगा। तेरी शादी भी तो करनी है। और कौन है मेरा बता। इतनी मन्नतों और वर्षों के बाद तू हमारे इस आँगन में आई थी।’’ यह कह चक्रधर की बूढ़ी आँखें डबडबा गईं।

‘‘नहीं करनी मुझे शादी, मैं अपने बाबा का ख़्याल रखूँगी जैसे सब रखते हैं। मैं कहीं नहीं जाने वाली इस उम्र में तुम्हें छोड़कर बाबा।’’ वह चक्रधर के पास बैठ गई और अपना सिर चक्रधर के कंधे पर रख दिया।

‘‘पगली यह रिवाज़ है और मेरा फर्ज़ भी। तेरी अम्मा को क्या मुँह दिखाऊँगा ऊपर जाकर। तू लड़की जात है तुझे तो जाना ही पड़ेगा एक दिन। तू लड़कों की बराबरी नहीं कर सकती बेटी।’’ उसने बड़े प्यार से उसे समझाया।

‘‘क्यों मैं भी अपने बाबा को प्यार करती हूँ और प्यार किसी की बपौती नहीं। हम लड़कियाँ भी प्यार करती हैं अपने बाबा से, लड़कों से कहीं ज़्यादा।’’ वह बाबा से लिपट गई। अब चक्रधर के पास कोई जवाब नहीं था।
☐

थोड़ी देर बाद कावेरी कमरे से बाहर आ गई। बाबा चक्रधर के सोने का समय हो गया था। बुद्धरायशरण भी उसके पीछे-पीछे खुले आँगन में आ गया। वह कावेरी के चेहरे पर फैले सवालों के तेज़ को महसूस कर रहा था। कावेरी भावुक हो गई। उसने अपनी गीली आँखों को धोया। वह आँसुओं के खारेपन को कम करने की कोशिश कर रही थी। घर के आँगन में वह आधी टूटी इमारत की तरह खड़ी थी। निस्तेज पानी के छींटों से भी उसके चेहरे पर चमक नहीं आई। बुद्धरायशरण को अहसास हो गया था कि वह उससे जरूर कुछ छुपा रही है लेकिन उस समय वह उससे कुछ पूछना नहीं चाहता था और वह चुपचाप वहाँ से बिना कहे बाहर चला गया।

कपड़ों की रस्सी अभी भी ख़ाली हवा में झूल रही थी। दोपहर की मलिन छाया आँगन में धीरे-धीरे पसरने लगी।
☐☐☐

ट्रेन सरपट दौड़े जा रही थी। लड़की की कहानी उसे प्रभावित कर रही थी।

‘‘मैडम, आपका कहानी कहने का तरीका बेहद खूबसूरत है। सच में बुद्धरायशरण और कावेरी की तस्वीर मेरी आँखों में उतर आई। तुम्हारी बयानगी मुझे किसी जोगन की याद दिलाती है।’’ यह कह वह अनजान व्यक्ति मुस्कुराया।

उस सुंदर लड़की ने उसकी ओर देखा और कुछ नहीं कहा।

''आप कोलकता जैसे इतने बड़े शहर में अकेले रहती हो?'' उस व्यक्ति ने फिर सवाल किया।

''अकेले कहाँ? मैंने बताया था कि मेरे मम्मी-पापा भी मेरे साथ रहते हैं। आप ध्यान से सुन नहीं रहे हो मेरी बात? आप को इस कहानी से ज़्यादा मेरी कहानी में इंटरेस्ट है।'' उस लड़की ने कहा।

''नहीं ऐसा नहीं है...' मैं तो बस यूँ ही पूछ रहा था लेकिन घर पर तो मुझे कोई दिखाई नहीं दिया।''

''वे सुबह-सुबह मेडिटेशन के लिए बैलुर मठ चले जाते हैं...वहाँ बहुत शांति रहती है। और फिर वही से नदी पार काली माँ के मंदिर। घर की एक चाबी उनके पास रहती है...मैंने आने से पहले उन्हें उनके फोन पर मैसेज ड्राप कर दिया था।''

''हम्म...आपने अभी तक शादी क्यों नहीं की? मतलब इतना समय अक्सर नहीं लगता...अनमैरिड रहना कहाँ आसान है किसी लड़की मतलब औरत के लिए?'' उसने झिझकते हुए पूछा

''क्यों अनमैरिड होना कोई पाप है? क्या अपने पैरेंट्स के लिए लड़कियों का फर्ज नहीं बनता?''

''बिल्कुल बनता है जी...मैंने कब इंकार किया...कावेरी भी तो अपने बाबा को यही कहती है...आई लव दिस फीलिंग...चलो छोड़ो अब तो आपकी शादी होने वाली है...और एक बात ओर, मुझे बुलाना मत भूलना''

वह फिर मुस्कुरा रहा था लेकिन वह लड़की ख़ामोश...

बोगी में कुछ देर के लिए ख़ामोशी फैल गई। अब आगे की कहानी को शब्दों का इंतज़ार था।

❏❏❏

# अध्याय-10

## 'चेहरे पर पड़ी लकीरों में असंख्य सवाल थे'

दनेश्वर को स्कूल में एक सप्ताह हो चला था। उसकी नौकरी से साहिल की खुशी का अंदाजा लगाना कठिन था। वह इस बात से बहुत खुश था कि अब दनेश्वर अपने गाँव कुछ पैसे भेज पाने में समर्थ हो जाएगा। अब वह माँ और बाबा को किए वायदे के अनुसार अपने गाँव भी जा सकेगा।

अब दनेश्वर स्कूल के माहौल में रमने लगा था।

''एक्सक्यूज़ मी तृप्ति जी।''-उसने एक दिन स्टाफरूम में खड़ी उस लड़की को टोका जिसे वह पहले ही दिन बस स्टॉप पर मिला था। वह अपनी टेबल के पास कुछ कागज़ों में व्यस्त थी। उसके चेहरे पर सुकून की लकीरें स्पष्ट दिखाई दे रही थी।

''अरे सर, आप हो।'' उसने सहजता से कहा।

''जी मैं।''

''आखिर आपका नाम जान ही लिया मैंने।'' उसने तृप्ति की अलमारी के ऊपर लिखी नेम स्लिप को देखते हुए कहा।

''नाम में क्या रखा है.... सर।''

''वो तो है ...।'' वह मुस्कुराया।

''क्या कोई काम था?'' उसने एक पल के लिए नज़र उठा कर देखा।

''जी...अभी यहाँ कोई ठीक से जानता ही नहीं।''

''क्या काम है?'' उसने गंभीरता से देखते हुए पूछा।

''यह अटेंडेंस रजिस्टर है, इस पर कैसे काम किया जाता है? बताएँगी ज़रा...मेरा पहला अनुभव जो है।'' उसने धीरे-से कहा।

''हाँ...क्यों नहीं, आप बैठिए...यह तो कुछ भी काम नहीं। देखिए हर महीने बच्चों के नाम लिखने हैं, छुट्टियाँ और संडे को ऐड करना है। जो बच्चे प्रेजेंट हैं या एब्सेंट हैं उनको मार्क करना है।'' तृप्ति ने उसके हाथ से रजिस्टर लेते हुए बताया। उसके हाथ छू जाने से दनेश्वर के शरीर में सिहरन-सी दौड़ गई।

''अरे सर आप ने तो अभी तक कुछ भी नहीं किया इसमें?''

''जी, कुछ समझ नहीं आ रहा था। पुराने रजिस्टर से देखने की कोशिश भी की लेकिन कामयाब नहीं हुआ। आज आपको देखा तो सोचा कि आपसे पूछ लूँ।'' उसने मासूमियत से जवाब दिया।

''कोई बात नहीं। मैं बताती हूँ।'' उसने रजिस्टर के सभी कॉलम्स दनेश्वर को समझा दिए।

तृप्ति उम्र के हिसाब से कुछ अधिक शांत, संयमी और गंभीर लड़की थी। स्कूल में अंग्रेजी विषय की टीचर होने के साथ-साथ लाइब्रेरी का चार्ज भी उसी के पास था। उसका लहराता बदन, दुबली-पतली सुराही जैसी गर्दन, गले तक कटे हुए बाल उसकी खूबसूरती में चार चाँद लगा रहे थे। हँसने के नाम पर कभी कभार उसके होठों पर हल्की सी मुस्कान दिखाई देती लेकिन बात करने में वह सबसे सहज रहती। ज़्यादा खिलखिलाते तो उसे कभी भी किसी ने नहीं देखा था। उसकी हल्की मुस्कान के पीछे शायद कोई कहानी हो? उसके अतीत को जाने बिना दनेश्वर मन ही मन उसे पसंद करने लगा था।

साहिल नशे में गिर गया था। धूल झाड़ते हुए उठ बैठा और बहुत ही रोनी आवाज़ में उससे बोला।

''कैसा दोस्त है?...कितना ज़ुल्म है?...हाय अल्लाह! नौकरी क्या लग गई भाईजान की तो अपने इस भाई को ही भूल गया...हाय रे नसीब!'' वह ऐसा व्यवहार करने लगा जैसे कि हकीकत में रोने वाला हो। दनेश्वर ने उसका नकली रोना देखा और हँसी रोककर बोला।

''तुम्हारा हर रोज का काम हो गया है। अब आधी रात को कहाँ से आ रहे हो? तुम और तेरे ठिकाने...कहाँ मुँह मारते फिरते हो। ये गंदी आदतें छोड़ दो, नहीं तो यहीं घर के बाहर सड़क पर ही पड़े रहोगे।'' उसने नाराज़गी दिखाते हुए कहा। साहिल का रोना नहीं रुका था।

''ठीक है...कह ले तू भी...बदल गया तू साले...भूल गया तू अपने यार को...जरा सी दारू क्या पीली...तू साले...ताने मारने लगा...जरा नीचे क्या आना पड़ गया अपने यार को लेने...जोर पड़ गया तुझे।'' वह लड़खड़ा कर फिर गिर गया। दारू का नशा सिर चढ़कर बोल रहा था।

''चल अब नाटक मत कर। समय ज़्यादा हो गया है। चल ऊपर। मैं तो बदला नहीं लेकिन तुम जरूर बदल जाओगे। छोड़ दे न यार ये नशा।'' उसने प्यार से कहा।

‘‘ठीक है साले... लेक्ररर साहब।’’

‘‘फिर गाली दी तो उठाकर तुम्हें नाले में फेंक दूँगा।’’ दनेश्वर ने भी नाटक किया।

‘‘नहीं...नहीं...अरे बाप रे...तू तो नाराज हो गया भाई...मैं चलता हूँ ऊपर...चल...चल...भाई।’’ दनेश्वर के कंधे का सहारा लेकर वह ऊपर कमरे तक आ गया।

दनेश्वर ने झटके से कमरे का दरवाज़ा खोला। साहिल बीमार और कमजोर लग रहा था। उसकी जेब से एक तस्वीर निकलकर फर्श पर जा गिरी।

‘‘कौन है यह ?’ रहमती... ?’’ दनेश्वर ने अंदाजा लगाया

‘‘अरे वाह! पहचान लिया तूने तो बिना मिले ही...कैसी लगी मेरी महबूबा की तस्वीर ? जन्नत की हूर है न ? जब से मिली है न तभी से ही मेरी रातों की नींद हराम है। मैं केवल उसके शरीर के लिए ही वहाँ नहीं जाता हूँ बल्कि मुझे तो उसकी रूह से इश्क़ है।’’ उसकी जुबान लड़खड़ा चुकी थी।

‘‘अच्छा चल मेरे रूह के आशिक..अब आराम कर ले’’

‘‘तुझे पता है न कि मैं जब कभी नमाज़ अता करता हूँ तो अल्लाह से यही दुआ माँगता हूँ कि मेरा निकाह उससे हो जाए...फि र मुझे कुछ नहीं चाहिए। मैं उसे उस दोजख़ से निकालना चाहता हूँ... ।’’ वह भावुक हो चला था। शराब ने उसे खोखला कर दिया था।  हालांकि शराब पीना उसके धर्म में हराम था लेकिन वह इस दलदल में बुरी तरह धँस चुका था, जहाँ से निकलना उसके लिए अब नामुमकिन था।

सामने पड़े बिस्तर पर वह निढाल और अचेत हो गया। दनेश्वर उससे बेहद प्यार करता था क्योंकि भुवनेश्वर में साहिल ही था जिसने उसे भावनात्मक रूप से सहारा दिया। दोनों ने बी. एड. भी तो एक ही कॉलेज से की थी लेकिन साहिल दनेश्वर की तरह उच्च शिक्षा प्राप्त नहीं कर पाया क्योंकि उसके घर के आर्थिक हालात बदतर थे। उसके अब्बू के इंतकाल के बाद उस समय सारे घर का खर्च उसके कंधे पर आ पड़ा था। बीमार अम्मी और एक छोटी बहन। उसकी अम्मी की मृत्यु के बाद बहन की शादी का खर्चा भी उसने खुद ही उठाया था। आज उसकी बहन अपने घर में खुश थी। अभागा था साहिल जो किसी के भी प्यार को हासिल नहीं कर पाया। बहन के शौहर का मिजाज भी उस से मेल नहीं खाता था तो वहाँ भी रिश्ता न के बराबर ही रह गया था। अब दनेश्वर ही उसका दोस्त, भाई, पिता...सब कुछ था।

अब वह जिम्मेदारियों से आज़ाद था- एक खुले सांड की तरह जिसे किसी की परवाह नहीं होती। अब अपने लिए तो वह कमा ही लेता था। कारपेट की एक फैक्ट्री में कुछ मुनीमी टाइप का काम उसे मिल गया था। पहले वह भी अध्यापक बनना चाहता था, समाज बदलना चाहता था लेकिन अब समाज को बदलना इतना आसान नहीं, वह यह बात समझ चुका था क्योंकि समाज ने उसे बदल दिया था। इंसान, इंसान को लूट कर खा जाना चाहता है। चंद पैसे देकर फैक्ट्री में कितना काम लिया जाता है वह यह हर रोज महसूस करता था। वहाँ जाने का तो समय था लेकिन आने का नहीं। न छुट्टी, न तनख़्वाह न ही जॉब सुरक्षा, बस लगे हैं काम में सिर्फ शोषित होने के लिए। शोषण एक व्यक्ति का दूसरे व्यक्ति पर अत्याचार, एक समाज में असुरक्षा और असमानता का एक बड़ा कारण है। यह एक दुर्बल और अहसाय व्यक्ति पर अन्याय है जो कि सामाजिक संरचना में समरसता को कम करता है। शोषण के खिलाफ आवाज़ हालांकि सभी की जिम्मेदारी है लेकिन यह आवाज़ केवल भूखा पेट ही क्यों उठाता है?

वह शांत बिस्तर पर लेटा था लेकिन दनेश्वर उसके चेहरे पर पड़ी लकीरों में असंख्य सवालों को पढ़ रहा था। दनेश्वर ने उसके पैरों को उठाकर सीधा किया और गर्दन के नीचे तकिए का सहारा दिया। एक पतली-सी चादर से उसे ढक दिया।

दनेश्वर जानता था कि आज भी साहिल उस रहमती के पास ही गया होगा। वह वहाँ केवल शारीरिक भूख मिटाने ही नहीं जाता था बल्कि उसे वहाँ आत्मिक सुख भी प्राप्त होता था। वह रहमती से प्यार करने लगा था। उस बदनाम मोहल्ले में सैकड़ों लड़कियाँ थी लेकिन उसे रहमती ही पसंद थी।

□□□

# अध्याय–11

## 'मन में उठे सवालों की परछाइयाँ और लाल रंग'

गाँव के ज़मींदार के बेटे दुर्जेधन नायक की नज़र गिद्ध के समान थी। वह बस एक मौके की तलाश में था कि जैसे ही मौका मिलेगा उसे झपट लेगा। एक मौका गँवा देने से वैसे भी वह तिलमिला चुका था। शराब और औरत के मामले में वह ज़्यादा संयमी नहीं था।

एक दिन दुर्जेधन नायक हिलखेड़ी गाँव से गुजर रहा था तो वह कावेरी के घर की चौख़ट पर आ धमका। दहलीज़ के पास लाल झंडा पड़ा देख वह ठिठक गया और उसे उठाकर अपनी जेब में रख लिया। यह लाल रंग उसे परेशान कर रहा था। गाँव में इन लाल झंडों की संख्या बढ़ रही थी। पीपल, नारियल और केले के पेड़ों पर ये लाल झंडे लगे हुए थे।

''चक्रधर कहाँ हो? कोई है यहाँ?'' दुर्जेधन नायक ने अपनी रोबीली आवाज़ में घर के बाहर से आवाज़ लगाई लेकिन वह कावेरी को देख अंदर आ चुका था। कावेरी अंदर रस्सी पर कपड़े सुखा रही थी। उसका सारा बदन पानी से भीगा हुआ था। उसकी नज़र कावेरी के भीगते एक-एक अंग पर थी। अपने साथ आए लठैतों को वह गाड़ी के पास ही छोड़ आया था।

''जी छोटे बाबू, आइए।'' कावेरी ने अपने कपड़े संभालते हुए कहा। वह अनमने मन से दूर पड़ी चारपाई को उठा लाई। वह उसकी इज्जत नहीं करना चाहती थी लेकिन घर आए मेहमान का अनादर करना उसके संस्कार में नहीं था।

''बैठिए छोटे बाबू।'' उसने हड़बड़ाते हुए कहा। वह उससे नज़रें बचा रही थी।

''कहाँ है तेरे बाबा, दिखाई नहीं दे रहे हैं। कई दिन से हवेली पर भी नहीं आए तो सोचा आज हाल-चाल पूछता चलूँ।'' उसने अपनी नज़र घर के आँगन में चारों तरफ दौड़ाई। वह कावेरी को अकेले पाकर बेहद खुश था। उसे अपना स्वप्न सच होता नज़र आ रहा था।

''बाबा का हाल अब ठीक है...अंदर आराम कर रहे हैं। अभी-अभी नींद लगी है छोटे बाबू। कहो तो जगा दूँ।'' कावेरी ने अपने सरकते पल्लू को संभालते हुए कहा। उसकी नज़र कोपड़ा (कटार) पर थी। नारियल काटने वाला

यह कटार दीवार पर सामने टंगा था। बांस से बनी चहारदीवारी उनके कच्चे घर को सुरक्षा प्रदान कर रहे थी।

''नहीं...नहीं, उन्हें आराम करने दो।'' उसने कावेरी को ऊपर से नीचे देखते हुए कहा। उसके शब्दों में वासना की बू आ रही थी। कावेरी को उनके अर्थ भली-भांति समझ आ रहे थे। वह चुप खड़ी थी लेकिन नज़र उस कटार पर बार-बार जा रही थी।

''तुम्हारे बाबा ही तो बीमार थे लेकिन...तुम तो आ सकती थी हवेली पर। तुम तो जानती हो कि कितना काम होता है वहाँ पर।'' उसकी नज़र कावेरी के शरीर से हट नहीं रही थी। गाल पर पड़ी पानी की बूँदें उसके दिल में तूफ़ान मचा रही थी।

''मैं जानती हूँ लेकिन यहाँ बाबा की देखभाल को कोई भी नहीं है।'' वह उस दिन की बात भूली नहीं थी। उसका मन तो कर रहा था कि उसका मुँह नोच ले लेकिन वह बाबा की वज़ह से मजबूर थी। कोपड़ा कटर उससे दूर नहीं था। उसने मन बना लिया था कि अगर उसने उसको छूने की भी कोशिश की तो वह आज उसको जान से मार देगी।

''अच्छा...मैं समझता हूँ'' दुर्जेधन ने झूठी हमदर्दी दिखाते हुए कहा। वह उसको नज़र भर देखने से रोक नहीं पा रहा था। हवस से लिस उसकी निगाहें कावेरी के शरीर को नोच रही थी। वह उसको बाहों में दबोचना चाहता था लेकिन तभी एक कठोर आवाज़ ने व्यवधान डाल दिया।

''कावेरी कौन है अंदर? किससे बातें कर रही हो तुम?'' बुद्धरायशरण की आवाज़ सुनकर दुर्जेधन नायक का रंग बदल गया और कावेरी के चेहरे पर खुशी आ गई।

''आओ बुद्ध, कैसे हो? क्या कर रहे हो आजकल?'' दुर्जेधन नायक के सुर थोड़े बदल गए।

''कुछ नहीं सरकार, बस काट रहे हैं समय आपके राज में। वैसे सुबह-सुबह कैसे आना हुआ यहाँ?'' बुद्धरायशरण उसके साथ बात नहीं करना चाहता था। वह कावेरी के प्रति उसके गंदे भावों को अच्छी तरह जानता था।

''चक्रधर का हाल-चाल पूछने आया था और हाँ तुमसे भी कुछ बात करनी थी मुझे। उस दिन बड़ी जुबान चल रही थी तेरी। मैंने सुना है कि आजकल तुम कुछ लोगों के साथ मिलकर जंगल के मसीहा बनने चले हो।'' दुर्जेधन नायक ने उसे गुस्से में घूरते हुए कहा।

‘‘नहीं-नहीं सरकार ऐसा तो कुछ नहीं है। आपने गलत सुना है।’’ वह जान गया था कि छोटे बाबू कहाँ बोल रहे हैं लेकिन वह अनजान बनने का नाटक करने लगा।

‘‘उस वेंकटेश्वर के संगठन  और उसके ‘लाल सलाम आंदोलन’ से कोई लेना देना है तो बता दे आज। बाद में मत कहना कि तुझे मौका नहीं दिया।’’ दुर्जेधन नायक ने उसकी आँखों में आँखें डालते हुए कहा।

‘‘कौन सा आंदोलन? कौन वेंकटेश्वर? हमारे मसीहा तो आप ही हो सरकार। आपको कोई भ्रम हुआ सरकार।’’ उसने छोटे ज़मींदार से नज़रें बचाकर बात की।

‘‘ मुझे सब खबर है, देख झूठ मत बोल। तेरी आँखें बता रही हैं कि तू झूठ बोल रहा है और तेरा यह झूठ ज़्यादा दिन नहीं चलेगा याद रखना।’’ छोटे ज़मींदार ने उसे चेतावनी देते हुए कहा

‘‘अरे नहीं सरकार, विश्वास कीजिए सब झूठ है। किसी ने आपको गलत सूचना दी है।’’ इस बार उसने आँखों में आँखें डाल कर कहा।

‘‘उस साले वेंकटेश्वर ने अगर हमारे गाँव के लड़कों को बहकाया, तो उसका हथौड़ा-दराँती, उसके ही सिर पर न हुआ तो तुम देखना। आए बड़े आंदोलनकारी।’’ छोटे ज़मींदार दुर्जेधन नायक का गुस्सा सातवें आसमान पर था। सामने लाल झंडों पर हथौड़ा-दराँती का निशान उसे चिढ़ा रहा था।

‘‘सरकार आपने बिल्कुल गलत सुना है। मैं किसी भी तरह से उनके ग्रुप में शामिल नहीं हूँ। मैं तो उन्हें बिल्कुल भी नहीं जानता हूँ।’’ वह अपनी बात पर अडिग था।

‘‘वह तो हम पता कर ही लेंगे। पुलिस स्टेशन में भी नए दरोगा आ गए हैं। हमारे खास हैं। देखते ही गोली न मरवा दी तो हमारा नाम बदल देना।’’ छोटे ज़मींदार दुर्जेधन नायक ने उसे चेतावनी दी।

‘‘जी सरकार। आप मुझ पर बेवज़ह शक कर रहे है।’’ उसने धीमे स्वर में कहा।

‘‘ देख बुद्ध हमने जो कहना था कह दिया। हम ही हैं जो इस गाँव, इस बस्ती का भला चाहते हैं। जल्दी ही यहाँ गाँव के अंदर एक मोबाइल टावर लग जाएगा। एक अच्छा सा प्राइवेट स्कूल भी होगा। पक्की सड़कें होंगी। तुम्हारे इन घास- फूस और बांस के मकानों और कच्ची मिट्टी के झोपड़ों के बदले पक्के मकान बनाए जाएँगे। ये लाल झंडे वाले तुम्हारा कुछ भला नहीं करेंगे। दूर

रहना इन लोगों से।'' छोटे ज़मींदार दुर्जेधन नायक ने उसके कंधों पर हाथ रखते हुए कहा।

'' जी, सच है सरकार, हम तो सिर्फ आप से ही उम्मीद रखते हैं।'' उसने भी माहौल देखकर अपने शब्दों का स्वर बदल लिया था।

''तो फिर गाँव में ये लाल झंडे कौन लगाता है? किसकी हिम्मत है ये?'' छोटे ज़मींदार दुर्जेधन नायक ने लाल झंडा जेब से निकलते हुए उससे पूछा।

''किसने लगाए हैं ये... तुम्हें तो पता ही होगा?'' उसने शक भरी नज़रों से बुद्धरायशरण की तरफ देखा।

'' मैंने कहा न कि हमें नहीं पता सरकार। हम तो अनपढ़ हैं। मेरे बाबा भी अनपढ़ हैं।'' उसने भोला बनने का नाटक किया।

''झूठ मत बोल, सुना है सरकारी स्कूल में कई जमात तक पढ़े हो तुम। तुम्हारा भाई भी तो शहर में है। मुझे पक्की ख़बर है कि ये किसकी शरारत है। एक बात सुन लो ज़्यादा पढ़ाई करने का मतलब यह नहीं कि तुम हम पर, मतलब सरकार पर हमला करोगे। हमें मिटा दोगे। ऐसा सपना देखने की हिमाकत बर्दाश्त नहीं होगी।'' दुर्जेधन नायक की बड़ी-बड़ी आँखें आग उगलने लगी।

'' अरे नहीं सरकार। कैसी बातें करते हो? विश्वास कीजिये। इन लाल झंडे वालों से हमारा कुछ भी लेना देना नहीं।'' वह अपनी बात से टस से मस न हुआ।

''चुप कर, बार-बार एक ही बात की रट लगाए जा रहा है। वह तो मैं पता लगा ही लूँगा लेकिन ख़्याल रहे अगर मुझे पुख़्ता सबूत मिले तो छोड़ूँगा नहीं। तुम जानते ही हो मुझे। और हाँ यह बात भी याद रखना कि कितनी मदद की हमने बिरंचि नारायण की और तेरे भाई की।'' दुर्जेधन ने गुस्सैली आँखों से उसे देखा। थोड़ी देर के लिए वह कावेरी को भी भूल गया था। कावेरी बहुत देर से पानी लिए खड़ी थी। उसके चेहरे पर डर ज्यों का त्यों विद्यमान था और अंदर गुस्सा भी।

''छोटे बाबू, पानी...'' उसने कावेरी को बड़े प्यार से देखा और पानी का गिलास ले लिया। दुर्जेधन नायक ने अपने सूखे गले को पानी से तर किया और ख़ाली गिलास कावेरी के हाथ में थमा दिया। उसने गिलास थमाते हुए कावेरी की उँगलियों को सहलाया। उसके स्पर्श में जहर था जो कावेरी महसूस

कर रही थी। उसकी जवानी उसके लिए एक मुसीबत बन चुकी थी। यह देख बुद्धरायशरण गुस्से से भर गया लेकिन वह इस वक़्त कोई बखेड़ा खड़ा करना नहीं चाहता था। उसने बहुत ही मुश्किल से अपने आप पर नियंत्रण किया। वह खून की घूँट पी कर रह गया और कावेरी भी।

''अच्छा मैं अभी चलता हूँ लेकिन मेरी बातों का ख़्याल रहें।''

दुर्योधन नायक जा चुका था। लाल झंडा अभी भी उस मिट्टी की आगोश में पड़ा था, जिस मिट्टी के संघर्ष की वह पहचान था। बुद्धरायशरण ने उस झंडे को मिट्टी से उठाया और सीने से लगा लिया। कावेरी ये सब देख रही थी। वह समझ गई थी कि गाँव में ये झंडे किसने लगवाए लेकिन वह चुप थी।

एक बड़ा झंडा पीपल के पेड़ पर अभी भी लहरा रहा था। धीरे-धीरे क्रांति का लाल रंग वहाँ के गाँवों में फैलने लगा था। गाँव के युवा धीरे-धीरे उस संगठन से जुड़ने लगे थे जिसका संबंध वेंकटेश्वर से था। लाल झंडे के सरदार वेंकटेश्वर का नाम पूरे इलाके में कौन नहीं जानता था। आसपास के सारे गाँव उसके साथ जुड़ चुके थे। युवाओं की टोली लेकर उसने अपना सदृढ़ संगठन बनाया था जिसमें औरत और मर्द दोनों ही शामिल थे।

हिलखेड़ी गाँव और उसके साथ के तीस गाँव नदी के किनारे- किनारे विस्थापित थे। साथ में घने जंगलों का साम्राज्य था, जहाँ वेंकटेश्वर का ठिकाना था। छोटे-बड़े पहाड़ और उनके पास बिछी खनिज पदार्थों से भरी खदानें। उन पर कुछ लोगों की लालची नज़र पड़ चुकी थी। सरकार भी निर्णय ले चुकी थी कि आसपास के जंगलों को काटकर बस्तियों का विस्थापन किया जाएगा और वहाँ एक स्टील प्लांट का प्रोजेक्ट लगाया जाएगा। आसपास के सभी गाँवों के ज़मींदारों ने अपनी सहमति दे दी थी। हिलखेड़ी गाँव भी उनमें से एक था। उड़ीसा और झारखंड की सीमाओं से लगे इन जंगलों पर सरकार की नज़र पड़ चुकी थी। माओवादी विचारधारा के कमांडर वेंकटेश्वर और उसका नक्सलवादी ग्रुप यही चाहता था कि कोई उनके घर में हस्तक्षेप न करे। उनका इरादा बिल्कुल स्पष्ट था कि जंगल और ये ज़मीन उनकी है वो उन्हें नही देंगे। वे विकास के नाम पर पूँजीपतियों की जेब भरने की नीति और उन्हें घर से खदेड़ने की चालाकी को भली-भांति जानते थे। वह सभी आदिवासियों को सरकार इस नीति से अवगत करा देना चाहता था। आस-पास के गाँव में लाल झंडों को लगाकर, वहाँ के लोगों को एकजुट करके अपनी बात उन सब के

सामने रखना चाहता था। यह एक अभियान था, जिसमें जगह-जगह पर पोस्टर और झंडे लगाकर वह बताने चाहते थे कि वह उनका हितैषी है। सीमा से सटे होने की वजह से झारखंड के आदिवासी लोग भी इनके समर्थन में खड़े थे।

सी.आर.पी.एफ. के लोग उनकी तलाश में दिन-रात एक कर रहे थे लेकिन उन्हें खोजना इतना सरल नहीं था। वेंक टेश्वर की लड़ाई अब हक की लड़ाई बन चुकी थी। जिसमें अपने ही देश की सरकार और साहूकारों की जमात ही उनकी सबसे बड़ी दुश्मन थी। हर दिन की मुठभेड़ में उसके अपने आदमी, हजारों पुलिस के लोग और साधारण लोग मारे जा चुके थे लेकिन समस्याएँ ज्यों की त्यों थी। आस-पास के सभी गाँव, गली, मोहल्लों में पोस्टर लग चुके थे। लोगों का विश्वास उन पर धीरे-धीरे पुख़्ता होता जा रहा था। और इसका सीधा अर्थ था कि गाँव के लोग अब जल्दी ही इस गुलामी से छुटकारा पा लेना चाहते थे। दुर्येधन नायक जैसे लोगों को वे जड़ से उखाड़ना चाहते थे।

उधर दुर्येधन नायक का शक भी सही था। बेशक़ बुद्धरायशरण अब तक नक्सली कमांडर वेंकटेश्वर से मिला नहीं था लेकिन अप्रत्यक्ष तौर पर वह उनके विचारों पर अपने विश्वास की मोहर लगा चुका था। इसी वज़ह से पिछले दिनों उसने पुलिस को चकमा देकर वेंक टेश्वर के बीस आदमियों को गाँव से निकलवाया था और झारखंड की सीमा तक छोड़ कर आया था। वह वेंकटेश्वर से मिलना चाहता था ताकि वह अपने गाँव के लिए कुछ कर सके।

पीपल के पेड़ पर बंधा बड़ा लाल झंडा हवा में अभी भी लहरा रहा था। बुद्धरायशरण की नज़र उस पर गई। वह दौड़कर पेड़ पर चढ़ गया और उस लाल झंडे को उतार लाया।

''हथोड़ा-दराँती का निशान...गरीबों के औज़ार...पूँजीपतियों से लड़ने के हथियार... '' कावेरी भी दौड़ कर बुद्धरायशरण के पास पहुँच गई। कावेरी उसके मन में उठे सवालों की परछाइयाँ उसके चेहरे पर स्पष्ट देख पा रही थी। बुद्धरायशरण बार-बार इन लाल झंडों वालों की मदद कर रहा था। गाँव-गाँव पोस्टर लगाने की उनकी मुहिम में भी वह छिप-छिपाकर मदद करता। यह सब इसलिए क्योंकि वह अब जल्द से जल्द कमांडर से मिलना चाहता था लेकिन कैसे...उसे कुछ पता नहीं था।

❑❑❑

''अरे बुद्धरायशरण के जीवन के इस पहलू से मैं अनभिज्ञ था। कावेरी की मनोदशा को मैं समझ सकता हूँ लेकिन यह ज़मींदार इतना घटिया

इंसान होगा, मुझे इसका अंदाज़ा नहीं था। वेंकटेश्वर इंटर्रेसिंटग कैरेक्टर लग रहा है।'' ट्रेन में बैठा वह अनजान व्यक्ति इस कहानी में डूब चुका था।

''मैंने कहा न कि कुछ चीजें आसानी से समझ नहीं आती जब तक हम उसके सारे पहलुओं को जान न लें। आप उस इलाके में रहकर भी वहाँ की हकीकत नहीं जान पाए। कैसी जॉब कर रहे थे आप?'' उस लड़की का सवाल तीखा था। ट्रेन अपनी मंज़िल की ओर दौड़ रही थी।

''मैडम सही कह रहे हो आप...कागज़ कई बार इतनी गहरी स्याही से रच जाते हैं कि शब्दों की वास्तविक बुनावट छिप जाती है। हम उन्हें पढ़ ही नहीं पाते।''

''जी।'' उसने बाहर देखते हुए कहा। दूर कहीं पहाड़ दिखाई देने लगे थे और नारियल और केले के वृक्ष भी।

''प्यार और दोस्ती में आप किसे ज़्यादा खूबसूरत मानते हो?'' उसने फिर कठिन सवाल किया।

''दोनों को।'' उसने सहजता से जवाब दिया।

''उफ! दनेश्वर इस मामले में कितना धनी था...तो क्या वह अपने मन की बात कह पाया उसे?''

''उसके जीवन का उद्देश्य केवल प्यार नहीं था। वह बहुत कुछ करना चाहता था अपने परिवार के लिए और इस देश-समाज के लिए। वह अपने काम में बेहद ईमानदार था।'' लड़की ने जवाब दिया।

''क्या दनेश्वर गाँव नहीं जा पाया कभी?'' उसने सवाल बदल दिया।

''साहब कुछ चाहिए?'' एक आवाज़ ने फिर से व्यवधान पैदा किया।

''कॉफी मिल सकती है?''

''क्यों नहीं साहब''

''मेरे लिए चाय लाना।'' उस लड़की ने बीच में टोकते हुए कहा।

''जी मैम।''

थोड़ी देर में मिट्टी के कुल्हड़ में कॉफी और चाय उनके सामने थी। कुल्हड़ का डिजाइन सुंदर और चाय-कॉफी गर्म थी।

''आगे क्या हुआ? क्या दनेश्वर गाँव जा पाया?'' वह अपने सवाल पर अटका हुआ था।

□□□

# अध्याय-12

## 'नज़र उसकी झुकी पलकों पर थी'

हर रोज़ की तरह साड़ी में तृसि सुंदर लग रही थी। काले रंग का पतला चिपका हुआ झीना ब्लाउज, काली साड़ी उसे लपेटे हुए लेकिन पतली गोरी कमर साफ दिखाई दे रही थी। होठों पर एक हल्की-सी गुलाबी रंग की लिपस्टिक की झलक मात्र थी और गले में डली सोने की पतली-सी चेन, हाथ में कुछ किताबें और लाल पर्स। क्या लग रही थी वो। स्टाफरूम में आते ही उसने दनेश्वर को नज़र भर देखा। दनेश्वर एक झटके में उसके सौंदर्य-पाश में बंध गया। उसने तृसि को एक नज़र में निहार लिया था। हर दिन की तरह दोनों सबसे पहले स्कूल पहुँच गए थे। उस समय स्टाफरूम में कोई नहीं था।

''क्या कर रहे हो सर ?''

''कुछ नहीं...कुछ नहीं, बस यह शर्ट का बटन निकल गया है। लग ही नहीं रहा। टाई लगानी थी। हॉस्टल के बच्चों से सुई-धागा मंगवा लिया था। ट्राई कर रहा हूँ लेकिन यह बटन लग ही नहीं रहा।''

''अरे ऐसे थोड़ी ही लगेगा यह...शर्ट निकाल दीजिए...आसानी से लग जाएगा।''

''शर्ट निकालकर ...अरे नहीं...नहीं।'' वह थोड़ा असहज हो गया।

''मैं लगा सकती हूँ अगर आप को एतराज़ न हो तो...शर्ट भी नहीं निकालनी पड़ेगी।'' तृसि ने मदद की पेशकश की।

''आप.... ?'' वह संकोच करते हुए बोला।

''दो मिनट का काम है सर।'' तृसि ने उसके हाथ से सुई-धागा छीनते हुए कहा। दनेश्वर को डर था कि कहीं किसी ने देख लिया तो बेकार का बवाल न हो जाए लेकिन वह तृसि की बात को टाल न सका। उसकी नज़र स्टाफरूम के दरवाज़े पर थी।

''ठीक है आप जरा जल्दी करना।'' तृसि उसके बिल्कुल नज़दीक आ गई। वह उसकी गर्म साँसों को महसूस कर रहा था। तृसि ने उसके ठीक गर्दन के पास वाले बटन को सुई- धागे से टाँकना शुरू कर दिया। दनेश्वर की नज़र उसकी झुकी पलकों पर थी। उसकी दिल की धड़कनें बढ़ चुकी थी। वह जोर से उसे अलग करना चाहता था लेकिन वह अहसाय हो चुका था। स्टाफरूम के

बाहर किसी की आवाज़ आने का अहसास हुआ। शायद किसी ने उन्हें बाहर से देख लिया था।

''तृसि जी लग गया क्या... ?''

''बस दो सेकंड और रुको।'' बटन लग चुका था। उसने मुँह से धागे को काटते हुए कहा।

''देखो हो गया न। दो मिनट का ही तो काम था।'' उसने अपने चेहरे से अपनी छोटी लटों को हटाते हुए कहा।

''थैंक्स तृसि जी...।'' उसने टाई को सेट किया। बाहर दरवाज़े से शायद किसी ने उन्हें देख लिया था लेकिन तृसि बेख़बर थी।

''एक बात पूछूँ तृसि जी''

''जी''

''शादी हो गई आपकी...''

''ऐसा क्यों पूछ रहे हो ?''

''बस यूँ ही...क्योंकि ऐसे बटन टाँकने का अनुभव तो मैरिड औरतों को ही होता है।'' वह मुस्कुराते हुए कुछ ज़्यादा ही बोल गया था।

''अरे...नहीं ऐसा नहीं है।'' वह बड़े अनमने ढंग से बोली।

''मतलब अनमैरिड हो ?'' उसने हिम्मत करके दोबारा पूछा। उसे नहीं पता था कि वह क्या सवाल कर रहा था।

''मैं शादी से नफरत करती हूँ...यह धोखा है...केवल एडजस्टमेंट है...एडजस्टमेंट खत्म तो रिश्ता खत्म।'' उसके चेहरे पर संजीदगी के भाव पैदा हो गए।

''आप कैसे कह सकती हो यह सब ?''

''बस आस-पास देखते ही रहते हैं समाज में, कितना कुछ तो बदल रहा है।'' उसके चेहरे के भाव बदल गए थे।

''सभी लोग तो ऐसे नहीं होते।'' दनेश्वर ने तर्क दिया।

''हो सकता है लेकिन आज संभव नहीं कि कोई सारी जिंदगी एक ही व्यक्ति के साथ गुजार दे।''

यह सुनकर दनेश्वर सोच में पड़ गया। तभी दरवाजे पर आहट हुई।

''आइए नीलम जी...।'' तृसि ने चेहरे के भावों को नियंत्रित करते हुए कहा।

''आप लोग डिस्टर्ब तो नहीं हुए?'' नीलम ने तंज कसते हुए पूछा। वह स्कूल की सबसे चालाक औरत थी।

''अरे नहीं मैम, ऐसा तो कुछ भी नहीं..''

''फि र तो ठीक है मुझे लगा कि मैं कहीं...चलो छोड़ो...और बताइए...आप दोनों बहुत जल्दी आ जाते हैं स्कूल में?'' उसने सवाल किया। उसके सवाल में तंज था।

''वो क्या है न मैम...दूर से आने वाले अक्सर जल्दी आ ही जाते हैं'' तृसि ने जवाब दिया। दनेश्वर चुप था। नीलम उस को गहरी नज़रों से देखे जा रही थी।

''अरे बेल हो गई...मैं चलता हूँ...मेरी क्लास है?'' दनेश्वर ने अपना रजिस्टर उठाया और स्टाफ रूम से बाहर आ गया। तृसि भी उसके पीछे-पीछे बाहर आ गई। दनेश्वर अपनी यादों के भँवर से कभी भी निकल नहीं पाता था। शहर की आबो हवा में भी उसका दिल गाँव की गलियों में दौड़ता फिरता था। माँ की यादें और उसके हाथ के बने खाने को याद कर वह अक्सर भावुक हो जाता था। जब भी माँ लाल-चींटों को लहसुन अदरक, नमक और मिर्च के साथ पीसकर परोसती थी तो वह पलक झपकते ही एक थाली भात और चार-पाँच रोटियाँ चट कर जाता। चींटों के पिछले हिस्से में भरा खट्टा पानी उस चटनी को चटपटा बना देता था। याद कर उसके मुँह में पानी आ गया और आँखों में भी। माँ के हाथ से बने मछली-भात को भी वह कैसे भूल सकता था। घर के अपने पोखर से मछली निकाल माँ उसके लिए यह पकवान तैयार करती थी। सब कुछ गाँव में पीछे छूट गया था। उसकी आँखें डबडबा गईं और कमरे में लटका पंखा धुंधला-सा गया लेकिन यादें नहीं। शहर के जीवन ने उसको जीवन के अच्छे पलों से वंचित कर दिया था। इस शहर में साहिल के बाद वह अब तृसि से बेहद प्रभावित था। स्कूल में उसकी नज़र उसे ही खोजती रहती थी। शायद वह उसके जीवन के अकेलेपन को भर दे। जीवन में फैले अकेलेपन को केवल कुछ यादें ही भर सकती हैं। वे यादें अगर सुखद हों तो अकेलेपन का दर्द कम हो जाता है। यादें हमें अतीत के मूल्यांकन का सुंदर अवसर प्रदान करती हैं। अकेलेपन में व्यक्ति स्वयं की खोज में निकल पड़ता है। वह अपने अंदर झांकने की ताकत को विस्तार देता है। उसका अकेलापन उसे जीवन के प्रति अधिक संवेदनशील बना देता है।

◻◻◻

# अध्याय-13

## 'जंगल की संतान'

कावेरी के लिए उसका प्यार दिन प्रतिदिन बढ़ता जा रहा था। वह उसको बहुत कुछ कहना चाहता था लेकिन गाँव-समाज के डर से वह उसे कुछ नहीं कह पाता था लेकिन प्यार कहाँ समाज के बने नियमों को मानता है। उसका मन कावेरी को देखे बिना नहीं रह पाता था। अपने मन की बात कहने के लिए उसे बस एक मौके की तलाश थी। कभी-कभार उसे मौका मिल भी जाता लेकिन उसके शब्द उसे धोखा दे जाते। उधर कावेरी भी उसके दबे प्रेम को समझती थी। दोनों प्रेम में थे लेकिन कह पाने में दोनों असमर्थ। एक दिन कावेरी को एकांत देख उसने हिम्मत जुटाई।

''अरे ओ कावेरी! रुको तो जरा...मुझे कुछ कहना है तुमसे।'' उसका स्वर बिल्कुल शांत और किसी सर्द रात की तरह ठंडा था। वह नहीं जानता था कि उसे क्या कहना है लेकिन वह आज उसके सामने अपने मन की कहने के लिए खड़ा था। सरकारी जर्जर स्कूल के पीछे पेड़ की छाँव में उसने कावेरी को आवाज़ दी और वह उसके सामने थी। वह उसके इतनी पास थी कि वह उसकी साँसें महसूस कर सकता था। उसकी गर्म साँसें उसके चेहरे पर टकरा कर उसकी आत्मा को छू रही थी।

''हाँ क्या कहना जल्दी बोल...मेरे पास इतना समय नहीं...बाबा इंतज़ार कर रहे होंगे।'' उसने लकड़ी का गट्ठर अपने सिर से उतार दिया। वह हाँफ रही थी।

कावेरी ने काले रंग का ब्लाउज और स्लेटी रंग की साड़ी पहन रखी थी। उसके हाथ पल्लू से सिर को ढापने की कोशिश कर रहे थे लेकिन पल्लू खिसक-खिसक जा रहा था। उसकी मीठी-सी मुस्कुराहट बुद्धरायशरण के सीने की धीरे-धीरे चीरफाड़ कर रही थी। हवा में बिखरे बालों ने उसके चेहरे को ढाँप लिया था जैसे काले बादल चाँद को अपनी आगोश में ले लेते हैं। उसके माथे से टपकते पसीने ने कई धाराओं का रूप ले लिया था। बूँद बनकर उनका सफ़र माथे से ठोड़ी तक आ चुका था।

''अब बोल कुछ...क्या यूँ ही बुद्धू की तरह देखता ही रहेगा।'' कावेरी ने पसीने की उन बूँदों के सफ़र को दुपट्टे से रौंद दिया। उसने बेपरवाह हो उसे देखा और उसकी नज़रें पढ़ने की कोशिश की। उसे विश्वास था कि वह

उससे प्रेम करता है। उसकी नज़रों में छिपे प्यार को वह महसूस करती थी। बुद्धरायशरण को कुछ सूझ नहीं रहा था लेकिन उसने सोच लिया था कि वह आज उससे अपने मन की बात कर के ही रहेगा।

'' मुझे एक बात करनी है अगर तुम रुको तो... '' उसने घबराते हुए कहा।

'' ध्यान से देख, रुकी तो हुई हूँ।'' उसने धीमी आवाज़ में कहा। कावेरी के चेहरे पर मुस्कुराहट थी।

जैसे ही बुद्धरायशरण ने कुछ कहने की हिम्मत की, तभी एक ग्वाला साईकिल पर दूध की बाल्टियाँ खड़खड़ाता हुआ ठीक उनके पास से निकल गया। बुद्धरायशरण का दिल तेजी से धड़कने लगा। उसे एक डर था जिसे वह आज भगा देना चाहता था।

ग्वाला दूर जा चुका था। बुद्धरायशरण की आँखें बोल रही थी लेकिन ज़ुबान ख़ामोश। उसने अपनी ज़ुबान पर चिपके शब्दों से आग्रह किया कि वे होठ तक आएँ और सारी कहानी बयाँ कर दें। ज़ुबान में कुछ हलचल हुई...शब्दों ने पूरी तैयारी की। भीतर की धमनियों की खड़खड़ाहट उसको अपने दिल में सुनाई दे रही थी लेकिन.....

''कावेरी बेटी...वहाँ क्या कर रही है? इधर आ तो जरा।'' एक बूढ़ी अम्मा की आवाज़ ने उस ख़ामोशी में व्यवधान पैदा कर दिया। सारा का सारा खेल एक झटके में खत्म।

''अम्मा आई...'' उसने अपना लकड़ी का गट्ठर उठाया और मुस्कुराती हुई दौड़ गई। उसके शब्द उसके मुँह में ही फँसे फुसफुसाते रह गए। वह उससे दूर जा चुकी थी और उसे पता भी नहीं चला। बुद्धरायशरण ने गमछे से माथे के पसीने को पोंछा। दिल की धुकधुकी तेज हो गई जैसे धड़कनें पटरी से उतर गई हों। उसका ध्यान सड़क पर था जो अब उसके मन की तरह सुनसान पड़ी थी। वह आज भी उससे कुछ नहीं कह पाया।

तभी दूर सूनी सड़क पर एक गाड़ी आती दिखाई दी और कुछ देर में वो उसके पास आकर रुक गई।

''तुम बुद्धरायशरण हो?'' उसने हाँ में गर्दन हिलाई।

''अंदर बैठिये।'' गाड़ी में बैठे लोगों ने आग्रह किया।

उनके हाथों में बन्दूक देखकर वह ठिठक गया लेकिन गाड़ी पर लाल झंडा लगा देख वह गाड़ी में चुपचाप बैठ गया। वे कमांडर वेंकटेश्वर के लोग

थे। गाड़ी नारियल के झूंड के बीच बने कच्चे रास्ते में उतर गई और घने जंगल में लुप्त हो गई।

❑

कुछ देर बाद बुद्धरायशरण उस व्यक्ति के सामने था जिसके मिलने का उसे बेसब्री से इंतज़ार था। आज उसका इंतज़ार खत्म हो चुका था।

शाम हो चली थी। जंगल में अँधेरा गहराने लगा था। नक्सली कमांडर वेंकटेश्वर शांत लग रहा था। उसके सिर पर एक पगड़ी थी। वह धोती पहने हुए था। ऊपरी बदन पर कुछ नहीं था। बड़ी-बड़ी मूछों में वह आकर्षक लग रहा था। शायद इसी उघड़े बदन पर उसे सभी मौसमी यातनाएँ सहन कर लेने की आदत हो गई थी। बढ़ती गर्मी उसकी सख्त चमड़ी को भेदने की कोशिश कर रही थी और उसको जलाने का प्रयास भी लेकिन उसके अंदर की आग उससे भी ज्यादा भभक रही थी। ऐसी आग जिसमें केवल जंगल ही नहीं जलता बल्कि जलता है तो उसका रक्त और उसका हृदय भी। वह इस जंगल में एक विचार का वाहक था। बाहर फैले ये जंगल उनके लिए माँ की तरह थे, जिसकी गोदी में पलकर ही वे जंगल की संतान कहलाते थे।

वह जंगलों को सरकार और साहूकारों के चंगुल से छुड़वाना चाहता था। इस जंगल की घुटती साँसों को आज़ादी दिलाना चाहता था। उन्होंने उनकी माँ को अपवित्र कर दिया था। वह उन्हें यहाँ से भगा कर अपनी माँ को पवित्र करना चाहता था ताकि माँ की गोद में फिर से शांतिपूर्वक रह सके। इस संघर्ष में दोनों ओर खून बह रहा था। खून का रंग लाल होता है जो एक संघर्ष को जन्म देता है-अन्याय के खिलाफ के संघर्ष को। खून चाहे किसी का भी हो, खून के रंग में कोई अंतर नहीं होता। मारने पर जितनी चोट उनको खुद लगती है उतनी ही चोट वह शोषण करने वालों को पहुँचाना चाहते थे।

आज बुद्धरायशरण, कमांडर वेंकटेश्वर के ठिकाने पर था। जंगल के बीचो-बीच वे एक कोठरी के बाहर खड़े थे। कोठरी की बाहरी दीवारों पर महुआ के तेल से प्रज्वलित मशालें और दीवारों पर ढिबरी से मंद प्रकाश चारों ओर फैला हुआ था। जंगल में गहरा सन्नाटा था और अंधकार भी। झींगुर की आवाज़ चारों तरफ गूँज रही थी जो सन्नाटे में एक सुर पैदा कर रही थी। जंगल जैसे कुछ बातें उनके कानों में फुसफुसा रहा था।

‘‘तुम हमारी मदद क्यों कर रहे हो ? कोई खास वज़ह ? ?’’ कमांडर वेंकटेश्वर का सवाल बिल्कुल सीधा था। उसने अपनी मूछों पर ताव देते हुए उसे देखा।

‘‘बस यूँ ही...जो मुझे ठीक लगा मैंने किया। वज़ह हम सब की एक ही है। मैंने आप का नाम बहुत सुना है। मैं आप सब के साथ जुड़ना चाहता हूँ बस।’’ उसके चेहरे पर घबराहट थी ।

‘‘हमारे साथ जुड़कर, क्या तुम नासमझी नहीं कर रहे हो। पता नहीं, यह एक अँधेरा रास्ता है। ये रास्ते इतने भी आसान नहीं, जितना तुम्हें लग रहे हैं। तुम्हें शायद नहीं पता, तुम बच्चे हो अभी।’’ कमांडर वेंकटेश्वर ने मुस्कुराते हुए कहा।

‘‘मैंने अच्छे से सोच लिया है। अब सिर्फ़ आपको सोचना है कि मुझे साथ लेना है या नहीं। आप जानते भी हो कि मैं आपके बहुत काम आऊँगा।’’ धीरे-धीरे उसके चेहरे का डर भी खत्म होने लगा था। उसके दिल का साहस शब्द बनकर होठों से बाहर आने लगा।

‘‘ वो तो ठीक है लेकिन तुम यह समझ लो कि यह एक पागलपन है। मंजूर है क्या यह पागलपन ?’’ कमांडर वेंकटेश्वर उसको जानने की कोशिश कर रहा था।

‘‘जी बिल्कुल...शायद हम सब कुछ-कुछ पागल ही तो हैं।’’ बुद्धरायशरण ने वेंकटेश्वर की आँखों में आँखें डालते हुए अपना जवाब दिया। वह निडर था।  उसकी आँखों में अब कोई डर नहीं था। कमांडर वेंकटेश्वर उसकी बात पर हँसने लगा।

‘‘तुम बिरंचि नारायण के भतीजे हो ना ?’’ वह पास पड़े पत्थर पर बैठ गया।

‘‘हाँ जी...और पागल भी हूँ। जब मेरे बारे में सब कुछ पता निकाल लिया है तो क्या मैं आपके ग्रुप में आ सकता हूँ ?’’

वे दोनों मुस्कुराए। उनकी मुस्कुराहट स्वीकृति थी उस आग का हिस्सा बनने की जिसमें क्रान्ति का बिगुल शामिल था।

‘‘तुमने हमारी मदद क्यों की ? कोई विशेष कारण ?’’ कमांडर वेंकटेश्वर ने जिज्ञासा पूर्ण प्रश्न दोहराया।

''जानने-बताने का कुछ नहीं है मेरे पास। आप पहले से ही जानते हो। आस-पास के सारे गाँव त्रस्त हैं शोषण से। यहाँ सरकार और साहूकार में कोई अंतर नहीं है।'' उसके स्वर चीख उठे।

'' आखरी बार सोच लो, यहाँ जान का खतरा भी है। बहुतों को मैंने मौत के आगे गिड़गिड़ाते देखा है।'' कमांडर वेंकटेश्वर मुस्कुरा दिया और पत्थर से उठ खड़ा हुआ।

''सोच लिया है कमांडर। वैसे भी हमारी साँसें गिरवी पड़ी हैं उन्हें तो छुड़वाना ही है।'' उसने वेंकटेश्वर को अपने दिल की बात कह दी। वे एक-दूसरे के सामने खड़े थे।

''अरे वाह!'' कमांडर वेंकटेश्वर ने उसे गले लगा लिया। उनके पसीने से भीगे ज़िस्म एक हो गए। कमांडर वेंकटेश्वर ने उसे कोठरी में आने का न्यौता दे दिया। वह उसे मूछों में ताव देते हुए शांत भाव से देख रहा था। उसे बुद्धरायशरण में उम्मीद नज़र आ रही थी।

वे कोठरी में घुस गए। भयंकर गर्मी में उबलते हुए भी वहाँ कुछ लोग गा रहे थे। उस गीत का सुर बहते आँसुओं का आभास दिला रहा था।  गीत की भाषा जंगल की थी। उसके शब्द उनकी आत्मा में रचे बसे हुए लग रहे थे। सुर में रोने का एहसास था। दु:ख था। शायद वे दु:ख का उत्सव मना रहे थे। जंगल की छाती पर ये शब्द जोरों से बहती आँधी की तरह टकरा रहे थें। भाषा का ज्वार बिल्कुल आदिम था। भाषा में गंभीरता थी। उनके चेहरे पर  दर्द और दु:ख था। वे सब एक-दूसरे को देख रहे थे। झूम रहे थें। तभी गीत ने जोश का रूप धारण कर लिया। उनके चेहरे का डर उत्साह और आत्मविश्वास में बदल गया। दर्द का उत्सव मौत की विजय का उत्सव बन गया। बुद्धरायशरण भी उस उत्सव में शामिल हो गया था।

ज़मीन में,...हवा में,...अंधकार में...बहुत गर्मी थी लेकिन मन प्रकाश-सा सुकून दे रहा था। उम्मीद का यह प्रकाश उन्हें शायद एक किए हुए था। वह भी एकमय और प्रकाशमय हो गया। कोठरी की यह गर्मी उनकी आँखों से नींद बेशक़ छीन लेती थी लेकिन खुली आँखों के स्वप्न को नहीं छीन पाती थी। उसकी आँखों की नींद अब जा चुकी थी।

''यह मिट्टी का शरीर है, मिट्टी के ही काम आना चाहिए।'' वह मन ही मन बड़बड़ाया। उसके खून में क्रांति के गीत गूँज उठे थे। शायद क्रांति के स्वर

पत्थर पर चोट लगने से केवल आग ही नहीं पैदा करते बल्कि वहाँ एक गीत भी गूँजता है। वो गीत सारे जंगल में फैल चुका था। गीतों के शब्द से जंगल सुरमय हो गया था।

''ये कलम से निकले कुछ शब्द,

अब जल रहे हैं तपती दोपहर में,

भीग चुके हैं मज़लूमों के आँसुओं की नमी से,

हवाओं के विपरीत हक़ीक़त बयाँ करने के लिए

संघर्षरत हैं लेकिन क्या कोई समझ पा रहा है इनके अर्थ?

क्या शब्दों में उलझा एक सवाल कुरेदता है

निष्ठुरता की उस कठोर बंजर ज़मीं को

जिस पर सिर्फ राजनीति की फसल लहलहाती है?

ये शब्द कभी खत्म नहीं होते, रहते हैं अनंत काल तक

और ये सवाल उठाते थे, उठाते हैं और हमेशा

उठाते रहेंगे !!!''

❑

बुद्धरायशरण का जंगल से गाँव और गाँव से जंगल आना-जाना अब आम हो गया था। गाँव आने से पहले वह जंगल में थक हार कर वह सबसे पहले कोठरी के बाहर लकड़ी का चूल्हा जलाकर घंटों वहाँ बैठा रहता। शाम होने के बाद ही वह घर जाता था।

उस दिन मिट्टी की लाल हाँड़ी में उसने चावल और आलू पकाने को रख दिए। अब शाम को खाना वह जंगल में कमांडर के आदमियों के साथ ही खाने लगा था। चूल्हे की आग को वह घूर-घूर कर देख रहा था। एक साथ दो चूल्हे वहाँ जल रहे थे। भूख से उसकी अंतड़ियाँ सिकुड़ रही थी। थोड़ी देर बाद चावल पककर तैयार हो गए। उसने कपड़े की मदद से हाँड़ी को चूल्हे से उतार लिया। चावल के गर्म माँड को एक लोटे में डालकर उसने एक तरफ ठंडा होने को रख दिया। मछली को अलग से आग पर भूना जा रहा था।

चुटकी भर नमक डालकर माँड को सुड़क-सुड़क कर पीना वहाँ सभी को पसंद था। भात-आलू सभी आदिवासियों का प्रिय भोजन था। लगभग तीनों समय वे अपना पेट यह खाकर भर लेते थे। जंगल को नापते हुए दूसरी छोर तक खदानों पर जाने के लिए उन्हें जो ताकत चाहिए थी वो उन्हें इसी भात से मिलती थी। मछली को वह आग में भून कर ही खाते थे।

78. मैं भी भारत (हिंदी उपन्यास )

आंदोलन और घर को चलाए रखने के लिए उन्हें दोनों कार्यों में संतुलन बनाए रखना पड़ता था। जंगल में शाम होते ही ढोल-नगाड़ों की थाप और गीतों के बोल उन सब की थकावट को हर लेते। यह शोर घने जंगलों की तहों से बाहर निकल नहीं पाता था। उनका ठिकाना जंगल के आंतरिक हिस्सों में था, जहाँ किसी का भी पहुँचना असंभव था। महुए की शराब पीकर ये सभी झूम-झूम कर नाचते। उनकी साँसों से रह-रहकर रिसती महुए की गंध ने हवा को भी बहका दिया था। ऊपर फैले आकाश में चाँद भी उनके माहौल में शमिल हो जाता। उसकी रोशनी छिटक-छिटक कर धरती को छूना चाहती थी लेकिन पत्तों के झुरमुट उन्हें इजाज़त नहीं देते।

जंगल के सरकारी नियमों की वजह से जंगलों में पहले की तरह आना-जाना आसान तो नहीं था लेकिन जंगल में घुसने के अनेक रास्तों से ये लोग वाकिफ थे। वे छुप-छुपाकर बच-बचाकर आदिवासी समूह बनाकर वनों में शिकार के लिए घुस जाते थे। जंगल के आंतरिक भागों में जाकर ये लोग बेखौफ हो जाते थे, फिर इन्हें पकड़ना नामुमकिन था। जंगल के कर्मचारी भी जंगल के इन भागों में जाने से डरते थे।

शिकार की रस्म के मुताबिक आदिवासी लोग ढोल-डुगडुगी बजाकर पहले जानवरों को सचेत कर देते थे ताकि जंगली-जानवर सचेत हो जाएँ और कोई आरोप न लगा सके कि जानवरों को बचने का मौका नहीं दिया। वह जंगल के नियम की बहुत इज्जत करते थे। इस समूह में आस-पास के जंगली कबीलों के लोग भी कुत्तों के साथ शिकार में शामिल हो जाते थे। उनके कुत्ते भी मुस्तैदी के साथ उनकी मदद करते। आखिरकार उन्हें भी तो शिकार में बराबरी का हिस्सा मिलना तय था। झुंड बनाकर आदिवासी लोग उनका शिकार करते और उनके हिस्से को बराबर बांट लेते। जंगली हाथी और जंगली सुअर का शिकार करना सबसे कठिन होता क्योंकि अगर वह हिंसक हो जाए तो उनकी जान के लाले पड़ जाते थे लेकिन उनके तीर-भालों के निशाने अक्सर सटीक रहते और यहाँ बड़े-बड़े जानवर धराशायी हो जाते। इन बड़े जानवरों के हाथ-पैर बाँधकर वे उन्हें मोटे डंडों के सहारे उठाकर वापसी में अपने साथ ले जाते थे। इस तरह के शिकार आयोजनों में अब बुद्धरायशरण को भी जाने का अवसर प्राप्त होने लगा था। यह उसके लिए बेहद रोमांचक तो था लेकिन उसकी कटार और तीर-कमानों ने अभी तक कोई शिकार नहीं किया था

क्योंकि उसे निर्दोष जंगली-जानवरों को मारना पसंद नहीं था। वह अभी भी पूरी तरह से हिंसा का समर्थक नहीं था।

उसे पेट भरने के लिए मिट्टी से अनाज उगाना पसंद था लेकिन मिट्टी से उनके अधिकार जो धीरे-धीरे उनसे छीने जा रहे थे। इसी वज़ह से उसकी विचारधारा बदलने लगी थी। पीलापन लिए हुए मिट्टी अब भूरे से काले रंग में बदल गई थी। नमी की कमी से वह ठोस हो चुकी थी। ज़मीन की सतह पर उगने वाली हरी पत्तियाँ भी अब काली पड़ गई थी। उनके अवशेष अभी भी बाकी थे। गुफाओं, कंदराओं और जंगल से निष्कासित होने के बाद उनके पूर्वजों को भटकते-भटकते यह ज़मीन मिली थी। कंदमूल और शिकार से पेट भरने से लेकर खेती करने तक का सफ़र एक लम्बा अंतराल था लेकिन अब उन्हें इस जगह से भी हटाने का प्रयास किया जा रहा था।

जंगलों से विदा होकर, भीगी आँख लेकर ये यहाँ आए थे और अब यहाँ से आगे कहाँ जाएँ? उनके जीवन और उनकी परम्पराओं का विनाश विकास के नाम पर क्या जायज़ था? बुद्धरायशरण अपने विचारों के दलदल में धँसता ही जा रहा था। चूल्हे में जलती आग भी भड़क रही थी। वह अहिंसा से हिंसा के सफर की ओर बढ़ रहा था।

जंगल, घाटी, खदानें खेत उनकी मूल पहचान-सब हाशिये पर आ चुकी थी। जब चीजें हाशिये पर आ जाती हैं तो पैदा होता है व्यवस्था के खिलाफ विद्रोह। बिरंचि नारायण और बुद्धरायशरण जैसे न जाने कितने आदिवासी किसानों का अस्तित्व खत्म होने के कगार पर था।

लेकिन उन्हें इश्क़ था अपनी ज़मीन से, अपने जंगल से और अपनी परम्पराओं से। इश्क़ और क्रांति दोनों का ही रंग लाल होता है क्योंकि दोनों ही व्यवस्था के खिलाफ होते हैं। दोनों ही खून माँगते हैं, कुर्बानी माँगते हैं। इलाके में फैला यह लाल रंग न जाने कितने लोगों को लील जाएगा...क्या पता? कमांडर वेंकटेश्वर अब उसका आदर्श बन चुका था। वह संघर्ष में शामिल हो चुका था और क्रांति के ताप को महसूस कर रहा था। जंगल की संतान होने का फर्ज़ उसे निभाना था।

□□□

# अध्याय-14

## 'आँखें न जाने कितने रंगों में उलझ गई थी'

बाहर वातावरण सुखद था। पक्षियों के चहचहाने की आवाज़ साफ-साफ सुनाई दे रही थी। स्कूल के ए.सी. कमरों में बंद बच्चे अंदर ही शोरगुल कर रहे थे।

इस स्कूल में अमीर लोगों के बच्चे ही पढ़ते थे। स्कूल प्रशासन बच्चों से शिक्षा के बदले लाखों रुपए हर महीने ऐंठ लेता लेकिन अध्यापकों को जायज़ सैलरी देने के लिए उनके पास पैसे नहीं होते। चालबाजी कर स्कूल प्रशासन अपने कर्मचारियों को इस तरह से शोषित कर रहा था। शिक्षा के नाम पर देश में ऐसे लाखों संस्थान हैं जो प्राइवेट व्यापारिक केंद्र बन चुके हैं जिनका उद्देश्य सिर्फ मुनाफा कमाना है। देश के भविष्य की चिंता केवल ढोंग है, जिसकी न तो किसी साहूकार को और न ही किसी सरकार को परवाह है। सरकार की नाक की तले ये धंधा बड़े जोर-शोर से चल रहा है।

सरकारी स्कूलों का हाल भी किसी से छिपा नहीं। यहाँ केवल गरीब लोगों के बच्चे पढ़ते हैं। शहरों में भी लोग सरकारी स्कूलों में पढ़ाने से बचते हैं तो गाँव के हालात क्या होंगे इसका अंदाजा लगाना कोई कठिन काम नहीं। आज भी दूर दराज़ के पिछड़े इलाकों में सरकारी स्कूलों के हालात बद से बदतर हैं। दनेश्वर का बचपन और वह गाँव का जर्ज़र सरकारी स्कूल, जहाँ न अध्यापक, न ही सुविधाएँ और शिक्षा की बातों का तो सवाल ही नहीं उठता। महीनों-सालों में एक-आध अध्यापक का आना, फिर कुछ दिनों में वहाँ से ट्रांसफर करवा लेना एक विडम्बना ही थी। ऐसे इलाकों में न कोई आना चाहता और न ही सरकार वहाँ भेजना चाहती। सारी योजनाएँ आज भी सिर्फ कागज़ों में ही तो जीवित रहती हैं। आज भी हक़ीक़त के धरातल पर सिर्फ लाचारी और मायूसी फैली थी। आज भी दनेश्वर के गाँव के सरकारी स्कूल की हालत ठीक वैसी थी जैसी वो अपने बचपन में देखता था।

शिक्षा का फल अब केवल प्राइवेट स्कूल के वृक्षों पर लगता है जिसे धनाढ्य परिवार के बच्चे धन के आधार पर प्राप्त करते हैं। गरीब जो सीखता है अपने संघर्षरत जीवन से, जिसे धन से अर्जित नहीं किया जा सकता। दनेश्वर ने कैसे अपनी पढ़ाई की, इसके पीछे उसका संघर्ष और बिरंचि नारायण का अपने पूर्वजों की बची-खुची ज़मीन को दाँव पर लगाना था। पढ़ाई के साथ-साथ

काम करना और अपने बल बूते पर ये नौकरी हासिल करना कोई साधारण बात नहीं है। इसके पीछे का दुःख और सन्ताप धनाढ्य लोग क्या महसूस कर सकते हैं? ये केवल सवाल नहीं है बल्कि अहसास है जिसे हर कोई नहीं जान सकता।

दनेश्वर को स्कूल आए लगभग एक महीना बीत चुका था। आने वाले शनिवार को स्कूल के डायरेक्टर से उसकी मुलाकात होनी तय हुई थी। उसकी नौकरी का भविष्य अब उनके निर्णय पर ही टिका था। इस बीच दनेश्वर ने इंग्लिश बोलने का अभ्यास कर लिया था। इसमें तृसि ने उसकी बहुत मदद की। उधर नीलम को उन दोनों का नज़दीक आना खल रहा था।

हर रोज़ की तरह आज सुबह भी वह स्कूल में बहुत जल्दी आ गया था। स्कूल के प्रांगण में सड़क के किनारे पीछे बेंच पर वह बैठ गया और वहाँ लगे फूलों को निहारने लगा। वह जगह इतनी हरी भरी थी कि उसकी आँखों को सुकून मिल रहा था। वृक्ष की छाँव में हरी-हरी दूब में दनेश्वर ने अपने नंगे पाँव घास के हवाले किए हुए थे। दूब पर पड़ी ओस उसे ठंडक पहुँचा रही थी। प्रकृति से उसकी एकांत वार्ता उसे अलग ही दुनिया में पहुँचा रही थी। वह झुकी पलकों से फूलों को देख रहा था। आँखें न जाने कितने रंगों में उलझ गई थी। वह फूलों के जादू में बँध चुका था। कल्पना के सागर में डूब कर वह यथार्थ को भूल गया।

उसका चेहरा गंभीर और भावनामयी बन गया जैसे सवालों के कुछ रेशे उसके चेहरे पर बन गए हों। खुशबू से लदे हल्के-हल्के झोंके उसकी आत्मा से आँख-मिचौली खेल रहे थे। आकाश में कुछ हल्के-हल्के रुपहले बादल उड़ रहे थे और वसुंधरा पर बादलों की साँवली परछाइयाँ दौड़ रही थी। दौड़ती-भागती छायाओं का खेल देखकर वह रोमांचित हो उठा। दौड़ती-भागती छाया के इस खेल में घास का रंग कभी गहरा, कभी हल्का हो जाता। बादलों से छनकर सुबह की धूप बरसने लगी थी। सुबह की हवाएँ ठंडी थी। जरूर कहीं पानी बरसा होगा। दनेश्वर की निगाहें बादलों के साथ आँख-मिचौली करते हुए एकटक देख रही थी।

''क्या देख रहे हो सर? इन बादलों से बात कर रहे हो? यह सिर्फ धरती से बातें करते हैं, इंसानों से नहीं। धरती की प्यास बुझाने के लिए जल भरकर चलते हैं और फिर इस वसुंधरा पर लाकर उड़ेल देते हैं।'' एक आवाज़

ने दनेश्वर को सपनों की दुनिया से जैसे बाहर ला पटका। उसने पीछे मुड़कर देखा। एक अनजान व्यक्ति जो उसके ठीक पीछे खड़ा था।

उसने लंबी साँस भरकर उससे पूछा।

''आप कौन हो? मैंने आपको यहाँ पहली बार देखा।''

''मैं स्कूल में नया हूँ। कल दोपहर ही कंप्यूटर टीचर के तौर पर ज्वाइन किया।'' उसके चेहरे पर एक तेज था।

''बैठिए सर, कहाँ से हो?'' दनेश्वर ने बैठने का आग्रह किया।

''दिल्ली से'' वह अभी भी खड़ा था।

''दिल्ली...इतनी दूर से...क्या वहाँ जॉब नहीं मिली?'' दनेश्वर की निगाहें अभी भी उड़ते हुए बादलों पर थी।

''नहीं मिली...तभी यहाँ हूँ..'' उसके चेहरे पर हल्की-सी मुस्कुराहट आ गई।

''मैं दनेश्वर...और आपका क्या नाम है सर?''

''नरेन।'' नरेन अभी भी खड़ा था। उसने नीली जींस के ऊपर खादी का कुर्ता पहन रखा था। देखने में वह कोई बड़ा दार्शनिक लग रहा था। सिर पर कम बाल, गोल दमकता चेहरा, कद मध्यम, सोने-सा दमकता गोरा रंग और गले में रुद्राक्ष की माला। एक झलक में वह एक धार्मिक प्रवृत्ति का व्यक्तित्व नज़र आ रहा था। कहीं से लग नहीं रहा था कि वह कोई कंप्यूटर की नॉलेज भी रखता होगा।

''नाम बहुत अच्छा है आपका। मुझे भी एक महीना ही हुआ है स्कूल में आए हुए।'' दनेश्वर ने अपनेपन से कहा और बेंच से उठकर उसके पास खड़ा हो गया।

''अरे तो आप भी नए ही हो यहाँ पर। वैसे आप कहाँ से हो?'' नरेन ने पूछा।

''बहुत छोटी-सी जगह है हिलखेड़ी, ओड़िसा के एक आदिवासी गाँव से हूँ। शायद उस गाँव को आप नक्शे पर भी खोज न पाओ।'' वह मुस्कुराते हुए बोला।

''अरे आप को देखने पर तो नहीं लगता कि आप एक आदिवासी गाँव से हो?'' उसने दनेश्वर को ऊपर से नीचे की ओर निहारते हुए कहा।

''पहनावे पर जा रहे हो। अब तो मैं अध्यापक हूँ। गाँव से यहाँ तक के सफ़र में सिर्फ़ वेशभूषा ही नहीं बदली बल्कि अंतर्मन तक बदल चुका है।

हम गाँव वालों का सफ़र बेहद कठिन होता है लेकिन मजबूरी सब कुछ सिखा देती है। आप दिल्ली जैसे बड़े शहर में रहते हो। शायद आप समझ न पाओ। छोड़ो सर मेरे बारे में, आप अपना बताइए।'' दनेश्वर ने बात को बदलने की कोशिश की। पहली ही मुलाकात में वे दोनों आत्मीयता के रिश्ते में बंधते जा रहे थे।

''नहीं दनेश्वर जी, मैं समझ सकता हूँ आपके अंतर्मन में चलने वाले द्वंद्व को। और हाँ एक बात...बड़े शहर में रहने वाले भी इंसान ही होते हैं बस उनका संघर्ष अलग तरह का होता है।'' नरेन के चेहरे पर संत-सा तेज था।

''जी सर...सही कहा आपने।'' वह मुस्कुराया।

''सुना है आज डायरेक्टर साहब आने वाले हैं?'' नरेन ने विषय बदलते हुए कहा।

''हाँ जी सर, वही फाइनल करेंगे कि मैं यहाँ रहूँगा कि नहीं।'' दनेश्वर के चेहरे पर चिंता के भाव उत्पन्न हो गए। उसका ध्यान फिर से नीले आकाश में उड़ते छुटपुट बादलों पर गया।

''अच्छा...मैं भी नहीं मिला उनसे। मिल लेंगे आज। वैसे हमारी अपॉइंटमेंट का कोई इश्यू नहीं है क्योंकि हमारे अपॉइंटमेंट तो कंप्यूटर एजेंसी करती है जिनका इस स्कूल से कॉन्ट्रैक्ट है इसलिए हम तो सीधे यहाँ पहुँचे हैं।'' नरेन ने बताया

''बहुत बढ़िया''

''बेस्ट ऑफ लक आपके लिए। फिर मिलते हैं।''

नरेन जा चुका था। उसके व्यक्तित्व में एक जादू-सा था। हवाएँ फिर उसके चेहरे पर टकरा रही थी और अपनी उपस्थिति का एहसास करवा रही थी। आकाश से बादल छँट चुके थे। नीले आकाश से सूरज फिर गर्मी उगलने को तैयार था। बढ़ती गर्मी से वृक्षों के पत्ते जैसे झुलसने लगे थे।

◻

दनेश्वर ने अपनी टाई को ठीक किया और सीधे डायरेक्टर के कमरे की ओर हो लिया। प्रिंसीपल साहब का संदेश उसे मिल चुका था। उसके मन में काफी उथल-पुथल थी। अंग्रेजी बोलने का डर उसके मन में था। अंग्रेजी बोलने में उसका हाथ पहले से ही तंग था। इसके लिए वह बहुत अभ्यास कर चुका था लेकिन वह नर्वस था। उसकी दबी जुबान के पीछे न जाने कितने स्वर गूँज रहे थे। दरवाज़े के पास सत्या खड़ा था। उसने नमस्ते की। दनेश्वर ने

मुस्कुराते हुए गर्दन हिलाई...उसकी नमस्ते स्वीकार की और कमरे में दाख़िल हो गया।

सामने डायरेक्टर साहब और उसका आलीशान कमरा। गहरी ख़ामोशी...वह अपनी साँसों के उतार-चढ़ाव को महसूस कर रहा था। शीशपाल डायरेक्टर मिजाज़ से एक खड़ूस व्यक्ति था। उसके बारे में कहा जाता था कि उसका गुस्सा उसकी नाक पर हरदम रहता है।

उसने दनेश्वर को गहरी नज़रों से देखा।

''दनेश्वर ?''

''यस सर।'' उसने गहरी साँस ली।

''प्लीज सिट डाउन।''

वह कुर्सी खींच कर बैठ गया। उसने टाई की नॉट को थोड़ा-सा ढीला किया और गहरी साँस ली।

'आर यू फीलिंग अनकंफरटेबल इन स्कूल ?'' आवाज़ का भारीपन वह अपने दिल पर महसूस कर रहा था।

''नो...सर...आई एम कंफर्टेबल...आई एम फीलिंग बेटर।''

''आई हैव गोट गुड रिपोर्ट अबाउट यू।''

जैसा उनके बारे में उसने सुना था, आज बहुत कुछ अलग-सा था। उनके व्यवहार में नरमी थी। न तो उनके चेहरे पर गुस्सा था और न ही कोई खड़ूसियत।

''थैंक्यू सर''

''आपने हिंदी मीडियम में पढ़ाई की है तो क्या आप फ्यूचर में यहाँ एडजस्ट कर पाओगे ?'' डायरेक्टर साहब इंग्लिश से हिंदी पर आ गए। उनके हाथ में दनेश्वर का रिज्यूम था।

''सर आई विल ट्राई टू गिव माय बेस्ट।'' उसकी धड़कनें सामान्य होने लगी और अपनी बात जारी रखी।

''बेशक सर...मैं ग्रेजुएशन तक हिंदी मीडियम में पढ़ा हूँ लेकिन मैंने मास्टर्स इंग्लिश मीडियम में की है और स्पोकन इंग्लिश पर मेहनत कर रहा हूँ।'' वह भी लपक कर हिंदी पर आ गया।

''यहाँ आपकी सब बड़ाई कर रहे हैं। स्कूल से आपकी अच्छी रिपोर्ट मिली है। बच्चे भी आपसे बहुत प्रभावित हैं। मुझे ख़ुशी है कि आप हमारे स्कूल का हिस्सा बन गए हो।''

‘‘थैंक्यू सर...धन्यवाद सर।’’ उसका आत्मविश्वास बढ़ चुका था।

‘‘अब आप जा सकते हो और अपनी टीचिंग पर ध्यान दीजिए, ऑल द बेस्ट।’’

‘‘थैंक्यू सर।’’

‘‘और हाँ आपकी सैलरी अब दस नहीं बल्कि पंद्रह हजार होगी। अब तुम जा सकते हो’’

‘‘थैंक्यू सर।’’

वह बाहर आकर बेंच पर बैठ गया और गहरी साँस ली। उसके मन में जाने क्या-क्या ख़्याल आ रहे थे। बढ़ी हुई सैलरी की बात से उसे बेहद खुशी थी। अब वह कुछ पैसा गाँव भेज सकेगा ताकि ज़मीन का कर्ज़ कुछ कम हो सके। बहुत दिनों से उसने गाँव में पत्र तक नहीं लिखा था। कभी-कभार पुराने मकान मालिक के तार वाले फोन पर बुद्धरायशरण से बात हो जाती थी जब वह भुवनेश्वर में था लेकिन जब से वह मकान और शहर छोड़ा तो वह भी बंद हो गया था।

उसने सोच लिया था कि जल्द ही वह एक सस्ता-सा फोन ले लेगा। वह अपनी विचार शून्यता में खोया हुआ था। तभी तृप्ति उसके पास आई तो वह एकदम से चौंक गया।

‘‘कैसा रहा तुम्हारा डायरेक्टर साहब से मिलना?’’

‘‘ठीक रहा...जैसा सोचा था उससे अलग ही निकले वह तो। पहले तो सच में मुझे बहुत डर था।’’ दनेश्वर के चेहरे पर सुकून था।

‘‘डर अंग्रेजी बोलने का?’’ तृप्ति मुस्कुराई

‘‘जी नहीं...नौकरी खो जाने का। इस नौकरी को मैं खोना नहीं चाहता था।’’ उसके शब्दों में वह उसकी मजबूरी महसूस कर रही थी।

‘‘मैं समझ सकती हूँ...’’

‘‘नहीं...आप शायद नहीं समझ पाओ...जिस जगह से मैं आया हूँ वहाँ से यहाँ तक का सफ़र बहुत कठिन रहा है। मेरे बाबा ने ज़मीन को दाँव पर लगाकर मुझे यहाँ तक पहुँचाया है और मैं इतने दिनों से उन्हें एक ख़त तक भी नहीं लिख पाया।’’ कहते-कहते वह चुप हो गया।

‘‘कहाँ रहते हैं आपके परिवार वाले?’’ वह उसके शब्दों के मर्म को समझ रही थी। वह उसके पास बैठ गई।

‘‘यहाँ से बहुत दूर...हिलखेड़ी...एक छोटा-सा आदिवासी गाँव..’’

‘‘अच्छा...अब उदास होने की जरूरत नहीं..’’ तृसि ने अपनेपन से कहा। वह उसकी भावनाओं के ज्वार में बह चुकी थी। पहले दिन से ही उसे भी दनेश्वर से लगाव था। उसकी शराफत को वह उसकी आँखों में पढ़ चुकी थी।

‘‘अब हर महीने तुम उन्हें पैसे भेजना...और बताऊँ...पैसे से ज़्यादा उन्हें तुम्हारा इंतज़ार होगा।’’

‘‘तुमने सच कहा। मैं जल्दी ही गाँव जाऊँगा।’’ वे कब आप से तुम पर आ गए उन्हें पता ही नहीं चला।

‘‘मैं तुमसे कुछ पूछना चाहता था?’’

‘‘मैं जानती हूँ..।’’ वह चुपचाप वहाँ से चली गई। उसके सवाल का जवाब अभी पूरा नहीं हुआ था। दूर खड़ी नीलम उन्हें घूर रही थी। वह उसके पास आ गई।

‘‘कैसा रहा डायरेक्टर साहब से मिलना?’’

‘‘ठीक रहा नीलम जी।’’

‘‘एक बात कहूँ बुरा तो नहीं मान जाओगे?’’

‘‘नहीं...नहीं कहिए आप।’’

‘‘तृसि के बारे में क्या जानते हो जो इतनी नजदीकियाँ बनाए हुए हो?’’

‘‘मैं आपका मतलब नहीं समझा?’’

‘‘आपको उससे दूर रहना चाहिए, वो आपके काबिल नहीं। मेरे साथ रहोगे तो अच्छा रहेगा। तुम्हें पता है मैंने कोलकाता के सरकारी महकमे में नौकरी अप्लाई की हुई है। नौकरी पक्की ही समझो।’’

‘‘मैं समझा नहीं...यह आप मुझे क्यों बता रही हो?’’

‘‘तुम नहीं समझोगे...अच्छा चलती हूँ।’’ वह मुस्कुराते हुए वहाँ से चली गई। वह कुछ समझ नहीं पाया। नीलम, उसके और तृसि के बढ़ते रिश्ते को हजम नहीं कर पा रही थी।

▨▨▨

ट्रेन का संगीत वातावरण में गूँज रहा था। उस अनजान व्यक्ति ने लड़की ने पास रखे वॉयलिन को देखा और उसे उठा लिया।

‘‘आपको आता है यह बजाना?’’ उस व्यक्ति से रहा नहीं गया।

''बहुत दिन हो गए...अब मन ही नहीं करता इसे बजाने का लेकिन इसे छोड़ भी नहीं पाती हूँ।'' वह एकटक उसे देख रही थी। कितना कम हो गया था उसका वॉयलिन बजाना। जब भी उसे समय मिलता था वह उसकी धूल पोंछ देती। इस शहर में आकर ही उसने इस वॉयलिन को खरीदा था। कॉलेज के समय से ही उसने संगीत से रिश्ता बना रखा था। क्लासिक हो या वेस्टरन उसे सब पसंद था। संगीत से निकला प्रेम उसे संतुष्टि देता था।

''अगर बुरा न मानो तो कुछ हो जाए एक-आध धुन...।'' वह अनजान व्यक्ति मुस्कुराया।

संगीत और सुकून का रिश्ता बेहद गहरा होता है। यह दिल के रास्ते मन में उतरता है और सारे डिप्रेशन को निगल जाता है, फिर महसूस होती है एक आंतरिक शांति-जो हमें कहीं नहीं मिलती।

उस लड़की ने उसकी बात मान ली। क्यों? पता नहीं? वॉयलिन से निकले स्वर ने माहौल को खुशनुमा और सुरमयी बना दिया था। धीरे-धीरे वॉयलिन का स्वर शून्य में डूब गया। अब केवल चलती ट्रेन की आवाज़ उनके कानों में बज रही थी। उसने वॉयलिन को एक तरफ रख दिया। वह इस सफ़र के खत्म होने का बेसब्री से इंतज़ार कर रही थी। न चाहते हुए भी उसका ध्यान बाहर फैले खुले आसमान की ओर चला गया। वह बोगी से बाहर दरवाज़े पर आ गई। वह बादलों के पार फैले पर्वतों की गोद में थी। उड़ते पंछी उसके चारों ओर मंडराने लगे। वे उस कहानी का हिस्सा बनना चाहते थे जो वह बता रही थी। कुछ देर वह निरुद्देश्य वहीं आकाश में घूमती रही, फिर अचानक एक नि:श्वास छोड़कर भारी कदमों से वह उस ट्रेन की बोगी में लौट आई। वह व्यक्ति उसका चेहरा देख रहा था। वे दोनों कुछ देर चुप रहे।

''कोलकता में आपका कोई रिश्तेदार भी है क्या?'' उस अनजान व्यक्ति ने ख़ामोशी को तोड़ते हुए कहा।

''नहीं...कोलकता मेरे लिए नई जगह है...अपने ऑफिस के लोगों को छोड़कर मैं किसी को नहीं जानती।'' उसके शब्दों में अकेलापन था।

''अकेलापन ख़लता नहीं इतने बड़े शहर में?'' संकोच करते हुए उसने पूछा।

''नहीं...मैं अपने अकेलेपन के साथ बेहद खुश हूँ। वैसे भी दुनिया में सभी अकेले हैं, कोई हमेशा के लिए कहाँ साथ देता है। सब छोड़ देते हैं बारी-बारी से...'' उदासी शब्दों से टपक रही थी।

‘‘बात तो सच कही आपने।’’ उसने हाँ में हाँ मिलाई।

‘‘अकेलेपन का फायदा भी है।’’

‘‘क्या?’’

‘‘इस अकेलपन में हम अपने आप से हर रोज़ मिल सकते हैं, अपने अंदर अपने आप को खोज सकते हैं। ये बाहरी रिश्ते झूठे हैं और मन का भ्रम भी।’’ उस लड़की के स्वर की आर्द्रता ने उसे छू लिया था।

‘‘बात तो सच है लेकिन मैं इस विचार से पूरी तरह सहमत नहीं हूँ क्योंकि हम अकेलेपन में भी किसी अपने के साथ ही होते हैं जो हमारे अंदर तक बसा होता है।’’ वह बोला और मुस्कुरा दिया लेकिन उस लड़की के चेहरे के भाव नहीं बदले। वह चुप थी। उसकी चुप्पी देख वह व्यक्ति फिर से बोल पड़ा–‘‘ अरे वाह! यह तो बड़ी ही फिलॉसोफिकल बात हो गई’’ वह अपने शब्दों पर गर्व महसूस कर रहा था।

‘‘आपकी शादी हो जाएगी तो अकेलापन भी दूर हो जाएगा।’’ वह बोलता ही जा रहा था लेकिन वह लड़की अभी भी चुप थी।

‘‘चलो छोड़ो मेरी ये फालतू बातें...कहानी में आगे क्या हुआ?’’ उसकी यह बात सुन उस लड़की ने उसकी ओर देखा।

‘‘अगर मेरी पर्सनल लाईफ से इंटरेस्ट हट गया हो तो कुछ कहूँ?’’

‘‘जी...कहिए...’’ उस अनजान व्यक्ति ने हाथ जोड़ लिए।

ㅁㅁㅁ

# अध्याय-15
## 'देह के पर्दे को छानते हुए'

बुद्धरायशरण हर रोज़ जंगल जाता क्योंकि जंगल उसका भरोसा था। जंगलों से सियाललता एकत्र करता। उससे रस्सी और बैग बनाता और फिर पास के कस्बे में उनको बेच आता। उसी से ही कुछ पैसे उसके हाथ लगते थे। कस्बे में जाकर वह पुलिस गतिविधियों पर भी ध्यान रखता था। अख़बार में उनके बारे में क्या छप रहा है, वह सब जानता था। बचपन का थोड़ा बहुत लिखा-पढ़ा उसके काम आ रहा था। अब उसे किताबें और अख़बार पढ़ना अच्छा लग रहा था। कमांडर ने उसे कुछ किताबें पढ़ने के लिए दी थी। जब भी वह कस्बे में जाता तो नए पुराने सभी अख़बार उठा ले आता। उन अख़बारों की ख़बर को वह बारीकी से पढ़ता। उसकी मुख्य जिम्मेदारी गाँव से कमांडर और उसकी सेना के लिए राशन पानी का इंतजाम करना था। धीरे-धीरे वह वेंकटेश्वर का खास बनता जा रहा था। वह जंगल के सारे रास्ते जानता था। पुलिस की योजनाओं की जानकारी वह पहले से ही वेंकटेश्वर को दे देता था। कई हमलों में उसने कमांडर वेंकटेश्वर की बहुत मदद की और पुलिस वालों को जंगल में गुमराह कर दिया। सरकार और पुलिस के नुमाइंदे जब भी कमांडर वेंकटेश्वर से बात करना चाहते तो वह उनको जंगल के रास्ते कैंप तक ले आता था लेकिन सुरक्षा के साथ। वह उनको आँखों पर पट्टी बाँधकर और उनकी पूरी तलाशी लेकर ही वेंकटेश्वर से मिलवाता था।

जंगल के स्वर में उसका मन सुरमय हो चुका था। ''सारी ज़मीन-जंगल हमारा है...बस हमारा है, यह सब हमें वापस चाहिए'' उसके स्वर उनके स्वर से मेल खाने लगे थे। वह अपने अतीत की रेखाओं को पढ़ रहा था। बहुत-बहुत साल पहले शायद उनके परदादा आए होंगे इस गाँव में, जब सरकार ने जंगल से निकालकर उन्हें जंगल के मुहाने पर भेज दिया था। नदी के किनारे उनके कुछ लोगों ने यह कच्चा-पक्का गाँव बनाया था।

आदमी, औरतें, गाय, बकरी, भेड़े, टोकरी, कुदाल, तीर-कमान, कटार आदि सब का स्थानान्तरण हो गया था। धीरे-धीरे बस गया था यह गाँव। जंगल के काठ-पत्ते, शहद, पशु चारण, सियाललता आदि उनके जीवन का आधार बन गए। बेशक़ वे जंगल के मुहाने पर आ बसे थे लेकिन जंगल से उनका रिश्ता नहीं टूटा था। अब उनसे उनकी धरती और जंगल को छीना जा

रहा था तो वे कैसे चुप बैठें? अगर कोई तुम्हें तुम्हारी माँ से अलग करे तो तुम क्या करोगे? चुपचाप देखोगे या विद्रोह करोगे? वे अब किसी कीमत पर भी यहाँ से जाना नहीं चाहते थे। उन्हें अब अपनी जान की भी परवाह नहीं थी। क्रांतिकारी स्वर सभी गाँव गली कूचों में फैल चुका था। उनके स्वर यातनाओं के अवसरों को वर्षों से संजोए हुए थे। उनके इन गीतों को कौन स्वर देता था, यह वे नहीं जानते थे। ज़मीन, जंगल, पहाड़ अब इन  गीतों से गूँज रहे थे जो शायद क्रांति के जनक थे। उनके हल, खुरपी, कुदाल, उनकी बंदूकें सब गूँज रही थी।

तभी पत्तों पर कुछ सरसराहट हुई और वह अपने अतीत से वर्तमान में आ गया। जंगल में सामने उसे कावेरी आती दिखाई दी।

''तुम यहाँ, तुम्हें कोई काम नहीं है घर पर?'' बुद्धरायशरण ने कावेरी को सामने से आते हुए देख मुस्कुराते हुए कहा। कावेरी के हाथ में एक बड़ी-सी ख़ाली टोकरी और एक कटार थी, बिल्कुल उसके नयनों की तरह तेज़। पास ठहरी नदी में कोई आवाज़ नहीं थी। पानी के नाम पर कुछ ठहरा हुआ जल। शायद उसे भी बारिश का इंतज़ार होगा।

''क्यों, क्या हुआ, तुम्हें अच्छ नहीं लगा मुझे यहाँ देखकर।'' वह मुस्कुराते हुए ठीक उसके सामने खड़ी हो गई। जंगल में ख़ामोशी थी लेकिन पत्तों की सरसराहट हवाओं के गुजरने भर से धीमी–धीमी आवाजें पैदा कर रही थी लेकिन वे जंगल की अपनी आवाजें थी जो जंगल का ही हिस्सा थी।

''नहीं...ऐसा तो नहीं है।'' वह उसे वहाँ देख कर मन ही मन प्रसन्न हुआ।

''तो जंगल क्या तेरा खरीदा हुआ है जो हम नहीं आ सकते।'' उसने कटार और टोकरी साथ वाले पेड़ के पास रख दी और आँखें उसकी नज़रों में जमा दी।

''खरीदने की जरूरत नहीं है कावेरी। यह हमारे पूर्वजों की जन्मभूमि है। हम अपनी ज़मीन के खुद मालिक हैं। वो अलग बात है कि बड़े अधिकारियों ने अब यहाँ पाबन्दियाँ लगा रखी हैं लेकिन वो हमें रोक नहीं सकते।'' उसके शब्द आत्मसम्मान से भरे हुए थे।

''अरे वाह, बात तो सही कही, मालिक को कौन रोक सकता है?'' वह इतने जोर से हँसी कि पास के पेड़ पर बैठे पंछी उड़कर गगन की ओर चल दिए।

''सही की बच्ची...चल पहले महुआ के बीज इकट्ठा कर जो तेरा काम है। अधिकारियों के आने से पहले वापिस भी जाना है।'' उसने कावेरी को बड़े प्यार से कहा। वह उसके नज़दीक आकर उसके बिखरे बालों को देखने लगा। कावेरी का चेहरा काले बिखरे बादलों में बिल्कुल अमावस्या के चन्द्रमा की भांति लग रहा था लेकिन यह चाँद थोड़ा सांवला था। उस चाँद पर तो फिर भी दाग है लेकिन कावेरी बिल्कुल बेदाग। अमावस्या की काली रात में चाँद पर पृथ्वी की छाया पड़ जाती है लेकिन उसका सांवला गोल आकार हमें फिर भी दिखाई देता है।

''हाँ...हाँ...कर रही हूँ। ओखली में कूट कर इसका तेल निकाल लूँगी। जब तेल निकलेगा। घर में बत्ती जलेगी तो रोशनी होगी।'' दूर फैले नीले पहाड़ों को देखकर वह बोलते-बोलते ठिठक-सी गई।

''देखो कितने सुंदर लग रहे हैं वे पहाड़ ?'' बुद्धरायशरण ने उसकी उठती नज़रों को देखा। सारे पक्षी शायद उन पहाड़ों की परिक्रमा लगा रहे थे। वे पहाड़ एक सुंदर स्वप्न की तरह लग रहे थे।

''ऐसा लगता है कि इस पगली नदी को पार करके मैं वहाँ दूर पहुँच जाऊँ।'' उसके चेहरे पर खुशी की लहर दौड़ गई। उसने बुद्धरायशरण के हाथ को अपने हाथ में ले लिया। बुद्धरायशरण के शरीर में एक कंपन-सी दौड़ गई। उसने अपने आप को संभाला।

''तुम्हें पता है ये पहाड़ हमारे देवता हैं। जब कभी हम पर विपत्ति आती है तो यहीं से बादल-बारिश बन कर आते हैं और हमारी ज़मीन को तृप्त कर देते हैं लेकिन मुझे लगता है कि आजकल हमारे देवता भी हमसे बहुत नाराज़ हैं।''

धीरे-धीरे वे दोनों उस नदी में उतर गए जो खुद प्यासी थी। पहाड़ों की चोटी पर फैले सफेद बादल उनका स्वागत करने के लिए तत्पर थे लेकिन ये बादल नमी विहीन थे जो प्यासी भूमि की प्यास नहीं बुझा सकते थे।

''इन पहाड़, जंगल, मिट्टी के बारे में तो खूब जानते हो लेकिन.. ?
''लेकिन क्या ?''

''मेरे साथ रहकर भी अकेले-अकेले क्यों रहते हो। मेरे पास आते हो, कुछ कहना चाहते हो और कुछ कहते भी नहीं हो। फिर मुझे बिल्कुल भूल जाते हो। इन जंगलो में किसको तलाशते फिरते हो। मैं तेरी इन नज़रों को पढ़

रही हूँ।'' कावेरी ने शिकायत भरी नज़रों से बुद्धरायशरण को देखा। उसने अपने मन की बात उसको कह दी।

''यह जंगल मेरे अकेलेपन को भरता है। यह जंगल मेरा है कावेरी और मैं इस जंगल का बेटा। रही तुम्हारी बात तुम मेरे लिए बहुत खास हो। क्या तुम बनोगी मेरे इस जंगल का हिस्सा?'' उसने हिम्मत करके अपने हलक में फँसे शब्दों को जुबाँ देने की कोशिश की। वह कुछ देर बुद्धरायशरण के चेहरे को देखती रही।

''जो तेरा है, वह मेरा भी तो है। मैं तुमसे अलग नहीं हूँ। शुक्र है तुम्हें बोलना तो आ गया।'' कावेरी ने उसका हाथ कसकर पकड़ा हुआ था। नदी में बेशक़ कम पानी था लेकिन वह उनके पैरों को ठंडक पहुँचा रही थी। वे दोनों एक-दूसरे को अपनी आँखों में बसा लेना चाहते थे। बुद्धरायशरण ने उसे अपनी ओर खींच कर गले से लगा लिया। सुनसान जंगल में पक्षियों की चहचहाहट साफ सुनाई दे रही थी। नदी और दूर फैले पहाड़ उन्हें शांत भाव से देखने लगे। दूर-दूर तक मानस की जात नहीं थी, थी तो सिर्फ प्रकृति जो उनके निष्पाप, निर्मल प्रेम की गवाह बन चुकी थी।

हल्की-हल्की बयार चल पड़ी थी। जंगल में उठे हल्के-हल्के हवा के झोंके उनको सहलाते हुए उनको अलग करना चाहते थे लेकिन वे प्रेम के जाल में उलझ चुके थे। तभी पत्तों की तेज़ सरसराहट ने उनको अलग कर दिया। शायद कोई जानवर दौड़ता हुआ उनके पास से गुज़र गया था। उनके शरीर अलग हुए लेकिन उनकी आत्मा एक ही थी। कावेरी उसके हर काम में शामिल होने का प्रण ले चुकी थी। वे दोनों लंबी-लंबी साँसें ले रहे थे। हवा जैसे उनके फेफड़ों में घूमने लगी थी। आँखें बोझिल-सी लग रही थी। शायद रात की बची-खुची नींद बुद्धरायशरण की तेज चलती साँसों में बहने लगी थी।

वे दोनों नदी के किनारे एक पेड़ के सहारे बैठ गए। टोकरी और कटार अभी भी वहीं पड़ी थी। उनकी आँखों में मोहब्बत का नशा था और आँखों की पुतलियाँ उस नशे से दबी चली जा रही थी। बुद्धरायशरण ने अपना सिर उसकी आग़ोश में रख दिया। वह उसके बाल सहलाने लगी जैसे कोई उसके साथ खेल रहा हो। उसके स्पर्श को वह अपने अंतर्मन में महसूस कर रहा था। उसके न बोले गए शब्दों को भी वह अच्छे से समझ रहा था। कई बार हम न बोल कर भी बहुत कुछ बोल देते हैं और सामने वाला सब कुछ समझ जाता है। ऐसा सिर्फ प्यार में ही संभव होता है।

''क्या तुम्हें गाँव वालों का डर नहीं है? मुझ से प्यार करके तुम्हें समाज में बदनाम हो जाने का खौफ नहीं? और मैं जिस रास्ते पर चल रहा हूँ क्या तुम्हें पता है उसकी मंज़िल सिर्फ मौत है।'' बुद्धरायशरण ने एक के बाद एक प्रश्नों की बौछार कर दी लेकिन कावेरी ने कोई जवाब नहीं दिया। वह उसके सवालों के जवाब शायद देना नहीं चाहती थी। वह उसके एक-एक शब्द को हवा से निकालकर संजो रही थी। उसको उसकी आवाज़ ऐसी लग रही थी कि जैसे लकड़ी रेंधने की आवाज़-बिल्कुल धीमी-धीमी। उसके शब्द कावेरी के कानों की सरहद को पार कर उसके अंतर्मन तक पहुँच रहे थे लेकिन वे शब्द चुप थे, ख़ामोश थे और उसकी ख़ामोशी ने बुद्धरायशरण के प्यार को पूरी तरह से अपना लिया था। वह अब हर रास्ते पर उसके साथ चलने को तैयार थी। अब उसके सवालों का उसके लिए कोई महत्त्व नहीं था।

बुद्धरायशरण की आँखें उसके मासूम चेहरे पर टिकी थी। वह सच में बहुत खूबसूरत लग रही थी। बिल्कुल आईने-सी खूबसूरत, जिसमें वह अपना अक्स देख पा रहा था। कावेरी के ब्लाउज के ऊपर का बटन खुला होने के कारण उसके गले की नसें स्पष्ट दिखाई दे रही थी और कावेरी जिज्ञासा भरी आँखों से उसकी ओर ताके जा रही थी। बुद्धरायशरण एक पल के लिए झिझका और साहस बटोर कर फिर बोला।

''क्या तुम्हें सच में यह रिश्ता मंज़ूर है?'' उसके सवाल तड़प रहे थे। स्वर इतना धीमा कि कावेरी समझ ही नहीं सकी कि वह उससे पूछ रहा है या अपने आप से बातें कर रहा है।

कावेरी फिर ख़ामोश रही। वह उसे अभी भी ताक रही थी। उसकी आँखें प्यार में डूब चुकी थी। उसके कान शायद अब कुछ सुनना नहीं चाहते थे। उसने अपने चेहरे की ख़ामोशी को छिपाने की असफल कोशिश की लेकिन उसकी ख़ामोशी की आहट वह जान चुका था। उसकी ख़ामोश निगाहें बहुत कुछ कह रही थी। वह अपनी आँखों से उसकी आत्मा की थाह लेने की कोशिश कर रहा था। वे दोनों अब नि:शब्द थे लेकिन उनके अनकहे शब्द चारों ओर वातावरण में फैल चुके थे और वे चीख-चीख कर कह रहे थे कि हम एक-दूसरे के लिए हैं। उनका अस्तित्व एक-दूसरे की आत्माओं में बसा है। अब उन्हें किसी की भी परवाह नहीं थी।

जंगल की पगडंडियों पर पड़े पत्ते भूरे रंग के होकर मटमैले हो चुके थे। ख़ामोशी में ऐसा कुछ हुआ जो धुँए की लकीर-सा था। कुछ शब्द-कुछ

फिकरे, दिमाग के किसी कोने में फँस कर रह गए थे जैसे किसी किताब के कटे-फटे पन्ने हो जिन्हें हम जोड़-तोड़ कर पढ़ते हैं। कहीं दूर से एक आवाज़ उन दोनों को पुकार रही थी लेकिन वे दोनों उसे अनसुना कर रहे थे, बिना बोले, बिना परवाह किए। तभी कावेरी की आँखें ख़ाली हवा पर ठहर गई । फिर बहुत हल्के स्वर में बोली ।

''देर हो गई है मुझे.. जाना है।'' उसकी आँखों में असाधारण सी चमक उमड़ आई थी। देह के पर्दे को छानते हुए वह चमक चारों ओर फैल गई।

सन्नाटे की दीवार पर ये शब्द कुछ हिलती-डुलती छायाओं की तरह थे। वह शब्दों को सुन नहीं रही थी, बस देख रही थी। धूप के दो छल्ले उसकी बड़ी और सुंदर आँखों में चमकने लगे थे। उसने हड़बड़ा कर अपने आप को उससे दूर किया। वह एकदम खड़ी हो गई। उसने पास पड़ी टोकरी और कटार को उठा लिया। उसे लगा जैसे कोई जीव पास से गुजरा हो। उसके पाँव मिट्टी और कीचड़ में लिथड़े हुए थे। उसने अपनी पुरानी साड़ी को अच्छे से लपेटा और सतर्क हो गई। साड़ी का हिस्सा उसने घुटनों तक चढ़ा रखा था। बुद्धरायशरण भी खड़ा हो गया। वह कावेरी की धूप-सी सुलगती पुतलियों को देख रहा था। वह हैरान था। तभी उसके सामने से कटार सनसनाती हुई गई और एक पेड़ पर जा लगी। एक थरथराती-सी कौंध उसकी शिराओं में कौंधी।

''क्या हुआ कावेरी ?''

''शायद वहाँ कोई था...शायद कोई जानवर ?'' कटार वृक्ष की साँसों पर स्थिर हो गई थी। वह कावेरी के दिल के स्पंदन को महसूस कर रहा था।

''कुछ नहीं था, तुम नाहक ही डर गई। और रही निशाने की बात, गोरिल्ला महिलाओं का निशाना इतना कच्चा, तुम्हें आंदोलन से जुड़ना है...ख़्याल रहे।'' वह मुस्कुराया।

''तुम्हारे साथ रहूँगी तो सब सीख लूँगी, तुम फिक्र मत करो।'' उसके स्वर में आग्रह था, जबरदस्ती नहीं थी। सिर्फ एक भूख-सा बुलावा था जिसे टालना अब बुद्धरायशरण के बस की बात नहीं थी।

▢

इलाके में बारिश न होने से निराशा के बादल चारों ओर छाए थे। पेड़ों के झुरमुट में दिखने वाले टिमटिमाते जुगनू अब बीते कल की बात हो चुकी थी। वे जुगनू बारिश होने का संकेत देते थे लेकिन अब शाम के अंधेरों

में वे भी गुम हो चुके थे। शाम को जंगल से आने वाली सियार की आवाज़ अब अपशगुन पैदा करनी लगी थी।

जंगल के आंतरिक भागों में फैले साल के घने पेड़ों पर कमांडर के आदेश पर माओवादी गोरिल्ला आदिवासियों ने मचान बना रखी थी। मचान से वे जंगल की पहरेदारी करते। पुलिस की होने वाली गश्त पर नज़र रखते। कुछ आदिवासियों की ड्यूटी बेहद सख्त थी। जंगली जानवरों की आवाज़ पर कान लगाए सारी-सारी रात जागना कोई आसान काम नहीं था।

सरजोम-साल, कुसुम, जामुन,महुआ, आम, पलाश, गुलैची आदि की झूमती-मचलती टहनियाँ उन्हें सोने नहीं देती थी। जंगल के आंतरिक भागों में नारियल के पेड़ बहुत कम थे। फूल और बांस से बनी इन मचानों पर वे माओवादी गोरिल्ला गिद्ध की तरह पहरा देते। ये मचानें इतनी मजबूत थी कि आँधी-तूफान भी उड़ा नहीं सकते थे। बांस के सिरों को जंगल की घास से बनी रस्सी से बाँधकर बनाया जाता। यह काम उनके लिए बेहद आसान था। यह काम आदिम समय से वे करते आए थे। उनके पुरखे इस तरह से ही अपने दुश्मनों पर नज़र रखते थे। पुरखों की निशानियों को इन जंगलों ने संभाल रखा था। कितनी लड़ाइयाँ उनके पुरखों ने अंग्रेजों से की। अपने तीर-कमानों के बल से ही उन्होंने उन्हें इन जंगलों से खदेड़ दिया था। क्या फायदा हुआ उनके संघर्ष का? बेगानों को तो भगा दिया था लेकिन अब लड़ाई अपनों से थी।

पता नहीं कब से बुद्धरायशरण अतीत के सागर में गोते खा रहा था। कावेरी के साथ की उसको बेहद जरूरत थी। शायद वो ही उसके मन को समझती थी।

▯▯▯

ट्रेन दौड़ रही थी। उसे भी अगले स्टेशन का इंतजार था।

''बुद्धरायशरण और कावेरी के प्यार में कई परतें हैं। जंगल की पगडंडियाँ उनके प्रेम की गवाह थी।'' उस अनजान व्यक्ति ने उस लड़की की ओर देखते हुए कहा।

''कहीं दूर से एक आवाज़ उन दोनों को पुकार रही थी।'' लड़की ने कहा।

''ये प्यार भी बेहद अज़ीब अहसास है...मुझे नहीं हुआ यह कभी...सीधी शादी ही हुई हमारी तो हमारी श्रीमती से...अब उसे ही देखो और उसी से ही प्यार करो।'' वह ठहाका लगा कर हँस पड़ा।

''प्यार बिल्कुल अज़ीब नहीं होता, अगर वह सच्चा है तो।'' उस लड़की ने उस व्यक्ति की ओर देखते हुए कहा।

''जी वो तो है...जब मैं कोलकाता पहुँचा तो मुझे यहाँ के लोग पसंद आए। बहुत ही प्यारे लोग हैं। कितनी मिठास है इनके शब्दों में...इनकी जुबान में।'' उसे पता नहीं था कि वह क्या बोल रहा है।

उस लड़की ने कोई जवाब नहीं दिया। उसकी आँखें उस कंपार्टमेंट में रखे नकली फूलों को निहार रही थी जो सुंदर तो थे लेकिन बेज़ान...खुशबूविहीन।

ट्रेन की गति धीमी पड़ने लगी थी, शायद वह एक नए प्लेटफॉर्म पर प्रवेश कर रही थी। प्लेटफॉर्म पर खड़े असंख्य नर-नारियों में वह न जाने किसे खोज रही थी। उस भीड़ को देख उसका मन विचित्र आशंका से भर गया।

''मुझे तो आपका कोलकाता शहर बेहद पसंद आया।'' उस अनजान व्यक्ति ने उस लड़की का ध्यान भंग किया। उसकी बकबक अभी खत्म नहीं हुई थी।

''तुम्हें पता है जब मैं हावड़ा पुल से पीले रंग की टैक्सी में गुजर रहा था तब हुगली के जल को स्पर्श करती हुई ठंडी हवाएँ टैक्सी की खुली खिड़की से मेरे तन-मन को ताजगी से भर रही थी। मैंने दूर-दूर तक हुगली के विस्तार को देखा, असंख्य नौकाएँ...और बड़े-बड़े जहाज़...सच में क्या नज़ारा था।''

''तो आपको पसंद आ गया ये शहर?''

''जी बिल्कुल...अगर आप से मिलना न होता तो कभी न आ पाता यहाँ। जब भीड़ भरी सड़कों पर मेरी टैक्सी रुकती-रुकती चल रही थी तो बेहद मजा आ रहा था। ऊँची-ऊँची इमारतें, भीड़ भरे बाज़ार, पुरानी मेट्रो, सड़क पर चलती ट्राम और चारों ओर के वातावरण से कुछ विचित्र-सी विराटता का अहसास हो रहा था। सच में मैं खो गया था उस शहर में। कहाँ हमारा छोटा-सा शहर और कहाँ ये आपका कोलकाता। पूरा विनटेज शहर है। लेकिन अफसोस ...विक्टोरिया मेमोरियल नहीं देख सका।''
वह बोलता ही जा रहा था।

''वैसे कहाँ से हो आप?'' उसने पूछा।

''कहा ना छोटे-से शहर से...नाम जानकर आप क्या करोगी, सारे छोटे शहर एक जैसे ही होते हैं।'' वह मुस्कुरा दिया।

‘‘हम्म।’’

‘‘आप मेरी बातों से बोर तो नहीं हो गईं? मेरी तो आदत है बक-बक करने की। मेरी पत्नी तो इतनी देर में डाँट देती है क्योंकि उसे नहीं पसंद मेरा ज़्यादा बोलना।’’ वह फिर से मुस्कुरा दिया।

‘‘वह ठीक ही करती है।’’ यह कह वह भी मुस्कुरा दी।

गाड़ी एक हल्के झटके के साथ सरकने लगी। प्लेटफॉर्म पीछे छूटने लगा और वे असंख्य चेहरे भी।

ट्रेन ने गति पकड़ ली थी। ट्रेन की खुली खिड़की से आने वाली तेज़ हवाएँ उसके चेहरे का स्पर्श करने लगी। उसकी आँखें मूंदी जा रही थी। यह स्पर्श, यह सुख, यह क्षण ही सत्य था बाकी सब झूठ! यह अपने आप को भरमाने का, छलने का एक असफल प्रयास था। अतीत की सारी आकृतियाँ धुँधली-सी दिखाई देने लगी थी। उसे डर था इन अजनबी राहों में गुमराह होने का और भटकने का। बोझिल मन से वह अपनी सीट के साथ अपनी कमर सीधी कर बैठ गई।

◻◻◻

# अध्याय-16

## 'सपनों को उड़ान'

चाय भरा कप लिए और सिगरेट के धुएँ से छल्ला बनाने की कोशिश करते हुए दनेश्वर बस स्टॉप पर चाय वाले के बिल्कुल पास खड़ा था। उसका ध्यान हर रोज की तरह सड़क पर था। वह बस के इंतजार में था। तृप्ति कब उसके पीछे आकर खड़ी हो गई, उसे पता ही नहीं चला। दनेश्वर को सिगरेट की आदत नहीं थी लेकिन कभी-कभी शौकिया वह कश लगा लेता था। यह आदत उसे इस शहर ने दी थी। उसे हमेशा से ही लगता था कि सिगरेट पीने वाले अमीर होते हैं। वह उस अमीरियत का एहसास ले रहा था।

''दनेश्वर जी, आप और सिगरेट! कभी पहले देखा नहीं।'' एक शरारती मुस्कान उसके चेहरे पर थी जैसे उसने किसी चोर को पकड़ लिया हो।

''अरे तुम, सॉरी...बस कभी-कभार ले लेता हूँ।'' कहते हुए दनेश्वर ने सिगरेट को नीचे फेंका और जूते से कुचल दिया। उसका मुँह देखने लायक था।

''अरे कोई बात नहीं। आप काहे हड़बड़ा रहे हो? शहरों में तो यह चलता ही है जी।'' वह मुस्कुराई। वह भी झेंप गया।

''तुम्हें पता है अब मैं जल्द ही गाँव जाऊँगा लेकिन एक डर है मेरे मन में?''

''क्या?''

''कहीं मैं रास्ता न भटक जाऊँ?''

''मुझे उम्मीद है कि तुम रास्ता नहीं भटकोगे। घर का रास्ता कोई नहीं भटकता।''

तृप्ति की बात गहरी थी। वे एक-दूसरे की अनकही बातें भी समझने लगे थे। नीलम की बात उसे याद थी लेकिन वह तृप्ति से कुछ भी कह कर उसका दिल दुखाना नहीं चाहता था। उसे सही वक्त का इंतजार था।

लाल साड़ी में लिपटी तृप्ति के होठ भी लाल पर ज्यादा सुर्ख नहीं थे। फिर भी उसकी लाली दनेश्वर को खींच रही थी। छोटी सुंदर नाक, होंठ पतले, गोल चेहरा, साफ रंग, सुनहरे-काले छोटे बाल...उसकी नजरें एक पल के लिए भी उस से हट नहीं रही थी। बस हर रोज़ की तरह देरी से ही थी।

''आप चाय पियोगी?'

''नहीं...मैं चाय नहीं पीती। वैसे भी बस के आने का वक्त हो गया है।'' उसकी एक हाथ की कलाई में सोने का कड़ा था और दूसरी कलाई में एक सुंदर घड़ी। पूरी निश्चिंतता के साथ दनेश्वर ने अपनी चाय समाप्त की। अभी वक्त बचा था बस के आने में।

''एक बात कहूँ...चाय पीया करो...रिश्तों में मिठास रहती है।'' दनेश्वर की बात सुन वह मुस्कुरा दी।

''विचार करेंगे फिर तो इस बात पर।'' उसने सहजता से कहा। दोनों के चेहरे पर हँसी थी।

□

''उषा मैम...जैसा आपने कहा था बैंक में सैलरी अकाउंट के साथ-साथ मैंने चेक बुक भी इश्यू करा ली है।''

''बहुत बढ़िया सर...आपकी सैलरी आपके अकाउंट में चली जाएगी और यह चेक बुक हमें दे दीजिए। हम आपको कैश में पेमेंट करेंगे जैसे कि आपको पहले बताया गया था।''

''जी ठीक है मुझे मालूम है।''

''चेक पर साइन कर दीजिए।''

''क्यों?''

''बस मैं कह रही हूँ ना। आपके अकाउंट में कितने पैसे जाएँगे उसकी चिंता करने की जरूरत नहीं, बस आपको कितने मिलेंगे वह हम देख लेंगे। आप सिर्फ साइन कीजिए और पूरी चेकबुक मुझे दे दीजिए। और हाँ पैसे आपने एडवांस लिए थे, उन्हें भी एडजस्ट कर दिया जाएगा।'' ऑफिस में बैठी उषा ने उसे समझाने की कोशिश की।

''जी...मैं समझ रहा हूँ..'' वह जानता था कि यह गलत है लेकिन उसके पास कोई विकल्प नहीं था। मजबूरी में वैसे भी विकल्प नहीं होते। वह स्कूल वालों की चालाकी समझ रहा था लेकिन वह कुछ कर नहीं सकता था। उसने चुपचाप चेक बुक के सभी चेक्स साइन कर दिए और ऑफिस से बाहर आ गया। मजबूरी का दंश इंसान के स्वाभिमान और आत्मविश्वास दोनों को धीरे-धीरे मिटा देता है। वह चाहकर भी कुछ नहीं कर सकता, केवल छटपटाहट होती है, अपने इंसान होने को नकारने की। मजबूरी में इंसान अपने आप को हर रोज मार कर जीता है और वह भी अपने आप को मार रहा था लेकिन कब तक?।

ऑफिस से बाहर आकर उसकी नज़र गौतम बुद्ध की बड़ी-सी प्रतिमा पर पड़ी।

''सत्य का पालन' 'शोषण रहित समाज' की परिकल्पना करने वाले महापुरुष की प्रतिमा ऐसी संस्थाओं में नहीं होनी चाहिए। उनके नाम पर लोगों को गुमराह करते हैं ऐसे लोग।'' वह एकटक गौतम बुद्ध के चेहरे की ओर देख रहा था।

''अरे सर...यहाँ कहाँ खड़े हो? आज क्लास में नहीं गए? बहुत गहरी चिंता में हो? सब ठीक है न?'' नरेन के सवालों की बौछार ने उसे ख़्यालों के गहरे भँवर से निकाला।

''कुछ नहीं सर...बस ऐसे ही निहार रहा था। कितना तेज है इनके चेहरे पर।'' उसने अपने मनोभाव को छिपाते हुए कहा।

''कुछ तो बात है सर? आँखें कुछ बोल रही हैं और लब कुछ और?''

''नहीं सर...कुछ खास नहीं...बस घर की जब याद आ जाती है तो कुछ मन उचाट हो जाता है।'' उसने बात को टालते हुए कहा।

''हाँ मैं समझ सकता हूँ। इतना आसान नहीं होता अपनों को छोड़ना।'' नरेन के शब्दों में सहानुभूति थी।

''अगर मेरे बाबा अपना खेत का टुकड़ा गिरवी न रखते तो मैं यहाँ न होता। वह बचपन से ही मुझे उस जंगली जीवन से बाहर निकालना चाहते थे। गाँव के टूटे-फूटे पुराने सरकारी स्कूल से सीधे शहर के कॉलेज में पहुँचाने वाले मेरे बाबा ही थे और वह मास्टर जी जिन्होंने मेरे बाबा को समझाया था। वे मेरी माँ की आँखें जिसने हमेशा इंतज़ार ही सहा। अगर मेरा भाई बुद्धरायशरण न होता तो वह कभी की अपने प्राण त्याग देती।'' वह भावुक हो गया।

''बहुत प्यार करते हो अपनों को?'' उसके इस सवाल में अपनापन था।

''हाँ...उन्हीं के सपनों को उड़ान देनी है। उनसे वायदा किया था कि जब कोई ढंग की नौकरी लग जाएगी तभी गाँव में पैर रखूँगा।''

''तो वायदा निभाओगे?''

''जरूर, जैसे-तैसे ट्यूशन कर अपनी पढ़ाई का खर्चा निकाल रहा था लेकिन बाबा को बहुत ही कम पैसे भेज पाया। जब से नौकरी लगी है तो कुछ एडवांस लेकर पैसे भेजे थे, अब वे सब खुश हो जाएँगे।''

‘‘उन्हें नौकरी के बारे में बताया?’’ नरेन ने सवाल किया। वह उसकी बात सुनकर उसके मन को हल्का कर रहा था।

‘‘गाँव में टेलीफोन तक नहीं है...अगर है भी तो दो जगह -मुखिया के घर या पुलिस चौकी में। मोबाइल टावर ही नहीं है पूरे गाँव में। एक टावर है वो भी गाँव से दूर नदी किनारे ज़मींदार की हवेली के पास लेकिन पैसे मिलते ही वो समझ जाएँगे कि मुझे नौकरी मिल गई है।’’

‘‘अच्छा?’’

‘‘अब नौकरी हो गई है तो बाकी सब भी ठीक हो जाएगा।’’

नरेन ने उसके चेहरे पर लिखी कहानी को समझ लिया था। वह उसके साफ दिल से वाकिफ हो गया।



नरेन का अतीत भी कुछ गहरी किताबों के पन्नों जैसा था जिसे हर कोई पढ़ नहीं सकता था। दिल्ली से इतनी दूर वह पैसों के लिए नहीं बल्कि एक सुकून की तलाश में आया था। दिल्ली की एक एन.जी.ओ. में उसने कुछ साल काम भी किया जिसमें वह बच्चों की काउंसलिंग का काम किया करता था। उसके पास भी बहुत सारे सवाल थे जिनके जवाब उसके पास नहीं थे।

दिल्ली के सरकारी दफ्तर से रिटायर्ड पिताजी की मृत्यु के बाद अपनी माँ का इकलौता सहारा था वह। पिताजी के जाने के बाद माँ ने उसका हर पल ध्यान रखा लेकिन नरेन का मन एक जगह नहीं लगता था। शायद उसके पैर में चक्कर था। वह कभी कहीं तो कभी कहीं...उसका कोई ठिकाना नहीं था। पता नहीं किसकी तलाश थी उसे? पिताजी की सारी प्रॉपर्टी उसी की थी...पैसे की कोई कमी नहीं थी। घर में सब सुख सुविधाएँ थी। माँ से आज्ञा लेकर वह पुरी शहर आया था। शादी-वादी में उसकी कोई रुचि नहीं थी। इसी बात पर उसके विचार माँ से मेल नहीं खाते थे। स्कूल में आने का निर्णय उसका अपना था क्योंकि बहुत से सवालों के जवाब वह दिल्ली के एन.जी.ओ. में नहीं जान पाया था।

‘‘कावेरी और बुद्धरायशरण का प्रेम निश्छल है। लाल सलाम की मुहिम से उनके जुड़ने के वाजिब कारण मुझे नज़र आ रहे हैं। क्या गाँव में घटने वाली हर घटना से दनेश्वर अनभिज्ञ था?’’ उस अनजान व्यक्ति ने उस लड़की से सवाल किया।

ट्रेन अभी भी सरपट दौड़े जा रही थी। वह लड़की ख़ामोशी से बाहर देख रही थी। बाहर नीला आसमान सफेद बादलों से घिरा हुआ था। दूर काले पहाड़ उन बादलों में से झाँक रहे थे। शायद वे भी इस कहानी का हिस्सा बनना चाहते थे।

''जब से मैं ही बताती जा रही हूँ...अब आप भी कुछ बताइए कि किस तरह से राजनीति का खेल उस इलाके में चलता था। क्या कोई रोकने वाला नहीं था वहाँ?'' उस लड़की ने अपनी बात रखी।

''मैंने कई साल उस इलाके में काम किया। वो बहुत बड़ा इलाका है जहाँ बहुत सारे गाँव हैं। ज़्यादा तो मैं जान नहीं पाया लेकिन फील्ड में रहते हुए बहुत कुछ जान चुका था। उठती आवाज़ों को वहाँ रौंद दिया जाता था।'' अतीत के कुछ पल उसकी आँखों में भी तैर गए।

❒❒❒

# अध्याय–17

## 'ये प्रोजेक्ट्स् तुम्हें मुनाफा देते हैं, इन गरीबों को नहीं?'

बुहानगढ़ कस्बा...

इलाके का बड़ा नेता महेंद्रपाल पटनायक और उद्योगपति प्रफुल्ल रॉय अपने दल-बल के साथ सभा में पहुँच चुके थे। वहाँ आसपास के आदिवासी गाँव के लोग भी भारी संख्या में पहुँचे थे। चारों और पुलिस और उनके समर्थकों की भीड़। नक्सली हमले के डर से वहाँ इंतज़ाम पुख़्ता किए गए थे।

''नमस्कार..।'' नेता महेंद्रपाल पटनायक ने अभिवादन किया और आसमान तालियों से गूँज उठा।

''जो व्यक्ति आपके सामने बैठे हैं, यह कोई आम इंसान नहीं है। यह आपके लोगों के लिए एक सौगात लाए हैं। होम मिनिस्ट्री की आज्ञा से इस इलाके के जंगलों को सोने की खान में बदलने आए हैं। अब चाहे यहाँ के लोगों के पास ज़मीन हो न हो लेकिन कारखानों में काम जरूर होगा।'' नेता महेंद्रपाल पटनायक ने विश्वास दिलाया।

उद्योगपति प्रफुल्ल रॉय ने हाथ जोड़कर भीड़ को नमस्कार किया। आसमान एक बार फिर से तालियों से गूँज उठा।

''इलाके के जंगलों को काटकर यह साहब आप सब के लिए एक प्रोजेक्ट लगाना चाहते हैं जिसका नाम है 'स्टील निर्माण प्लांट'। और इसके लिए कुछ ज़मीन गाँव से भी ली जाएगी, जिसकी एवज में आपको कुछ पैसे दे दिए जाएँगे। एक और बात इस इलाके के विकास में सबसे बड़ी बाधा है वह नक्सली कमांडर वेंकटेश्वर जो आप सब को गुमराह कर रहा है। इलाके के विकास में सबसे बड़ा रोड़ा है तो यह नक्सली कमांडर जो तुम्हें इस नर्क में देखना चाहता है। ये इलाके के लोगों को लूटते हैं और उन्हें मौत के घाट उतार देते हैं। यहाँ तक कि वो हमारे रक्षक हमारे जवान उन तक को भी नहीं बख्शते। आए दिन होने वाली उनकी हत्याएँ क्या देशद्रोह नहीं? पुलिस आप सब के लिए है, उनसे डरने की जरूरत नहीं है। मानता हूँ हमारे सरकारी तंत्र में भी खामियाँ हैं लेकिन अगर आप सब सरकार का साथ दोगे तो इस आतंक का अंत होगा, विकास होगा। ये माओवादी तुम्हें हथियार दे सकते हैं, अच्छी शिक्षा नहीं। बंदूक की नोक पर सिर्फ़ ताकत हासिल की जा सकती है अधिकार

नहीं। हम मिलकर लोकतंत्र में एक सभ्य समाज की स्थापना करेंगे।'' नेता महेंद्रपाल पटनायक की आवाज़ जन-जन तक पहुँच रही थी।

''नेता जी एक बात पूछें?'' किसी पत्रकार ने हाथ उठाते हुए तेज आवाज़ में कहा।

''जी जरूर, इन्हें माइक दीजिए।'' नेता ने उसके चेहरे को गौर से देखा। उस पत्रकार ने माइक दोनों हाथों से थाम लिया।

''बुहानगढ़ कस्बे के आसपास लगभग तीस आदिवासी गाँव हैं। जंगलों से तो उन्हें पहले ही निकाल दिया गया, क्या अब उनसे उनके गाँव भी छीन लिए जाएँगे? फिर ये लोग कहाँ जाएँगे? क्या नौकरी के साथ-साथ इन्हें रहने के लिए घर भी दिए जाएँगे?'' नौजवान पत्रकार के सवाल हथौड़े के समान नेता जी और उद्योगपति के दिल पर जाकर पड़े।

''कहना क्या चाहते हो आप?'' वह गुर्राया।

''नेता जी..पिछले दस सालों से प्रदेश में आपकी पार्टी की सरकार रही है। खदानों पर आपकी सरकार का कब्ज़ा, जंगलों पर भी आपका नियंत्रण, किसे काम मिला सरकार की ओर से? है कोई नाम तो बताइए? आप पढ़ाई की बात करते हो, एक ढंग का स्कूल तक नहीं है इन गाँवों में। क्या ये लोग इस भारत देश का हिस्सा नहीं हैं? रही इस नए प्रोजेक्ट की बात, क्या यह उन्हें उनके घर से निकालने का प्लान भर नहीं है?'' सभी लोग उस पत्रकार के हौसले को देख दंग थे।

''मतलब हम गलत हैं...सरकार गलत है? यह प्रोजेक्ट गलत है?'' नेता जी की आँखें उसे घूर रही थी।

''जो आप समझो...हम तो छोटे से पत्रकार हैं, सवाल उठाना ही हमारा काम। ये प्रोजेक्ट तुम्हें मुनाफा देते है, इन गरीबों को नहीं? किसी भी तरह की हिंसा का हम भी समर्थन नहीं करते लेकिन आए दिन आदिवासियों पर होने वाले जुल्म पर भी तो नकेल कसिए? क्या यह आपकी और पार्टी की ड्यूटी नहीं? गरीबों की औरतों के साथ बलात्कार और उनकी निर्मम हत्याएँ भी तो आपके सिस्टम के लोग ही कर रहे हैं? कोई तो उन्हें भी पनाह दे रहा है? इनके हाथों में बंदूक थमाने वाले कौन हैं? अगर यह आतंक है तो गरीब को गरीब रखना भी आतंक होना चाहिए?'' उसकी आँखों में गजब की निडरता थी। वह बिका हुआ पत्रकार नहीं लग रहा था।

''कौन हो तुम जो नक्सलियों की भाषा बोल रहे हो? तुम पत्रकार नहीं हो सकते? चुप बैठ जाइए, हमारे पास ऐसे फालतू सवालों के जवाब नहीं।'' नेता जी उखड़ चुके थे। उसने अपने कारिंदों को इशारा किया और उससे माइक छीन लिया गया।

वहाँ सन्नाटा फैल चुका था। नेता के कारिंदे उस पत्रकार को उठाकर ले गए। यहाँ किसी ने भी इसका विरोध नहीं किया। यह नपुंसकता ही इस इलाके के पिछड़ेपन का सबसे बड़ा कारण थी। सभा समाप्त हो चुकी थी। आसपास के गाँवों के ज़मींदारों ने इस प्रोजेक्ट की स्थापना पर अपनी सहमति पहले से ही जता दी थी क्योंकि उनके कमीशन का बड़ा हिस्सा तय हो चुका था। उनको गरीब, गरीबी, ज़मीन, जंगल, विकास आदि से कोई सरोकार नहीं था। यह सब कागज़ी बातें थी, जो बाद में फाइलों में ही बंद रह जाती हैं।

आज भी नेताओं की सरपरस्ती में स्थानीय ज़मींदारों ने बहुत दिनों से चली आ रही लगान की व्यवस्था में उन पर शोषण जारी रखा। इस व्यवस्था के अनुसार ज़मींदार आदिवासी भूमिहीन किसानों को बीज के लिए धान, हल बैल, खाना और मामूली पैसे देकर अपने खेत में काम पर लगाते, जितनी उपज होती, उसका अधिकांश भाग ज़मींदार के पास ही रह जाता। नेताओं और उद्योगपतियों की ज़मीन हड़पने की योजनाओं में ये ज़मींदार दलाल का काम करते। इसके विरोध में ही किसानों का असंतोष और विद्रोह लाल सलाम से जुड़ गया था। इलाके के गाँवों का स्वरूप शमशान की तरह हो चुका था। सूखे और भंयकर गर्मी में आदिवासी किसान ज़मीन के साथ खुद भी जलते लेकिन नमी विहीन बादल सूखी नदी का कलेजा कभी तर नहीं कर पाते।

उनकी समस्या केवल ज़मीन ही नहीं थी बल्कि पेट में उठने वाली भूख भी थी, जिसकी आग में वे हर पल जलते थे। अमीर लोग अमीर होते जा रहे थे लेकिन ये मिट्टी में रहकर भी अपनी मिट्टी के नहीं हो पाए। उनके पास कुछ खोने को नहीं था। जीने का अधिकार भी कुछ लोग उनसे छीन लेना चाहते थे।

पुरानी आदिवासी परम्पराएँ दाँव पर लगी थी लेकिन फिक्र किसे थी? सूखी ज़मीन में तड़पता आदिवासी किसान और खदानों पर होने वाली दुर्घटनाओं में मरने वाला आदिवासी मजदूर...दोनों के जीवन का कोई महत्त्व नहीं रह गया था। खेतों में पसीना बहाने वाले ज्यादातर किसान खदानों की ओर

रुख करने लगे थे। काम चाहे खेत में हो या खदानों पर उनका शोषण जारी था। खदान कम्पनियाँ सरकार और साहूकारों की साँठ-गाँठ से ही तो चल रही थी। उनसे मिलने वाला फायदा पूँजीपतियों का था और यही सबसे बड़ा दुर्भाग्य था। असली हकदार लाचार और गरीब था। उनकी साँसों को केवल वहाँ उठने वाली धूल नसीब थी जो रम चुकी थी उनकी नस-नस में। अब ऐसे नए प्रोजेक्टों से जंगल काटकर विकास नहीं विनाश का साम्राज्य स्थापित किया जा रहा था।

❑❑❑

गाड़ी प्लेटफॉर्म पर ठहर गई। उस लड़की ने खिड़की के काँच वाले फ्रेम को बंद कर दिया। प्लेटफॉर्म का दृश्य वहाँ से स्पष्ट दिखाई दे रहा था।

''भूख की लड़ाई थी वहाँ। कई तरह की लड़ाई वहाँ चल रही थी । किसी को धन की किसी को पावर की और बेचारे भूमिहीन आदिवासियों के पेट की भूख की लड़ाई।'' उस व्यक्ति ने अपनी बात पूरी की।

खिड़की के काँच से कुछ धीरे-धीरे टकराने की आवाज़ हुई और उनका ध्यान खिड़की की ओर गया। एक दस-ग्यारह साल का बच्चा मुँह की ओर इशारा कर खाने को माँग रहा था।

''भूख की लड़ाई कहाँ नहीं है?'' ऐसा कहते हुए उस लड़की ने अपने बैग से बिस्किट और नमकीन के पैकेट निकाले। काँच के फ्रेम को उसने ऊपर किया और सारी चीजें उसे थमा दी। उसके मासूम चेहरे पर खुशी आ गई। वह जा चुका था। उसने उस बच्चे को जाते हुए तब तक देखा जब तक वह उसकी आँखों से औझल न हो गया।

थोड़ी देर बाद वह गाड़ी वहाँ से चल पड़ी। वह सरपट दौड़ने लगी।

''आपने बताया नहीं...क्या दनेश्वर अपने गाँव गया था?'' उसने उस लड़की से पूछा।

उसने अपने बिखरे बालों को चेहरे से अलग किया और बाहर फैले अनन्त आकाश में निहारने लगी। उन्हें भुवनेश्वर पहुँचना था और फिर कहीं उससे आगे। सफ़र लंबा था लेकिन कहानी भी छोटी नहीं थी।

❑❑❑

# अध्याय-18

## 'जमीनी हकीकत तो वही लोग जानते हैं'

शहर के किनारे को तोड़ती हुई सड़क सागर में कश्ती के पीछे पानी से बनी तरंग की भाँति आगे बढ़ रही थी। अभी एक पुराना टेंपो उस ऊबड़-खाबड़ सड़क पर दौड़ता, अपने पीछे मिट्टी का एक गुब्बार छोड़े जा रहा था, जो देश की खस्ता सरकार की नाकामी को खुल कर बयान कर रहा था। यह हैरानी की बात थी कि आज के डिजिटल युग में देश के ऐसे कुछ पिछड़े हिस्से अभी भी विकास की दौड़ से बहुत अछूते हैं। बिना तारकोल की सड़क धूल फाँक रही थी और खुद ही अपनी बदहाली को बयान कर रही थी। सड़क के दोनों ओर बाँस, लकड़ी और टिन से बने छप्पर ही नज़र आ रहे थे। पक्के घरों का दूर-दूर तक नामोनिशान नहीं था। रास्ते के सारे पोखर पानी की कमी से सूख चुके थे। साइकिलों पर बोरों में बांधकर भेड़ और बकरे बाज़ार में बेचने ले जाते हुए कुछ आदिवासी भी रास्ते में दिखाई दे रहे थे। पूरा इलाका बेज़ान जानवर के मृत शरीर की तरह बिखरा पड़ा था। चारों ओर नंगी-अधनंगी पहाड़ियाँ, जहाँ-तहाँ खड़े शाल, महुए और केले के वृक्ष, झाड़ियां, बंजर धरातल, सूखती नदियां, सूखते कुएं-तालाब, मूर्दे से लोग जैसे पूरा इलाका शापग्रस्त हो।

गाँव उजाड़ हो चले थे। गरीबी और पिछड़ेपन का यह चेहरा विकास के झूठे वायदों की पोल खोल रहा था। शहर से गाँव तक आते-आते नज़ारा बदल चुका था। ठीक वैसे ही जैसे नेता रंग बदलते हैं, वोट माँगते समय कुछ और बाद में कुछ और। ठीक उसी समय गिरगिट नाम का जीव भी सड़क पर दिखाई दिया। टेंपो को उछलता अपनी ओर बढ़ता देख वह जीव उछलकर सड़क के दूसरे किनारे पर हो लिया।

''बेहद समझदार...चालाक...बिल्कुल हमारे चालाक मौकापरस्त नेताओं का रिश्तेदार लग रहा है।''

दनेश्वर उस ड्राइवर की बात सुन मुस्कुराया। कच्ची सड़क पर टेंपो को ड्राइवर एक हवाई जहाज़ की तरह तेज़ दौड़ाए जा रहा था। सड़क की सारी धूल-मिट्टी टेंपो में बैठे लोगों के चेहरों पर जम चुकी थी। उछलता-कूदता वह पुराना टेंपो जैसे-तैसे अपनी मंज़िल की ओर बढ़ रहा था। टेंपो के उछलने से दनेश्वर के पेट में हल्का-सा दर्द हुआ और उसने खुद को स्थिर करने की

कोशिश की लेकिन उसके सारे प्रयास विफल थे क्योंकि उसमें संतुलन बनाना बेहद मुश्किल काम था। वह पेट दबाए चुपचाप बैठा रहा।

वह बहुत समय बाद गाँव की ओर जा रहा था। नौकरी लगने के बाद अब वह अपनी कसम से आजाद था क्योंकि अब वह अपने गाँव आ सकता था। माँ-बाबा और भाई को वह आज गले लगकर मिलना चाहता था। वह केवल अपना वायदा निभाने नहीं आया था बल्कि उसके मन में माँ-बाबा से मिलने की टीस थी। शहर में रहकर उसे ये टीस जीने नहीं देती थी। इसको हर रोज़ वह अपनी आत्मा में महसूस करता था।

ज्यों-ज्यों वह गाँव की ओर बढ़ रहा था, त्यों-त्यों उसकी आँखें नम हो चली थीं। बाहर का नज़ारा धुँधला-सा गया था। सड़क से दूर खेतों में फसलें अंतिम साँसें ले रही थी। हरा आवरण खेतों से लगभग गायब था। सड़क के किनारे पर इक्का-दुक्का दुकानें दिखाई दे रही थीं। गाँव वैसे का वैसा ही, जैसा वह कुछ वर्षों पहले छोड़ गया था। इक्का-दुक्का बिजली के खंबे खेतों के किनारे दिखाई दे रहे थे लेकिन गाँव की बाहरी सीमा तक आते-आते न खंबे, न तारें और न ही बिजली। गाँव के बाहर बनी मुखिया की हवेली के दरवाज़े तक आकर सरकार की सारी योजनाएँ समाप्त हो जाती थी। आसपास के जिन गाँवों में बिजली की तारें खींची जा चुकी थी उनमें करंट नाम की कोई चीज नहीं थी।

इन आदिवासी बस्तियों के कर्म तो और भी ज्यादा फूट चुके थे। आधुनिकता के युग में इन आदिवासी गाँव में न टी.वी. न मोबाइल...क्या कोई शहर का व्यक्ति यकीन कर सकता है...नहीं ना...लेकिन ऐसा था। केवल  इसी क्षेत्र की बस्तियों में ही नहीं शायद देश के दूसरे हिस्सों में भी कुछ गाँव ऐसे ही होंगे, जहाँ ऐसी ही व्यवस्था होगी, जो चिढ़ा रही थी उन लोगों के मुँह को जो देश की तरक्की के नाम पर देश-दुनिया को गुमराह करते हैं। ज़मीनी हकीकत तो वही लोग जानते हैं जो वहाँ रहते हैं।

वह टेंपो के ड्राइवर के साथ वाली सीट पर सट कर बैठा था। आगे की ओर फैली सड़क दूर-दूर तक सुनसान, उसके मन की तरह। उसकी नज़रें कभी सड़क पर तो कभी आसपास के खेतों पर थी। उड़ती धूल उसकी आँखों में किरकिरी पैदा कर रही थी लेकिन उसकी आँखों की नमी आँसू बनकर उस धूल को गालों तक पहुँचा रही थी। वह चुपके से नज़रें बचाकर उन आँसुओं को अपने रुमाल से पोंछ लेता।

‘‘बेटा...कौन गाँव से हो ?’’ ड्राइवर ने पूछा।

उसने टैंपो के पिछले भाग में जगह से ज़्यादा सवारी भर रखी थी। गर्मी में सब का बुरा हाल था। ऐसा लग रहा था कि एक गड्ढा आया सड़क में और एक-आध सवारी उछल कर बाहर जा गिरेगी। जनसँख्या विस्फोट के हालात को दर्शाता वह पुराना टेंपो दौड़ रहा था अपनी चर्-मर् की आवाज़ के साथ।

‘‘हिलखेड़ी’’ उसने सरलता से जवाब दिया। उसकी आवाज़ में भावुकता थी। तभी टेंपो उछला और एक पहिया सड़क के किनारे की ओर हुआ। सब कुछ लड़खड़ा-सा गया।

‘‘शायद पत्थर आ गया होगा।’’ ड्राइवर ने मुस्कुरा कर कहा। यह कह कर उसने खिड़की के बाहर थूका ।

‘‘अच्छा हिलखेड़ी, यहाँ के तो नहीं लगते हो। कहाँ से आए हो ?’’ ड्राइवर का ध्यान सामने से आने वाले एक साइकिल सवार पर गया। उसने तुरंत हॉर्न बजाया।

‘‘मरेगा साला...दिखाई नहीं देता...ऐसा चला जा रहा है आँखें बंद करके जैसे साहूकार की जी हजूरी में जा रहा हो।’’ दनेश्वर उसकी इस बात पर मुस्कुराया। ड्राइवर ने अच्छी तुलना की थी।

‘‘हिलखेड़ी का ही हूँ। शहर से आया हूँ। वहीं नौकरी है।’’ उसने ड्राइवर की ओर देखा।

‘‘कौन से शहर से ?’’ ड्राइवर का ध्यान सड़क पर ही था।

‘‘पुरी से।’’ वह ड्राइवर को अब भी देखे जा रहा था। पसीने से लथपथ उसका चेहरा। गले में मटमैला सा गमछा जिससे वह बार-बार अपना चेहरा पोंछ रहा था।

‘‘जय बाबा जगन्नाथ पुरी...इतनी दूर से ?’’ उसने हैरानी से दनेश्वर के चेहरे को देखा और अपने दोनों हाथ जोड़ लिए।

‘‘हाँ जी...मज़बूरी है भाई, वहाँ नौकरी है और बहुत मुश्किल से मिली है।’’ उसके चेहरे पर एक हल्की-सी मुस्कान आ गई।

‘‘भाग्यशाली हो जो यहाँ के नरक से निकलकर शहर में बस गए। हम भी कुछ पढ़ लेते तो शहर के हो जाते।’’ ड्राइवर भी मुस्कुराया।

‘‘आपकी बातों से तो लगता है कि आप पढ़े लिखे हो।’’ उसने सवाल किया। दनेश्वर की इस बात पर ड्राइवर ठहाका लगाकर हँसा।

''हाँ...हम अँधों के काने राजा हैं यहाँ। बिल्कुल हमारे देश के मंत्रियों की तरह। राजनीति में भी बहुत सारे मेरे जैसे ही तो हैं।''

''राजनीति पसन्द है आपको ?'' दनेश्वर की नज़र टूटी सड़क पर थी।

''अरे नहीं, बस इस रास्ते में कभी-कभार कुछ लोग मिल जाते हैं आप जैसे पढ़े लिखे। उनसे सीख कर...उनसे बातें करके दिल खुश कर लेता हूँ।'' दूर-दूर तक सड़क पर कोई नहीं था लेकिन बीच-बीच में वह बेवज़ह ही हॉर्न बजा देता। वह अपनी ज़िंदगी में मस्त लग रहा था।

तभी दूर सामने से एक कार आती दिखाई दी। उसने टेंपो बाई तरफ कर लिया क्योंकि गाड़ी की खिड़की से हुए हाथ के इशारे को उसने देख लिया था। कार के हॉर्न की आवाज़ भी तेज़ हो रही थी। एक नहीं, दो गाड़ियाँ थी। दोनों गाड़ियाँ उसके सामने आकर रुक गई।

ज़मींदार दुर्जेधन नायक के कारिंदे, हिलखेड़ी की सीमा के बाहर पुलिस वालों की तरह बिना खाकी पहने डाकू की तरह लूट-खसोट करने के लिए तैयार खड़े थे। उन्होंने ड्राइवर से लाइसेंस माँगा, देखा और उससे छीन लिया। फिर टेंपो के काग़जात भी।

''हाँ...भाई दस की जगह होती है इस टेंपो में, बीस लोग काहे ले जा रहे हो। जुर्माना तो भरना पड़ेगा दमचू।'' दमचू उस ड्राइवर का नाम था। उसको वहाँ राजनैतिक लूट की खुशबू आ रही थी। उसे पता था कि ये लोग पैसे लिए बिना नहीं मानेंगे।

''जाने दो न मालिक।'' वह हाथ जोड़ गिड़गिड़ाया लेकिन उसे पता था कि गिड़गिड़ाने का कोई फायदा नहीं है। वैसे भी गरीबों के गिड़गिड़ाने का क्या फायदा। कौन सुनता है गरीब लोगों की। कहने को लोकतंत्र है लेकिन यहाँ लोगों की ही बात नहीं सुनी जाती।

''अपने टेंपो की हालत देख...एक दिन ले मरेगा सभी को।'' उनमें से एक कारिंदे ने गुस्से में कहा। दमचू फिर गिड़गिड़ाया। प्रार्थना का दौर जारी था। इसी बीच दनेश्वर भी बाहर आ गया।

''यह क्या चल रहा है भाई। पुलिसवाले हो आप लोग ?'' उसने पूछा। वह कपड़ों से पूरा शहरी लग रहा था।

''पुलिस नहीं है लेकिन उससे थोड़ा बड़े हैं। तुम डी.सी.हो या कलैक्टर ? नए कपड़े डाल कर ज़्यादा दरोगा मत बनो यहाँ। चुपचाप अंदर जा कर बैठ जाओ।'' उन्होंने घूरते हुए कहा।

''यह मेरा मसला है बाबू, क्यों काम बिगाड़ रहे हो?'' टैंपो के ड्राइवर ने दनेश्वर से प्रार्थना की और इशारों में उसे जाने के लिए कहा। उसने कुछ रुपए उन लोगों के हाथों में थमा दिए और वे चले गए।

''बेचारे मेरे टैंपो में बैठे देश के लोगों की जान की जो चिंता कर रहे थे...वह चिंता खत्म हो गई। देखा पैसों का इतना प्रभाव। तौबा...तौबा... चिंता ही दूर हो गई।'' दमचू फिर मुस्कुराया।

''पैसे नहीं देने चाहिए थे आपको।'' दनेश्वर ने कहा।

''यह उनका हर महीने का काम है बाबू और हमारा भी। क्या करें हमें रोजी-रोटी भी तो कमानी है। अगर इनसे बहस करो तो मिलती है मौत। पिछले दिनों बुहानगढ़ कस्बे में बड़े नेता जी की सभा थी। ये सभी मुखिया उस नेता की जी हजूरी में पेश हुए थे। किसी पत्रकार ने इन लोगों पर सवाल उठाए तो इन लोगों ने उसे ही उठा लिया।'' उसने धीरे से कहा।

'मतलब?'

''मार दिया...पेड़ पर लटकी मिली थी उसकी लाश।'' उसने धीरे-से कहा।

''अच्छा!''

''इसलिए बहस नहीं करते जो इन्हें चाहिए, इन्हें दे दो।'' वह मुस्कुराया। अब दमचू का ध्यान सिर्फ सड़क पर था। सड़क पर होने वाली लेनदेन की बैठक समाप्त हो चुकी थी और उसकी बातचीत भी।

दनेश्वर को कुछ देर में दमचू ने गाँव की बाहर वाली सड़क पर उतार दिया। उसने दमचू की ओर देखा। उसने हँसते हुए विदाई दी और धूल उड़ाता टैंपो अपने आगे के सफ़र पर निकल गया। वह अपने बैग और अटैची के साथ घर की ओर बढ़ गया।

□□□

# अध्याय-19

## 'घर का रास्ता कोई नहीं भटकता'

यहाँ पर गाँव का अर्थ था कुछ सटे-सटे, एक दूसरे से रगड़ खाते घास-फूस, बाँस के छप्पर वाले घर। गाँव के बीचो-बीच खड़ा एक बरगद का पुराना पेड़ और उसके पास कुछ नारियल और केले के वृक्ष। उसके बिल्कुल नजदीक लाल रंग से लिपा-पुता एक छोटा-सा मंदिर। शायद उनके पूर्वज़ों की याद में बना एक पूजास्थल जो उनकी ज़िंदगी का हिस्सा था। यह उसके घर जाने के रास्ते में पड़ता था। उसने अपना सिर वहाँ झुकाया और आगे बढ़ गया। पहाड़ों की तरफ जाती छोटी-छोटी पगडंडियाँ जो लताओं से घिरी रहती थी, आज वनस्पति विहीन लग रही थी। हरा आवरण भूरे रंग में बदल चुका था। कभी ये रास्ते और ये लताएँ आपस में आँख-मिचौली का ऐसे खेला करती थी कि कोई अनज़ान राही तो इन रास्तों की भूलभुलैया जान ही नहीं सकता था। गाँव के पास से निकलती एक मौसमी नदी जिसका स्वर भी शांत था। इसका जल प्रवाह ज़्यादातर मौसमी बरसात पर ही निर्भर था लेकिन जब कभी भी मानसून आता तो वह छल-छल कल-कल का शोर करते हुए बहती। वर्ष के अधिकतर महीनों में यहाँ बरसात नदारद ही रहती। जंगलों में हुई बरसात का पानी कभी भी गाँव की ज़मीन तक पहुँच नहीं पाता था। पहाड़ों से निकलकर जंगलों को पार कर जब ये इन गाँवों की सीमाओं को छूती तो इसकी नमी भी उनकी ज़मीन की तरह लुप्त होने लगती।

गाँव के बाहर वाली सड़क पर टैंपो धूल उड़ाता जा चुका था। घर का रास्ता उसे याद था। भूलता भी कैसे? बचपन के सारे पल इन्हीं रास्तों पर ही तो धूल में सने पड़े थे। आज भी यहाँ की धूल हटी नहीं थी। यह सड़क कच्ची थी...बचपन की नरम बिछौनी की तरह। साइकिल के टायरों के निशान जैसे वैसे ही बने थे। पश्चिम का क्षितिज गहरा सुर्ख हो गया था। आकाश से शाम के हो जाने का अंदाजा लग रहा था। दूर आकाश में धीरे-धीरे अंधकार ने अपना स्थान बना लिया था। अपनी ख़ामोशी में वह और उसके कदम सड़क की गर्द को सूँघते अपने घर की ओर बढ़ रहे थे। अंधेरा बढ़ने से गाँव के घरों में दीपक की रोशनी का उजाला फैल गया था। जिसका प्रकाश मंद था।

*"मुझे उम्मीद है कि तुम रास्ता नहीं भटकोगे। घर का रास्ता कोई नहीं भटकता।"* उसे रह-रहकर तृषि की बात याद आ रही थी। तृषि उसके जीवन

का अहम हिस्सा बन चुकी थी। उसकी बातें उसके कानों में गूँज रही थी। मिट्टी के ढेलों पर उसके पाँव पड़ने से आहटें ऐसे आ रही थी जैसे खरगोश के दौड़ने पर जंगल में एक स्वर पैदा होता है। वह एक मासूम खरगोश की तरह दबे पाँव रहस्यमयी ध्वनियों से टकराते हुए अपने घर की ओर बढ़ रहा था।

''मैं इस सड़क पर आँखें बंद किए चल सकता हूँ।'' वह मन ही मन तृसि से बतियाने लगा जैसे वह उसके साथ हो।

''ये वही रास्ते हैं जिन पर मैं कभी धमा-चौकड़ी मचाया करता था। घर के पास यह पीपल का पेड़ बाबा ने लगाया था। न जाने कितनी बार इस पर मुझे उल्टा लटकाया गया।'' उसके चेहरे पर मुस्कुराहट थी। बचपन जैसे उसमें उतर आया था। वह घर के पास वाले पीपल को निहारने लगा।

''अब यह एकदम बूढ़ा हो गया है।'' उसने अफसोस से पीपल की ओर देखा। उसकी आधी सूखी, आधी हरी टहनियाँ और नीचे बिखरे पत्ते देख उसके चेहरे पर गहरा दुःख छा गया। उसकी गहरी छाँव में जो सुकून उसे बचपन में मिलता था, उसे उसकी तलाश थी, जो शायद ही कभी पूरी हो। मज़बूरियों का संघर्ष जीवन की ऐसी तलाशों पर पूर्णविराम लगा देता है। घर के पास उनके पोखर का पानी भी शायद पाताल में उतर गया था या उसे आकाश ने ऊपर खींच लिया था। या उसकी भी कोई मजबुरी होगी? पानी की कमी से तुलसी माँ के भी सिर्फ अवशेष बचे थे।

वह घर की दहलीज़ पर पहुँच चुका था। उसे लगा माँ अंदर कुछ पका रही है। उसकी अतंड़ियाँ ऐंठने लगी थी। खाने की खुशबू बाहर तक आ रही थी। दरवाज़ा खुला था। उसके कदम दहलीज़ की ओर खिंचे चले जा रहे थे। वह अंदर जाने के लिए बेहद उत्सुक था। उसका दिल भावुक हुआ जा रहा था। बाहर गली को अंधकार ने ढक लिया था। भावनाओं पर नियंत्रण कठिन-सा लग रहा था। तभी उसे माँ की आवाज़ सुनाई दी। हमेशा की तरह शांत और मंद नदी की तरह जिसमें कभी बाढ़ नहीं आई। शायद ऐसी नदियों को ही माँ की संज्ञा दी जाती है। वह बाहर खड़ा माँ की आवाज़ में अपना बचपन तलाशने लगा।

''खाना तैयार है आ जाओ सभी...सब्जी की पतीली उतारने वाली हूँ।'' अब तक चूल्हे पर उबाल खाती तरी का उफान आवाज़ करने लगा था। साड़ी के पल्लू की सहायता से माँ महालया ने पतीली को उतार लिया। ठीक वैसे ही जैसे वह बचपन में उतारती थी।

दनेश्वर ने सूखी तुलसी माँ को नमन कर घर के भीतर कदम रखा और दरवाज़ा छोड़कर दीवार से सटकर अँधेरे में वहीं खड़ा हो गया। वह चोरों की भांति घर में दाखिल हो चुका था। वह माँ को हैरान करना चाहता था। उसका बचपना उसके अंदर मरा नहीं था। बचपन कभी नहीं मरता, मानव की अंतिम श्वास तक उस की आत्मा का एक अभिन्न अंग बना रहता है।

माँ पतीली में कड़छी को हिला रही थी। वह आवाज़ उसे बचपन की दहलीज़ पर ले जा रही थी। रोटियों से भरा एक रोटी के आकार का लकड़ी का डिब्बा और भात से भरी हंडियां वहाँ पास रखी हुई दिखाई दे रही थी। अचानक माँ की नज़र दरवाज़े की ओर गई लेकिन दनेश्वर ने अपने आप को अँधेरे में छिपा लिया। वह महज एक काली आकृति में बदल गया था जिसका अंधकार में कोई स्वरूप नहीं था।

‘‘कौन है वहाँ? इधर आ जाओ।’’ माँ ने आश्चर्य भाव से पुकारा। माँ ने आकृति को अंधकार में ही पहचान लिया था। वह बाहर आ गया। मंद प्रकाश में वह आकृति प्रकाशमय में हो गई। वह शरमाया-सा चेहरा लिए अंदर आ गया।

‘‘दनेश्वर आ गया तू...आ गई माँ की याद...जब मर जाती तो तभी आ जाता।’’ और शांत नदी में लहरें उठी...आँसू गालों पर लुढ़क गए। वह खुशी के थे या गम के.. पता नहीं। महालया ने अपनी आश्चर्य-भरी, निष्पाप, निर्मल आँखें उठाकर उसे देखा और वह उसे देखे ही जा रही थी। भावुकता से दनेश्वर का गला रुँध गया और उसके मुँह से आवाज तक न आई। अंदर से भावनाओं का तेज तूफ़ान उमड़ जो आया था।

बुद्धरायशरण और बिरंचि नारायण सभी उसको यूँ अचानक देख हैरान थे और शायद खुश भी। उसने बैग और अटैची को एक ओर रखा और दौड़कर माँ के पैर छुए और उसके गले लग गया। भावनाओं का ज्वार-भाटा आँसू बन बाहर आ गया। माँ का शरीर बिल्कुल कमज़ोर हो गया था। माँ बूढ़ी हो चली थी। चेहरा मुटियाया-सा लग रहा था। माँ ने हरे रंग की पुरानी खादी की साड़ी पहनी थी। यह वही साड़ी थी जो उसने एक बार महुआ पूजन पर भेजी थी। वह कई साल पहले की बात थी। उस पर फूलों के डिजाइन बने थे लेकिन अब डिजाइनों के धागे बाहर आ गए थे। अब इसका रंग भी फीका पड़ गया था। फूलों का रंग तो बिल्कुल जा चुका था। माँ के नंगे पाँव अभी भी सुंदर थे लेकिन ऐड़ियों में समय की दरारें थी, जिनसे खून रिस आया था। उसके सफेद

बाल और छोटी-सी चोटी अब ज़्यादा लंबी नहीं रह गई थी। माँ के हाथ अभी भी छोटे बच्चे की तरह मुलायम थे।

उसने बाबा को देखा जो मासूम बन निशब्द माँ-बेटे को देख रहे थे। उसने बाबा के पैर छुए और बड़े भाई बुद्धरायशरण को गले लगा लिया। वह अपने बचपन को नहीं भूला था, जब बुद्धरायशरण उसको स्कूल छोड़ने जाया करता था। उसने बाबा के चेहरे को ध्यान से देखा। बिरंचि नारायण के चेहरे का ज़्यादातर हिस्सा खुरदरा हो चुका था। सिर पर बाल बिल्कुल कम हो गए थे। आँखें भी धँस चुकी थी। उनकी आँखों में सभी कष्ट भोगने के निशान स्पष्ट दिखाई दे रहे थे। वह शांत महासागर की तरह लग रहे थे, जिसकी गहराई और विशालता को समझना कठिन था। विपत्तियों की पीड़ा ने उन्हें शांत और महामानवीय समझ से भर दिया था। उनके मन का आंकलन करना कठिन था। उनकी आँखों में आँसू नहीं थे लेकिन अपने बेटे को देख लेने से आँखें हल्की सी नम थी। बंजर खेतों की तरह उनकी आँखों से भी नमी जा चुकी थी। बचपन की कई खुशियाँ उसने इसी चेहरे पर तलाशी थी।

''हमें बिल्कुल भूल गए भाई...बिल्कुल शहर वाला हो गया है...एकदम पत्थर।'' बुद्धरायशरण ने प्यार से ताना मारते हुए कहा। वह उसके शहरी लिबास पैंट-शर्ट को गौर से देख रहा था। दनेश्वर एकदम आधुनिक लग रहा था, बिल्कुल हीरो की भांति।

''नहीं...बड़े भाई...मैं तुम सबको कैसे भुला सकता हूँ...भूला नहीं कभी...बस भटक रहा था नौकरी की तलाश में...तलाश खत्म हुई...माँ से वायदा किया था कि नौकरी के साथ ही आऊँगा तो आ गया। तुम सब मेरी दुनिया हो...भूल नहीं सकता।'' उसने बुद्धरायशरण के भी पैर छुए।

''कितना अच्छा हुआ बेटा कि तुम आज घर पर हो क्योंकि आज मैंने आलू की सब्जी और मछली बनाई है और साथ में भात भी। और हाँ गोल-गोल रोटियाँ भी।'' माँ ने पतीली से नज़र हटा खुश हो कर उसकी ओर देखा। भावना से लबरेज वह माँ की और बढ़ा और उसका माथा चूम लिया।

''दनेश्वर को तो यह बचपन से ही बहुत पसंद है।'' बिरंचि नारायण ने बड़े प्यार से उसे देखा। बुद्धरायशरण जंगल के पोखर से कुछ मछली अक्सर ले आता था।

दनेश्वर ने जूते निकालकर पास पड़ी बाल्टी से पानी लिया। हाथ-पैर धोए और माँ के पास ज़मीन पर पालथी मारकर बैठ गया। सभी पास आकर ज़मीन पर बैठ गए।

''माँ बहुत दिन हो गए तेरे हाथ का खाना खाए हुए''

माँ ने खुशी में आह भरी। ''शुक्र है भगवान का कि आज का दिन आया...कितना शुभ है, सब साथ हैं।'' उसने अपनी साँस रोक कर ईश्वर को धन्यवाद किया। वर्षों बाद माँ के हाथ का खाना जैसे उसके शरीर को ही नहीं बल्कि उसकी आत्मा को भी तृप्त कर रहा था।

रात हो चुकी थी लेकिन आज सभी को नींद कहाँ...?

''बाबा आप तो कह रहे थे कि हमने जुताई के लिए ट्रैक्टर लिया है, दिख नहीं रहा कहीं।'' दनेश्वर ने आँगन में नज़रें दौड़ाते हुए पूछा।

''हाँ बेटे, जब तुमने बीस हजार रूपये भेजे थे तो विचार किया और बाकि पैसा शहर के बैंक से कर्ज लेकर ट्रैक्टर का बंदोबस्त कर लिया था।'' बिरंचि नारायण ने धीरे से कहा।

''तो फिर?''

''सालाना किस्त नहीं चुका पाए बेटा, तो बैंक वाले ट्रैक्टर उठा ले गए जोर-जबरदस्ती से, पुलिस भी साथ थी।'' बिरंचि नारायण ने बताया।

''कितनी किस्त थी बाबा?'' दनेश्वर ने हैरानी से पूछा।

''बीस हज़ार रुपये सलाना।''

''मुझे बता तो देते एक बार।''

''कैसे बताते?'' बुद्धरायशरण ने अपनी लाचारी व्यक्त की। दनेश्वर थोड़ी देर के लिए चुप हो गया।

''कितने वर्षों से तुम किस दुनिया में हो...कहाँ हो...कोई अता-पता नहीं। गाँव में एक फोन तक तो है नहीं और होता भी तो कहाँ करते। कोई नंबर नहीं था हमारे पास। हाँ एक-आध बार जब तुम पैसे भेजते थे तो तुम्हारे होने का अहसास होता था। उसी पते पर बाबा ने पत्र लिखवाकर तुम्हें बताया था कि ट्रैक्टर के बंदोबस्त के बारे में।'' बुद्धरायशरण ने उससे रूखे स्वर में कहा।

''हाँ, मुझे वो लेटर मिल गया था और मैं समझ सकता हूँ। लेकिन अब मैंने फोन ले लिया। नम्बर बता दूँगा। आगे कोई भी बात हो, तुरंत कस्बे की एस.टी.डी. से कर लिया करना।'' उसने जेब से अपना फोन निकाला

लेकिन वहाँ नेटवर्क न के बराबर था। सभी फोन को अचरज की नज़र से देख रहे थे।

''यह तो अच्छा हो गया बेटा। अब मैं कभी-कभार चक्रधर के साथ जाकर ज़मींदार साहब के यहाँ से फोन कर लिया करूँगा।'' बिरंचि नारायण के चेहरे पर खुशी के भाव उभर आए।

''वहाँ पर कितने फोन हैं?'' दनेश्वर ने पूछा।

''वहाँ पर दो फोन हैं एक तार वाला और दूसरा बिना तार वाला । छोटे ज़मींदार कह रहे थे कि जल्द ही हमारे गाँव में भी टावर लग जाएगा और बिजली भी आ जाएगी।'' बिरंचि नारायण ने खुश होते हुए बताया।

''अरे बाबा आप भी किस झूठे की बात पर यकीन कर रहे हो। पता नहीं अभी कितने साल लगेंगे। ये सरकारें सिर्फ अमीर लोगों की होती हैं। टावर भी वहीं लगते हैं जहाँ ये चाहते हैं। जब ज़मींदार के यहाँ लैंडलाइन लग सकता है तो एक एस.टी.डी. गाँव में भी लग सकती थी लेकिन गरीबों की कोई नहीं सुनता क्योंकि हमारा सुख ये लोग बर्दाश्त नहीं कर सकते।'' बुद्धरायशरण फिर से बड़बड़ाया।

''नहीं भाई...सकारात्मक सोचिए, कभी न कभी हमारे गाँव में भी सब कुछ होगा। देश की सरकार बहुत कुछ सोचती है गाँवों के बारे में।'' दनेश्वर ने उसे समझाया।

''जाने कब ऐसा होगा भाई। यहाँ तो पानी की कमी में फसल उग नहीं पाती। खाने तक के तो लाले पड़े हैं। बड़ी मुश्किल से एक ट्रैक्टर लिया था, वह भी बर्दाश्त नहीं कर पाए साले। बड़े पैसे वाले बनते हैं, ज़मीर नाम की कोई चीज नहीं है उनके पास। चाहे ज़मींदार हो या सरकार सब एक जैसे  हैं हमारे लिए।'' बुद्धरायशरण का चेहरा लाल हो चुका था। उसका व्यवस्था से विश्वास उठ चुका था। दनेश्वर चुपचाप सब सुन रहा था क्योंकि ज़मीनी सच्चाई वह भी जानता था लेकिन व्यवस्था पर उसे अभी भी विश्वास था।

''दनेश्वर बेटा, ये जंगल और ये खेत ही हमारी ज़िंदगी हैं। अपनी ज़िंदगी खो जाने के. बाद हम कैसे जिंदा रहेंगे। ये जड़ें हैं हमारी। बिना जड़ों को सींचे हम मर जाएँगे।'' बिरंचि नारायण ने उदास स्वर में कहा।

''बाबा मैं सारी बात समझता हूँ लेकिन बैंक वालों से लोन लिया है तो चुकाना तो पड़ेगा न बाबा। कब ट्रैक्टर उठा के ले गए वो लोग?'' दनेश्वर ने बिरंचि नारायण से पूछा।

‘‘एक महीना हो गया है बेटा। अगर ट्रैक्टर आ जाए तो सब ठीक हो जाएगा क्योंकि अब बिजली ज़मींदार के खेतों तक आ चुकी है। ज़मींदार ने वहाँ एक ट्यूबवैल भी लगवा दिया है। इसके बदले उपज का कुछ पैसा ही ज़मींदार को देना पड़ेगा। अगर फसल अच्छी हुई तो ज़मींदार का भी कर्ज चुका देंगे और बैंक का भी।’’ बिरंचि नारायण के चेहरे पर बेटे के आने से एक उम्मीद ने जन्म ले लिया था।

‘‘उस हरामी ने अपने खेत में बिजली और ट्यूबवैल इसलिए लगवाया है कि हम लोगों से काम ले सके। हमें लूट सके। उसकी नज़र हमारी फसलों पर है। सूद के नाम पर ही वह सारी फसल ले लेगा। तुम देखना बाबा हमें कुछ नहीं मिलना।’’ बुद्धरायशरण की बातों में निराशा के साथ-साथ सच्चाई भी थी। और वह पैर पटकता हुआ घर से बाहर हो गया।

‘‘चलो कुछ तो कर्जा चुकेगा इन ज़मींदारों का?’’ बिरंचि नारायण ने झल्लाहट में कहा। उसके चेहरे पर निराशा के भाव थे।

‘‘आप परेशान मत हो बाबा। भाई तो बचपन से ऐसे ही गुस्से वाले हैं। मैं समझता हूँ उनके दिल की बात। मैं उन्हें समझा लूँगा। रही पैसों की बात आप फिक्र मत करना, मैं बंदोबस्त कर दूँगा लेकिन पहले ट्रैक्टर का कुछ करना पड़ेगा।’’ दनेश्वर ने उन्हें गले लगाते हुए कहा। वह उन्हें भरोसा दिला देना चाहता था कि सब जल्दी ठीक हो जाएगा।

॰

अगले दिन बुद्धरायशरण जंगल आ चुका था। उसे देख कावेरी ने अपने चेहरे पर गंभीरता को ओढ़ लिया। बुद्धरायशरण उसके पास आया और उसे सहजता से कहा-‘‘इस जंगल की हवा में हमारी साँसों की महक घुल चुकी है। तू नहीं जानती यह कशिश इस हवा में गर्माहट पैदा कर रही है। देखो इस भरी दोपहर में यह धूप-छाया का खेल कितना मनमोहक है। सूरज की किरणें ज़मीन तक आने के लिए लड़ रही है।’’

दोनों हँसते हुए नदी के किनारे तक पहुँच गए। कावेरी के चेहरे पर ओढ़ी हुई ख़ामोशी टूट चुकी थी। अब रूह ने सारे पर्दे हटा दिए थे। बूँद धरती से मिलने को व्याकुल थी लेकिन बादलों का रास्ता अभी तय नहीं था। सच्चाई की ज़मीन पर उन्होंने अपने प्रेम के बीज बो दिए थे जो लगाव की नमी पाकर अंकुरित होने लगे। सपनों की पौध तैयार हो चुकी थी।

वे दोनों एक चट्टान पर खड़े थे। उसने अपने जूड़े पर जंगली फूल लगा रखा था। उसकी बगल में एक टोकरी ओर हाथ में एक कटार थी। उसने टोकरी और कटार को ज़मीन पर रख दिया। जंगल में आज वह तिरिल फल-केन्दु लेने आई थी जिसे बेच वह कुछ पैसे कमा लेती थी लेकिन आज उसकी टोकरी खाली थी। जंगल में सरजोम(साल)के ऊँचे-ऊँचे वृक्षों ने सूरज की किरणों का रास्ता बाधित कर दिया था। बड़े ही संघर्ष के बाद किरणें जंगल की ज़मीन को छू पाती। कई वृक्ष आकाश को छू लेना चाहते थे। जंगल के आंतरिक भागों में कई जगह दलदली क्षेत्र भी थे लेकिन बारिश की कमी से बड़े-बड़े जानवरों को निगल जाने वाले ये दलदली भाग सख्त हो चुके थे। इनके अंदर अब न के बराबर नमी बची थी।

बुद्धरायशरण ने बड़े-बड़े वृक्षों को नीचे से ऊपर देखते हुए कहा-''ये हमारे पूर्वजों की निशानी है। हमारे पूर्वजों के निवास स्थल की रक्षा ये पवित्र सरजोम ही करते हैं। यह 'वन देवता' की कृपा है हमारे जंगलों पर और हम पर।''

''ये पेड़ तो बहुत पुराने लगते हैं?'' कावेरी ने उन पेड़ों को देखते हुए पूछा।

''हाँ ये बेहद पुराने हैं। कुछ सालों पहले तक आस-पास के इन जंगलों में खूब बारिश होती थी, आस-पास के इलाके से भी ज़्यादा। बरखा पहले इन्हें निहारती थी, फिर पास के गाँवों की। गाँवों को तो हमेशा से ही बारिश का इंतज़ार करना पड़ता है। मैंने बताया न कि यह कुछ कुदरत का ही आशीर्वाद है हमारे इन जंगलों पर लेकिन अब शायद हमारे वन्य देवता नाराज़ हैं...न बादल..न बरसात...बस बूँद-बूँद को तरसती यह धरती। साल के वृक्षों से गिरते बीज नमी न पाकर अब पहले की तरह अंकुरित नहीं हो पा रहे हैं।'' कहते-कहते वह चुप हो गया और आकाश को निहारने लगा। कावेरी उसके साथ खड़ी थी। उसने उसके हाथ को थाम लिया।

''तुम्हें पता है कावेरी कि हमारे पूर्वजों ने अंग्रेजों को इन जंगलों में घुसने नहीं दिया था। तीर-धनुष के सामने उनकी बंदूकें टिक नहीं पाई थी लेकिन आज हमारी सरकारें और हमारे ही लोग इन जंगलों को तबाह करने पर तुले हैं। यहाँ तक कि हमारी ज़मीन पर खदानें हैं। जहाँ के हम मालिक होने चाहिए थे, अब हम वहाँ के मजदूर हैं। खदानों पर काम करते-करते हमारे अपनों के बाल पक गए लेकिन न तो ज़मीन पर उनका हक और न निकलने

वाले खनिज पर। खदानों से निकलते युरेनियम से हमारे इलाके की औरतों को बच्चे न होने की समस्या या जन्म से पहले उन बच्चों का मारा जाना एक हत्या ही तो है।'' उसने फिर से अपना मन कावेरी के सामने हल्का किया।

''तू कितना सोचता है। इतना मत सोचा कर...मुझे डर लगता है कहीं तुझे कुछ हो न जाए''। कावेरी ने अपने डरे मन से कहा।

''कावेरी मुझे अपनी चिंता नहीं है, सभी की है। जो कुछ भी गलत हो रहा है सब सरकार और साहूकारों की चाल है जो थोड़ी बहुत ज़मीन बची है ये उसे भी डकार जाना चाहते हैं साले। रही हमारी सेहत की बात, वह तो छोड़ ही दो।'' बुद्धरायशरण का चेहरा पसीने से तर-ब-तर हो गया।

उसका सोचना गलत नहीं था। भले ही सालों पहले यहाँ से अंग्रेज चले गए हों लेकिन शोषण का अध्याय अभी भी बंद नहीं हुआ था। बाहर से आने वाले नेता, अधिकारी, कर्मचारी, सभी साहूकारों के दलाल हैं जो जंगल की संस्कृति को मिटाकर कंक्रीट के जंगल बसाना चाहते हैं बस अपने मुनाफे के लिए।

विकास के नाम पर बड़ा मुनाफा वे सब मिलजुल कर डकार रहे थे लेकिन आदिवासी मज़दूर केवल नमक-भात खाने लायक पैसे ही जुटा पा रहा था। बाहर फैले जंगल और ज़मीन के अंदर दबी धातुओं पर अब बड़े साहूकारों की नज़र थी। भूख से ऐंठने वाली अंतड़ियों पर इन साहूकारों की नज़र कहाँ से पड़ती? भरे पेट से हकीकत कभी भी दिखाई नहीं दे सकती। किसानों और खदानों पर लगे सूखी ज़मीन से झूझते मज़दूरों की दुर्दशा के लिए कौन जिम्मेदार था? यह एक बहुत बड़ा सवाल बुद्धरायशरण और कावेरी के सामने विशालकाय जंगल की तरह फैल गया।

''जिस तरह माँ के दूध पर बच्चे का पूरा हक होता है ठीक उसी प्रकार हमारा हमारे जंगलों पर है...हम यह अधिकार किसी को दे नहीं सकते।'' उसके मन में विचार कौंध रहे थे।

पहाड़ी रास्ते से चलने के क्रम में वे दोनों बातें करते-करते अक्सर कई बार दूर घने जंगलों में निकल जाते थे। आज भी वे आगे निकल आए थे। कच्चे लोहे की खदानों और मिलों से लौटते मजदूर उन्हें रास्ते में मिलते लेकिन वे दोनों उन्हें दूर से ही निहारते। उनके चेहरे की थकावट और धूल से सने शरीर उनकी कहानी खुद ही बयान कर रहे होते। उनके चेहरे बुद्धरायशरण के मन में उदासी पैदा करते और कुछ सवाल भी।

कावेरी ने उसके चेहरे को देखते हुए अलग विषय पर बात शुरू की। ''छोड़ो यह उदास चेहरा। कुछ ओर बात करते हैं। तुझे ज़्यादा समझदार होता देख अच्छा नहीं लगता मुझे।'' वह मुस्कुराई।

उसकी मुस्कुराहट पर वह भी मुस्कुरा दिया।

''देख मैं तेरे लिए क्या लाई हूँ...मैं तो भूल ही गई थी। इतनी देर से जो बातों में लगा रखा था।'' उसने मुस्कुराते हुए फूलों की एक माला उसके सामने रख दी।

''अरे वाह! तेरे हाथ में जादूगरी है कावेरी।''

''कैसे?''

''तू अलग है बस।'' उसने माला को हाथ में लेते हुए कहा।

''बताओ न कैसे?'' कावेरी ने प्यार से कहा। वह उसका ध्यान उन गहरी बातों से हटा देना चाहती थी जिनमें वह हर पल गुम रहता था।

''कैसे क्या...देख कितनी सुंदर माला है...मैंने पहले नहीं देखी ऐसी माला।'' उसका उदास चेहरा खिल उठा। कावेरी उसके चेहरे को देख खुश थी।

''घर की दीवारों को तूने रंगों से पोत रखा है...वह जादू ही तो है...कहाँ कोई कर पाता है ऐसा? तुम सिर्फ रंगों से नहीं बल्कि कुदरत के रंगों से भी चित्रकारी करना जानती हो...यह इस कुदरत का कर्म है तुझ पर।''

''ओह हो! तो तूने घर की पुती दीवारों पर भी ध्यान दिया...मैं तो तुझे इतना समझदार नहीं समझती थी।'' वह खिलखिलाकर हँस पड़ी।

वह माला उसने बुद्धरायशरण के गले में डाल दी और हँसते-हँसते वह उससे लिपट गई लेकिन जल्द ही उसकी आँखें सुखद अनुभूति से भर आई। तमाम सामाजिक बंदिशें...तमाम संयम ढह गए रेत के टीलों की तरह। उसकी पलकें भारी हो गई। कुछ पल के लिए उन दोनों के बीच मौन आकर खड़ा हो गया। जंगल का मौन उन दोनों के मौन के सामने गौण दिखाई पड़ने लगा।

तभी उनकी देह में एक थरथराहट हुई। जंगल में कुछ आवाज़ हुई। खदानों से लौटने वाले मजदूरों की दूसरी टोली वहाँ से गुजर रही थी। वे फिर से उदास हो गए। शाम होने को थी।

जंगल उन दोनों के इस रिश्ते को सहमति दे रहा था लेकिन कुछ सवाल बुद्धरायशरण को कचोट रहे थे।

‘‘एक बात पूछूँ ?’’ कावेरी ने अलग होते हुए कहा।

‘‘हाँ।’’ उसकी आँखें भी नम थी।

‘‘क्या गाँव वाले हमारे इस रिश्ते को स्वीकार करेंगे ? कहीं वे तुम्हारे बीते कल की वज़ह से...।’’ कहते -कहते वह चुप हो गई।

‘‘तू फिक्र न कर सब ठीक होगा...जब समय आएगा तो मैं दनेश्वर से बात करूंगा...तुम्हें पता है कि वह गाँव आ गया है। कब तक रहेगा पता नहीं ? लेकिन वह सब ठीक कर देगा...उसकी बात सब मान लेंगे लेकिन अभी इंतज़ार करना होगा।’’

‘‘कब तक ?’’

बुद्धरायशरण के पास जवाब नहीं था। वह घर लौट आया। दनेश्वर सो चुका था। वह चुपचाप हर रोज की तरह छत पर जाकर सो गया।

दनेश्वर बहुत दिनों बाद गाँव आया था। बुद्धरायशरण नहीं चाहता था कि उसे उसके इरादों के बारे में ज़रा भी भनक लगे।

□□□

# अध्याय-20

## 'यहाँ दिन भूख से शुरू होता है और भूख पर ही खत्म'

सुबह-सुबह पक्षियों की चहचहाट से उसकी नींद खुल चुकी थी। सूरज क्षितिज पर चमक रहा था। एक दिन आराम करके उसकी थकावट उतर चुकी थी। घर और गाँव की ऐसी हालत देखकर उसका मन दुखी था। उसे बाबा और माँ की चिंता थी। वह उन्हें इस माहौल से बाहर निकालना चाहता था। वह आँख मलता हुआ माँ के पास आ गया। वह अपने मन की बात माँ को बता देना चाहता था।

माँ ने पानी की बाल्टी उठाई और चूल्हे पर रख दी। पानी गर्म होने लगा। थोड़ी देर बाद पानी भाप छोड़ने लगा। एक पुराने कपड़े से माँ ने गर्म पानी उतारा और सारे कपड़े उसमें भिगो दिए। थोड़ी ही देर बाद गर्म पानी में कपड़ों ने मैल छोड़ना शुरू कर दिया।

''ये मोटी-मोटी पैंट...वहाँ इन्हें कैसे धो पाता है?'' माँ ने जींस की पैंट को अपने बूढ़े हाथों से मलते हुए पूछा।

''खुद धो लेता हूँ और कभी-कभी धोबी से भी धुलवा लेता हूँ...माँ। शहर में सब सुविधाएँ हैं। बस पैसे देने पड़ते हैं।'' वह मुस्कुराया।

''अच्छा तो वहाँ जाकर आरामपरस्त हो गया है मेरा बेटा? जब से आया है तब से घर में ही पड़ा है।'' उसकी आँखों में स्नेह था। बहुत दिनों बाद वह अपने बेटे के कपड़े धो रही थी। उसके दिल को सुकून मिल रहा था।

''अरे माँ...छोड़ो ये सब...मैं कर देता हूँ। तुम अब बूढ़ी हो चली।'' उसने माँ के दोनों हाथ अपने हाथों में ले लिए।

''अच्छा...अगर इतनी फिक्र है तो एक बहू ले आ मेरे लिए। थोड़ा आसान हो जाएगा।'' माँ ने भी उसके दोनों हाथ अपने हाथों में दबाए और उन्हें चूम लिया।

''बहू तो यहाँ नहीं आएगी...माँ को ही शहर ले जाना पड़ेगा। थोड़े पैसे जब जोड़ लूँगा तो आपको भी ले जाऊँगा यहाँ से। अब यहाँ पर कुछ नहीं रखा है। सच में अब कुछ नहीं है यहाँ।'' दनेश्वर ने माँ को प्यार से समझाते हुए कहा।

''हमारी ज़मीन है...जंगल हैं जो हमें पालते हैं...जिन्हें लहू से सींचा है हम सबने। यह बात मुझे तो कह दी बेटा लेकिन अपने बाबा के सामने मत

कहना। बुरा मान जाएँगे।'' महालया ने दुखी होते हुए दूर बैठे बिरंचि नारायण की ओर देखा।

''माँ...मेरा मतलब वो नहीं था।'' दनेश्वर ने माँ के कंधे पर हाथ रखते हुए कहा।

''सपने बुनना अच्छी बात है बेटा लेकिन इतनी लम्बी उड़ान मत भरो कि अपनी सीमाएँ लांघकर, दूर देश जाकर वापस आने तक की न सोचो। भाग्य की लेखी है बेटा, न जाने क्या करा दे। यहाँ की धरती का बहुत कर्ज़ है हम सब पर।'' महालया के शब्दों में अपनी मिट्टी के लिए प्रेम छिपा था। वह अपनी ज़मीन के लिए भावुक थी।

''हम्म।'' वह माँ की भावनाओं को समझ रहा था लेकिन उसके पास अब ऐसे कोई शब्द नहीं थे जिससे वह माँ को समझा सके। वह ऐसे शब्दों की तलाश करने लगा जिससे कि वह उन्हें समझा सकें।

''लेकिन माँ मैं आप सबको इस हालत में देख नहीं सकता। मैं भाग्य के खेल में ज़्यादा विश्वास नहीं करता। आप ऐसे विचारों की दलदल से बाहर निकलो। एक गाँव की दुनिया ही दुनिया नहीं है। यहाँ की सीमाओं से बाहर भी संसार है। ऐसा नहीं है कि मुझे लगाव नहीं यहाँ से। मेरा बचपन बीता है यहाँ लेकिन शहर में सब सुख सुविधाएँ हैं और यहाँ कुछ भी तो नहीं। थोड़ी-सी ही तो ज़मीन बची है, वह भी पानी के बिना अब बंजर समझो...।'' दनेश्वर के शब्द लड़खड़ा गए थे।

''बंजर मत कहना इसे बेटा।'' बिरंचि नारायण की आवाज़ ने उसे एक पल के लिए चौंका दिया। वह उन दोनों के पास आ चुका था। बेटे की इस बात को सुन वह आहत हो गया।

''तुम्हारी नसों में जो लहू है न बेटा, इसी बंजर ज़मीन का रस है। शहरों में जो जीवन है न, वह हमारे पसीने की बू से पैदा होता है।'' बिरंचि नारायण दुखी दिल से बोल रहा था।

उनकी बात का सच शायद दनेश्वर समझ नहीं पा रहा था। गाँव की कोख से ही शहर पैदा होते हैं, पलते हैं, फलते हैं, फूलते हैं। शहरों का मूल आधार ही ये गाँव हैं। उनके बिना शहरों का अस्तित्व सोच भी नहीं सकते। गाँव के बिना ये शहरी जीवन दम तोड़ देगा।

‘‘मेरा यह मतलब नहीं था बाबा। मैं तो आप लोगों की भलाई के बारे में ही सोच रहा था। आप मुझे गलत न समझो।’’ दनेश्वर के शब्द हलक से बाहर आने का प्रयास कर रहे थे।

‘‘बेटा, हमें तो हमारी ज़मीन पर ही रहने दो। हो सके तो हमारा ट्रैक्टर छुड़वा दो...बिजली का कनेक्शन और ट्यूबवेल आने से जब धरती को जल मिलेगा, फिर देखना यह ज़मीन सोना उगलेगी। सारे कर्ज़ चुक जाएँगे।’’ बिरंचि नारायण की आवाज़ में एक उम्मीद थी।

‘‘हाँ जी बाबा...मैं कल ही इंतजाम करता हूँ। बाबा, बुरा मत मानना मैं आपका दिल दुखाना नहीं चाहता था। आप जैसा कहोगे मैं वैसा ही करूँगा।’’ दनेश्वर का चेहरा किसी पीड़ाजनक शक्ल की तरह हो गया था।

बिरंचि नारायण ने कुदाल उठाई और वह घर के बाहर हो लिया। हल्की ख़ामोशी ने घर को घेर लिया था। दनेश्वर ने व्यग्रता से अपनी नज़र उठाई। माँ के चेहरे पर उठे अनगनित सवालों को उसने भाँप लिया था। माँ पर टिकी उसकी नज़र झुक गई थी। हिम्मत करके सामने रोशनी में ताकते हुए उसने माँ से पूछा

‘‘क्या यहाँ ज़्यादातर लोग बाबा की तरह ही सोचते हैं ?’’

‘‘मुझे नहीं मालूम।’’ माँ का चेहरा सख़्त हो गया था। सब जानते हुए भी वह अनजान थी। दोनों एक दूसरे के भावों को समझने की कोशिश कर रहे थे।

‘‘माँ तू तो बुरा मान गई...मैं तो बस यूँ ही...।’’

‘‘ और हाँ...मैं जानना चाहती हूँ कि शहर में जाकर तुम पगला तो नहीं गए हो।’’ माँ ने बात काटते हुए पूछा। उस के सवाल में नाराजगी थी।

‘‘ऐसा सवाल...माँ मैं क्यों पगलाऊँगा।’’ उसने हैरानी से पूछा।

‘‘तुम्हें वहाँ यही ज़मीन बेचकर पढ़ने भेजा था। कर्ज है तुम पर इस ज़मीन का। तुम्हें इतना तो ज्ञान होना चाहिए कि तुम क्या बात कर रहे हो। अपनी ज़मीन को बंजर बता कर कौन सा ज्ञान अर्जित किया है।’’ माँ ने सवाल किया और गीले कपड़ों को निचोड़कर पेड़ और दीवार के मध्य बँधी रस्सी पर डालना शुरू कर दिया। कपड़ों के झटकने से पानी दनेश्वर की आँखों को शीतलता पहुँचा रहा था।

‘‘माँ कैसे समझाऊँ...मेरा ऐसा मतलब बिल्कुल नहीं था। इतने सालों के बाद मैं आया हूँ, कुछ भी तो नहीं बदला यहाँ। न ही ज़मीन, न ही जंगल

और न ही यहाँ के लोग। कुछ अमीर लोग अपनी लाठी के नीचे हमारा गला दबाए हुए हैं बस। वहाँ शहर में बैठे बड़े-बड़े घरों में अख़बार-टेलीविजन में विकसित और डिजिटल भारत का ढिंढोरा पीटा जाता है। ऐसे हजारों गाँव हैं अभी भी इस देश में जहाँ दिन भूख से शुरू होता है और भूख पर ही खत्म हो जाता है।'' उसने आँखों को मलते हुए कहा। वह महालया को समझाने के प्रयास में पूरी तरह से असफल हो चुका था। शहर में संघर्ष रोटी से शुरू होकर रोटी पर जाकर ही खत्म होता है। सारा सफ़र ही रोटी को प्राप्त करने की मशक्कत तक है।

''कौन जिम्मेदार है इसका? तेरे शहर में सब ठीक है क्या?'' महालया का सवाल बहुत बड़ा था जिसका जवाब शायद ही दनेश्वर के पास हो।

''माँ की बात का जवाब दो भाई।'' उनकी बातें सुन बुद्धरायशरण भी वहाँ आ गया। उससे रहा नहीं गया। उसने आते ही माँ की ओर से सवाल दाग दिया।

''मतलब?''

''मतलब सिर्फ इतना भाई...क्या शहर में सब कुछ ठीक है? वहाँ सब के पास रोजगार है क्या?'' बुद्धरायशरण ने माँ का साथ दिया।

''रोजगार कम है लेकिन काम के अवसर तो हैं। वहाँ शिक्षा है...जिससे हम अपनी दुनिया बदल सकते हैं। यहाँ शिक्षा के नाम पर इस टूटे स्कूल के अलावा कुछ है क्या?'' दनेश्वर उन्हें समझाने की पूरी कोशिश कर रहा था लेकिन वह जानता था कि वह बहस में अकेला पड़ गया है।

''क्या वहाँ शोषण नहीं है...गरीबी नहीं है...भुखमरी नहीं है?''

''शोषण...गरीबी...भुखमरी!'' दनेश्वर के पास कोई जवाब नहीं था। वह सोच में पड़ गया।

''भाई मेरे...हमारे घर की समस्या हमें यहीं रह कर झेलनी है और यहीं रहकर ही सुलझानी है। तुम अब शहरी हो गए हो। वहीं की भाषा हो गई है तुम्हारी। तुम ज़्यादा चिंतन मत करो। घूमो फिरो...खेत, जंगल, पहाड़ देखो, ज़्यादा चिंता ठीक नहीं।'' बुद्धरायशरण ने दनेश्वर के कंधे को स्पर्श किया और मुस्कुराते हुए कहा।

''और हाँ...क्या ट्रैक्टर छुड़वाने जा रहे हो कल चौकी पर?''

''चौकी पर?''

‘‘हाँ वो हमें वहीं से छुड़वाना पड़ेगा। बैंक वालों के साथ चौकी से ही लोग आए थे, साले सरकारी चमचे।’’ बुद्धरायशरण ने गुस्से में कहा।

‘‘ठीक है भाई.. कल चलते हैं वहाँ।’’ दनेश्वर ने सहमति जताई।

दनेश्वर के कान में माँ, बाबा और बुद्धरायशरण के सवाल कौंध रहे थे। माँ बाहों पर कपड़ों का बोझ लादे दूसरी रस्सी की ओर जा रही थी। आज जो भी है, उसका होना ही असलियत थी, कल किसने देखा था। शायद जीने की यही अच्छी राह थी। बिरंचि नारायण और बुद्धरायशरण घर के आँगन से बाहर जा चुके थे।

दनेश्वर आँगन में बिछी चारपाई पर आकर बैठ गया। माँ उसके पास आकर पर बैठ गई। उसके गीले हाथों की हथेलियाँ पानी और साबुन से झुर्रीदार हो चुकी थी और उसमें सूजन थी।

दोनों बहुत देर तक ख़ामोश बैठे रहे। माँ की हथेलियों में वह ज़मीन की बुवाई के निशान देख रहा था। हाथ की लकीरें ठीक वैसे ही होने का एहसास दे रही थी।

‘‘चल अपने दिमाग पर बोझ न डाल बेटा। इतने दिनों में आया है खेत और जंगलों की ओर भी हो आना। बेहद सुकून मिलेगा सच में।’’ महालया ने समझाया।

‘‘बाहर है क्या माँ? ...पानी के बिना सारी धरती प्यासी और बंजर पड़ी है। पूरे इलाके में कुछ भी बाकी नहीं बचा है। सारे घर ख़ाली से पड़े हैं। पोखर और उसकी मछलियां सब मर चुके हैं।  माँ...मैं तो कभी यहाँ नहीं रह पाऊँगा। अब आप लोग जाना नहीं चाहते हैं तो मैं क्या करूँ। मैं नहीं देखना चाहता कि कोई नंगे पाँव तपती दोपहर में चले और मिट्टी के साथ मिट्टी रहे।’’ उसके चेहरे पर उदासी के भाव उभर आए। माँ उसके चेहरे पर उठ रहे भावों को पढ़ रही थी।

‘‘फिर वही बात?’’ माँ ने प्यार से समझाया।

‘‘मिट्टी के साथ मिट्टी होकर भी आखिर क्या मिलता है। आज तो रोने को आँखों से नमी तक जा चुकी है। मैं जब शाम गाँव की ओर आ रहा था तो मुझे बहुत-सी आँखें सूनी और तन्हा लगी। मैंने बहुत सी आँखें पढ़ने की कोशिश की। मैं उनसे बातें करना चाहता था...उनके साथ ज़मीन पर लेटना चाहता था...उनको गाते हुए उन्हें सुनना चाहता था, माँ...लेकिन उन आँखों में दर्द और दुख के अलावा कुछ नहीं था। मैं चीजों को अलग नजरिए से देखता

हूँ। मैं देख रहा हूँ कि कुछ लोग मासूमों को हलाक कर देने की तैयारी में हैं लेकिन इधर कुछ भी मालूम नहीं।''

माँ ने चूल्हे में लकड़ी झोंकी। वह उसकी बात ध्यान से सुन रही थी। उसे अहसास हो चला था कि उसका बेटा अब वो छोटा-सा दनेश्वर नहीं रहा। वह जानती थी कि दनेश्वर बचपन से ही जिद्दी है और एक ही बात को लेकर बैठ गया है।

''चल ना छोड़ ये बातें...कुछ खाने का बना देती हूँ...तब तक तू बाहर घूम आ। ज़्यादा मत सोचा कर...हमारी फिक्र मत किया कर बेटा...मैं समझती हूँ...तेरी माँ हूँ ना, अब इस मिट्टी में जन्म हुआ है और इसी मिट्टी में मिल जाना है।''

''अच्छा माँ मैं बाहर घूम आता हूँ, तू मेरे लिए वो बचपन वाली चटनी बना देना।''

''अच्छा ठीक है।'' वह मुस्कुराई।

माँ अपने काम में व्यस्त हो गई। दनेश्वर माँ को काम करते हुए काफी देर तक देखता रहा और फिर खेतों की ओर चल दिया।

शहर को पीछे छोड़ वह अपने घर...अपनी ज़मीन...अपने जंगल में आ चुका था। दूर फैले घने जंगल, ऊबड़-खाबड़ पगडंडियाँ, साल, पलाश, महुआ आदि के पेड़ उसे बुला रहे थे। वह दूर फैले जंगल और पूर्वी दिशा में पहाड़ों की लम्बी श्रृंखलाओं की ओर बढ़ चला। कुछ पेड़ उसे अपरिचित लग रहे थे लेकिन कुछ पेड़ों को वह अभी भी भूला नहीं था। केले, नारियल, आम, कटहल, साल, पलाश, महुआ के पेड़ लहराते हुए ऐसे लग रहे थे जैसे उसका स्वागत कर रहे हों। कहीं पहाड़ों की थोड़ी-सी चढ़ाई तो कहीं समतल मैदान...कहीं गड्ढे तो कहीं गहरी खाई। वह अकेला ही जंगलों को मापने निकल पड़ा था। पहाड़ों पर लम्बे-लम्बे साल...लाल फूलों से लदे पलाश के पेड़...पगडंडी के साथ एक मौसमी नदी जिसमें पानी न के बराबर था। उसके बहने का स्वर धीमा था। वह चुप और उदास नदी थी। महुआ के फूलों की गंध से सारा जंगल महक रहा था। थोड़ा आगे बरगद के पेड़ से लटकती जटाएँ जिन्होंने ज़मीन को जोर से पकड़ रखा था। जैसे वे अपने बूढ़े पिता को सहारा दे रही हों। तभी दूर पहाड़ों की ढलान पर उसे पशुओं का रेला दिखाई दिया। चरवाहें दुनिया से बेखबर अपने तय रास्तों पर चले जा रहे थे।

थोड़ी दूर चलने पर उसके कानों में नगाड़ा-मांदर बजने की तेज आवाज़ पड़ी लेकिन वह आवाज़ सुरमयी थी। वह उस आवाज़ की ओर खींचा चला गया। नदी के किनारे पर एक छोटा-सा गुदिचा माँ का मंदिर था। वो आवाज़ वहीं से आ रही थी। ढोल-मांदर बजाते युवा और युवतियाँ झूम-झूम कर नाच रहे थे। वे सुधबुध खो चुके थे। उनके पीछे बँधे मोर पंख के गुच्छे ऐसे थिरक रहे थे जैसे जंगल के मोर-मोरनी नाच रहे हों। उनके चेहरे पर सहजता थी, कोई बनावटीपन नहीं। वह बिना पलक झपकाए उन्हें निरंतर देखता रहा। नौकरी के लिए धन्यवाद कर वह आगे बढ़ गया।

कुछ दूर चलते ही उसे खदानों की ओर जाते मज़दूरों का समूह दिखाई दिया। वह अब उस ऊँचे पहाड़ पर खड़ा था जहाँ करोड़ों टन लौह-अयस्क दबा था और यूरेनियम भी। यह जंगल झारखंड की सीमा को छूते थे। इस इलाके से बेहतरीन लौह अयस्क और यूरेनियम देश में कहीं नहीं मिलता था। ये भूमिपुत्र अपना जीवन किस तरह इन खनन क्षेत्रों में खो रहे थे, दनेश्वर को शायद इस बात का अंदाजा भी नहीं था। यूरेनियम से निकलता विकिरण इलाके के लोगों को पल-पल मार रहा था। पेट भरने का ओर कोई जरिया उनके पास नहीं था। उनकी जान की परवाह किसी भी सरकार या साहूकार को नहीं थी। वह उन्हें एकटक देखे जा रहा था।

बाहर के लोग अब उनकी इस ज़मीन के मालिक बन चुके थे और वे सब केवल मजदूर...किसान। कीमती खनिजों के खनन के लिए उनसे उनकी भूमि छीन ली गई थी। उनको न कोई मुआवजा...न कोई नौकरी...न कोई साझेदारी। मिली भी तो केवल मजदूरी...और आँसू।

हमारे देश की धरती कितनी भी समृद्ध क्यों न रही हो लेकिन ये भूमिपुत्र हमेशा ही गरीब रहे हैं। ज़मीन चाहे कितनी भी उपजाऊ रही हो...चाहे कितने ही कीमती खनिज इसके नीचे दबे हों लेकिन उन्हें बेबसी और शोषण के अलावा कुछ नहीं मिला। देश की सबसे अमीर ज़मीन होने के बावजूद भी ये लोग देश में सबसे गरीब थे। देखते-देखते वे सब दनेश्वर की आँखों से ओझल हो गए। भावनाओं की उठा-पटक उसके मन में जारी थी। अब उसके घर लौटने का समय हो गया था।

◻◻◻

# अध्याय-21

## 'डर और शोषण'

गाँव की सीमा से बाहर कुछ दूर...इलाके की एकमात्र पुलिस चौकी...

जब से गाँव के आसपास के एरिया में नक्सली आंदोलन शुरू हुआ, तभी से इस चौकी की सक्रियता बढ़ गई थी। आए दिन बड़े अधिकारियों का आना-जाना यहाँ लगा रहता था। 'गाँव की चौकी' कहना तो इस पर एक इल्ज़ाम था, यह तो 'ज़मींदारों-साहूकारों की चौकी' थी। दरोगा भी उनका, सिपाही भी उनका। कुर्सी पर बैठकर यहाँ सब हराम की तोड़ते थे, आदिवासी लोगों के लिए एक पैसे का काम ये नहीं करते थे।

ट्रैक्टर की किस्त न चुकाने की एवज़ में बिरंचि नारायण का ट्रैक्टर उठा लाए थे यहाँ के दरोगा जी। बैंक के ऑर्डर के नाम पर डंडे बरसाए थे इन मासूमों किसानों पर। दरोगा जी भी क्या करें, बस कमजोर लोगों के ऊपर ही उनका डंडा चलता था। बड़े साहूकारों को तो डंडा मार नहीं सकते।

बड़े-बड़े लोग लाखों डकार जाते हैं फिर न बैंक चूँ करता है और न सरकार। सब कानून गरीब जनता के लिए। एक किस्त का ही तो मसला था तो चले कानून झाड़ने गरीब पर। लोकतंत्र में कानून शायद अमीरों के लिए नहीं होते, केवल गरीब, लाचार और असहाय लोगों के लिए ही होते हैं। जय हो भारत के लोकतंत्र की, जहाँ जनता त्रस्त है और उनकी आवाज़ को निकलने से पहले ही यहाँ दबा दिया जाता है। आज़ादी के बाद सत्ता का केवल हस्तांतरण हुआ है, आज़ादी शायद आज तक नहीं मिली। आज़ादी कुछ ताकतवर लोगों के पास गिरवी है इस लोकतंत्र में। कानून सिर्फ गरीब-असहाय लोगों को रोंधने के लिए है ताकि वे गर्दन न उठा सकें। आज़ादी केवल नाम की थी इन लोगों के लिए। वह तो अब गुलाम थे, सत्ताधारी लोगों के यहाँ।

चौकी के नाम पर एक बिल्डिंग और बिल्डिंग के नाम पर जर्जर अवस्था की एक इमारत जो ऐसे दरोगा और भ्रष्ट नेताओं के चरित्र की तरह कब गिर जाए, कह नहीं सकते और न ही इसकी कोई गारंटी ले सकता है। ऐसे पापी एक न एक दिन सभी दफन होंगे ऐसी इमारतों के नीचे लेकिन ऐसा कब होगा इस भारतवर्ष में? यह भी एक ज्वलंत प्रश्न है। किसान जो सभी का पेट भरते हैं, उनके पेट का कोई ख़्याल न करे तो काहें का लोकतंत्र?

''साला एक तो काम इतना...ऊपर से ये बिजली...नाम के पंखे लगे हैं यहाँ...साला मर गए गर्मी में। आग बरस रही है बाहर...न बादल, न बरसात...दूर-दूर तक साला आसमान भी तो ख़ाली पड़ा है।'' दरोगा ने चीखते हुए कहा। तभी एक पुरानी फाइल उठाकर सिपाही अपने साहब की तरफ दौड़ा

''साहेब क्यों परेशान होते हो...हम हैं ना...ये फाइलें कब काम आएँगी।'' सिपाही ने फाइल की ओर इशारा किया और मुस्कुराया।

''चल हवा कर...बात न बना और इसके बीच के पेज को टेबल पर रख दे। एक भी गायब हुआ ना तो देख लेना।'' मोटे दरोगा कुर्सी से निकलने की असफल कोशिश कर रहे थे। हराम की खा-खा कर दरोगा जी तरबूज की तरह फूले हुए थे।

''साहेब हम हैं न आपकी ख़िदमत के लिए...आप काहे कष्ट कर रहे हो। हम किस काम आएँगे...आप तो इतने बिज़ी हो कि बड़ी मुश्किल से कुर्सी से निकल पाते हो।'' सिपाही ने अपने थुलथुले-मोटे अफसर की ओर देखते हुए कहा। उसके मुँह में पान का बीड़ा था।

''क्या मतलब तेरा ?''

''म..म..मतलब मेरा था कि आप इतने बिज़ी रहते हो कि समय ही नहीं निकाल पाते हो।'' जुबान लड़खड़ाते हुए सिपाही बोला।

''मुझे सब पता है कि तू क्या बकवास कर रहा है। तेरी जुबान ज़्यादा लंबी हो चली है...छोटी कर दूँगा...चल तेज हवा कर...बाद में यह भी पता करना कि बिजली कब आएगी ?'' दरोगा गुस्से में बड़बड़ाया।

''बिजली आती है नदी के पास गाँव से दूर...ज़मींदार बाबू की हवेली तक। यहाँ पर तो...कभी-कभार आ भी जाती है लेकिन आप सोचिए कि आसपास के गाँव में तो बस खंबे लगा छोड़े हैं...तारें लटकी पड़ी हैं... साले सारे लोग हड़प्पा संस्कृति में जी रहे हैं...टीवी-अख़बार वाले पता नहीं किस देश की बात पर रोज़ ज्ञान बाँटते रहते हैं ?'' उसने फ़ाइल से तेज हवा करनी शुरू की।

''एक्सक्यूज मी....सर।''

''साला अंग्रेजी वो भी इस इलाके में! अरे साहब...देखो ज़रा... कोई अंग्रेजी शहरी बाबू लगता है...कहीं कोई कलेक्टर तो नहीं।'' दरोगा जी ने जैसे ही पलक बंद करने चाहे तो सिपाही जोर से चिल्लाया।

दरोगा जी ने सिर उठाकर चारों ओर देखा और नज़र सामने खड़े जेंटलमैन पर जा ठहरी। सूट-बूट में लंबा-चौड़ा नौजवान पुलिस स्टेशन में खड़ा था। साथ कपड़ों के नाम पर चिथड़ों में अर्धनग्न शरीर वाले दो माँस के जीते जागते इंसान...बिरंचि नारायण और बुद्धरायशरण।

दरोगा की आँख में नींद का सुरूर अभी भी भांग के नशे की तरह था। आँखें ठीक से खुल नहीं पा रही थी लेकिन दनेश्वर को कोई साहब समझ अचानक उसने अपने निठल्ले बदन को खींच कर कुर्सी से निकालने की फुर्ती दिखाई।

‘‘कौन हो तुम...मतलब आप?’’ उसकी आवाज़ में एक डर-सा पैदा हो गया।

‘‘मैं दनेश्वर हूँ...आपसे जरूरी बात करने आया हूँ। आपने मेरे बाबा का ट्रैक्टर किस बिनाह पर उठा लिया? क्या बैंक से कोई ऑर्डर आए थे?’’ दनेश्वर का सवाल सीधा और सरल था।

‘‘किसका ट्रैक्टर?’’ दरोगा ने हैरानी से पूछा।

‘‘मेरा ट्रैक्टर दरोगा जी।’’ बिरंचि नारायण दनेश्वर के पीछे से सामने आ गया।

‘‘अच्छा जी तो यह जेंटलमैन आपका पुत्र है...क्या करते हैं शहर में? हमने तो आज पहली बार देखा आपके बेटे को...साला डरा ही दिया था इसने तो।’’ दरोगा की आवाज़ का डर जा चुका था। जुबान ताकत पकड़ चुकी थी। वह जान चुका था कि यह तो आम इंसान है देख लेंगे। उसकी आँखों की चमक दोबारा आ गई।

‘‘साहब शहर के बड़े स्कूल में मास्टर है मेरा बेटा।’’ बिरंचि नारायण ने गर्व से बताया।

‘‘मास्टर है! अरे साला मुझे तो लगा कि कोई कलैक्टर होगा।’’ वे दोनों जोर से हँस दिए।

‘‘इसमें हँसने की कौन-सी बात है दरोगा जी...आप भी किसी मास्टर से पढ़कर ही यहाँ तक पहुँचे हो। मैं तो सिर्फ यह पूछ रहा हूँ कि क्या कोई ऑर्डर आए थे जो ट्रैक्टर को छीन लिया गया।’’ दनेश्वर ने आराम से अपनी बात उनके सामने रखी।

''देख भाई ज़्यादा ज्ञान न दो...क्या नाम है तेरा...हाँ दनेश्वर...हमें तो बस इतना पता है कि इन्होंने किस्त नहीं चुकाई थी इसलिए मजबूरन हमें ट्रैक्टर जब्त करना पड़ा।'' दरोगा ने बात स्पष्ट की।

''बैंक पहले कोई नोटिस वगैरह भी तो भेजता है, वह तो नहीं आया था। अगर नहीं आया था तो फिर किस आदेश पर...?'' दनेश्वर ने फिर सवाल किया। दरोगा थोड़ी देर के लिए चुप हो गया।

''साहब किसी ने तो कहा होगा आपको?'' बहुत देर से चुप खड़े बुद्धरायशरण ने भी सवाल किया।

''अरे भाई तो तुम भी आए हो? तुम तो बात ही मत करो...पहचान रहा हूँ तुमको...उन लाल झंडे वालों के साथ कम घूमा करो। जिस दिन चढ़ गए न हत्थे बच नहीं पाओगे बेटा। चल कान में मत मूतो...कहा न ऊपर से आदेश था बस।'' दरोगा चिल्ला उठा। बुद्धरायशरण चुप होकर दनेश्वर के पीछे हो गया।

''ऑर्डर की कॉपी तो दे सकते हो दरोगा जी।'' दनेश्वर ने फिर शांत स्वर में पूछा।

''क्यों बहस कर रहे हो? कहा न मौखिक ऑर्डर था...जाओ यहाँ से दिमाग का दही ना करो..।'' दरोगा बुरी तरह से झल्ला चुका था।

''बैंक से बात करूँ? क्या वही बता पाएँगे?'' उसने फिर सवाल किया। दरोगा कुर्सी पर जाकर विराजमान हो गया और अपना माथा पकड़ लिया।

''अरे...गोपू...इधर आ...हवा कर साले...पहले ही बिजली नहीं है और ऊपर से यह दिमाग गरम करने लगे। समझा जरा अलग ले जाकर।'' दरोगा ने सिपाही से कहा।

''ठीक है, दरोगा जी मैं बात करता हूँ उनसे, आप आराम करो।'' सिपाही ने सलाम ठोका।

''देखो ट्रैक्टर मिल जाएगा लेकिन कुछ लेनदेन करना पड़ेगा।'' सिपाही ने उन्हें अलग ले जाकर धीमे से कहा।

''मतलब?'' दनेश्वर ने हैरानी से पूछा।

''मतलब सिर्फ इतना कि जो किस्त बैंक की थी, वह यहाँ जमा करा दो और ले जाओ अपना ट्रैक्टर...सिंपल मास्टर जी।'' सिपाही ने अपना इरादा स्पष्ट कर दिया।

''अरे यह तो गलत है।'' बुद्धरायशरण फिर बोल उठा।

‘‘मैं बात कर रहा हूँ न भाई।’’ दनेश्वर ने बुद्धरायशरण को चुप कराया।

‘‘गलत-सही क्या है हमें मत समझाओ...चलो एक बात..तुम हजार रूपये दो और ट्रैक्टर बहाल...अब इससे ज़्यादा रहम नहीं वो भी इसलिए कि तुम पढ़े-लिखे हो, बाकी तुम्हारी मर्जी। और हाँ अगर बात बैंक तक गई तो फिर न मिलेगा तुम्हारा ट्रैक्टर, बता देते हैं तुम्हें।’’ सिपाही ने बात खुल कर उनके सामने रख दी।

‘‘यह तो बिल्कुल गलत है।’’ दनेश्वर ने उसकी बात का विरोध किया। वह पैसे देने के मूड में बिल्कुल नहीं था।

‘‘बेटा...पैसे मार इनके मुँह पर, मुझे ट्रैक्टर चाहिए बस।’’ बिरंचि नारायण की बेबसी उसके शब्दों में दिखाई दे रही थी।

बैंक ने केवल नोटिस भेजा था, जिसे आधार बनाकर, उनकी अनपढ़ता का फायदा उठाकर ट्रैक्टर छीन लिया गया। कस्बे के बैंक मैनेजर भी इन पुलिस वालों से मिलकर यह खेल, खेल रहे थे। पाँच-पाँच सौ के नोट निकाल कर उसने सिपाही को पकड़ा दिए। वह सारा खेल समझ चुका था लेकिन वह अब अपने बाबा के चेहरे पर खुशी देखना चाहता था। फिलहाल उसने ट्रैक्टर को छुड़वाना ठीक समझा।

‘‘एक खुशखबरी सुना देता हूँ तुम्हें, तुम्हारे खेतों की तरह गाँव में भी बिजली जल्द आएगी। बिजली के कनेक्शन भी लग जाएँगे। बड़ा चुनाव आ रहा है न। ज़मींदार साहब जल्दी ही गाँव में बिजली का प्रबंध करने वाले है।’’ सिपाही ने मुस्कुराते हुए कहा।

नेता और उनके वायदे...सब झूठे..उन्होंने ट्रैक्टर की चाबी ली और सब चौकी से बाहर आ गए।

पुलिस चौकी के बाहर एक छोटा-सा लड़का साइकिल के पुराने से टायर को एक लकड़ी से हाँकते हुए कच्ची सड़क पर दौड़ता जा रहा था। उसके नंगे पाँव और सुलगती मिट्टी लेकिन वह बेफिक्र दौड़ रहा था। वह लड़का उसे अपने आप ऊबड़-खाबड़ सड़क पर हांकते हुए खरगोश की तरह दौड़ रहा था जिससे टायर उछलकर कभी इस छोर तो कभी उस छोर गोते खाने लगा। उसका शरीर पसीने से लथपथ था। वे सभी बहुत देर तक बाहर खड़े उस बच्चे को देखते रहे। उस बच्चे से दनेश्वर का ध्यान हट नहीं रहा था।

स्मृति का दरवाज़ा खुला तो वह अपने अतीत...अपने बचपन की दहलीज़ पर जा पहुँचा, जहाँ बाबा और भाई उसकी उंगली पकड़ गाँव के एकमात्र स्कूल में छोड़ कर आते थे। कभी-कभी स्कूल की छुट्टी के दौरान वह बुद्धरायशरण के साथ ठीक इस खेलते बच्चे की तरह मिट्टी से जद्दोज़हद करता था। गाँव के रास्तों पर अक्सर ऐसा दिखाई दे जाता है तब और अब में ज़्यादा फर्क नहीं आया था। आज भी रेंगते हुए साइकिल, बैलगाड़ी, आता ट्रैक्टर ट्रॉली...यह सब ये गली उन्हें अपने क्षितिज पर निगल लेती और सड़क पहले-सी सुनसान और निस्पंद। कुछ भी तो नहीं बदला था।

बाहर खुली रोशनी में बाबा के चेहरे पर चमक थी। एक बड़े पेड़ की छाया में तटस्थ और उदासीन लेकिन बिरंचि नारायण की आँखों में ट्रैक्टर को देख खुशी के एकाध निशान उभर आए थे। बाबा के चेहरे की मुस्कान को देख जाने क्यों उसके मन को तसल्ली हुई। उसे खुशी हुई कि वह कुछ तो कर पाया अपने बाबा के लिए।

दरोगा ने बिजली के कनेक्शन की खुशखबरी भी सुनाई थी लेकिन उसे यकीन नहीं था क्योंकि गाँव के धनी ज़मींदारों को कहाँ बरदाशत होगा कि गाँव के किसान संपन्न हों। उन्हें तो हमेशा से डर था कि बिरंचि नारायण जैसे किसान अगर संपन्न हो गए तो जी हुजूरी कौन करेगा? उनके डर और शोषण का जो साम्राज्य उन्होंने सरकार के साथ मिलकर फैलाया था, वह खत्म हो जाएगा।

❑❑❑

# अध्याय-22

## 'चिंता से मुक्ति'

दनेश्वर कस्बे के बैंक से सब पता कर चुका था। पुलिस के खेल को वह जान गया था।

''ट्रैक्टर तो ले आए हो बेटा लेकिन गाँव के ज़मींदार न जाने कब हमें ट्यूबवेल का पानी लेने की इजाज़त देंगे। नदी के पास खेत होने के बावजूद भी हमें नदी का पानी कहाँ नसीब होता है। हालाँकि अब नदी में कम पानी आता है लेकिन उस पर भी इन लोगों का अधिकार रहता हैं। हमारा तो न भगवान है, न ये बादल और न ही बरसात।'' बिरंचि नारायण की चिंता जायज़ थी।

''तुम फिक्र मत करो बाबा। मैं सब समझ रहा हूँ। ट्रैक्टर का नोटिस कोई ऑर्डर नहीं था लेकिन उसकी बिनाह पर बेवज़ह वे इसे उठा कर ले गए। नोटिस को ही ऑर्डर बना दिया गया था, जो कि सरासर गलत था। मैं कल बुद्धरायशरण के साथ कस्बे के बैंक गया था। सब पता चल गया है कि किस्त न देने की वज़ह से केवल चेतावनी नोटिस भेजा गया था। पुलिस वालों ने बैंक वालों के साथ मिलकर खेल रचा था। ऐसे ही गोरख धँधे करते हैं ये सब।'' दनेश्वर ने सच से पर्दा उठाया।

''अच्छा'' बिरंचि नारायण ने हैरानी जताई।।

''हाँ...तुम चिंता मत करो बाबा...जो तुम्हें मेरी पढ़ाई के लिए ज़मीन बेचनी पड़ी थी, वह भी हम ज़मींदार से ले लेंगे। जल्दी गाँव में बिजली भी आ जाएगी और रही ट्यूबवेल के पानी की बात...मैं करूँगा ज़मींदार से बात ताकि जब तक हमारा खुद का ट्यूबवेल नहीं हो जाता, तब तक वह हमें कम से कम खर्च पर पानी उपलब्ध करा दे।'' दनेश्वर ने बाबा को समझाने की कोशिश की। वह गाँव की समस्याओं को देख पा रहा था।

''हाँ बेटा, अगर गाँव में बिजली आ जाए तो सारी समस्या निपट जाए। रही खेत की बात, हम खेत में भी अपने नाम का ही कनेक्शन लगवाएंगे ताकि ट्यूबवेल भी हमारा होगा और पानी भी हमारा होगा। कब तक हम ज़मींदार की दया पर निर्भर रहेंगे।'' बिरंचि नारायण ने भविष्य की योजना बना डाली।

दनेश्वर ने बाबा की आँखों में एक स्वप्न को तैरते हुए देखा। वह उन्हें सुन रहा था।

‘‘बची ज़मीन भी तो ज़मींदार के यहाँ गिरवी पड़ी है और घर बैंक के पास। जब फसल कम होती है तो ब्याज तक चुका नहीं पाते। धीरे-धीरे सब चला जाएगा बेटा। एक कर्ज के ऊपर दूसरा कर्ज चढ़ता जा रहा है। कब तक चुका पाएँगे इतना कर्ज?’’ बिरंचि नारायण ने दनेश्वर के चेहरे की ओर देखा। बिरंचि नारायण के सपने फिर बिखरते हुए नजर आए।

‘‘जी बाबा आप चिंता मत करो...मैं सब देख लूँगा...सब ठीक हो जाएगा।’’ दनेश्वर ने टूटते सपनों को जोड़ते हुए कहा। ये हमारे देश का एक कड़वा सच है कि कर्ज़ चुकाते-चुकाते हमारे कंधे टूट जाते हैं लेकिन इसका बोझ कम ही नहीं होता। यह जो कर्ज़ का भूत हमेशा किसानों की आत्मा से चिपका रहता है, उन्हें चूसता है अपनी जिह्वा से और पता भी नहीं चलता कि शरीर कितना खत्म हो गया।

‘‘क्या शहर में तुम्हारी नौकरी सरकारी है बेटा?’’ बिरंचि नारायण ने बात बदलते हुए पूछा।

‘‘प्राइवेट है बाबा लेकिन तुम उसे पक्की ही समझो क्योंकि जिस स्कूल में मैं हूँ, उसे एक बौद्ध संस्था चला रही है। सैलरी भी अच्छी है। बस आप समझ लो जल्दी ही शहर में घर लेने की सोच रहा हूँ।’’ बिरंचि नारायण की आँखों में बेटे की सफलता की खुशी सपष्ट दिखाई दे रही थी।

‘‘है तो प्राइवेट न...निकालेंगे तो नहीं तुम्हें नौकरी से?’’ बुद्धरायशरण की आवाज सुन दनेश्वर चुप हो गया। मन किया कि उसे जवाब दे लेकिन वह शांत रहा।

‘‘देख भाई अख़बार बाँच-बाँचकर मैं इतना तो समझता हूँ कि प्राइवेट नौकरी तो प्राइवेट ही होती है। भले ही तनख़्वाह ज़्यादा हो लेकिन नौकरी की गारंटी तो नहीं है।’’ बुद्धरायशरण अख़बार पढ़-पढ़ कर बहुत समझदार हो गया था।

‘‘हाँ भाई कह तो तुम सच ही रहे हो...निकाल भी सकते हैं। है तो प्राइवेट ही। अभी-अभी लगी है तो कुछ नहीं कह सकते लेकिन ट्रस्ट के स्कूल गवर्नमेंट के नियमों से ही चलते हैं, इतनी जल्दी निकालने वाले नहीं हैं।’’ उसके मुँह से निकले शब्द अब आत्मविश्वास से भरे न थे। वह भी प्राइवेट संस्थाओं की सच्चाई जानता था।

‘‘जब तुम इतना पढ़े हो भाई तो अब सरकारी नौकरी के लिए भी कोशिश करो। पूरे इलाके में तुम्हारे जितना कोई भी पढ़ा-लिखा नहीं है। क्या

फायदा इतनी पढ़ाई करने का? घर-बार छोड़ने का?'' बुद्धरायशरण ने सवाल किया।

''हाँ प्रयास कर रहा हूँ भाई...कोलकाता के सरकारी विभाग में भी नौकरी के लिए अप्लाई किया हुआ है। देखते हैं क्या बनता है? सरकारी नौकरी एक तो निकलती कम हैं, दूसरा पैसा-सिफारिश का खेल। तुम नहीं समझोगे भाई, इतना आसान नहीं है सरकारी नौकरी हासिल करना।'' दनेश्वर की बात में एक पीड़ा थी।

''मैं भी सब समझता हूँ भाई। ये सरकारें कुछ नहीं करती। ज़िंदगी में कुछ बनना-बनाना तो अब भाग्य का खेल रह गया है। इलाके की हालत तुम देख चुके हो। क्या गाँव और क्या शहर? कभी झाँकती हैं सरकारें हमारे घर आँगन में? बस जब चुनाव होते हैं, तभी आते हैं कुछ लोग हाथों में कटोरा लिए...साले कुत्ते, भिखारी कहीं के।'' बुद्धरायशरण की जुबान आग उगलने लगी।

''सरकार से बड़ी नाराज़गी है भाई को...पढ़े-लिखों की तरह बातें करने लगा है।'' दनेश्वर ने उसके पास बैठते हुए कहा।

''बेशक तुम जैसा ज़्यादा तो नहीं पढ़ पाए लेकिन दस जमात तो हमने भी पढ़ी है भाई।'' बुद्धरायशरण हल्के से मुस्कुराया।

''कहाँ जा रहे हो आजकल...बाबा कह रहे थे कि लेट रात तक तुम बाहर ही रहते हो...और हाँ वो दरोगा भी तो कुछ कह रहा था?'' दनेश्वर ने कुछ सवाल उठाए।

''कभी-कभार जब भी शहर जाना होता है तो कुछ अख़बार और किताबें खरीद लेता हूँ...उसे ही बाँचता हूँ हफ्ते भर...और एक बैटरी वाला रेडियो और एक साइकिल। बस और क्या है मेरे पास। और जाता मैं सिर्फ जंगल में हूँ जिनके बिना मैं रह नहीं सकता।'' वह नज़र बचाते हुए बोला।

''ओह! तो अख़बार और रेडियो से मिल रहा है ये ज्ञान?''

''अख़बार भी अब कहाँ सच लिखते हैं। जो सरकार चाहती है वो ही लिखा जाता है, वो ही कहा जाता।'' बुद्धरायशरण ने जवाब दिया। वह दनेश्वर से नज़र बचाकर बात कर रहा था क्योंकि वह नहीं चाहता था कि उसे उसके नक्सली सम्बंधों का पता चले लेकिन दनेश्वर उसकी बदलती नज़रों को पहचान रहा था।

''लेकिन वो दरोगा.....''

‘‘वो साले खुद चोर हैं, गाँव के बेकसूर लड़कों को पकड़ जेल में डाल देते हैं। जो इन लोगों के खिलाफ बोले...वो ही नक्सली...मतलब गुंडे।’’ बुद्धरायशरण की आवाज़ लड़खड़ाई।

‘‘फिर भी भाई इन सब लोगों से दूर रहना। नक्सली आंदोलन से जुड़े लोग हिंसा में विश्वास रखते हैं। ये लोगों को मारते हैं...ऐसे लोगों से बच के रहने में ही हमारा भला है। वेंकटेश्वर का नाम मैंने भी सुना है। इस इलाके में धाक है उसकी। उसके संपर्क में मत आना। गाँव में तुम्हारे भरोसे ही तो सब कुछ है।’’ दनेश्वर ने उसके कंधे पर हाथ रखते हुए कहा।

‘‘कोई डरने की बात नहीं है भाई...मैं ऐसा कोई काम नहीं कर रहा हूँ जिसमें डरने की जरूरत हो।’’ उसने मुस्कुराते हुए जवाब दिया।

‘‘वो तो ठीक है लेकिन तुम ऐसे नेता-कमांडर टाईप के लोगों से दूर ही रहना बस। यह सत्ता हथियाने की राजनीति है...बस जगह बदल गई है और तरीका भी। दोनों ही आम गरीब जनता का प्रयोग कर रहे हैं। ये सब हम जैसे मासूम लोगों को ही आधार बनाकर मूर्ख बनाते हैं और हम मूर्ख बनते रहते हैं। हम नेता तो बदलते हैं लेकिन यह मूर्ख बनाने का व्यवसाय नहीं। इसलिए कह रहा हूँ भाई...इन नेता टाइप के लोगों से दूर रहना।’’ दनेश्वर ने उसे समझाने की कोशिश की।

‘‘यह लोकतंत्र नहीं है, भीड़ तंत्र है...और मैं ऐसे किसी भी नेता के साथ नहीं हूँ भाई। मैं तो ऐसे नेता और ज़मींदार और मुखियाओं के खिलाफ हूँ। एक बात और...बुरा मत मानना...जब हर रोज़ भर पेट भोजन मिले, अच्छ पहनने को मिले तो, ये सुख कुछ कमजोरी पैदा कर देते हैं। फिर वास्तविकता धुँधली हो जाती है भाई। मुझे पता है भाई कि क्या सही है और क्या गलत। तुम फिक्र मत करो।’’ बुद्धरायशरण ने दनेश्वर पर तंज कसा और वहाँ से पैर पटकता हुआ चला गया।

दनेश्वर उसके आक्रोश को समझने की कोशिश कर रहा था। बिरंचि नारायण दोनों भाइयों की बातों को बड़े ध्यान से सुन रहा था। कौन गलत है, कौन सही, उसका अनुमान नहीं लगा सकता था। उसको तो सिर्फ अपने ज़मीन, घर और कर्ज़ की चिंता थी। और शायद दनेश्वर ही उसे इस चिंता से मुक्ति दे सकता था।

◻◻◻

# अध्याय-23

## 'सपनों और हक़ीकत के बीच एक लंबा सफ़र'

''आओ शहरी बाबू, तो तुम हो बिरंचि नारायण के बेटे।'' दुर्जेधन नायक ने दनेश्वर को गहरी नज़रों से देखा। वह दारू की बोतल लेकर मुनीम के साथ अपने बड़े से घर में बैठा हुआ था। लम्बी बीमारी के बाद बड़े जर्मींदार की मृत्यु हो चुकी थी और उसके हौसले बुलंद हो गए थे।

''जी...'' दनेश्वर ने हाथ जोड़कर नमस्ते की। गाँव से दूर नदी के पास ज़मींदार की हवेली अंदर से भी उतनी ही भव्य थी, जितनी कि बाहर से। दनेश्वर की नज़र हवेली की दीवारों पर गरीबी के निशान ढूँढ रही थी। गरीब लोगों का गला घोंट कर ही ज़मींदारों की ऐसी हवेलियों का निर्माण होता है। इस भव्यता के पीछे न जाने कितनी चीखें दबी थी। गरीब की छाती पर चढ़कर ही अमीरी फलती-फूलती है। उनके लहू से ही इनकी सांसें चलती हैं। शहर वापिस जाने से पहले दनेश्वर ज़मींदार से मिलना चाहता था।

''शहरी बाबू...बहुत अच्छा किया जो तुमने ट्रैक्टर छुड़ा लिया। बेचारा बिरंचि नारायण तो कभी छुड़ा ही नहीं पाता।'' दुर्जेधन नायक ने मुनीम को ख़ाली गिलास में व्हिस्की डालने का इशारा किया। मुनीम ने गिलास को लबालब कर दिया।

''तुम तो शहरी हो। थोड़ी बहुत पी भी लेते होगे। ले लो एक पैग हमारे साथ।'' उसने दनेश्वर से आग्रह किया। कुटिल हँसी उसके चेहरे पर अभी भी विद्यमान थी।

''नहीं...नहीं, शुक्रिया, मैं शराब नहीं पीता हूँ।'' दनेश्वर ने विनम्रता से इंकार कर दिया।

''अरे तुम कैसे शहरी हो ? शहरों में तो तुम्हारी उम्र के लोग इसे खूब पीते हैं। और हाँ तुम्हें इतना तो याद होगा...हमने ही भेजा था तुम्हें शहर।'' दुर्जेधन नायक ने मुस्कुराते हुए शराब के गिलास को होंठों से लगाया और उसे गटक लिया ।

''छोटे सरकार...बिल्कुल याद है। बड़े साहब की कृ पा थी बस... अगर वह सहायता न करते तो कहाँ पढ़ पाता यह। अब उनके बिना हवेली सूनी लगती है।'' बिरंचि नारायण ने हाथ जोड़ते हुए कहा।

''अरे यह तो हमारा फर्ज़ है। हम तो हैं ही आप लोगों की सेवा के लिए...और सुनाओ, आज कुछ काम आए थे क्या?'' दुर्जेधन नायक का दूसरा पैग भी तैयार था।

''हाँ सरकार...वह खेत की बिजली का कनेक्शन हमारे लिए बहाल करा देते तो हम भी अपना ट्यूबवेल लगवा लेते। कब तक आपके ट्यूबवेल का प्रयोग करते रहेंगे? हमारा काम चल जाएगा और कुछ पानी हमारे खेत तक भी पहुँच जाएगा।'' बिरंचि नारायण ने उम्मीद भरी नज़रों से देखा।

''ज़रूर...अरे भई मेरे कहने पर ही तो गाँव के खेतों में ट्रांसफार्मर लगे हैं। हमारे खेत भी तो हैं न वहाँ...चलो इसी बहाने गाँव वालों का भी भला हो गया...रही बिजली और ट्यूबवेल की बात...तुम्हारे लिए भी जल्द करवा दूँगा। फिक्र मत करो। बिजली और पानी दे देंगे तुम्हें। और हाँ हमारा ट्यूबवेल भी तो तुम्हारा है बेफिक्र पानी लो वहाँ से...वैसे नया लगवाने की क्या ज़रूरत है? कितना और कर्ज़ लोगे?'' दुर्जेधन नायक ने अपनी मूँछों पर ताव देते हुए कहा। दूसरा पैग भी उसके अंदर जा चुका था। उसकी बड़ी-बड़ी आँखें लाल हो चुकी थी।

''जी धन्यवाद...अब ज़्यादा कर्ज़ की औकात नहीं ज़मींदार साहब बस अपना ट्यूबवेल हो जाएगा तो ठीक रहेगा...मैं कल शहर लौट रहा हूँ तो आप यह काम ज़रूर करवा देना। बहुत मेहरबानी होगी आपकी।'' दनेश्वर ने चुप्पी तोड़ते हुए कहा।

''वह तो हम करवा देंगे लेकिन हमारी किस्त नहीं दोगे दनेश्वर बाबू...दरोगा...बैंक...सबकी की किस्त देते घूम रहे हो तो हमारी किस्त का क्या?'' दुर्जेधन ने तीसरा पैग बनाते हुए कहा। उसे गाँव के चप्पे-चप्पे की खबर थी।

''आपकी किस्त...?'' दनेश्वर ठिठक गया।

''हाँ...तेरे बाबा ने आधी ज़मीन हमें बेच दी थी न और आधी ज़मीन को जोतने और बुआई के लिए कुछ पैसे भी लिए थे। इसने कहा था कि फसल होने पर चुका देंगे लेकिन अब तक कुछ भी नहीं चुकाया...हज़ार के लाख बन चुके हैं।'' दुर्जेधन नायक ने हिसाब-किताब समझाने की कोशिश की। नशे में उसका कमीनापन और बढ़ गया था।

‘‘जी...आप चिंता मत करो...सारा हिसाब जल्द हो जाएगा...मेरी अभी-अभी नौकरी लगी है। मैं जल्दी इंतजाम कर दूँगा।’’ दनेश्वर ने अपनी बात रखी।

‘‘अब तो ट्रैक्टर भी हो गया है तुम्हारे पास...पानी हम दे देंगे लेकिन मुफ्त में नहीं। अगर फसल बढ़िया हो जाएगी तो उसमें भी हिस्सा चाहिएगा हमें। उम्मीद करता हूँ कि कुछ पैसे तो इस सीजन में उतार ही दोगे। क्यों मुनीम जी...क्या मैं ठीक कह रहा हूँ।’’ हिसाब का बही खाता दुर्जेधन नायक खोल कर बैठ गया था। मुनीम ने हाँ में गर्दन हिलाई। एक दो पैग मुनीम भी लगाए बैठा था।

‘‘जी...जरूर।’’ दनेश्वर ने भाँप लिया था कि वह क्या कहना चाहता है। वह उसकी आँखों के लालच को आसानी से देख पा रहा था। ज़मीन को हड़पने की उनकी पुरानी नीतियों को वह जानता था। उनके षडयंत्र का समूचा दृश्य साफ दिखाई दे रहा था, जिसमें डर और शोषण का नंगा नाच था जो हमेशा से पूँजीवादी गरीब किसानों के साथ करते आए हैं।

‘‘अब तुम लोग जाओ। तुम्हारा काम हम कर देंगे और मेरे बारे में तुम सोचना।’’ दुर्जेधन नायक ने उन्हें जाने का इशारा किया। वे दोनों चुपचाप बाहर आ गए। अब दनेश्वर की इच्छा थी कि वह अपने बाबा को इस मकड़जाल से बाहर निकाले, जिसके लिए उसे बहुत पैसा जोड़ना था। यह इच्छा असंभव है, उन अनेक इच्छाओं की तरह जो न सही होती हैं और न गलत...सिर्फ संभावना हीन होती हैं। फिर भी हम उन्हें जगाते हैं सपनों में उतारते हैं, जहाँ उतरते ही वे उम्मीद के अँधेरे तल को छूने लगती हैं। इच्छा और उम्मीद एक माँ की जुड़वा संतान जैसी लगती हैं लेकिन इनके बीच एक संघर्ष की लंबी यात्रा होती है। अब दनेश्वर क्या उस यात्रा को पार कर सकता है? यह एक सवाल था।

वह चल पड़ा उस हवेली से...सहसा रुका...एक नज़र मुड़ कर देखा...एक विशाल हवेली...न जाने कितने किसान भाइयों के खून से बना है ये आलीशान मकान। दूसरी ओर दूर पहाड़ों की तलहटी में दुख-दर्द और कर्ज में लिपटे कच्चे-फूस और बांस से बने घर...।

‘‘यह क्या हैं माँ ?’’

‘‘बेटा तू शहर वापिस जा रहा है तो यह गुदिचा माँ का काला धागा अपनी बाजू पर बाँध ले।’’ महालया ने उसकी बाजू पर वह धागा बाँध दिया।

"क्या माँ तू भी बस..! मैं देवी माँ में विश्वास करता हूँ लेकिन यह धागे-वागे में नहीं।" उसने धागे की ओर अपना हाथ बढ़ाया।

"अरे बेटा इसे मत खोलना...जैसे तुम भगवान को मानते हो तो इन चीजों को भी मानो, इसे बिल्कुल मत खोलना, तुम्हें मेरी कसम...जब तू दोबारा गाँव में मेरे पास हमेशा के लिए आएगा तो मैं खुद इसे खोल दूँगी।"

वह मुस्कुराया। उसने अपना बैग और अटैची उठाई और निकल पड़ा अपने सफ़र पर और एक नई कसम के साथ। एक भरोसा लेकर...उम्मीदों की डोर थामे...वह लौट रहा था शहर। उसे उम्मीद थी कि आने वाले समय में शायद बाबा खेतों को सींच कर, बुआई करके धरती में छिपे सोने से अपनी तकदीर चमका ही लेंगे। गाँव की समस्याओं की जड़ें बेहद गहरी हैं। उसकी सोच से भी बहुत गहरी। शहर में माँ-बाबा को ले जाने की इच्छा पर उसे पुनर्विचार करना था। गाँव की मिट्टी उसको भी अपनी ओर खींचने लगी थी। उसकी जड़ें उसको अपनी और बुला रही थी लेकिन वह अपने आप को खींचकर ले जा रहा था फिर उसी शहर, जहाँ उसने कुछ सपने बुन रखे थे। वह लौट आया शहर एक उम्मीद के साथ कि एक दिन गाँव में सब ठीक हो जाएगा लेकिन गाँवों की तकदीर में इतनी जल्दी ठीक होना नहीं लिखा था। गरीबी, लाचारी, बेबसी और शोषण वहाँ की स्थायी संस्कृति बन चुकी थी। सपनों और हकीकत के बीच एक लंबा सफ़र तय करना है...बेहद लंबा सफ़र।

∎∎∎

"गरीबी, लाचारी, बेबसी...शोषण...ओह्ह अब कुछ बिखरे पन्ने जुड़ रहे हैं। शब्दों की बुनावट अब समझ आ रही है।" उस अनजान व्यक्ति ने उस लड़की की ओर देखते हुए कहा। ट्रेन के शोर के बावजूद भी वह कहानी को बड़े ध्यान से सुन रहा था। वह लड़की अब चुप हो गई। उसने उस व्यक्ति को देखा और वह फिर बाहर दौड़ते पेड़ों की शृंखला को ताकने लगी।

"क्या दनेश्वर फि र कभी वापिस गाँव आ पाया? क्या वह बुद्धरायशरण के नक्सली संबंधों को जान पाया?" उस व्यक्ति ने सवाल पर सवाल किया।

"आपके पास पड़े पन्ने क्या कहते हैं? बुद्धरायशरण और लाल सलाम...कैसे हुआ होगा वह सब?" उस लड़की ने भी सवाल के बदले सवाल किया। ट्रेन का सफ़र जारी था। बाहर फैले बादल हल्के गहरे होने लगे थे। दूर फैले पहाड़ और जंगल पास आने लगे थे। ∎

# अध्याय-24

## 'सत्य को 'अर्द्धसत्य' में बदल रहे थे'

गाँव के पास के जंगल, उनमें फैला 'लाल सलाम' का सुर्ख मार्क्सवादी विचार, पुलिस कई दिन से खोजबीन में लगी थी लेकिन इन घने जंगलों में नक्सलियों को खोजना बेहद मुश्किल काम था। पुलिस की गोलियों की बौछार जंगल के सन्नाटे को चीर रही थी। कुछ नक्सलियों को गोलियाँ लगी और वे वहीं ढेर हो गए। हथियार दोनों ओर से चलाए गए थे। अपने अधिकारों के लिए आवाज़ उठाना और अपनी सुरक्षा के लिए की गई हिंसा को ये समूह जायज़ मानते थे। अब हिलखेड़ी गाँव और उसके आसपास के इलाके के कई युवक और युवतियाँ इस नक्सली आंदोलन का हिस्सा बन चुके थे। आदिवासी पुरुषों-औरतों के साथ होने वाली अत्याचार की वारदातों ने आंदोलन में आग फूँक दी थी। सी.आर.पी.एफ. पर आए दिन हमले तेज़ हो गए थे। कई पुलिस चौकियों को आग के हवाले कर दिया गया था।

नेताओं के इशारों पर वह साहूकार जो प्रोजेक्ट लाना चाहता था स्थानीय लोगों को यह मंजूर नहीं था। कमांडर वेंकटेश्वर की एक आवाज़ पर पूरे इलाके में 'लाल सलाम' का नारा ऐसे गूँज रहा था जैसे कोई शंखनाद हो। पुलिस ने उनके सीनियर लीडर कामरेड रामानुज प्रकाश को भुवनेश्वर की जेल में बंद किया हुआ था। उनको आजादी दिलाना अब वेंकटेश्वर का पहला मिशन था लेकिन यह इतना सरल नहीं था।

वेंकटेश्वर के साथ बुद्धरायशरण भी इस क्रांति का अहम हिस्सा था। उसे नहीं पता था कि अब क्या गलत है और क्या ठीक लेकिन वह अपनी गरीब तकदीर के माथे पर पड़ी दरारों को भरना चाहता था। चाहे उसके लिए उसे हथियार ही क्यों न उठाने पड़ें। लाल झंडे के नीचे वह इस झूठे लोकतंत्र को उखाड़ फेंकना चाहता था जहाँ लोकतांत्रिक मूल्यों की आड़ लेकर बड़े लोग, चाहे वो साहूकार हो या नेताओं का झुंड, मानवीय अधिकारों का हनन करते हैं। हथौड़ा-दराती के इस निशान के नीचे सब बराबर हैं जहाँ सभी संसाधनों पर अमीर-गरीब सभी का बराबरी का अधिकार होगा, संसाधनों का संतुलित बँटवारा होगा ताकि ये अलोकतांत्रिक आतंक एक दिन खत्म हो क्योंकि गरीब को गरीब रखना ही असली आतंक है और वह इस आतंक के ही खिलाफ था।

मिट्टी से अन्न उगाने वाले बुद्धरायशरण के हाथ में अब हथियार था। वह जान चुका था कि...उसे अब क्या करना है।

जंगल को बर्बाद कर योजनाओं से सरकारें लाभ उठाती हैं लेकिन ये जंगल के आदिवासी अपने घरों से बेघर हो जाते हैं, फिर उन्हें पूछने वाला कोई नहीं होता। वेंकटेश्वर और बुद्धरायशरण एक जैसा ही सोचते थे। वेंकटेश्वर अक्सर उससे महत्त्वपूर्ण विषयों पर राय लेता था इसलिए प्रत्येक शाम को वह वेंकटेश्वर से मिलने अपनी साइकिल पर जंगल में जरूर जाता। वह अब संगठन के छापा मार गुरिल्ला दस्ते का एक महत्त्वपूर्ण लड़ाका बन चुका था। गाँव से दूर इन घने जंगलों में गुपचुप मीटिंग्स में ही हमले की अगली रणनीति तय हो जाती थी। सुरक्षा बलों और उनके बीच अब बन्दूक और बारूद का रिश्ता हो चुका था।

ऐसे बीहड़ जंगल जहाँ पर जीवन–मृत्यु का फर्क सिर्फ एक संयोग मात्र था। जंगल की इस सेना का लड़ाका बनने के बाद बुद्धरायशरण के तेवर बदल रहे थे। उसके चेहरे पर रत्ती भर भी डर नहीं था और न ही कोई घबराहट। अब वह शोषण के खिलाफ की लड़ाई में निडर हो चुका था। अब उसे किसी मुखिया या ज़मींदार का डर नहीं था। वह समझता था कि क्रांति और बंदूक का साथ ही शायद उनके जीवन में परिवर्तन ला सकता है क्योंकि व्यवस्था ने तो उनसे सब कुछ छीन लिया था। उनके जंगल, उनके घर, उनकी खदानें, उनके खेत...कुछ भी तो नहीं था उनके पास। गाँव में बहुत कम लोगों को पता था कि वह लाल सलाम के आंदोलन से जुड़ चुका है। बिरंचि नारायण और महालया को तो इसका आभास भी नहीं था।

कावेरी उसका साथ निभाने को तैयार थी इसलिए वह कावेरी को भी इस आंदोलन से जोड़ना चाहता था। वह उसे हमेशा अपनी आँखों के सामने रखना चाहता था लेकिन उसे एक डर भी था कि कहीं उनका यह रिश्ता माओवादी बगावत के शीर्षस्थ मुखिया कमांडर वेंकटेश्वर को मंजूर न हो। वह समूह के नियमों को जानता था और वेंकटेश्वर के चरित्र को भी।

वेंकटेश्वर अब देश के सबसे दुर्दांत माओवादी नेताओं में शुमार था। कम उम्र में उसने अपना सर्वस्व इस नक्सली आंदोलन में झोंक दिया था। बुद्धरायशरण जैसे बहुत से युवा उसके शब्दों को हकीकत का रूप देने में अपना जीवन दाँव पर लगाकर बैठे थे। इस नक्सली संगठन को उसने बेहद सूझ-बूझ

से संगठित किया था। बहुत से लोगों के लहू से उसने इसे सींचा था। नियमों की अवहेलना उसे बरदाश्त नहीं थी।

नक्सल ऑपरेशन से जुड़े लोगों के लिए सख्त नियम थे। स्त्री-पुरुष के मिलन को वह संगठन के खिलाफ मानता था। अगर कोई स्त्री उनके आंदोलन से जुड़ती थी तो उसके बड़े कठोर नियम निर्धारित थे। अगर वह अविवाहित है तो पुरुष के साथ सम्बन्ध निषेध थे। अगर विवाहित है तो किसी गोरिल्ला स्त्री को बच्चे जनने का अधिकार नहीं था। उसके लिए माँ होना क्रांति विरोधी था। जंगल की इस भूमि पर अगर बुद्धरायशरण और कावेरी सम्बंध बनाते तो उनको भी उन कठोर नियमों को मानना पड़ेगा। उसकी देह को जीव जनने का अधिकार बिल्कुल नहीं होगा। कावेरी को उसने इस आंदोलन के नियमों के बारे में बता दिया था। वह उससे कुछ छिपाना नहीं चाहता था और संगठन से जुड़ी बातें कावेरी को बताकर उसके मन को बेहद संतुष्टि मिलती थी। कावेरी उसका साथ तो निभाना चाहती थी लेकिन उसके दिल में एक चिंता ने घर कर लिया था। पिछले दिनों कस्बे की पुलिस चौकी की घटना का उसके मन पर गहरा असर था। कुछ नक्सलियों के साथ-साथ, तीस पुलिस वाले भी मारे गए थे। वह मायूस और डरी हुई थी।

॥

''एक बात कहूँ अगर तुम बुरा न मानो तो!'' कावेरी की आँखों में भय की एक लकीर थी।

''कहो।''

'' तू छोड़ क्यों नहीं देता यह सब, क्या मिलता है इससे? कोई और तरीका नहीं अपनी आवाज़ उठाने का। यहाँ जान का भी डर बना रहता है। पुलिस को तुम पर शक भी है।'' कावेरी गुस्से में बड़बड़ाई। उसके चेहरे पर चिंता की लकीरें साफ देखी जा सकती थी।

''डर गई पगली तू तो। चिंता मत कर बैरो भी हमारी जान की कीमत है क्या यहाँ? क्या बचा है हमारे पास? जो थोड़ा बहुत था वह भी छीन लिया इन अमीरजादों की सरकारों ने। हर रोज़ बाबा की आँखों की मायूसी पढ़ता हूँ। तूने अपने बाबा की आँखें नहीं पढ़ी क्या? हमारा जो हक है वह लड़कर ही मिलेगा। गिड़गिड़ा कर तो सिर्फ भीख मिलती है कावेरी। तुझे ये बातें शायद समझ नहीं आएँगी।'' बुद्धरायशरण ने उसे समझाने की कोशिश की।

‘‘हाँ मैं रही निपट मूर्ख...तू है बड़ा समझदार। दस जमात पढ़कर भाषण झाड़ रहे हो हम नासमझों पर। कुछ भी हो, तुझे वहाँ जाकर बोलना तो आ गया। पहले तो जुबान तक नहीं निकलती थी तेरी। मुझे तू अब अपनी बात में बहका ही लेता है।’’ उसकी आवाज़ में दर्द छिपा था और डर भी।

‘‘मेरी चिंता न किया कर। मुझे कुछ नहीं होगा। अपना और अपने बाबा का ख़्याल रखना बस।’’ बुद्धरायशरण ने समझाया।

‘‘वह तो मैं रखती ही हूँ। बस मुझे एक डर हमेशा लगा रहता है कि कहीं तुझे कुछ हो न जाए। कस्बे की पुलिस चौकी पर जो पिछले दिनों हमला हुआ था। वहाँ पुलिस वालों की लाश कीचड़ में कटी-फटी मिली थी। कैसे लोग उनको उलट-पलट कर देख रहे थे? उनकी राइफलें तक निकाल कर ले गए थे कुछ लोग। वे भी तो किसी के बच्चे हैं। कैसे मार देते हो, कैसा है यह तुम्हारा ग्रुप? कैसा है यह तुम्हारा आंदोलन?’’ कावेरी के चेहरे पर डर के भाव साफ दिखाई दे रहे थे। उस डर में एक आतंक था जो उसकी आत्मा को कचोट रहा था। उस सच को देख उसका मन बदल-सा गया था।

‘‘अरे तू नहीं समझेगी? तू पगली भावुक है बहुत। मैंने तो पहले ही कहा था कि यह क्रांति है इसमें जान दोनों तरफ से जाती हैं। तुझे सिक्के का एक ही पहलू दिखता है। यहाँ लोग अपना पूरा परिवार गवाँ कर बैठे हैं। उन सरकारी कुत्तों ने हमारी औरतों के साथ क्या-क्या नहीं किया। उन्हें पुलिस स्टेशन में बुलाकर ले जाते हैं और फिर क्या करते हैं तू नहीं समझ सकती। कावेरी...तू छोड़ दे ये बातें, तुझे नहीं समझ आएँगी।’’ वह उसके पास पीठ मोड़कर बैठ गया। वह कावेरी के ज़हन में उठे सवालों से विचलित था लेकिन उसे समझाना चाहता था कि अधूरा सच एक बड़े सच को नहीं छिपा सकता।

‘‘फिर भी उन लोगों की लाशों पर जश्न मनाना क्या हैवानियत नहीं?’’ कावेरी ने फिर सवाल किया। बुद्धरायशरण ने उसकी तरफ देखा। उसके कंधों पर हाथ रखकर अपनी निगाहों को उसकी निगाहों पर टिका दिया।

‘‘क्या हमारी औरतों के साथ बलात्कार करना हैवानियत नहीं है?’’ वह आवेश में चिल्लाया। वह अपनी आँखों में तैरते सच से उसको रूबरू कराना चाहता था।

‘‘मैं जा रही हूँ। मुझ पर ऐसे मत चिल्लाओ तुम। मुझे चिंता है तेरी। इसलिए पूछ रही हूँ...मैं मूर्ख हूँ जो तुम्हारे मुँह लग रही हूँ।’’ कावेरी उसकी

आँखों के सच को देखकर घबरा गई। उसके हाथों को झटककर वह पैर पटकते हुए वहाँ से चली गई ।

कावेरी के सवालों ने उसे भी कुछ परेशान कर दिया। वह अपने आप से पूछ रहा था कि क्या इन जंगलों के अंदर-बाहर में कोई फर्क है? दोनों ओर कत्लेआम...हैवानियत। जिसका मौका लगता है, दाँव खेल जाता है। उसे नहीं पता था कि वह क्या सोच रहा है और क्या ठीक है और क्या गलत। लेकिन कावेरी के सवाल उसकी आँखों में तैरते सत्य को 'अर्द्धसत्य' में बदल रहे थे।

बुद्धरायशरण का जंगल आंदोलन में सक्रिय होना अब उसे घर  वक्त दे पाने में बाधा बनने लगा था। वह अक्सर वेंकटेश्वर के साथ सभाओं और रैलियों में भाग लिया करता था। वे समूह बनाकर आस-पास के इलाकों में जाकर अपने आदिवासी भाई-बहनों को उनके हक की लड़ाई के लिए हर रोज प्रेरित कर रहे थे। इलाके का कोई भी गाँव अब इस आंदोलन से अछूता नहीं था। सभाओं में बैठी भीड़ का समर्थन अब इस आंदोलन के साथ होने लगा था।

जंगल के नियमों को बदलकर हजारों हेक्टेयटर ज़मीन को लीज़ पर दे देना यहाँ के लोगों के साथ अन्याय था। इस ज़मीन पर लगे साल, महुआ, कुसुम, करंज, इमली जैसे अनेक पेड़ हर रोज विकास की बलि चढ़ रहे थे। आर्थिक लाभ के आगे इन बेचारे लोगों की सांस्कृतिक जड़ों का क्या महत्त्व? अब इलाके के लोग अपने-आप को ठगा-सा महसूस करने लगे थे। जंगल से जुड़े हर छोटे-बड़े लाभ पर अब सरकार का नियंत्रण हो चुका था।

इलाके के चप्पे-चप्पे पर बाहरी अधिकारी, कर्मचारी, नेता, ठेकेदार और बिचौलियों की भरमार हो चुकी थी। ये सभी लोग निर्लज्जता से देश की सम्पत्ति को निजी समझकर लूट रहे थे। इसी वज़ह से इस 'जंगल आंदोलन' का बीज विरोध बन पनपने लगा था। तमाम अत्याचारों को वे कब तक सहते? वे समझने लगे थे कि अब अपने हक के लिए लड़ने का समय आ गया है। अब उन्हें अपने जंगल और अपनी ज़मीन ख़ाली चाहिए।

उनकी झोंपड़ी, खटियाँ बनाने की लकड़ी, बांस और रस्सी जंगल से आती और ज़मीन से वे अनाज पैदा करते, दोनों का ही कर्ज़ उन सबके ऊपर था। जब कभी ज़मीन धान पैदा नहीं करती तो ये जंगल ही उन्हें संभालते थे। उनके पारिवारिक संस्कार भी इनके बिना अधूरे थे। जन्म से लेकर मृत्यु तक के

संस्कार इन जंगलों के बिना संभव ही नहीं। उनके मृत पुरखों की निशानी भी तो जंगल से ही जुड़ी थी। जंगल उनका भगवान था और कुछ लोग उनसे उनका भगवान ही छीन लेना चाहते थे। वे अपनी परम्पराओं और संस्कारों की बलि चढ़ते नहीं देख सकते थे।

धड़ाधड़ जंगली इलाके के पेड़ों को काटकर उन्हें व्यापारिक मिलों की ज़मीन में तब्दील किया जा रहा था और विकास के नाम पर फैले इस संक्रमण ने इस इलाके को अपनी चपेट में ले लिया था। दुख की बात तो यह थी कि सरकार उनके विरोध को कानून व्यवस्था भंग किए जाने के नजरिए से देख रही थी। झूठे-सच्चे आरोप लगाकर निर्दोषों को मार गिराया जाता और उन पर लाठियाँ भांजी जाती। जगह-जगह पर पुलिस की तैनाती इलाके में तनाव का कारण बनने लगी थी। उनकी आर्थिक और सामाजिक समस्याओं को सरकार ने बिल्कुल नजरअंदाज किया हुआ था। यही कारण था कि यह जंगल विद्रोह नक्सली आंदोलन में बदल रहा था। बुद्धरायशरण अब इस विद्रोह का अहम हिस्सा था। अपने खून में फैले विद्रोह की भाषा को वह समझने लगा था लेकिन कावेरी के मन में उठे सवालों को वह नजरअंदाज नहीं कर पा रहा था।

❑❑❑

# अध्याय-25
## 'ये बहरी सरकारें सुनती हैं कभी?'

सी.आर.पी.एफ. का खोजी अभियान जंगल में माइक और स्पीकर की गूँजती आवाज़....।

"पुलिस से डरने की जरूरत नहीं, हमें दोस्त समझिए। बेशक़ सरकारी तंत्र में बेहद खामियाँ हैं लेकिन जो सरकार का डर तुम लोगों ने पाल रखा है वह बेबुनियाद है। ये हथियार तुम्हें केवल आतंक और मौत दे सकते हैं, शिक्षा और विकास नहीं। कुछ लोग तुम्हें हथियार दे सकते हैं लेकिन विकास तो हरगिज़ नहीं। बंदूक की नोक पर केवल तुम्हें बहकाकर कुछ लोग ताकत और सत्ता हासिल करना चाहते हैं। बिना भय का समाज तुम्हें केवल लोकतंत्र में ही मिल सकता है ये समझ लो। खून खराबे से कुछ हासिल नहीं होने वाला।" पुलिस के एक सीनियर अफसर ने समझाने की कोशिश की।

"तुम्हारी सरकार धोखा दे रही है और तुम हो सरकारी चमचे। हम तुम्हारे बहकावे में आने वाले नहीं। हम कामरेड हैं। हम अपना अधिकार लेकर रहेंगे। विकास के नाम पर हमारे घर छीने जा रहे हैं और खुद ये मौज़ मारते हैं विदेशों में। अगर इतनी ही अच्छी व्यवस्था है तो क्यों नहीं पढ़ाते ये अपने बच्चे देश के सरकारी सिस्टम में। हमारी खान-खदानों से सोना, चाँदी, लोहा, यूरेनियम और कोयला निकालकर हमें कंगाल कर रहीं हैं तुम्हारी सरकारें। हमें गुमराह मत करिए और जाइए यहाँ से। अगर जंगल में और आगे आए तो जाने का भी रास्ता नहीं मिलेगा साहब। फिर मत कहना कि हमारी बंदूकें आतंक फैलाती हैं। तुम और तुम्हारा सिस्टम महेंद्रपाल पटनायक जैसे नेताओं और उद्योगपति प्रफुल्ल रॉय जैसे लोगों का गुलाम है और हम किसी के बाप के गुलाम नहीं।"

"लाल सलाम!!! लाल सलाम!!!"

पूरा जंगल एक आवाज़ से गूँज उठा। इस गूँज से कोई बेहद खुश था और कोई आतंकित। वेंकटेश्वर की आवाज़ अब इस जंगल की आवाज़ थी।

हर रोज़ के अख़बार उनकी गतिविधियों और पुलिस की मुठभेड़ की घटनाओं से भरे होते थे लेकिन खबरों का निर्माण अख़बार और अख़बार चलाने वाले कैसे करते हैं, यह जानना भी एक रहस्य से कम नहीं है। कुछ चीजें ऐसी होती हैं जो ख़बरों में दर्ज नहीं हो पाती। ईमानदार कलम को

देशद्रोही करार दिया जाता है और चापलूसों का कारोबार जोर-शोरा से चलता है।

ख़बरों के दायरे छोटे हैं और ये दायरे कुछ अमीर लोगों, नेताओं के द्वारा या कुछ सरकारों द्वारा निर्धारित किए जाते हैं लेकिन कोई भी इसे स्वीकार नहीं करता। न ही व्यवस्था और न ही समाज के ठेकेदार क्योंकि दायरों के हटाने से उनके कुछ फरेब, कुछ गुनाह बाहर आ सकते हैं इसलिए जो सच होता है उसे चालाकी से ख़बरों के अर्थों में छुपा-बचाकर शायद गायब कर दिया जाता है लेकिन सच की आग तेज़ होती है जो ज़िंदा रहती है अपनी अंतिम श्वास तक, एक उम्मीद के साथ।

उधर बुद्धरायशरण एक तरफा प्रेम की गिरफ्त में था और दूसरी तरफ क्रांति का एक सिपाही। दोनों ही रास्ते अलग, एक प्रेम का तो दूसरा नफरत का। कावेरी का प्रेम उसके लिए सब कुछ था। एक वो ही थी जिससे वह अपने मन की बात करता। प्रेम तो एक भ्रम होता है और शायद प्रेम में एक भ्रम बना रहता है कि वह सामने वाले को बहका कर अपने पक्ष में कर लेगा लेकिन जब यह भ्रम टूटता है तो ये प्रेम ही नफरत बन कर सब कुछ स्वाहा कर देता है लेकिन एक कड़वा सच यह भी है कि यह भ्रम ही प्रेम को सींचता है तो क्या हमें नफरत से बचने के लिए भ्रम में जीना चाहिए। सवाल पर सवाल उसके अंतर्मन में उठ रहे थे।

उस दिन कावेरी उसकी बहुत सी बातों से असहमत थी। उसके बहुत से प्रश्न उसके विचारों में अग्नि पैदा कर रहे थे लेकिन वह उस आग में अपने आप को ताप रहा था। शायद उसने भी एक भ्रम उत्पन्न कर लिया हो जिससे उसको प्रेम और नफ़रत में कोई अंतर नज़र नहीं आ पाता।

माओवादियों का जीवन इस भ्रम से शायद बाहर की दुनिया है इस भ्रम पर तो वहाँ कड़े पहरे होते हैं वहाँ के नियमों के अनुसार वह प्रेम का इज़हार तो क्या, मज़ाक भी नहीं कर सकते। पुरुष लड़ाकू और स्त्री गोरिल्ला के मध्य शायद यह प्रेम का भ्रम जन्म ही नहीं लेता। अगर लेता है तो वह कहीं किसी कोने में सिसकियाँ भरता है। साथ-साथ काम करते हुए भ्रम तो जरूर पैदा होता होगा? ऐसा नहीं कि वहाँ शादीशुदा लोग नहीं होते लेकिन विवाह से पहले के सभी संबंध निषेध होते हैं। एक दस्ते में रहकर भी वे साथ नहीं होते। यह है उस ख़्रम से दूर होने की बात जिसे प्रेम कहते हैं।

इस माओवादी संघर्ष को समझ पाने की हिम्मत और समझ इस देश में बहुत कम लोगों में है। हजारों हथियारबंद लोग भारत के कितने राज्यों में बंदूक और बारूद की लड़ाई क्यों लड़ रहे हैं? कोई इन प्रश्नों के जवाब क्यों नहीं खोजता? कितनी पीढ़ियाँ भूख और हक की लड़ाई में अपना जीवन दे देती हैं या दे रही हैं? सवाल ही सवाल...कावेरी के सवालों से कहीं बड़े सवाल।

यह आग अब केवल जंगलों तक नहीं है बल्कि शहर के होनहार युवाओं के दरमियाँ भी पहुँच चुकी है। बिना किसी तनख़्वाह के ये लड़ाके न जाने कब से इस क्रांति की आग को जला रहे हैं।

एक सवाल?

क्या इन लोगों को माओवाद समझ आया या सिर्फ कुछ लोग अपना उल्लू सीधा कर रहे हैं? ये सरकारें भी समझना नहीं चाहती इस आग की तपिश को, जिसको सरकारें अपनी गलत नीतियों से हवा देती रहती हैं...तो कसूर किसका?

॰

बुद्धरायशरण भीड़ में कहीं खड़ा था। घने जंगल के बीच नीला आसमान चोरी-चोरी झाँक रहा था कि जंगल के अँधेरे को चीर कर ज़मीन को आलिंगन कर ले। गोलियाँ दोनों ओर से चली और तभी एक नारा गूँज उठा –"कामरेड... लाल सलाम !"

सारा जंगल जैसे एक स्वर में गूँज गया हो। चारों तरफ हथियारबंद लड़ाके खड़े थे। गमछे और धोती पहने आदमी औरतें युवा और बूढ़े जिनको आस-पास के गाँव से बुलाकर एकत्र किया गया था। उनके चेहरे शांत थे। वे चुपचाप उनके निर्देशों का पालन कर रहे थे जो इस आंदोलन के नेता थे। पुलिस के साथ जवाबी मुठभेड़ में दो लड़ाके मारे गए थे और बहुत सारी पुलिस। बाकी पुलिस अपने सीनियर ऑफिसर के साथ जंगल छोड़ चुकी थी।

लाशें सामने पड़ी थी। गोरिल्ला कमांडर वेंकटेश्वर चीख रहा था। उसके शब्द उन सब के कानों से टकरा रहे थे। चाहे उनके अर्थ उनको समझ न आए, वह बार-बार कुछ दोहरा रहा था। शहीद हुए साथियों का वास्ता देते हुए वह उन्हें आग की तरह तपा रहा था। उसके आखिरी शब्द गूँजने लगे।

"कामरेड हमारी लड़ाई इस देश से नहीं, व्यवस्था से और इस तंत्र से है। हम देश के खिलाफ नहीं, आती-जाती सरकारों की खराब नीतियों के

खिलाफ हैं। यह यह एक क्रांति है शोषण के खिलाफ...यह एक क्रांति है अपना हक लेने के लिए। क्या तुम सब मेरे साथ तैयार हो?''

''तैयार हैं...लाल सलाम! लाल सलाम!

सारा जंगल एक बार फिर से गूँज उठा।

भीड़ ने स्वीकृति दे दी। भीड़ में कुछ लोग नए थे। वेंकटेश्वर के चेहरे पर खुशी थी और भीड़ में खड़े बुद्धरायशरण के चेहरे पर भी।

क्या यह भी एक भ्रम था? अब असली भ्रम क्या है? यह तो अपने आप में बड़ा सवाल था।

◻

पूरा गाँव सड़क पर उमड़ पड़ा था। दो नक्सलियों को सी.आर.पी.एफ. के जवानों ने मार गिराया था। खबर जंगल को चीर कर चारों तरफ फैल चुकी थी। जिनकी हत्या हुई थी, वे पड़ोसी गाँव के ही लड़के थे। उन पर पुलिस वालों की काफी दिनों से नज़र थी। बुद्धरायशरण भी चिंतित था क्योंकि उसके ऊपर भी पुलिस को शक हो चुका था।

चारों तरफ चीत्कार, विकराल रुदन फैल गया। गाँव के लोग लाशों को घेरे खड़े थे। औरतों का रुदन बुद्धरायशरण के दिल को चीर रहा था। सड़क के दूसरी ओर वह भीड़ से नज़र बचाए खड़ा था। उस रुदन से उठने वाले दर्द को वह अपनी अंतरात्मा में महसूस कर रहा था। वह अब ज़्यादा देर वहाँ रुक नहीं सकता था।

वह जंगल की ओर बढ़ चला। वह बदहवास दौड़ रहा था। महुए के पेड़ के नीचे उसकी साँसें ऊपर-नीचे हो रही थी। वह धड़ाम से नीचे गिरा। महुए के फूलों ने उसे अपनी आग़ोश में ले लिया था। सफेद फूल और लाल पत्तियों के बीच उसने खुद को संभाला और घने पहाड़ी जंगल के सन्नाटे से बातें करने की कोशिश करने लगा। श्वास इतनी तेज थी कि वह अपने हृदय की धड़कनों पर नियंत्रण नहीं कर पा रहा था। उसे रह-रह कावेरी की बातें याद आ रही थी। एक ना एक दिन शायद उसका भी यही अंजाम होना है क्योंकि आग की लड़ाई में जलना-जलाना तो निश्चित है।

बुद्धरायशरण अभी तक किसी बड़े मिशन का हिस्सा तो नहीं बना था लेकिन ऐसी घटनाएँ उसे विचलित करने लगी थी। अक्सर वह गाँव से जंगल में खाना पहुँचाने का काम किया करता था। जंगल की पगडंडियों का उसे और

उसकी साइकिल को भली-भांति ज्ञान था। शहर से आने वाले पत्रकार हों या कोई और उन्हें जंगल के रास्ते वेंकटेश्वर तक पहुँचाने का काम उसका ही था।

गाँव में मुखिया का शोषण, सरकारी अनदेखी, जंगलों और खेतों से निष्कासन आदि इन समस्याओं का हल क्या केवल क्रांति ही है ?

इस शांत लम्हें में भी वह रूदन चीत्कार उसका पीछा नहीं छोड़ रही थी। वह असमंजस में था।



अगली सुबह उन नक्सलियों और पुलिसवालों की मौत की ख़बर अख़बार के पहले पन्ने पर थी। कोठरी के बाहर वेंकटेश्वर कमांडर के हाथ में अख़बार था जिसे वह बड़े ध्यान से पढ़ा रहा था। सूखी हवाओं के थपेड़े जंगल में हलचल पैदा कर रहे थे। चारों तरफ खड़े लड़ाके ख़ामोश बुत बन चुके थे। किसी में कोई हलचल नहीं थी लेकिन उन सबके ज़हन में एक आग कुलबुला रही थी। -'बदले की आग'

पास रखे वायरलेस सेट में लगातार बीप बज रही थी। उसने वहाँ के सन्नाटे को चीर दिया था। भले ही आस-पास के गाँव में फोन नहीं थे लेकिन कैंप में वायरलेस जैसी सुविधाएँ थी। अब ये सुविधाएँ उन्हें कौन मुहैया करवाते हैं ? कौन उन्हें हथियार देते हैं ? इनके उत्तर भी कहीं छिपे थे। वायरलेस जैसी सुविधाओं से वे चप्पे-चप्पे की खबर रखते थे।

''हाँ बोल'' वेंकटेश्वर ने अख़बार को एक तरफ फेंका और वायरलेस फोन को कान पर लगाया।

''एक पत्रकार है जो मिलना चाहता है। शायद हमारी बात सरकार तक पहुँचा दे।''

''ठीक है...जाँच लेना साले को, सरकारी पिल्ला भी हो सकता है।''

''जी सब कुछ चेक कर लिया है।''

''ठीक है...मैं बुद्ध को भेज रहा हूँ तुम वहीं इंतजार करो।''
बुद्धरायशरण ने आदेश सुन लिया था। वह अपना काम जनता था।

''आँखों पर पट्टी बाँधकर लाना, पत्रकार हैं इन सालों की आँखें सिर्फ सीधे ही नहीं देखती।''

''जी कमांडर।''

''साले रेकी कर लेते हैं।''

''जी मैं जानता हूँ।'' बुद्धरायशरण अपने काम पर निकल लिया।

कल केवल मौत नहीं हुई थी बल्कि उनमें से एक की हत्या के सदमे से उसकी गर्भवती पत्नी का भी कत्ल हुआ था। उसकी मौत का सदमा उसे और उसके कोख में पल रहे बच्चे को भी ले गया था। कौन ज़िम्मेदार इन सब हत्याओं का? पुलिस वाले या सरकार? बुद्धरायशरण रास्ते भर सवालों से घिरा रहा।

पुलिस वाले भी तो सरकारी ऑर्डर बजाते हैं। उनके भी घर होते हैं, परिवार होते हैं और थोड़ी-सी तनख़्वाह पर ऐसे नक्सली एरिया में तैनात रहते हैं। कोई ट्रांसफर नहीं सिर्फ मौत का इंतज़ार। मौत कहीं भी हो भुगतान निर्दोष परिवार वालों को ही भुगतना पड़ता है। कारण तो बहुत होते हैं लेकिन ऐसे दृश्य सभी संभावनाओं को विराम दे देते हैं। मौत के पीछे की मौत की खबरें कहीं नहीं छपती। फरेब की पत्रकारिता सच को सामने आने नहीं देती। बहुत से सवाल केवल सवाल बने ही रह जाते हैं। अब उनके जवाब कौन खोजे? क्या कोई ख़बरनवीस है जो ईमानदारी से पन्नों पर सच उड़ेल सके। पूर्वाग्रह से निर्धारित उनके शब्दों को क्या सच की ज़मीन मिल सकेगी।

॰

पत्रकार, बुद्धरायशरण के साथ ऊबड़-खाबड़ पगडंडियों के रास्ते कैंप की ओर पैदल बढ़ रहा था। गहरे सन्नाटों में पत्तों की छटपटाहट कानों को बींध रही थी। सूरज की रोशनी घने पत्तों को चीरकर अंधकार के साम्राज्य को खत्म करने की कोशिश में लगी थी। बुद्धरायशरण ने उसकी आँखों पर एक काले रंग की पट्टी कस कर बाँध रखी थी।

''क्या तुम लोग ठीक कर रहे हो?'' पत्रकार ने हिम्मत कर बुद्धराय शरण से थोड़ी देर बाद पूछा। उसका दायाँ हाथ बुद्धरायशरण के हाथ में था। बुद्धरायशरण अपनी साइकिल के साथ अब पैदल ही चल रहा था। साइकिल के हैंडिल पर टंगी उसकी पुरानी रेडियो में कोई स्थानीय जंगली गीत बज रहा था। उसने रेडियो की आवाज़ कम की।

''क्या ठीक?'' बुद्धरायशरण की कसावट उसके हाथ पर अचानक बढ़ गई।

''यही कि कभी तुम उन्हें मारो और फिर वह तुम्हें मारें।'' पत्रकार को पत्तों पर चलने की आवाज़ साफ सुनाई दे रही थी। अब रेडियो पर बजने वाले गीत की आवाज़ बेहद कम हो चुकी थी। वैसे भी वह गीत उसकी समझ से परे था। गर्मी बहुत थी। जंगल में उमस के कारण वह पसीने-पसीने हो चुका था।

''अरे तुम नहीं समझोगे पत्रकार साहब, चुपचाप चलो। फालतू बकवास नहीं।'' हाथ पर कसावट और बढ़ गई।

''क्यों...मैं क्यों नहीं समझूँगा।'' पत्रकार ने हाथ को खींचते हुए कहा। वह एक अंधे की भाँति उसके पीछे चला जा रहा था। साइकिल के चलने की आवाज़ भी वह सुन पा रहा था। पगडंडी पर उसके पैर उल्टे-सीधे पड़ रहे थे।

''क्योंकि तुम्हारे हाथ में सिर्फ कलम है। कलम हमेशा सच नहीं कहती। बहरों को सुनाना हम लोग जानते हैं।'' बुद्धरायशरण सीधा चला जा रहा था और उसकी साइकिल भी।

''मतलब?''

''शहर की पक्की सड़कों पर चलने वाले तुम जैसे लोग जंगल की कच्ची पगडंडियों को नाप नहीं सकते।'' हाथ पर कसाव बढ़ता जा रहा था। पत्रकार के हाथ में दुखन पैदा हो रही थी। पक्षियों के चहचहाने की आवाज़ वह साफ तौर पर सुन पा रहा था। कुछ आवाज़ों को वह पहचाने की कोशिश कर रहा था लेकिन वह असफल था।

''बड़ी अच्छी बातें करते हो तुम तो...तो फिर सरकार के साथ बैठकर आप सब ढंग से बात क्यों नहीं करते?'' पत्रकार बड़बड़ाया।

''क्या ये आपकी बहरी सरकारें सुनती हैं कभी? शहर में बैठकर ए.सी. कमरों से लिखना बेहद आसान होता है पत्रकार साहब लेकिन बेघर लोगों के जीवन को भोगना बेहद मुश्किल।'' उसने पत्रकार की कलाई पर पकड़ ढीली कर दी।

''थैंक्यू, खून ही रुक गया था मेरे हाथ का। बातें तो बहुत अच्छी करते हो। कहाँ तक पढ़े हो तुम?'' उसने राहत की साँस ली।

''ज़्यादा नहीं लेकिन थोड़ी बहुत किताबें बाँच लेते हैं और समझ भी लेते हैं। हमारे कमांडर से मिलोगे तो खुद ही समझ जाओगे कि हम क्या पढ़ते हैं। अब चुपचाप चलो। बस पहुँच ही गए हम।'' बुद्धरायशरण की पकड़ बिल्कुल ढीली पड़ चुकी थी क्योंकि उसे विश्वास था कि वे जंगल में इतने अंदर आ चुके थे कि अब पत्रकार कुछ नहीं कर पाएगा। पत्रकार की आँखें एक कपड़े से बंधी होने के कारण वह जंगल के सन्नाटे को महसूस कर रहा था और सन्नाटे में घुले पक्षियों के कलरव को भी।

वे ठिकाने पर पहुँच चुके थे।

''खोजी पत्रकार हो?'' वह पत्रकार अब वेंकटेश्वर के सामने खड़ा था। पट्टी उतर चुकी थी।

''तभी तो खोज लिया आपको।'' उसने आँखे मलते हुए चारों ओर देखा। चालीस से पचास लोग बंदूकें लिए हुए भावहीन खड़े थे।

''कोई तकलीफ तो नहीं हुई आने में?'' उसने अपनी मूंछों पर ताव देते हुए कहा।

''नहीं, लेकिन इसने आँखों पर पट्टी ज़रा कस के बाँध दी थी, कुछ देख ही नहीं पाया।'' पत्रकार मुस्कुराया

''कोई बात नहीं, जाते हुए कुछ दूर तक आँखें खुली ही रखना तुम। ये रास्ते जंगल के हैं...कोई तुम्हारे मोहल्ले की गलियाँ नहीं हैं जो इतनी आसानी से याद रह जाएँ। इनको जानने के लिए जंगलमय होना पड़ता है। छोड़ो क्या करोगे जानकर इन जंगलों के बारे में। बताओ यहाँ क्यों आना हुआ? क्या जानना है?'' वेंक टेश्वर ने बंदूक की नली को चूमते हुए कहा।

''बस इतना ही इस मार काट से क्या होगा? आज तुम्हारा, कल उनका, मरना तो तय है। सरकार से पैचअप क्यों नहीं कर लेते। बुरा नहीं मानना...ये कोई क्रांति नहीं है, सिर्फ आत्महत्या है। आज नहीं तो कल तुम सब मारे जाओगे। तुम सरकार से ज़्यादा बड़े नहीं हो।'' पत्रकार ने हिम्मत करते हुए कहा। वह जानता था कि ये लोग कलम के सिपाही को नहीं मारते।

''चुप रह पत्रकार, तुम्हें अंदाजा नहीं है कि तुम कहाँ बैठे हो। हम आग हैं जब जलाने पर आएँगे तो सब स्वाहा हो जाएगा। इन जंगलों को तुम्हारी पत्रकारिता की जरूरत नहीं है। जंगल अपनी कहानी खुद लिखता है क्योंकि वह फरेबी नहीं है। जंगल हमारा घर है और जो हमें सींचता भी है और हमारी रक्षा भी करता है। रही सरकार की बात, हम नहीं डरते किसी सरकार-वरकार से।'' वेंकटेश्वर के चेहरे पर गज़ब का उत्साह उभर आया था।

''मेरा मकसद सच लिखना है बस। क्या मैंने कुछ गलत कहा?''

''सबसे पहले सच जानिए, सच समझिए। सरकार जो कहती हैं वो हमेशा सच नहीं होता। अगर थोड़ा-सा ज़मीर है और वो जमीर तुम्हें आज्ञा दे तो सच लिखो जो आज तुम जैसे लोगों के बस की बात नहीं रहा। एक ने कोशिश की थी भरी सभा में सच कहने की तो तुम्हारा सिस्टम बर्दाश्त नहीं कर पाया था। अपनी जात वालों के लिए भी तुम लोग लिख नहीं पाए थे। कलम की

जात है न तुम्हारी। लाश मिली थी उस बेचारे पत्रकार की इसलिए जब कुछ जानते नहीं हो तो मुँह कम खोलो। पत्रकार और डॉक्टर को हम नहीं मारते क्योंकि दोनों ही उम्मीद के वाहक होते हैं। बस हम ये चाहते कि सच को सच की तरह देखो और सच की तरह लिखो।'' उसके चेहरे पर गुस्से के भाव आ चुके थे।

बुद्धरायशरण को वेंकेटेश्वर की बातें सही लग रही थी। वह बड़े ही ध्यान से उनकी बातें सुन रहा था। उसका मन भ्रमचक्र में था।

''मैंने तो पहले ही कहा था कि बुरा न मानना...आप लोग तो बुरा मान गए!'' पत्रकार कुछ घबरा–सा गया लेकिन हिम्मत करके बोला।।

''बुरा नहीं मान रहे भाई। सच्चाई जानिए और सच लिखिए...बस इतना कह रहे हैं।'' बुद्धरायशरण बीच में ही बोल पड़ा।

''कहाँ चली गई थी तुम्हारी कलम? जब हम सब से हमारे घर छीन लिए गए, खदानें, जंगल, खेत, जीने का अधिकार सब कुछ ले लिया गया। चंद अमीर लोग सरकारी नेताओं को रखैल बना लेते हैं। उन सबकी झोली भर कर हम जैसे गरीबों का शोषण होता है और होता रहेगा। वह नहीं दिखता तुम सबको। सरकारों ने हमारी पहचान, हमारी धरती और हमारे जंगल तक छीन लिए। बड़े–बड़े प्रोजेक्ट और नौकरी का दिलासा, सब ढकोसले हैं, साले अमीर लोग जंगल काट कर अपना साम्राज्य बिछाते रहे, सरकार की जेब भरते रहे और अपनी चाँदी कूटते रहे और हाँ...पेड़ों को काटकर पर्यावरण के बड़े फिक्रमंद बने रहते हैं। मासूम इंसानों के मुँह से निवाला छीन लेते हैं। झूठी इंसानियत का दंभ भरते हैं। जब हमारी कोई नहीं सुनता तो कहाँ जाएँ...बताओ?'' सब की निगाहें बुद्धरायशरण के चेहरे पर थी। उसका चेहरा गुस्से से लाल हो चुका था। उसके गुस्से के पीछे एक दर्द भी था। सभी लोग एक आवाज़ में चिल्ला पड़े।

''लाल सलाम!! लाल सलाम!! ''

''लेकिन बंदूक तो रास्ता नहीं है इन समस्याओं का। केवल हिंसा से क्या मिला है आज तक? सिर्फ लहू में सने लिबास...लथपथ शरीर...? सरकार कुछ लालची नेताओं से नहीं होती है। कुछ अच्छे लोग भी सरकार में होते हैं। तुम बात तो करके देखो...।''

''चुप पत्रकार, बस बहुत हो गया...बस, अब जाओ। तुम नहीं समझ सकते हो।'' वेंक टेश्वर ने उसे चुप होने का इशारा किया।

बुद्धरायशरण की बात से वह सहमत था। वह पत्रकार के पास आया और उसकी आँखों में झाँका। उसने अपनी आँखें उसकी आँखों पर टिका दी। शायद वह उसको अपनी आँखों में तैरती सच्चाई को दिखाना चाहता था।

‘‘क्या नाम है तुम्हरा ?’’

‘‘प्रभाकर।’’

‘‘सुन प्रभाकर, जब हमारी बात लिखने का दम-खम आ जाए तो आ जाना। और हाँ...यह सब अपनी सरकार को भी सुनाइए ताकि बंदूक और कलम का फर्क समझ सके। कलम सही लिखेगी तो शायद बंदूकें थम जाएँगी। और पुलिस के मुखिया को बोल देना हमारे कामरेड दादा रामानुज प्रकाश को छोड़ दे, नहीं तो परिणाम ठीक नहीं होंगे। और हाँ सटील निर्माण प्रोजेक्ट को हम इस इलाके में आने नहीं देंगे, ये बता देना अपने आकाओं को।’’ वेंकटेश्वर ने आकाश की ओर बंदूक का मुँह खोल दिया। सभी गोरिल्ला लड़ाके एक साथ बंदूक की नाल से आग उगलने लगे।

चारों तरफ सन्नाटे को चीरती आवाज़ें और पक्षियों के उड़ जाने की ध्वनि सबके कान बींध रही थी। ख़ामोशी जैसे चीख उठी थी।

पत्रकार प्रभाकर चुप था। उसने अपने थैले को संभाला। बुद्धरायशरण ने उसे चलने का इशारा किया। उसने चारों तरफ नज़रें घुमाई। हथियारबंद गोरिल्ला औरतें और बड़ी-बड़ी मूंछ और दाड़ी वाले पुरुष लड़ाके अब उसको ही घूर रहे थे। खौफनाक दिखने वाले लोगों के बीच इस सुनसान जंगल में वह पत्रकार एक बंधक की तरह था। वह वहाँ से चुपचाप चल दिया।

उसे अपने सवालों का जवाब शायद मिल गया था। इस बार उसकी आँखों पर पट्टी नहीं थी। चार-पाँच लोग भी उसके पीछे रवाना हो गए। वे काफी रूखे और कठोर लग रहे थे।

ख़ामोशी फिर से जंगलमय हो गई। पक्षियों की धीमी चहकती आवाज़ें कान को भाने लगी थी। सूखी पत्तियों के कुचलने की आवाज़ उनके चलने का परिचायक बन गई। बेल-पत्तियों से संघर्ष करते हुए वे एक छोटी-सी पगडंडी पर बढ़े जा रहे थे। उस पगडंडी में अनेक पगडंडियां मिली हुई थी लेकिन उचित रास्ते की पहचान जंगल के लोगों को ही थी। प्रभाकर उनके पीछे चला जा रहा था। तभी एक खुले स्थान में लाल रंग के कुछ स्मारक नज़र आए। वह थोड़ा ठिठका।

‘‘यह क्या है ?’’

''ये हमारे 'लाल सलाम संघर्ष' के शहीद हैं जिन्होंने हमारे संघर्ष को खून दिया है। आप सीधे चलते रहिए। ज़्यादा जासूसी मत झाड़िए। तुम्हारी खुली आँखें अब ठीक नहीं।''

आगे के रास्ते उसकी आँखें फिर से बाँध दी गईं। जंगल के बीच का अँधेरा पट्टी बाँधे जाने के बाद और गहरा गया।

▯

पत्रकार प्रभाकर जंगल से बाहर आ चुका था। वह सड़क पर खड़ा उस वीरान जंगल की ख़ामोशी को महसूस कर रहा था। पत्रकार को छोड़कर वे लड़ाके जा चुके थे। सिर्फ ख़ामोशी बोल रही थी। एक ख़ामोशी जंगल के बाहर की और दूसरी ख़ामोशी उसके अंतर्मन की। उससे ही कुछ सवाल कर रही थी। वे स्मारक लाल रंग से पुते उसे अभी भी दिखाई दे रहे थे। वह उन्हें भुला नहीं पा रहा था। उन माओवादी स्मारकों में मृत्यु को पत्थर पर सहेज कर रखा गया था। सभी स्मारक एक जैसे, एक जैसी चित्रकारी, और वो लाल रंग.... क्रान्ति का लाल रंग या बहता लहू। माओवादी दस्तों में मारे गए लोगों के वे स्मृति स्थान उसे रह रहकर क्यों उद्वेलित कर रहे थे?

मृत्यु का सच उसे कचोटे जा रहा था। उन स्मारकों में सब कुछ शांत था। कोई कुलबुलाहट, कोई क्रांति की चिंगारी उसे दिखाई नहीं दी थी। वेंकटेश्वर के शब्द भी उसके ज़हन में खलबली मचा रहे थे। वह समझ नहीं पा रहा था कि क्या गलत है क्या सही? अब सवालों के खुले आसमान में वह सवालों से घिरा खड़ा था। नक्सलियों के फैलते कदमों को लेकर सरकार चिंतित थी लेकिन इसके पीछे छिपे कारणों को जानने के लिए कोई नहीं शायद कोई भी नहीं। कुछ सवालों के जवाब शायद वक्त के पास थे।

बुद्धरायशरण और कंमाडर वेंकटेश्वर ने शायद सही कहा था कि सच को समझना हर किसी के लिए आसान नहीं होता, चाहे सरकार हो या साहूकार। जंगल को समझने के लिए जंगलमय होना पड़ता है। सच को सच की तरह लिखना और उसे ज़मीनी तौर पर समझना बेहद जटिल काम है।

▮▮▮

ट्रेन का सफ़र अभी बाकी था। खुली खिड़की से उसकी आँखें बाहर से आने वाली हवाओं को महसूस कर रही थी। दिन अपेक्षाकृत गर्म थे।

''सारा जंगल लालमय हो गया था। अब वे अपना हक छीन लेना चाहते थे। वेंकटेश्वर और बुद्धरायशरण अब एक विचारधारा के परिचायक थे

जिसको उस इलाके के ज़्यादातर लोग मानने लगे थे। कर्ज में दबे शोषित लोग आखिर क्या करते? उनके पास कोई विकल्प नहीं बचा था।'' कहते-कहते कुछ पल के लिए वह चुप हो गया। वह अनजान व्यक्ति अब शांत था।

''आप सही कह रहे हो...कई बार जीवन में विकल्प ही नहीं बचता फिर हमें अपने दिल की ही बात माननी पड़ती है। अब वो कितनी सही है और कितनी गलत यह तो वक्त ही बता पाता है।'' उसने उस तस्वीर को देखा जो उस व्यक्ति ने उसे दी थी।

''क्या तुम इसे भूल पाई हो?'' उस व्यक्ति ने भी उसे देखा और सवाल किया। कुछ पल के लिए वे दोनों फिर कहानी से बाहर आ गए।

''मेरी छोड़िए आप आगे बताएँ...मेरी कहानी इस कहानी से ज़्यादा महत्त्वपूर्ण नहीं है...आगे क्या हुआ?'' उसने उस व्यक्ति के सवाल का जवाब न देकर अपना सवाल किया।

गाड़ी एक नए प्लेटफॉर्म पर पहुँच चुकी थी।

''कोल्डड्रिंक..कोल्डड्रिंक...शरबत...चिप्स...।''

प्लेटफार्म के बीचो-बीच एक दुकान से लगातार आने वाली आवाज़ ने उन्हें आकर्षित किया। छोटी-सी दुकान के आहते में रखी कोल्डड्रिंक, शरबत की बोतलें, रस्सी पर लटके चिप्स के पैकेट और पाँच-छह काँच के गिलास वहाँ ढंग से सजे हुए थे। बारह-तेरह साल का एक बच्चा चिल्ला-चिल्ला कर पुकार रहा था। ''कोल्डड्रिंक...कोल्डड्रिंक...शरबत...चिप्स..।''

''इधर आओ...।'' उस लड़की ने उसे इशारे से बुलाया। वह खिड़की के नजदीक आ गया।

''तुम पढ़ते नहीं हो?''

''मैडम कोल्डड्रिंक या शरबत...पीकर देखिए तरो ताजा हो जाओगी। रात को ठंडक हो जाएगी तो फिर इसे पी नहीं पाओगी।'' वह अपनी धुन में मस्त था। शायद उसने उसका सवाल सुना नहीं था।

''मैंने कुछ पूछा आपसे?''

''कोल्डड्रिंक...कोल्डड्रिंक...शरबत...चिप्स..।'' उसकी पुकार जारी थी। उसने सवाल को अनसुना कर दिया था।

''अच्छा इधर आओ...एक गिलास शरबत तो पीला दे...।'' लड़की ने आवाज़ देते हुए कहा। उस बच्चे के चेहरे पर खुशी की लहर दौड़ गई। उसने एक शरबत का गिलास उसे लाकर दे दिया। उसका मालिक उसे देख रहा था।

‘‘कितने पैसे का है यह?’’

‘‘सिर्फ पाँच रुपये का? इतना कम?’’ वह सोच में पड़ गई।

‘‘यह ले दस...एक मेरे लिए भी ले आ।’’ उस व्यक्ति ने भी उसे टोकते हुए कहा। वह दूसरा गिलास भी भर लाया।

‘‘स्कूल जाते हो?’’ उस लड़की ने थोड़ी देर बाद सवाल दोहराया।

‘‘नहीं...।’’ बच्चे ने दुकानदार की ओर देखते हुए कहा। उसने पैसे गिने, ख़ाली गिलास लिए और दूसरी खिड़की की ओर पुकारता बढ़ गया।

बहुत देर रुकने के बाद गाड़ी फिर बढ़ चली अपने सफ़र पर। उस बच्चे की पुकार उसके कानों में गूँज रही थी। ट्रेन अपने तय समय से लेट होती जा रही थी।

कुछ देर वे दोनों चुप रहे। देश की गरीबी और उनके शोषण के दर्द को वे दोनों महसूस कर रहे थे। अमीर–गरीब की गहरी खाई क्या कभी कम हो पाएगी? संसाधनों पर क्या किसी खास वर्ग का ही अधिकार रहेगा? क्या गरीब लोगों के हक के लिए उठने वाली आवाज़ों को हर बार दबा दिया जाएगा?

‘‘आगे क्या हुआ? क्या बुद्धरायशरण वो सब कर पाया जिस मकसद से वह उस आंदोलन से जुड़ा था? क्या कावेरी के मन में उठे सवालों का जवाब उसके पास था?’’ उस लड़की के सवाल बड़े थे लेकिन जवाब शायद उससे भी विशालकाय।

❑❑❑

# अध्याय-26

## 'अब हमारी बारी है'

जंगल की आवाज़ में एक संगीत घुला था जो रह-रह कर उनके कानों में शहद घोल रहा था। बहुत देर से वे दोनों ख़ामोशी से उस संगीत को सुन रहे थे। बुद्धरायशरण की आवाज़ से उस संगीत में खलल पड़ा।

''हमें सभी नक्सली कहते हैं.. तुम्हें पता है ऐसा क्यों?'' बुद्धरायशरण ने उसकी ओर देखते हुए कहा। सूखी नदी के किनारे बड़ी-सी चट्टान पर बैठी कावेरी दूर तक फैले पहाड़ों को निहार रही थी।

''नहीं मुझे क्या पता? तू ही बता? इतनी किताबें पढ़ता रहता है पूछ मुझ से रहा है?'' उसने शिकायत भरे स्वर में कहा।

''अच्छा नाराज़ मत हो, बताता हूँ इस बारे में कि नक्सलबाड़ी एक गाँव है पश्चिम बंगाल में, वहाँ भारतीय कम्यूनिस्ट पार्टी के नेता चारू मजुमदार और कानू संयाल ने व्यवस्था के खिलाफ एक आंदोलन किया था। हमारे कामरेड दादा रामानुज प्रकाश ने भी उस आंदोलन में भाग लिया था।'' बुद्धरायशरण ने कावेरी के पास आते हुए कहा।

''अच्छा'' उसने जानने की उत्सुकता दिखाई।

''वे चीन देश के माओत्से तुंग के विचारों से बड़े प्रभावित थे, इसलिए उनके विचारों और हम जैसे मानने वालों को माओवादी भी कहा जाता है।'' उसने कावेरी के बिखरे बालों को सुलझाने की कोशिश की जो बहती हवा से बार-बार उलझ रहे थे।

''तू तो बहुत समझदार हो गया है सच में। मुझे तेरी इस समझदारी से ही तो डर लगता है।'' उसने उसके हाथ को झटकते हुए कहा।

''डर किस बात का?'' उसने पूछा।

''तेरे खो जाने का डर'' उसकी आँखों में एक दर्द था।

''कावेरी जब तू मेरे साथ है तो डरना क्या? आगे से ऐसी बात मत करना। अगर तुम साथ हो तो मैं आसानी से लड़ सकता हूँ इस लड़ाई को।'' उसने कावेरी का हाथ अपने हाथ में लेते हुए कहा। कावेरी के चेहरे पर मुस्कान खिल गई और वह उससे लिपट गई।

''अच्छा तेरे मतलब की एक बात पता चली है मुझे?'' कावेरी ने उससे अलग होते हुए कहा। वह अब गंभीर थी।

‘‘यह हुई न कामरेड वाली बात! चल बता क्या बात पता चली है ?’’ बुद्धरायशरण ने हैरानी से पूछा।

‘‘छोटे ज़मींदार बाबू, किसी बड़े नेता और बिजनेसमैन के साथ मिलकर कोई मीटिंग कर रहे हैं। आस-पास के गाँवों के मुखिया भी वहाँ आएँगे। आज मैं हवेली पर बाबा के साथ गई थी तो मैंने चुपके से बात सुन ली थी। उसे मेरे वहाँ होने का अहसास भी नहीं हुआ।’’ उसके चेहरे की मासूमियत चालाकी में बदल गई।

‘‘अरे यह तो अच्छी खबर है लेकिन तू हवेली पर क्यों गई थी। वह हरामजादा तुझे नुकसान पहुँचा देगा। उसकी नज़र हवस से भरी है।’’

‘‘तू मेरी फिक्र न कर...अब मैं पहले वाली कावेरी नहीं हूँ। कामरेड जो बन गई हूँ।’’ उसने कटार दिखाते हुए कहा। उसके चेहरे पर मुस्कान थी।

‘‘उस कुत्ते ने इस बार हाथ लगाने की कोशिश की तो...’’ कावेरी की आँखों में आत्मविश्वास था।

‘‘यह की न बात...तो कावेरी तू दिल से मेरे साथ है ना ?’’

‘‘तू जहाँ मैं भी वहाँ...मैंने सब सोच लिया है।’’

‘‘कावेरी तू मन में किसी तरह का भ्रम मत रखना...तेरे लिए कोई बंदिश नहीं है...एक बार अच्छे से सोच लेना, यह रास्ता इतना आसान नहीं।’’

‘‘नहीं मैं तेरी हूँ और तेरे साथ हूँ...मुझे तेरी बात शायद समझ न आए लेकिन तू समझ आता है। बस एक बात का ख़्याल रखना...निर्दोष लोग न मारे जाएँ।’’ यह कह वह उसके गले लग गई।

अब वह निश्चिंत था। कावेरी अभी भी पहाड़ों को ताक रही थी। दूर आज़ाद उड़ते पंछी उसे पास आते नज़र आ रहे थे। अब वह मन से गुलाम नहीं थी।

☐

‘‘कमांडर ख़बर पक्की है। कावेरी झूठ नहीं बोल सकती। गाँव के मुखियाओं के साथ मिलकर जरूर कोई बड़ा प्लान है। उन्होंने पुलिस चौकी के पास एक सभा रखी है। गाँव के आम लोग भी उसमें शामिल होंगे। मुझे पक्का यकीन है कि वह बड़ा बिजनेसमैन प्रफुल्ल रॉय, नेता महेंद्रपाल पटनायक के साथ वहाँ जरूर आएगा।’’ बुद्धरायशरण ने बताया।

‘‘फिर भी तुम अच्छे से पता करो कि माजरा क्या है? तुम वहाँ जरूर जाना और कामरेड कैथान को अपने साथ रखना।'' वेंकेटेश्वर ने बुद्धरायशरण को निर्देश दिए।

‘‘जी कंमाडर''

‘‘हम बड़े हमले की तैयारी रखेंगे। कामरेड दादा रामानुज प्रकाश को छुड़ाने का यह एक बड़ा अवसर है, हमें चूकना नहीं चाहिए। हम उस उद्योगपति बिजनेसमैन को अगवा करेंगे। वह बचना नहीं चाहिए...कामरेड लाल सलाम।'' उसकी आँखों में चमक आ गई थी।

‘‘लाल सलाम।'' सारा जंगल गूँज उठा।

‘‘लेकिन कमांडर...पुलिस चौकी बिल्कुल पास ही है वहाँ। कड़ी सुरक्षा होगी। देख लीजिए क्या यह समय बड़े हमले के लिए उचित रहेगा?'' बुद्धरायशरण का सवाल जायज था।

‘‘कामरेड क्या ठीक है और क्या गलत, अब यह सोचने का समय नहीं है। अगर हम इस घटना को सही से अंजाम दे पाए तो इन नेताओं, साहूकारों, ज़मींदारों और पुलिसवालों के दिल में खौफ का साम्राज्य बन जाएगा, फिर जैसे ये सरकार की जेब भरते हैं तो हमें भी देंगे, क्या हमें जरूरत नहीं पैसे की? संगठन को फलने-फूलने के लिए क्या हमें धन नहीं चाहिए? ताकत नहीं चाहिए? जो हमें मिलेगी बंदूक से, गिड़गिड़ाने से नहीं। बहुत लूट लिया इन्होंने, अब हमारी बारी है। तुम बस तैयार रहो। लाल सलाम!'' वेंकटेश्वर बात कह कर कोठरी में चला गया।

एक बार फिर जंगल 'लाल सलाम 'के नारों से गूँज उठा।

‘‘क्या कमांडर की बात सही है? अगर हम वहाँ बड़ा हमला करते हैं तो वहाँ गाँव के निर्दोष लोग भी होंगे, हमले में कहीं वे लोग न मारे जाएँ?'' बुद्धरायशरण ने कैथान से अपने मन की बात कही। ।

‘‘तुम नाहक ही परेशान हो रहे हो। कमांडर गलत नहीं हो सकते।'' कैथान ने जवाब दिया।

‘‘क्या हम साहूकारों और सरकार को लूटने के लिए लड़ रहे हैं? उनके धन को लूटना हमारा उद्देशय नहीं।'' उसके मन में कई सवाल खड़े हो गए। उसे डर था कि कहीं निर्दोष लोग न मारे जाएँ।

‘‘नहीं, कमांडर का मतलब यह नहीं है लेकिन इन लोगों को सबक सिखाना बेहद जरूरी है। क्या इन लोगों ने मिलकर हमें नहीं लूटा? तो क्या

हम इन्हें बख़्श दें?'' कैथान ने उसे समझाया लेकिन उसका मन उलझ-सा गया था। वह चुपचाप उसे सुन रहा था।

''यह लड़ाई है और कुछ लड़ाइयों में गलत का जवाब गलत से ही दिया जाता है। बुद्ध यह मेरा हाथ देख...पता है क्यों टूट गया? मेरे गाँव के मुखिया ने अपनी गाड़ी से मेरा हाथ कुचल दिया था क्योंकि मैंने उसका जूता साफ करने से मना कर दिया था। उसका मुझे यह इनाम मिला। मेरी बहन को उठा ले गए कुत्ते...गिद्ध की तरह नोच डाला था उसे। नदी के पास लाश मिली थी उसकी। ये दया के काबिल नहीं हैं बुद्ध। और तुम फिक्र मत करो। हमारे लोगों को कुछ नहीं होगा।'' कैथान की आँखों में गुस्से के साथ-साथ नमी उतर आई।

''तुम सच में ठीक कह रहे हो कैथान, हमें बदला लेना ही होगा। ये लोग दया के बिल्कुल काबिल नहीं हैं। अपने मुनाफे के लिए हमारी ज़िंदगी दाँव पर लगा देते हैं ये लोग। तुम सही हो...मैं गलत सोच रहा था।'' बुद्धरायशरण अब मिशन के लिए तैयार था। उसे अपने सवालों के जवाब मिल गए थे।

॰

कमरे में घुप्प अंधेरा और बिस्तर पर पड़ी कावेरी की देह सुन्न थी लेकिन उसकी साँस धौंकनी की तरह तेज़ चल रही थी। अचानक उसकी आँखें खुल गई। उसने साँसों पर काबू पाने की कोशिश की। गला सूख रहा था। माथे पर पसीने की बूँदें उभर आई थी। उसे तभी अहसास हुआ कि वह एक स्वप्न से उठी है, एक भयानक स्वप्न। खून से लथपथ एक कुल्हाड़ी और चारों ओर लाशें ही लाशें। वह घबराकर चारपाई से उठी, पानी पिया और फिर चारपाई पर आकर लेट गई। उसका शरीर मानो पत्थर हो गया था। बेशक़ उसने उसके साथ रहने की कसम खाई थी लेकिन बुद्ध को लेकर उसकी चिंता जायज़ थी। सपने में वह अकेला खून से भरी कुल्हाड़ी लेकर दलदल की गिरफ्त में दिखाई दे रहा था। वह चाहकर भी उसे बचा नहीं पा रही थी। सपना बीत चुका था और रात भी लेकिन कावेरी का भय नहीं बीता था। भय पर केवल प्रेम से ही जीत पा सकते हैं और वह प्रेम में थी। धीरे-धीरे उसका भय गायब हो रहा था। कावेरी ने सोच लिया था कि वह उसका साथ हर हालत में देगी। उसका रास्ता अब चाहे सही हो या गलत, वह उसे अकेला नहीं छोड़ सकती थी।

॰

पुलिस चौकी के पास सभा में–

''मैं आपको विश्वास दिलाता हूँ कि इस इलाके की सारी जरूरतें हम पूरा करेंगे। जो तुम्हें अब तक नहीं मिला हम सरकार से बात कर दिलवाएँगे। चाहे वो अच्छा स्कूल हो या हस्पताल। कच्ची सड़कों को पक्की सड़कों में बदल दिया जाएगा। इंटरनेट, मोबाइल टावर, बिजली आदि की सुविधाएँ आसानी से उपलब्ध होंगी। हम अपनी सामाजिक ज़िम्मेदारी को समझते हैं। जब यहाँ की खदानें, जंगल और ज़मीनें हमारी होंगी तो हम अपने नए-नए और बड़े प्रोजेक्ट को शुरू कर देंगे। इसमें मुझे आपका साथ चाहिए। हम आपके साथ-साथ देश का भी विकास चाहते हैं। यहाँ के युवाओं को नौकरी देना चाहते हैं। कब तक तुम लोग इस बंजर ज़मीन में अपना भविष्य दफनाते रहोगे।'' बिजनेसमैन उन गरीबों को लूट का गणित समझा रहा था।

''अगर हम अपनी ज़मीन न दें तो क्या यह हमसे जबरदस्ती छीन ली जाएगी ?'' एक आवाज़ ने उद्योगपति प्रफुल्ल रॉय की आवाज़ को बीच में ही रोक दिया। बुद्धरायशरण गमछा बाँधे भीड़ के मध्य खड़ा था।

''जुबान पर लगाम दे अभी साहब की बात पूरी नहीं हुई है।'' दुर्जेधन नायक मंच से चिल्लाया और उसे बैठने का इशारा किया।

''मेरा सवाल सीधा है अगर हम अपनी ज़मीन..अपना जंगल न दें तो... ?'' उसने सवाल दोहराया।

''क्यों तुम इस इलाके का भला नहीं चाहते ?'' नेता जी महेंद्रपाल पटनायक अपनी सीट से खड़े हो चुके थे।

पत्रकारों की नज़र अब घटनाक्रम पर थी। पत्रकार प्रभाकर ने बुद्धरायशरण को पहचान लिया था। वह जंगल की उस मुलाकात को भूला नहीं था। उसने अपनी जेब से छोटा-सा कैमरा निकाला और ऑन कर लिया।

''हमें यकीन नहीं अब क्योंकि तुम्हारे झूठे वायदों के नीचे हमारा सारा अतीत जल रहा है। तुम्हारे षडयंत्र को हम समझते हैं। लाल सलाम !''

चिल्लाते हुए बुद्धरायशरण ने एक बम मंच की ओर उछाल दिया। एक जोरदार धमाका हुआ। गोलियाँ चली। वहाँ भगदड़ मच गई। नेता जी की मौके पर ही मौत हो गई। दुर्जेधन नायक ने भाग कर अपनी जान बचाई। बुद्धरायशरण और उसके साथियों ने अपना काम कर दिया था। उद्योगपति प्रफुल्ल रॉय का कोई अता-पता नहीं था। उसका अपहरण हो चुका था। मेज पर लाल झंडा लहरा रहा था। पुलिस चौकी को बम से उड़ा दिया गया था। कुछ

पुलिस वाले भी इस संघर्ष की भेंट चढ़ गए लेकिन गाँव वालों को कुछ नहीं हुआ। पत्र के रूप में वे अपना एक संदेश छोड़ गए थे। पत्रकार प्रभाकर ने उस पत्र को उठाया।

''दादा कामरेड रामानुज प्रकाश के बदले इसे ले जा रहे हैं। हमें उनकी रिहाई चाहिए और यह प्रोजेक्ट स्टील निर्माण भी बंद करना पड़ेगा। लाल सलाम!'' इलाके में यह खबर आग की तरह फैल गई।

जंगल के मध्य कोठरी के पास–

''मत भूलना कामरेड, यह साला उद्योगपति चोर हैं। इन जैसे लोगों की मीठी बातों में जहर है। पुलिस, सरकार इन सब की हैं।'' सभी वेंकटेश्वर की बात ध्यान से सुन रहे थे।

''क्या करोगे यहाँ प्रोजेक्ट लगाकर?''

वेंकटेश्वर ने उद्योगपति प्रफुल्ल रॉय की आँखों में आँखें डाल सवाल किया। उसके हाथ बँधे हुए थे लेकिन मुँह खुला।

''तुम गलती कर रहे हो। बीस हजार करोड़ रुपये देखे हैं कभी? मेरा यह प्रोजेक्ट इस ज़मीन को स्वर्ग में बदल देगा। हम सरकार से सीधे जुड़े हैं और मेरा बेटा होम मिनिस्टर का दामाद है। तुम बच नहीं पाओगे। इन जंगलों में दफना दिए जाओगे।'' उसने वेंकटेश्वर को डराने का प्रयास किया लेकिन वह नासमझ था।

''किसे डरा रहे हो? बड़ा घमंड है न पावर का? अगर हमारी शर्तें न मानी तो देखना, एक मिनट लगेगी हमें तुम्हारी साँसें रोकने में। रही जंगल की बात, तुम और तुम्हारी सरकार कितना भी जोर लगा ले, खोज नहीं पाएगी। तुम ज़िंदा हो सिर्फ दादा कामरेड के लिए। और हाँ अब एक करोड़ रुपए भी लेकर आएगी तुम्हारी सरकार।'' वेंक टेश्वर ने उसको अपना इरादा स्पष्ट किया।

''बुद्ध उस पत्रकार प्रभाकर को खबर भेज कि हमारी क्या डिमांड है। लगाएगा खबर कल के अखबार में।''

''जी कमांडर...''

उसकी आँखें गुस्से में दमक रही थी। उन दमकती आँखों को बुद्धरायशरण ने पढ़ लिया था।

# अध्याय-27

## 'अपनी मिट्टी का दर्द'

गाँव की गलियों को रौंदते हुए मिट्टी को उख़ाडते हुए एक कार गाँव की ओर बढ़ी चली आ रही थी। बैंक का स्टीकर कार के पिछले भाग पर लगा था जो उसकी सरकारी पहचान था। एक राग में बजबजाती हवा और ज़मीन के साथ एकाकार होता गाँव, कार के इंजन के शोर से गुम हो रहा था। वो कार बिरंचि नारायण के घर के पास आकर रुक गई।

एक व्यक्ति होले कदमों से बिरंचि नारायण के घर की ओर बढ़ चला। छत को टिकाए चार जर्जर दीवारों से बने इस घास-फूस से बने मकान के पास वह खड़ा था। उसने दरवाज़ा खटखटाया। थोड़ी देर बाद दरवाज़ा खुला।

''आप बिरंचि नारायण हो?'' उस अधिकारी ने पूछा।

''नहीं, वह सोए हुए हैं, तबीयत ठीक नहीं है उनकी।'' बुद्धरायशरण ने अपना आधा चेहरा ढक रखा था। देर रात ही वह भेष बदलकर अपने घर आया था।

वह स्तब्ध अधिकारी अचानक ठिठक गया। उसके हाथ में कुछ फाइलें थी। कुछ कागज़ बाहर को झाँक रहे थे। उसकी काली पैंट की क्रीज टूटी नहीं थी। उसने नीले रंग का कोट पहना हुआ था। उसका चेहरा साफ और रंग सांवला था।

''कौन है भाई उधर?'' बिरंचि नारायण भी दरवाज़े तक आ गया। बुद्धरायशरण को उस अधिकारी का चेहरा जाना-पहचाना लग रहा था। वह उस चेहरे को बड़े ध्यान से देख रहा था।

''मैं हेमरन हूँ बाबा, शायद आपने पहचाना नहीं?'' वह युवा व्यक्ति बोला।

''तुम...हेमरन, अरे मरांडी चाचा के बेटे...अरे भाई पहले-पहल तो मैंने पहचाना ही नहीं था...यह सूट-बूट...कितने वर्षों बाद देखा तो...माफ करना पहचाना नहीं।'' बुद्धरायशरण ने हैरान होते हुए कहा। उधर बिरंचि नारायण भी उसको पहचानने की कोशिश कर रहा था। हेमरन भी उसे उसकी आवाज़ पहचानने की कोशिश कर रहा था।

''हाँ बेटे मैंने भी पहचान लिया...तन पर कपड़े ही तो बदले हैं...मिट्टी थोड़े ही बदल जाएगी। यही तो है हमारी सही पहचान...अरी ओ महालया पानी

ले आ।'' बिरंचि नारायण ने भी उसको पहचानते हुए कहा। उसकी नज़रें अभी भी हेमरन को ही ताक रही थी।

''बैठो बेटा...पानी ले लो।'' महालया ने उसे चारपाई पर बैठने का इशारा किया। उन्हें क्या मालूम था कि कल का हेमरन आज बैंक का बड़ा अधिकारी हो गया है। बुद्धरायशरण ने भी अपने चेहरे से कपड़ा हटा लिया। हेमरन ने उसे पहचान लिया था।

बिरंचि नारायण नहीं जानता था कि घर और ज़मीन से उसका मालिकाना हक खत्म हो चुका है। बैंक से लिए कर्ज़े ने धीरे-धीरे उनके घर और ज़मीदार से बची-खुची ज़मीन को निगल लिया था। खेतों को पानी न मिलने से सारी फसल बर्बाद हो गई थी। न तो ज़मींदार का कर्ज़ चुका सके और न ही बैंक का। खेत में बीजों को अंकुरित होने के उसके सारे सरोकार खत्म हो गए थे। उगता पौधा सूखे से मरे या बाढ़ में बह जाए...बात तो एक ही थी उसका अंत होना। ट्रैक्टर भी खेत को जोतने के इंतज़ार में खत्म हो चुका था।

''बाबा मैं आज बैंक अधिकारी की हैसियत से आया हूँ। मुझे अफसोस है कि आपकी सारी मियादें पूरी हो चुकी हैं। अब आपके खेत, ट्रैक्टर और घर सब पर अधिकार बैंक का होगा जो लिखित है।'' हेमरन ने कुछ कागज़ात निकालते हुए कहा। पानी का गिलास उसके हाथ में ही था। एक घूँट पानी उसके हलक से उतर नहीं रहा था।

''हम ठहरे अनपढ़ बेटा, हमें क्या पता कि इसमें क्या लिखा है? जिसने जहाँ कहा, हमने वहाँ अंगूठा लगा दिया।'' बिरंचि नारायण उन कागज़ों को देख रहा था।

''भाई फिर तुम अपने ही लोगों के खिलाफ यह काम करोगे...पढ़ाई-लिखाई सही काम आ रही है!'' बुद्धरायशरण ने गुस्से में कहा। उसके चेहरे की नरमी पत्थर में बदल गई। हेमरन उसकी बात पर चुप था

''भाई तुम्हारे सवाल एक जगह लेकिन मेरी कुछ मजबूरी है चालीस हजार महीने की तनख़्वाह के लिए यह मेरी नौकरी है और मेरी ड्यूटी भी है।'' हेमरन ने उसे सफाई देते हुए कहा। उसकी मजबूरी उसके शब्दों में साफदिखाई दे रही थी।

''अपने लोगों की ज़मीन छीनने की ड्यूटी...वाह! अपनी ड्यूटी सही कर रहे हो भाई।'' बुद्धरायशरण ने गुस्से में कहा।

‘‘तुम जज़्बाती मत बनो। मैं समझ सकता हूँ। मैं भी अपनी पत्नी बच्चों के लिए नौकरी कर रहा हूँ। एक वक्त था कि मैं भूखा मरता था। इसी नौकरी ने मुझे जीवन दिया। वैसे भी कॉन्ट्रैक्ट पर हूँ...स्थायी नहीं हूँ। मेरी नौकरी ही मेरा सब कुछ है और मुझे अपनी नौकरी के लिए यह ड्यूटी निभानी पड़ेगी। मेरी मजबूरी है शायद तुम लोग समझ सको।’’ हेमरन ने अपना तर्क दिया।

‘‘तुम्हें पता है यहाँ गाँव में कितने लोग भूखे पेट सोते हैं ?’’ बुद्धरायशरण ने उससे एक सवाल किया।

‘‘ये सब बकवास है। मेरे पास इतना वक्त नहीं। तुम समझते क्यों नहीं। वैसे भी इलाके का माहौल ठीक नहीं। नेता जी की मौत और उस उद्योगपति के अपहरण ने एक डर पैदा कर दिया है। हम भी बार-बार नहीं आ सकते। बाबा...आपको यहाँ अंगूठे का निशान देना होगा। अगर नहीं भी दोगे...बैंक तो अपना काम कर ही लेगा। आप तो समझदार हो।’’ हेमरन ने बिरंचि नारायण की ओर देखते हुए कहा। वह बुद्धरायशरण से आँखें चुराकर बात करने लगा। उधर बिरंचि नारायण की आँखें और जुबाँ दोनों ख़ामोश थी।

हेमरन ने ख़ामोशी को तोड़ते हुए फिर बुद्धरायशरण से कहा। ‘‘तुम्हें पता होना चाहिए कि मालिकाना हक मायने रखता है। अब यह हक बदल चुका है। रही मेरी बात मैं तो एक नौकर हूँ...एक गुलाम...इसमें मेरा कुछ नहीं...ये तो बैंक के आदेश हैं। बैंक तो सिर्फ दो बातें जानता है उन्हें भगाओ या अपनी नौकरी गवाँओ।’’ हेमरन अब भी उससे आँखें मिलाने में असहज था।।

‘‘तो यह बात है तो तुम्हें यह हक बैंक वालों ने दिया है...भाड़ में जाए तुम्हारी चालीस हजार की नौकरी। यहाँ लोग सड़कों पर धूल फाँक रहे हैं, मर रहे हैं और तुम हमें यह पाठ समझा रहे हो।’’ बुद्धरायशरण ने गुस्से में तमतमाते हुए कहा।

‘‘तुम समझते क्यों नहीं भाई ...यह मेरा फैसला नहीं है।’’ हेमरन ने फिर से समझाने कोशिश की।

‘‘शहर जाकर न जाने क्या हो जाता है तुम जैसे लोगों को ? अपनी ही ज़मीन और अपने ही लागों के खिलाफ हो जाते हो। अच्छा हुआ बाबा... मैं शहर नहीं गया...सच में बहुत अच्छा हुआ।’’ उसने बिरंचि नारायण की ओर देखा।

‘‘तुम समझ नहीं पा रहे हो भाई ?’’ हेमरन ने कहा।

‘‘कोई तो बैंक चलाने वाला होगा? उसका भी तो कोई मालिक होगा? सरकार या साहूकार?’’ बुद्धरायशरण ने पूछा।

हेमरन चुप हो गया।

‘‘बेटे हमने इस घर-ज़मीन को अपने हाथों से बनाया है। दीवारों का एक-एक ईंट-पत्थर-लकड़-घास-फूस हमारे खून-पसीने से लथपथ है। जब जंगलों से सरकार ने निकाल दिया तो इस घर को बनाने में हमने अपना सब कुछ लगा दिया। यह हमारा घर है...हमारी ज़मीन हैं और अब तुम्हारी सरकार इसे ढेर करने पर तुली है। चुनाव के समय जो बड़े-बड़े वायदे किए जाते हैं कर्ज़ माफी के, क्या वे सच नहीं थे?’’ बिरंचि नारायण ने उदासी भरे स्वर में कहा।

‘‘मैं मजबूर हूँ बाबा...मैं कुछ नहीं कर सकता। अगर मैं आदेश की अवहेलना करूँगा तो नौकरी से हाथ धो बैठूंगा। मैं नहीं तो कोई और आएगा। मेरा संबंध इस गाँव से था इसलिए मुझे यहाँ भेजा गया। यह मेरे लिए कितना कठिन है शायद ही आप समझ सको?’’ हेमरन ने विनम्रता से कहा।

बिरंचि नारायण ख़ामोश आँखों से उसे देख रहा था। उसकी ख़ामोश जुबान पर भी साफ इनकार था कि वो किसी कागज़ पर कोई अंगूठा नहीं लगाएंगे। उसने हिम्मत कर अपनी बात फिर उसके सामने रखी-‘‘तुम्हें मालूम है कि पिछले कुछ सालों से हम किस मुश्किल दौर से गुजरे हैं। बारिश की एक बूँद भी यहाँ नहीं गिरी। यहाँ आकाश में उड़ती गर्द ने बची-खुची फसलों को बर्बाद कर दिया। उससे जो मिलता था वह अपने पेट भरने के लिए भी काफी नहीं था। ये साहूकार-ज़मींदार जो हमारे लाभ के हिस्से डकार लेते हैं। ये सरकारें भी कुछ नहीं करती। रही कर्ज़ की बात, उसे चुका सकने की हालत में हम नहीं हैं बेटा। न खेतों को पानी मिला, न ही कोई उपज हुई। इतना पैसा कहाँ से लाएँ?’’ बिरंचि नारायण की आँखें नम हो चुकी थी।

हेमरन के पास कई सवाल थे। उन सवालों का उसके पास कोई जवाब नहीं था। गाँव की अपनी मिट्टी का दर्द, उसके फर्ज़ और मजबूरी के नीचे दफ़न हो चुका था।

‘‘बाबा अभी तो हम यह ट्रैक्टर ले जा रहे हैं। मैं अपनी ओर से एक महीने का समय और दे सकता हूँ। मेरे हाथ में बस यही है। देर-सवेर पैसों का इंतजाम करना ही पड़ेगा। नहीं तो पुलिस वालों के साथ आकर बैंक वाले आप को घर से बाहर निकाल देंगे।’’

वे दोनों चुप थे और मजबूर भी। वे हेमरन को रोक नहीं सकते थे। उसके हाथ में कुछ कागज़ थे जो उनके खिलाफ थे।

हेमरन बुद्धरायशरण के पास आया और धीरे से उसके कान में कहा।

''तुम्हारी पुलिस को तलाश है और तुम्हारा यूँ गाँव में इस तरह से आना ठीक नहीं। भाई बाकी तुम्हारी मर्जी।''

यह सुन बुद्धरायशरण ने अपना चेहरा से फिर से ढक लिया। उसने तुरंत गाँव छोड़ने का फैसला कर लिया था।

▢

हेमरन जा चुका था और ट्रैक्टर भी। दनेश्वर बीच-बीच में जो पैसे भेजता रहता था उससे ज़मींदार का कर्ज़ा पूरा नहीं चुका था। सूद पर सूद लगाकर ज़मींदार दुर्जेधन नायक ने सब कुछ हड़प लिया था। ज़मींदार के बही-खातों का हिसाब-किताब चुकाते-चुकाते, सब कुछ दाँव पर लग चुका था। अब दनेश्वर के दिये गए नम्बर पर भी बात नहीं हो पाती थी। शायद नम्बर बदल गया था। बहुत दिनों से दनेश्वर का कोई पत्र या मनीऑर्डर भी नहीं आया। सभी उम्मीदें धराशायी हो चुकी थी।

पुलिस चौकी की घटना के बाद पुलिस और ज़मींदार दुर्जेधन नायक बुद्धरायशरण की तलाश में थे। बुद्धरायशरण का गाँव में आना अब दूभर हो गया। छिप-छिपाकर वह घर आता लेकिन पकड़े जाने का भय उसे हमेशा रहता।

▢

पीपल के पेड़ पर टंगा वह लाल झंड़ा गवाह था उनकी मज़बूरी का। तभी उनके घर का दरवाज़ा एक बड़ी चोट के प्रहार से दूर जा गिरा।

''कहाँ है बिरंचि नारायण? कहाँ छिपा है?'' दुर्जेधन नायक की आवाज़ से गाँव गूँज उठा। वह गुस्से में पागल सांड की तरह हाँफ रहा था। उसके कारिंदें लाठी लेकर उसके पीछे खड़े थे।

''हाँ जी सरकार'' बिरंचि नारायण दौड़ कर अपने घर से बाहर आया।

''अरे...मुझे तो पहले से ही शक था कि तुम साले उन लाल झंडे वालों के साथ जुड़े हो और अब मेरा यकीन सच में बदल चुका है।'' वह गुस्से में फुंकार रहा था। लाल झंडा पीपल के पेड़ पर लहरा रहा था।

''नहीं सरकार...वैसा नहीं है जैसा आप सोच रहे हो। आपको भ्रम है।'' बिरंचि नारायण ने याचना करते हुए कहा। वह हाथ जोड़कर ज़मीन पर बैठ गया।

''नौटंकी न कर, मुझे कोई भ्रम नहीं। उस दिन मैंने खुद अपनी आँखों से देखा तेरे बेटे को लाल झंडा उठाए। नेता जी और चार पुलिस वाले मारे गए हैं...और इतने बड़े आदमी को अगवा कर लिया...बचेगा नहीं अब वो।'' दुर्जेधन नायक ने उसके सीने पर जोर से लात मारी। बिरंचि नारायण कमर के बल मिट्टी में गिर गया। कावेरी दौड़ कर बाबा के पास आई और सहारा देकर उसे उठाया। पीपल का वह पेड़ उनके दर्द का ग्वाह था।

''एक बात बता देता हूँ...यहाँ मैं ही सरकार हूँ...मैं ही कानून...जो भी हमारे खिलाफ जाएगा, उसे इसी मिट्टी में गाड़ दूँगा।'' उसकी आवाज़ गूँज रही थी।

''मेरा बेटा गलत नहीं है सरकार...कुछ गलतफहमी है...हमारा बुद्ध ऐसा नहीं हो सकता।'' बिरंचि नारायण के आँसू थम नहीं रहे थे।

''चुप हो जा ज़मीन तो तेरी जा चुकी है, घर वैसे ही बैंक वाले ले जाएँगे। एक बेटा शहर में है जिसका कोई ठोर-ठिकाना नहीं। दूसरा नक्सली बन गया। अब क्या करेगा तू जी के...और हाँ मैंने सुना है कि कल भी वो गाँव में था। हमें सब खबर मिल जाती है। यह ध्यान रखना अगर उसने गाँव में दोबारा कदम रखा तो अब बचेगा नहीं। अगर किसी ने उसकी मदद की तो पूरे गाँव को आग के हवाले कर दिया जाएगा।'' दुर्जेधन नायक ने गाँव वालों को डराया। तभी उसकी नज़र कावेरी पर जा टिकी। वह उसके पास आ गया।

''अच्छा तुम भी यहीं हो...तुम्हारा खास था न वो...तुम चिंता मत करना...अगर वह मर भी गया तो मैं हूँ न तेरी देखभाल करने के लिए।'' दुर्जेधन नायक की आँखें हवस से भर गई।

''जुबान संभालो छोटे सरकार...अगर बुद्ध को पता लगेगा तो तुम भी जान से हाथ धो बैठोगे। ज़्यादा दिन बचोगे नहीं...यह याद रखना।'' कावेरी ने कटार निकाल ली। उसकी आँखें आग उगल रही थी। वह डरकर दो कदम पीछे हो गया।

''अरे वाह...क्या तेवर है...तो तुम भी नक्सलियों में शामिल हो गई हो...कटार के साथ-साथ जुबान भी चलानी आ गई। मुझे डरा रही हो कटार

से...जीना दुश्वार कर दूँगा तुम लोगों का।'' उसकी आँखें अंगार उगल रही थी। वह डरकर दो कदम पीछे हो गया।

चक्रधर ने दौड़ कर कावेरी के हाथ से कटार छीन ली।

''सरकार इसे माफ कर दो...बच्ची है मैं समझाऊँगा इसे।'' उसने कावेरी का हाथ पकड़ा और एक तरफ किया।

''हाँ तुम सब समझ लो...नहीं तो अंज़ाम भुगतने के लिए तैयार रहना।'' उसकी नज़र अभी भी कावेरी पर थी।

''अब बचा ही क्या हमारे पास, जब घर ठिकाना ही नहीं रहेगा तो फिर जी कर भी हम क्या करेंगे।'' बिरंचि नारायण ने हाथ जोड़ते हुए दर्द भरी आवाज़ में कहा।

''सरकार चलो यहाँ से अब।'' मुनीम ने दुर्जेधन नायक को इशारा करते हुए कहा ।

''गाँव वाले इकट्ठे हो रहे हैं। पता नहीं कौन-कौन जुड़ा है उस वेंकटेश्वर के साथ। अब ज़्यादा देर रुकना ठीक नहीं...चलो आप यहाँ से।'' मुनीम बड़बड़ाया और उसे आने वाले खतरे से आगाह किया।

दुर्जेधन नायक समय की नजाकत समझ गया। वह उन्हें डराने आया था लेकिन सच यह भी था कि यह खुद बहुत डरा हुआ था। पुलिस चौकी की घटना ने उसे हिला कर रख दिया था।

सर्दियों ने दस्तक दे दी थी। बुद्धरायशरण का गाँव आना लगभग बंद हो गया था। गाँव में पुलिस वालों की गस्त बढ़ा दी गई थी। धुंध में डूबे जंगल ख़ामोश थे लेकिन यह तूफान से पहले की ख़ामोशी थी।

◻

बुरे ख़्वाब के कारण उसकी नींद टूट गई। कावेरी सर्दी में भी पसीने-पसीने हो रही थी। साँसें उखड़ी हुई थी। लग रहा था नींद में नहीं, सचमुच जंगल के बीचो-बीच वह एक छोटी-सी पगडंडी पर उस पहाड़ की ओर दौड़ती जा रही हो। बदहवासी अभी तक उसके चेहरे से गई नहीं थी। साँय-साँय करता सारा जंगल और ऊँचे-ऊँचे वृक्ष कावेरी को पुकार रहे थे।

''हाँ कुछ खाकी वर्दी थी।'' वह मन ही मन बड़बड़ाई। तभी उसके जहन में स्वप्न में चलने वाली गोली की आवाज़ सुनाई दी। वह धड़ाम से उस पगडंडी पर गिर गई। तभी कुछ खाकी वर्दी वाले एक शरीर को खींच कर उसके सामने ले आए और बंदूक इस बार उसके माथे पर जा टिकी। तभी वह

स्वप्न से बाहर आ गई। पसीने में उसका एक-एक अंग भीग चुका था। पास पड़ी लाश का वह चेहरा नहीं देख पाई थी।

''वो शायद बुद्ध... ? नहीं...नहीं मैं ऐसा नहीं सोच सकती।'' जैसे ही वह पलकें झपकती, वही दृश्य हाजिर। वह परेशान हो उठी।

सुबह का समय हो आया था और वह एक पुरानी शाल लेकर खेतों की ओर दौड़ चली। मानसून ने इस बार भी पूरी तरह से मुँह मोड़ लिया था। धुंध में डूबे सारे खेत यूँ ही निचाट पड़े थे, नंगे। हरियाली दूर-दूर तक नहीं। सूखे नदी-नालों-पोखरों में अब पेट भरने के लिए घोंघा-केकड़े भी नहीं बचे थे। उसके काले स्वप्न की तरह सब कुछ डरावना।

दूर कहीं बरखा बुलाने के लिए कुछ लोग अपने गीत गुनगुना रहे थे। अपने देवता और देवी को खुश करने के लिए वे अनुष्ठान कर रहे थे। वह उस आवाज़ की ओर चल पड़ी।

वन देवी-देवताओं की नाराजगी दूर करने के उद्देश्य से औरतों का समूह गोल-गोल झूमते हुए एक आवाज़ में कुछ गुनगुना रहा था। यह उनके लोक जीवन का अभिन्न अंग था। फिर ये सभी अचानक रुक गए। उनके चेहरे पर उदासी छा गई। उदासी भी कितनी संक्रमणकारी...देखते-देखते सब कुछ उदास। कावेरी की उदासी भी उनकी उदासी में शामिल हो गई। क्या उदासी की कोई अपनी आवाज़ होती है ? अपनी ध्वनियाँ ? अपना आलाप ?

देखते-देखते उदासी पिघली और नदी बन आँखों से बहने लगी। कावेरी के अंदर का झरना उदास हो बहने लगा असंख्य सवालों के साथ। बारिश की बूँदों की तरह वह ख़ामोश बोलने लगी और पूरी कायनात जैसे सुनने लगी। उस भाषा में न कोई शब्द था और न ही कोई लिपि। उसने बंद आँखों के परे अपने कुल देवी-देवता से बुद्ध की रक्षा की कामना की। वह उस स्वप्न को भूलना चाहती थी।

▢▢▢

बादलों का रंग गहरा हो चुका था और हवा में ठंडक बढ़ने लगी थी। वे दोनों चुपचाप ट्रेन की बड़ी-सी खिड़की से बाहर देखे जा रहे थे। अब बादल प्यासी ज़मीन की प्यास बुझाना चाहते थे। उस व्यक्ति के दिमाग में कुछ सवाल कुलबुला रहे थे।

''दनेश्वर को क्या बिल्कुल भी भनक नहीं थी बुद्धरायशरण और वेंकटेश्वर के रिश्तों के बारे में ?'' उसने उस लड़की की ओर देखा।

‘‘गाँव में इतना कुछ हो रहा था तो दनेश्वर उस समय क्या कर रहा था?’’ उसने लड़की से फिर पूछा लेकिन उसने कोई जवाब नहीं दिया।

‘‘स्कूल में नरेन कौन था?’’ उसने फिर सवाल किया।

लेकिन वह थोड़ी देर चुप रहना चाहती थी।

‘‘क्या दनेश्वर अपने प्यार का इज़हार तृप्ति से कर पाया?’’ वह सवाल पर सवाल किए जा रहा था। उस लड़की ने उसकी ओर देखा और गहरी सांस ली।

‘‘एक ही ज़िंदगी में इतना आसान नहीं होता सब कुछ जानना किसी के भी बारे में, जितना आप समझते हो। क्या आप जान पाए हो अपने आस-पास के लोगों के बारे में?’’ उस लड़की ने सहजता से उसके सवाल के बदले में एक सवाल किया।

‘‘अरे मैं तो अपने डिपार्टमेंट के बारे में ही नहीं जान पाया आज तक।’’ वह मुस्कुरा दिया।

‘‘इतनी गंभीर बात पर भी आप मुस्कुरा देते हो...आप कमाल हो?’’ वह लड़की भी हल्के से मुस्कुरा दी।

‘‘सॉरी...क्या मेरे सारे सवालों के जवाब मिलेंगे?’’ उस व्यक्ति ने गंभीर होते हुए कहा।

‘‘शायद?’’

‘‘बुरा न मानो तो एक बात कहूँ?’’ उस व्यक्ति ने झिझकते हुए पूछा।

‘‘जी जरूर’’

‘‘आपकी आँखें बेहद खूबसूरत हैं लेकिन ये आँखों के नीचे डार्क सर्कल...क्या नींद पूरी नहीं लेते हो आप?’’ उसने गले में थूक गिटकते हुए पूछा।

‘‘जी...।’’ उस लड़की ने उसकी और देखा और मुस्कुरा दी।

‘‘मतलब?’’ वह व्यक्ति बोला।

‘‘मुझे सपने देखना बेहद पसंद है...मैं उसी दुनिया में रहती हूँ...इस दुनिया से बहुत दूर। बहुत पीछे चली जाती हूँ वहाँ कुछ सपने हकीकत से भी ज़्यादा सजीव होते हैं जिन्हें हम भूल नहीं पाते।’’

‘‘लेकिन सपने तो गहरी नींद में ही आते हैं’’

''नहीं मैं नहीं मानती, मेरे हिसाब से सपने केवल कच्ची नींद में ही आते हैं।'' नींद उसकी पलकों पर उतर आई थी जैसे वहाँ एक तस्वीर उभर आई हो, जो जीवित थी...चल फिर रही थी। वह व्यक्ति उस तस्वीर को पढ़ने की कोशिश कर रहा था।

''हम तो थक कर ऐसे सो जाते हैं जैसे मरा हुआ हाथी...बिस्तर पर गिरते ही चित...सपने वाले सिग्नल तो हमें आते ही नहीं।'' यह कहते हुए वह मुस्कुराया तो वह भी मुस्कुरा दी।

उसकी आँखें उसकी पलकें खूबसूरत लग रही थी जैसे संसार का समूचा सौंदर्य वहीं सिमट गया हो। यहाँ एक बात तो सच लग रही थी कि किसी को समझने के लिए जुबान...शब्दों...वाक्यों की जरूरत नहीं होती, आँखें कई बार बहुत कुछ बयान कर देती हैं।

''सॉरी...हम भटक रहे हैं...क्या मेरे सवालों के जवाब मिलेंगे? आगे कहानी में क्या हुआ?'' उस व्यक्ति ने सवाल किया।

ट्रेन अपने तय समय से बहुत लेट चल रही थी। पता लगा था कि आगे के ट्रैक पर काम चल रहा था। ट्रेन कब अपनी मंज़िल पर पहुंचेगी, यह अंदाजा लगाना मुश्किल था। अभी सफ़र भी अधूरा था और उन दोनों की कहानी भी।

◻◻◻

# अध्याय–28
## 'रहस्मयी शून्यता'

दिसंबर की मुलायम धूप शाम को और महीन कर चुकी थी। मखमली धूप का टुकड़ा सिकुड़ता जा रहा था। शाम को डूबता सूरज अपनी कूची का आखिरी ब्रशस्ट्रोक लगाता सबको लाल रंग में रंगता धुंध में कहीं खो गया। समुद्र जो दिनभर अधीर-आतुर स्वर में चीत्कार करता रहा, अब किंचित शांत हो गया था। शाम के गिरते सन्नाटे ने उसे भी छू लिया था। धीरे-धीरे पूरी शहर का समुद्री तट नीली-सी धुंध में खो गया। केवल चट्टानों का धुँधला-सा अक्स दिखाई दे रहा था। समुद्र की अबाध रहस्मयी शून्यता और उनकी निस्पंद आँखों का मौन एक जैसा प्रतीत हो रहा था। एक ओर धीरे-धीरे मौसम में ठंडक बढ़ने लगी थी और दूसरी ओर आकाश में बादलों का जमघट लगना शुरू।

गाँव से आए हुए दनेश्वर को काफी समय हो गया था। वहाँ की यादें उसके ज़हन में ज्यों की त्यों बसी थी। मोबाइल फोन खो जाने के बाद से उसकी गाँव में किसी से बात नहीं हो पाई थी। पहले हर महीने कुछ पैसे वह घर को भेज दिया करता था लेकिन बहुत दिनों से दनेश्वर ने कोई पत्र या मनीऑर्डर गाँव नहीं भेजा था।

तृसि और दनेश्वर बहुत देर से गरजते समुद्र को निहार रहे थे। उनके चेहरे पर टकराती सर्द हवाएँ उनके शरीर में सिरहन पैदा कर रही थी। उसने फुल स्लीव का स्वेटर पहन रखा था। वह कभी दनेश्वर के स्वेटर को और कभी उसके ख़ाली हाथों को देखे जा रही थी। दनेश्वर नर्वस था। कुछ देर बाद वे दोनों उठकर समुद्र तट से थोड़ी दूर सड़क उस पार कैफे के साथ सटे पार्क में चले गए। पार्क ज़्यादा हरा-भरा नहीं था। वहाँ पर हल्की घास थी जहाँ पर ओस जमी थी। तृसि ने चप्पल हाथ में उठा ली थी। नंगे पाँव घास पर चलने से उसके पाँव गीले हो गए थे और दूब के कुछ तिनके उसके पैरों पर चिपक गए। उसे ठंड की बिल्कुल परवाह नहीं थी।

दनेश्वर उसे एकटक देखे जा रहा था। वह बिल्कुल ओस में धुली गुलाब की कली लग रही थी। वह उससे कुछ कहना चाहता था और शायद तृसि भी। उसने उसकी आँखों में ध्यान से देखा, उसकी आँखें उदास थी। शायद उसके अतीत की कोई कहानी उसकी आँखों में तैर रही थी। वह उसके अतीत को जानना चाहता था। उसने उसकी नाजुक कलाइयों की ओर देखा, छोटी-

छोटी प्लास्टिक की चूड़ियाँ नीचे खिसक आई थीं। उसके गोरे हाथों में रंग-बिरंगी चूड़ियाँ बहुत ही ख़ूबसूरत लग रही थी।

बहुत देर से ख़ामोश बैठे वे एक-दूसरे के संग होकर भी अकेले थे। बाहर सर्दी का धुंधलका फैलने लगा। नीला आकाश पल भर में धुंध से भर गया। धुंध धीरे-धीरे उन्हें अपने आग़ोश में लेने लगी। हवा से उसके छोटे बाल बिखर कर बार-बार चेहरे पर आ रहे थे। वे बहुत रूखे और हल्के भूरे रंग में बदले हुए थे। दनेश्वर उसे ख़ामोशी से देख रहा था। उड़ते पत्तों की तरह उसके मन में भी टूटते-बिखरते सवाल थे। अपनी टांगों के बीच हाथों को दबाए वह उन्हें गर्म करने की कोशिश कर रहा था। चलती हवा से बादल भी बिखरने लगे। पुरी शहर की शाम दिन की अपेक्षा ज्यादा गर्म थी।

''तुम्हारी ख़ामोशी और उदास आँखें काफी कुछ कह रही हैं, लगता है किसी अपने द्वारा ही गहरा जख़्म दिया गया है। क्या मैं पूछने की धृष्टता कर सकता हूँ? क्या मैं उदासी का कारण जान सकता हूँ?'' दनेश्वर ने लम्बी ख़ामोशी तोड़ते हुए पूछा। उसे नीलम की बात याद थी जो उसने तृसि के लिए कही थी।।

''जी ऐसी कोई बात नहीं है। कल रात से मेरी तबीयत ठीक नहीं है...ये आजकल जो ठंडी हवा चल रही है न, मुझे बहुत पसंद है। कल रात कमरे की एक खिड़की खुली रह गई तो सो न सकी, रात भर इन्हें ही महसूस करती रही।''। उसके स्वर में भीगा-सा आग्रह था।

''तो उठ कर खिड़कियाँ बंद कर देनी चाहिए थी।''

''कर तो देती लेकिन हवा बेहद खुशनुमा लग रही थी और कंबल से निकलने का मन ही नहीं हो रहा था। सूनी सड़कों पर पत्तों के दौड़ने की भी आवाज़ आ रही थी...कुछ पत्ते उड़ कर मेरे कमरे तक भी आ गए थे।'' उसकी आवाज़ में कवित्व था। मंद हवा तेज होने लगी थी। उसने गर्म शॉल से अपने आप को लपेट लिया।

''तुम्हें पता है कि कल पुरी के सरकारी कॉलेज के पास एक धमाका हुआ?'' दनेश्वर उससे बात करने का बहाना ढूँढ रहा था।

''अच्छा?'' उसने धीरे-से कहा।

''लगता है तुम अख़बार नहीं पढ़ती हो?'' उसने सवाल किया।

''दिल ही नहीं करता कुछ जानने समझने का।'' आवाज़ में उदासी मिली हुई थी।

‘‘चार छात्र मारे गए ...और तुम्हें पता है कि कौन शामिल था इस घटना के पीछे ?’’ उसने उसके चेहरे के भावों को पढ़ते हुए कहा।

‘‘कौन ?’’

‘‘उसी कॉलेज का एक प्रोफे सर...लिखा था कि वह कोई अर्बन नक्सली था।’’

‘‘मतलब ?’’

‘‘मुझे भी पता नहीं...’’ वे दोनों मुस्कुराए।

‘‘तुम यूँ ही मुस्कुराया करो।’’

‘‘जी..।’’

‘‘मैं तुम्हारे अतीत के बारे में जानना चाहता हूँ...तुमने कहा था कि समय आने पर मैं तुम्हें बता दूँगी...क्या सही समय आने में अभी देर है ?’’ दनेश्वर ने तृषि के हाथों को अपने हाथों में लेते हुए कहा। दोनों ने एक-दूसरे की ओर देखा। वह चाहकर भी अपना हाथ अपनी ओर खींच नहीं पाई।

‘‘मेरा अतीत उन काले बादलों की तरह है जिसमें बारिश की बूँदे भी हैं और उसकी कालिमा भी...जिसे कभी ज़मीं प्राप्त नहीं हुई।’’ उसके शब्द बर्फ की तरह जम चुके थे।

‘‘नहीं...मैं जानना चाहता हूँ तुम्हारे बारे में...तुम्हारा अतीत चाहे कैसा भी हो...मुझे वह स्वीकार है। तुम्हें पता है कि मैंने गाँव में माँ को भी तुम्हारे बारे में बताया था। मैं आगे का जीवन सिर्फ तुम्हारे साथ बिताना चाहता हूँ। तृषि..मैं...मैं तुमसे शादी करना चाहता हूँ...अगर तुम्हें एतराज़ न हो तो।’’ उसने अपनी बात खुल कर उसके सामने रख दी। वह एक साँस में अपनी बात कह चुका था।

तृषि ने दनेश्वर की ओर देखा।

‘‘हम साथ रहे, यह मैं भी चाहती हूँ लेकिन शादी जैसे सामाजिक बंधन में मैं बँधना नहीं चाहती। मुझे इस व्यवस्था पर विश्वास ही नहीं है लेकिन मुझे दिल के रिश्तों पर विश्वास है जिन्हें भगवान बनाता है उसके लिए अग्नि के फेरे लेना जरूरी है क्या ?’’

दनेश्वर उसके एक-एक शब्द को ध्यान से सुन रहा था।

‘‘मेरे लिए लोगों द्वारा बनाए गए सामाजिक रिश्ते सिर्फ एक एडजस्टमेंट है।’’ उसने शांत भाव से कहा। बाहर का वातावरण बदल चुका था। आकाश में फिर से बादलों का जमघट लगने लगा था।

‘‘मैं समझता हूँ लेकिन हम समाज में रहते हैं और समाज के नियमों को हमें मानना पड़ता है और शायद जीने के लिए यह जरूरी भी है। आखिर हुआ क्या था?’’ उसने तृसि का हाथ अभी तक पकड़ा हुआ था।

‘‘मैं तुम्हें एक सच बताने जा रही हूँ.... ।’’

‘‘हाँ... मैं सच ही जानना चाहता हूँ।’’ उसने हाथ को कस कर पकड़ लिया था।

‘‘मैं शादीशुदा हूँ। तलाक का केस अभी भी अदालत में है, शायद इस हफ्ते फैसला आ जाए। मेरे माँ-बाप ने बड़े ही शौक से मेरी शादी की थी। दिल खोलकर पैसा भी खर्च किया गया। जो उन्होंने माँग रखी सब पूरी की मेरे पापा ने लेकिन उस व्यक्ति के साथ मैं निभा नहीं पाई।’’ उसने भरे मन से कहा। कोर्ट की तारीखों के थपेड़ों में उसका केस ठंडा पड़ चुका था लेकिन अब उसे फैसले का इंतज़ार था।

‘‘क्यों? ऐसा क्या हुआ?’’ वह हैरान था लेकिन वह उसके हर सच को अपनाने के लिए तैयार था। उसने उसके हाथ को अपने दोनों हाथों के बीच ले लिया।

‘‘वह व्यक्ति बिल्कुल अलग था। उसे केवल पैसे से लगाव था। रिश्ते, भावनाएँ और अहसास उसके लिए कोई मायने नहीं रखते थे। उसके लिए मैं केवल एक शरीर थी। मेरी रूह से उसका कोई वास्ता नहीं था। वह मेरे शरीर के साथ-साथ, मेरी रूह को भी लहूलुहान करता था।’’ वह उदासी की नदी पर दुख की आग में झुलसी हुई झाड़ी की तरह थी। दनेश्वर चुपचाप उन बिखरे शब्दों को समेट रहा था और वह बोलती जा रही थी।

‘‘एक महीने के अंदर ही मुझे समझ आ गया था कि मैंने अपने जीवन की सबसे बड़ी गलती यह शादी करके की है लेकिन मैं अपने माँ-बाप को दुख पहुँचाना नहीं चाहती थी। उन्होंने मुझे बड़े लाड-प्यार से पाला था इसलिए अपना दुख बता कर मैं उनके सुंदर सपनों को तोड़ना नहीं चाहती थी लेकिन एक दिन ये शरीर के रिश्ते टूट गए क्योंकि रूह से रूह की तार जो नहीं मिली थी। मेरे पहले बच्चे को भी उन्होंने गिरवा दिया। मैं सह न पाई और वह घर छोड़ दिया।’’ उसकी आँखों में आँसू तैर गए। एक स्त्री के साथ जब अकेलेपन की पीड़ा भी जुड़ जाती है तब उसकी मानसिक व्यथा समझने वाला कोई नहीं होता और उसके अकेलेपन का कई अर्थ लगा लेती है ये बेरहम दुनिया।

‘‘सॉरी तृसि...मैं नहीं चाहता था कि तुम्हें दुख पहुँचे।'' वह सहज भाव से बोला।

‘‘मेरे सन्नाटे भरे जीवन में आवाज़ का सर्जन करने वाला कोई नहीं? मैंने बहुत कोशिश की लेकिन मैं हार गई। प्रेम में देना कितना आंनदायक होता है इसका उसे अहसास ही नहीं हो सका। देना यानि कि अपना आकर्षण, अपनी समझ, अपनी हँसी और यहाँ तक कि अपने आँसू, अपनी सारी भावनाएँ...लेकिन वह जानवर था...इस व्यापार को केवल प्यार से लबालब व्यक्ति ही समझ सकता था, यह बात उसकी समझ से बाहर थी। तुम मुझे बताओ दनेश्वर एक निष्ठता की चाह केवल औरत से ही क्यों, पुरुष समूह भोग के लिए आजाद? त्याग का ठेका का क्या सिर्फ हमारा ही है?'' पुरानी यादें तृसि की आत्मा को मथ रही थी। एक खौलता सवाल उसने दनेश्वर के सामने रख दिया। आज न सिंदूर, न मंगलसूत्र...कोई भी निशानी उसके पास नहीं थी। उसकी खाली मांग अधपके बालों के बीच सूखी क्यारी की तरह लग रही थी। दनेश्वर को जवाब नहीं सूझ रहा था लेकिन वह हिम्मत करके बोला।

‘‘तृसि सभी लोग एक जैसे नहीं होते...तुम तो इतनी मजबूत हो...ऐसे कमजोर नहीं होते।'' वह उसके आँसू पोंछ देना चाहता था लेकिन वह रुक गया।

‘‘हाँ...मैं मानती हूँ लेकिन सामाजिक बंधन में बँधकर मैं अब किसी भी रिश्ते को निभा नहीं पाऊँगी। मुझे तुम अच्छे लगे...तुम्हारे अंदर एक सच्चाई है लेकिन इस खूबसूरत रिश्ते को मैं बंधन में बाँध कर इसका दम घुटते नहीं देख सकती। इसे आज़ाद रहने दो। हम ऐसे ही इस रिश्ते को बनाए रखेंगे। किसी को हासिल कर लेना ही मोहब्बत नहीं होती है, उसको हर पल रूह में महसूस करना ही शायद मोहब्बत का सही स्वरूप है। मैं जिंदा रहना चाहती हूँ सिर्फ अपनी शर्तों पर...मुझे माफ करना, मैं शादी जैसे बंधन में अब दोबारा नहीं बँधना चाहती।'' गोरी पारदर्शी त्वचा के नीचे उसकी नीली नसें दिखाई दे रही थी। मंद-मंद बहती हवा से उसके बाल बिखरे जा रहे थे। उसने अपना हाथ उससे अलग किया और अपने अस्त-व्यस्त बालों को ठीक किया।

'लेकिन तृसि..!'

‘‘दनेश्वर...तुम्हें मेरा यह रिश्ता इस तरह से ही स्वीकार करना पड़ेगा अन्यथा मुझे माफ कर दो। अगर तुम चले भी जाओगे तो मैं तुम्हें हमेशा प्यार करती रहूँगी.. हमेशा..।'' उसकी आँखें आँसुओं से भर आई।

वह चुप था। उसके पास शब्द नहीं थे।

ठंडी हवा अपने होने का एहसास पल-पल दिला रही थी। सागर से आने वाली हवा होंठ कँपकँपा देने वाली थी। बाहर दुकानों पर क्रिसमस और न्यू ईयर के कार्ड दिख रहे थे। नया साल नजदीक था। स्वर्गद्वार के सभी होटल बिजली की लड़ियों से सजे थे।

''तृप्ति..तुम अपने इस फैसले पर विचार करना।'' दनेश्वर ने प्यार से कहा।

''दुनिया के कोलाहल के बीच मैंने खुद को नितांत अकेला पाया है, फिर भी मैं अपने आप को टूट कर बिखरने नहीं देती। इंसान हर चीज से भाग सकता है अपनी किस्मत से नहीं।'' आँसू रोकने का असफल प्रयास करते हुए वह चुप हो गई। मन में वेदना की लहरें उफान पर थी। उसके लिए भावनात्मक शून्यता से उभरना सरल न था। उसकी ख़ामोशी उसके व्यक्तित्व की परिभाषा बन चुकी थी। भाग्य के आगे वह हार चुकी थी लेकिन नियति ने उसे आज उम्मीद के किनारे पर लाकर खड़ा कर दिया था। अब अपना भाग्य उसे खुद लिखना था।

वातावरण में मौन था, पर मौन की भी तो एक भाषा होती है जो बहुत कुछ कहती है। वातावरण में वह भाषा तैर रही थी। वह उसके मन की थाह पाने की कोशिश करते हुए बोला।

''चलो कॉफी पीते हैं।'' दनेश्वर ने प्रश्न भरी दृष्टि से उसे देखा लेकिन वह इंकार नहीं कर पाई।

''संबंधों के विकल्प बहुत जरूरी होते हैं हम सब के लिए...जीने के लिए... विकल्प अगर जरूरी नहीं होते तो शायद हमारे जीवन में अन्य रिश्ते न होते। दोस्ती का रिश्ता भी तो महत्त्वपूर्ण होता है।'' दनेश्वर ने मुस्कुराते हुए कहा। वह उसे सहज करना चाहता था। कॉफी के कप उन दोनों के हाथ में थे। दोस्ती के रिश्ते का आधार नसों में बहने वाला लहू नहीं होता बल्कि वह अहसास होता है जिसकी जड़ें बहुत गहरी होती हैं।

उसने दनेश्वर के प्रश्न का जवाब नहीं दिया। उसे जो कहना था वह कह चुकी थी। रिश्तों की परिभाषा उसके लिए आज अलग थी। रिश्ते तिल-तिल कैसे दम तोड़ते हैं, वह जान चुकी थी। केस को चले कई साल हो गए थे। इस दौरान वह कितनी रोई... कितनी मानसिक यंत्रणा सही...इनका

हिसाब ऐसा है जिसे वह बता नहीं सकती थी लेकिन आज दनेश्वर का साथ उसे सुकून दे रहा था।

पास के कैफे में गीत-संगीत का प्रोग्राम शुरू होने वाला था। वह प्रोग्राम शुरू होने से पहले ही वहाँ से चल दिए। उसने पीछे मुड़कर देखा। उनके ख़ाली कप उन्हें देख रहे थे।

◻

दनेश्वर कमरे पर लौट आया। अभी तक साहिल का कोई अता-पता नहीं था लेकिन वह जानता था कि वह अपनी रहमती और शराब के साथ कहीं खुश होगा। वह पास पड़ी मेज के नजदीक गया और उसने किताबों के ढेर के नीचे से एक तस्वीर निकाली। तृप्ति तस्वीर में भी उदास थी। खिड़की से बाहर नीले लिफाफे-सा आकाश, जो हमारी धरती को चारों ओर घेरे हुए है, अंधकार में डूब चुका था। कमरे को बंद कर वह छत पर चला गया लेकिन तृप्ति के अतीत की बातें उसके ज़हन में अभी भी घूम रही थी। हवा के तेज होने से फुटपाथ से पत्तों का शोर आ रहा था। पत्ते फुटपाथ से उठकर छत तक आ गए थे। पत्ते भी उनकी तरह तन्हा थे जो एक ही शहर में रहकर अलग-अलग मोहल्ले में बिखरे पड़े थे। उसे तृप्ति के जवाब का इंतज़ार था। बादल हवा से तितर-बितर हो गए और धूंध भी महीन होकर छितरा गई।

◻

रात भर वह सो न सका। उसकी आँखों में नींद भर आई थी। स्कूल के स्टाफरूम में बैठे-बैठे वह नींद से जद्दोजहद कर रहा था। बहुत-सी कॉपियाँ उसकी टेबल पर चेक होने के लिए पड़ी थी लेकिन उसका मन नहीं था कुछ करने का। सिर में भारीपन महसूस हो रहा था और नींद आँखों में घुल रही थी।

उसकी पिछली रात पुलिस स्टेशन में बीती थी। बड़ी मुश्किल से वह साहिल को जमानत पर छुड़ा कर लाया था। रहमती के प्रेम में साहिल अंधा हो चुका था। उसकी हर शाम रहमती के ठिकाने पर ही गुजरती। पुलिस की रेड में साहिल को पुलिस ने धर दबोचा था। ऐसा नहीं था कि वह पुलिस स्टेशन पहली बार आया था। फैक्ट्री के मुनीम से भी उसकी कई बार झड़प हो चुकी थी, जिस बाबत वह कई बार वहाँ दर्शन दे चुका था। स्थानीय चौकी वाले भी अब उसको पहचानने लगे थे।

दनेश्वर के बार-बार समझाने पर भी वह उसकी बात नहीं मानता था। उस रात भी उसने जी भर कर शराब पी हुई थी और उसका होश ठिकाने नहीं

था। रहमती को पुलिस ने जेल भेज दिया था। बड़ी मिन्नत के बाद पुलिस वालों ने साहिल को जमानत पर छोड़ा। साहिल पुलिस वालों से खफा था क्योंकि उन्होंने उससे उसकी रहमती को छीन लिया था। उसके जीवन में उसका अहम स्थान था। वह उसके बिना नहीं जी सकता था।

सुबह उसको सोता छोड़ दनेश्वर स्कूल में आ गया। रात भर की नींद उसे सता रही थी। कई महीने से उसे अपनी पूरी सैलरी नहीं मिली थी। वह चाहकर भी अपने बाबा को पैसे नहीं भेज पा रहा था। स्कूल में फैले भ्रष्टाचार को वह समझ चुका था। सरकार और शिक्षा बोर्ड को दिखाने के लिए बैंक में सैलरी तो पूरी भेजी जाती थी लेकिन अध्यापक को उससे कहीं कम सैलरी हाथ में थमाई जाती। मन ही मन वह शोषण के खिलाफ था लेकिन वह अपनी मजबूरी के सामने चुप था। पिछले कई महीनों से उसका बकाया स्कूल की तरफ था। उसे पैसों की सख्त जरूरत थी। उसने चेहरे को पानी से नम किया और ऑफिस की ओर चल दिया।

'' कई महीने हो गए मुझे पूरी तनख़्वाह मिले, जो बकाया है उसकी पेमेंट हो जाती तो अच्छा रहता।'' उसकी आँखें नींद से भरी जा रही थी।

''आप अकेले नहीं हो, बाकी स्टाफ भी है और जितना आपका बकाया रहता, आपको दे दिया जाएगा। आप फिक्र न करें।'' उषा ने मुस्कुराते हुए कहा और अपनी फाइलों में लग गई।

''फिक्र तो हो जाती हैं मैम क्योंकि मुझे कुछ पैसा गाँव भेजना होता है। कई महीनों से मैं अपने गाँव कुछ भी पैसा नहीं भेज पाया हूँ तो कृपया डायरेक्टर साहब से बात करके बकाया सैलरी जल्द दिलवा दीजिए।''

''स्कूल को कुछ फायनेंसियल प्रोब्लम चल रही है। आप निश्चिंत रहें। प्रोब्लम सॉल्व होते ही मैं आपको सूचित कर दूँगी...और हाँ आपकी तबीयत ठीक नहीं लग रही। हाफ-डे लेकर आराम कीजिए।'' उसके चेहरे पर मुस्कुराहट ज्यों की त्यों थी।

''जी शुक्रिया।'' वह उदास मन से बाहर आ गया।

तभी एक बूढ़ा व्यक्ति उसके सामने आ खड़ा हुआ।

''बेटा...मैं कई दिनों से स्कूल में एडमिशन के लिए आ रहा हूँ, मैंने सुना है कि गरीब लोगों के लिए भी कुछ सीट इन बड़े स्कूलों में होती हैं। मैं बाहर रिक्शा चलाता हूँ और चाहता हूँ कि मेरा बेटा भी बड़े स्कूल में पढ़े लेकिन मैं यहाँ जितनी बार भी आता हूँ ये लोग मुझे टाल कर वापिस भेज देते

हैं। क्या मेरी मदद कर सकते हो ?'' अधेड़ उम्र के उस व्यक्ति के चेहरे को देख उसे अपने बाबा की याद हो आई।

''हाँ...हाँ...ई.डब्ल्यू.एस. कोटे की कुछ सीटें होती हैं...तुम यहाँ बैठो मैं बात करता हूँ।'' दनेश्वर दोबारा से ऑफिस में गया और उषा मैम के सामने बैठ गया।

''अब क्या हुआ दनेश्वर साहब, कहा न चिंता मत करो,बता दूँगी।'' उसने झल्लाते हुए कहा।

''नहीं, मैं अपने लिए नहीं आया। वह जो बूढ़ा व्यक्ति बाहर बैठा है इसके बच्चे का एडमिशन क्यों नहीं हो पा रहा है मैम। गरीब आदमी है कुछ करो उसके लिए।'' उसने आग्रह किया।

उषा मैम ने बाहर की ओर देखा।

''अरे इनके चक्कर में मत पड़ो और इसे बाहर का रास्ता दिखाओ। मेन गेट पर कहा था कि इस को अंदर मत आने देना लेकिन यह फिर अंदर आ गया।'' वह गुस्से में चिल्लाई।

''जब सरकार ने प्रावधान किया है तो क्यों नहीं एडमिशन दे देते इस गरीब को ?'' उसने विनम्रता से कहा।

''अरे भाई आप और मैं स्कूल प्रशासन नहीं हैं। मैं भी आपकी तरह नौकर हूँ यहाँ पर। एडमिशन तो दे दें लेकिन जो थोड़े बहुत बाद के खर्चे हैं वह भी यह लोग नहीं उठा पाएँगे और बाद में तंग करेंगे। यह हमारे स्कूल के अमीर बच्चों के साथ एडजेस्ट नहीं कर पाऐंगे, आप समझते क्यों नहीं हो ?'' उसके चेहरे के भाव बदल चुके थे।

''वह एक गरीब आदमी है, रिक्शा चलाता है अगर उसका बच्चा स्कूल में पढ़ जाएगा तो क्या पता उनका जीवन सुधर जाए।'' उसने प्रार्थना की।

''अरे आप यहाँ टीचर हो, सामाजिक कार्यकर्ता मत बनो। मैं आपकी इज्जत करती हूँ और आपकी भावनाओं की कद्र भी। इतने पैसे कौन चुकाएगा...बताओ जरा...आप दोगे क्या ?'' उसकी बात सुनकर दनेश्वर कुछ देर के लिए चुप हो गया।

''आप एडमिशन कीजिए मैम, बाकी के जो खर्च होंगे, आप मेरी सैलरी से काट लेना लेकिन उस गरीब का बच्चा स्कूल में पढ़ना चाहिए। मैं आपसे प्रार्थना करता हूँ।'' उसने अपने दोनों हाथ जोड़ दिए।

''मिस्टर दनेश्वर आप भावनाओं में बह रहे हो। अगर आप अपनी सैलरी दे दोगे तो अपने गाँव में क्या भेजोगे ?'' वह हैरान थी।

''इसकी चिंता आप मुझ पर छोड़ दीजिए लेकिन उस गरीब के बच्चे को स्कूल में एडमिशन दिलवा दीजिएगा।'' वह अपनी बात पर कायम था।

''ठीक है सर उसके डॉक्यूमेंट पूरे करवाइए...करती हूँ मैं कुछ उसके लिए।'' उसकी मुस्कान चेहरे पर दोबारा आ गई थी।

''आपका बहुत-बहुत शुक्रिया'' मैम के चेहरे की मुस्कान से दनेश्वर को यकीन हो गया था कि अब उस बच्चे का एडमिशन हो जाएगा। वह कमरे से बाहर आ गया।

''आपके बेटे का एडमिशन हो जाएगा...आप चिंता ना करें और जो जरूरी कागज़ हैं उनको पूरा कर लें।'' बूढ़े व्यक्ति के चेहरे पर खुशी की लहर दौड़ गई। उसने दनेश्वर को आशीर्वाद दिया और चला गया। उस बूढ़े व्यक्ति की आँखों में अब खुशी के आँसू थे। दनेश्वर की आँखों में अपने बूढ़े बाबा बिरंचि नारायण की तस्वीर उतर गई।

उधर नरेन पास खड़ा सब कुछ देख रहा था। उसे यह सब देख कर बहुत अच्छा लगा। वह उसके पास आया और उसके कंधे पर हाथ रखा।

''क्या माजरा है सर ?'' उसने अनजान बनते हुए कहा।

''कुछ नहीं सर...बस एक एडमिशन का केस था। अब हो गया।''

''अपनी सैलरी को दाँव पर लगाकर ?'' वह मुस्कुराया।

''अरे सर आप बाहर ही थे...सब सुन लिया क्या ?'' वह मुस्कुराया।

''हाँ...सब का सब...तुम बहुत भावुक हो और यह अच्छी बात है लेकिन बहुत कम लोग हैं जो गरीब लोगों के प्रति संवेदनशील हैं..नहीं तो समाज में लोगों का ज़मीर मर चुका है। मैं तुम्हें एक व्यक्ति से मिलवाना चाहूँगा। कॉलेज के प्रोफेसर हैं संजीत राय, भुवनेश्वर के सरकारी कॉलेज में। कल जा रहा हूँ मिलने...अगर समय हो तो चलना।''

''क्यों नहीं जरूर चलूँगा।'' उसने मुस्कुराते हुए सहमति दी।

□□□

# अध्याय-29

## 'शोषण के खिलाफ आवाज़'

पुरी से भुवनेश्वर की दूरी लगभग चौंसठ कि.मी. थी लेकिन उन्हें वहाँ पहुँचने में चार घंटे लग गए। वे दोनों प्रोफेसर संजीत राय के घर थे।

प्रोफेसर साहब का घर किताबों से भरा हुआ था। एक अच्छी खासी लाइब्रेरी की तरह उनका लिविंग रूम किताबों से सजा हुआ था।

''तो आप हो दनेश्वर बाबू, स्वागत है इस छोटे से घर में आपका।'' प्रोफेसर संजीत राय ने मुस्कुराते हुए अभिनंदन किया।

''जी, आप मेरा नाम जानते हो?'' उसने हैरानी से पूछा।

''हाँ मैंने ही बताया था तुम्हारे बारे में प्रोफेसर साहब को।'' नरेन के चेहरे पर मुस्कुराहट थी।

''नरेन ने बताया था कि आपका गाँव बुहानगढ़ इलाके में पड़ता है। वो तो बड़ा ही चर्चित क्षेत्र है। कुछ बताओगे वहाँ के आदिवासी क्षेत्र के बारे में। आप को क्या लगता है कि वहाँ के लोगों को उनके अधिकार मिल रहे हैं?'' प्रोफेसर साहब ने जानने की कोशिश की।

''नहीं सर...अगर सभी सुविधाएँ मिलती तो क्या मैं अपना गाँव छोड़ता। वहाँ आज तक कुछ नहीं बदला, सब वैसे का वैसा ही है लेकिन क्या कर सकते हैं? अब तो यह हम सब की नियति बन चुकी है।'' दनेश्वर ने उदास मन से कहा।

''शोषण गाँव में हो, चाहे शहर में, उसके खिलाफ आवाज़ उठाने का दम भी जरूरी है। नरेन ने आप के बारे में मुझे बहुत कुछ बताया तो मुझे लगा कि आप से मिलना जरूरी है।'' प्रोफेसर साहब किचन में गए और चाय गैस पर चढ़ा दी।

''जी मैं तो एक आम स्कूल अध्यापक हूँ...मेरे में ऐसा क्या खास है?'' वह मुस्कुराया।

''चीनी कितनी डाल दूँ?''

''जितना आप का मन करे प्रोफेसर साहब, चीनी कम हो या ज़्यादा हमें फर्क नहीं पड़ता।'' नरेन ने मुस्कुराते हुए कहा।

थोड़ी देर में चाय टेबल पर थी।

''आप अकेले रहते हो? मतलब परिवार.. ?'' दनेश्वर ने पूछा।

‘‘परिवार...नहीं...शादी नहीं की मैंने...कुछ काम है ज़िंदगी में जो पूरे करने थे तो बँधन में बंधना ठीक नहीं समझा।’’ प्रोफेसर साहब ने मुस्कुराते हुए उसको कप ऑफर किया।

‘‘जी...क्या मैं जान सकता हूँ कि ऐसे क्या काम थे सर?’’ उसने सवाल किया।

‘‘ऐसे कुछ खास नहीं बस मुझे इस समाज में फैली असमानता और शोषण से दिक्कत रही है। मैं हमेशा से अपने इस समाज के लिए कुछ करना चाहता था। आज गाँव और शहर में ज़्यादा फर्क नहीं रह गया...हर जगह मानवीय अधिकारों का हनन हो रहा है, बस तरीके बदलते रहते हैं। अपना देखो...आधी सैलरी पर काम करके क्या हम स्वयं शोषण को बढ़ावा नहीं दे रहे है? हमें हर तरह के शोषण के खिलाफ आवाज़ उठानी चाहिए लेकिन नहीं...हम चुप हो जाते हैं मजबूरी का नाम लेकर। ये बड़े-बड़े साहूकारों के शिक्षा केंद्र लूट का जरिया बन चुके हैं। ये लोग अपना पैसा इन स्कूलों-ॅकॉलेजों में इन्वेस्ट करते हैं ताकि लाखों का करोड़ों बना सकें। गरीब लोगों के लिए कोई सुविधाएँ नहीं। यहाँ तक कि उनको एडमिशन तक नहीं दिया जाता। डोनेशन के नाम पर लाखों रुपए डकार जाते हैं ये लोग।’’ उनके शब्दों में गर्माहट बढ़ चुकी थी।

‘‘आपकी बात सही है सर लेकिन गरीबी की जमा देने वाली ठंड में जुबान हलक से बाहर ही नहीं आती, वो मजबूरी की बर्फ में दब जाती है।’’ दनेश्वर ने जवाब दिया।

‘‘जिसे आप मजबूरी कह रहे हो यह उन लोगों का हौसला बन चुका है और इसी को आधार बनाकर ही तो वे हम लोगों को लूटते हैं...शोषित करते हैं। नरेन को देखो, यह दिल्ली से यहाँ पर आया है हमारे साथ। आप क्या सोचते हो, यह यहाँ नौकरी करने आया है? नहीं...यह क्रांति के विचार को आगे बढ़ाने आया है।’’

‘‘मैं समझा नहीं सर।’’ उसे कुछ समझ नहीं आया।

‘‘नरेन सब समझा देगा तुम्हें। आप देश के युवा हो...अपनी ऊर्जा को सही दिशा दीजिए। देश और समाज के लिए अगर कुछ करना है तो अपनी भावुकता संभाल कर रखें। यह बहुत काम आएगी क्योंकि संवेदनशील व्यक्ति ही इंसानी मर्म को समझते हैं अन्यथा यह सरकार, साहूकार और पुलिस वाले

सब पत्थर हो चुके हैं।'' प्रोफेसर साहब के चेहरे की मुस्कुराहट जा चुकी थी। नरेन चुप था। वह दनेश्वर के बदलते भावों को पढ़ रहा था।

''जानते हो पिछले दिनों जो पुरी के सरकारी कॉलेज के सामने बम ब्लास्ट हुआ था उसमें हमारे एक प्रोफेसर साथी को जेल में डाल दिया गया था।''

''हाँ...मैंने पढ़ा था अख़बार में।'' वह प्रोफेसर की हर बात को ध्यान से सुन रहा था।

''पुलिस वालों की जीप में ब्लास्ट किया गया था क्योंकि उन पुलिस वालों ने दो मजदूर महिलाओं के साथ जबरदस्ती थाने में बलात्कार किया था। कॉलेज के सामने हर रोज़ उनकी ड्यूटी होती थी। उड़ा दिया कुत्तों को। तो क्या गलत किया? क्या उनको जिंदा रहने का अधिकार था?'' प्रोफेसर साहब की भाषा को बदलते देख वह हैरान था।

''लेकिन सर उसमें कुछ निर्दोष कॉलेज के बच्चे भी मारे गए।'' उसने अपना पक्ष रखा।

''जब जंगल में आग लगती है तो छोटे-बड़े पेड़ सब भस्म हो जाते हैं।''

''लेकिन मुझे यह तरीका सही नहीं लगता...हिंसा से क्या हासिल हुआ आज तक? हम पढ़ लिख कर भी तो समाज को बदल सकते हैं। आप कैसे समाज की कल्पना कर रहे हो प्रोफेसर साहब? क्या आपको नहीं पता कि खून से हमेशा खून ही लिखा जाता है?'' उसे प्रोफेसर की बात ठीक नहीं लग रही थी।

''क्या हम पढ़े-लिखे नहीं?'' प्रोफेसर साहब हँस पड़े।

''मेरा मतलब आप से नहीं था सर...।''

''चलो छोड़ो ये बातें और चाय पियो।'' प्रोफेसर साहब इस बात को वहीं रोक देना चाहते थे। फिर कमरे में गहरी ख़ामोशी फैल गई।

नरेन और दनेश्वर पुरी वापस लौट आए लेकिन दनेश्वर के दिमाग में प्रोफेसर साहब का वो मुस्कुराता चेहरा तैर रहा था। उसके शब्द सवाल बनकर उसी को कचोट रहे थे।

''हवा में फैले उस शोर का हिस्सा मत बनिए,
नहीं तो सुन नहीं पाओगे उन गरीबों की सिसकियाँ और
आँखों से बहते निशब्द आँसुओं का शोर,

▢

''तुमने स्कूल बोर्ड पर नोटिस को पढ़ा ?'' तृसि ने दनेश्वर से पूछा।

''कैसा नोटिस ?''

''स्कूल के डायरेक्टर साहब ने फरमान निकाला है कि सभी टीचर्स अपने ओरिजिनल एजुकेशनल डॉक्यूमेंट स्कूल में जमा कराएँगे।''

''क्यों...यह तो सरासर  गलत है। अगर हम ऐसा करेंगे तो हम किसी और नौकरी के लिए अप्लाई नहीं कर पाएँगे।'' दनेश्वर की चिंता जायज़ थी।

''अगर गलत है तो आवाज़ क्यों नहीं उठाते ?'' नरेन की आवाज़ ने उनको चौंकाया।

''बिल्कुल...हमें आवाज़ उठानी चाहिए।'' तृसि ने भी नरेन का साथ दिया

''अगर हमने ओरिजिनल डॉक्यूमेंट देने से इंकार किया तो क्या ये हमें नौकरी से निकाल देंगे ?'' दनेश्वर के चेहरे पर उदासी फैल गई।

''बेशक...लेकिन अध्यापक होकर भी अगर हम शोषण के खिलाफ आवाज़ नहीं उठा पाएँगे तो फिर काहे के अध्यापक ? काहे की शिक्षा ?'' नरेन ने सवाल किया। दनेश्वर चुपचाप नरेन की ओर देख रहा था। नरेन की बात बिल्कुल सही थी लेकिन मज़बूरी का अथाह सागर उसके सामने था।

''मैंने तो फैसला कर लिया है कि मैं अपने डॉक्यूमेंट जमा नहीं करूँगा और इस नौकरी को छोड़ दूँगा। अब दनेश्वर और आपको फैसला करना है कि आप यहाँ पर काम करोगे या नहीं ?'' नरेन ने अपना फैसला सुना दिया और वहाँ से चला गया लेकिन वे दोनों असमंजस में थे।

▢

कमरे पर साहिल कुछ पैसे गिन रहा था और उसके चेहरे पर चिंता के निशान थे।

''लगता है भाई को सैलरी मिल गई है ?'' दनेश्वर ने कमरे में आते हुए साहिल से कहा।

‘‘जी भाई...मिल तो गई है लेकिन छोटी-छोटी बातों पर साले पैसे काट लेते हैं, चाहे कितना भी टाइम लगा लो, पूरे पैसे नहीं मिल पाते हैं। वो साला मुनीम मेरे हाथ से एक दिन मारा जाएगा। मुझे रहमती को जल्दी छुड़ाना है। पुलिस वालों के मुँह पैसे से भरने होंगे।’’ साहिल ने गुस्से में कहा।

‘‘कोई बात नहीं...जितना मिलता है उस में गुजारा कर ले भाई, यहाँ तो हर जगह सिस्टम खराब है।’’ उसने उदास स्वर में कहा।

‘‘क्यों क्या हुआ? बड़ी उदास बातें कर रहा है?’’ उसने पैसे गिनने बंद किए और उसके पास आकर बैठ गया है।

‘‘स्कूल वाले न तो समय पर सैलरी दे रहे हैं और अब कह रहे हैं कि अपने सभी ओरिजिनल डॉक्यूमेंट स्कूल में जमा करा दीजिए।’’

‘‘साले कुत्ते तुम्हें बाँध कर रखना चाहते हैं ताकि तुम कहीं सरकारी नौकरी में न चले जाओ।’’

‘‘मुझे समझ नहीं आ रहा साहिल...मैं क्या करूँ, मेरा ज़मीर मुझे वहाँ नौकरी करने के लिए आज्ञा नहीं देता लेकिन मेरी मजबूरी मेरी आँखों पर पर्दा डाल देती है।’’ वह उदास था।

‘‘लेकिन सोचना तो पड़ेगा भाई।’’ वह उसके दिल का हाल समझ रहा था।

‘‘मैं हार गया यार...।’’ दनेश्वर मायूस हो गया।

‘‘देख तू चिंता न कर। अगर तेरा ज़मीर नहीं मान रहा है तो ऐसी नौकरी को लात मार, हजारों नौकरी मिलेंगी मेरे यार को। तुम पढ़े लिखे हो कोई अनपढ़ नहीं हो।’’ उसने ढांढस बँधाते हुए कहा।

‘लेकिन शहर में बिना पैसे गुजारा कैसे होगा? एक दम नौकरी का इंतजाम कैसे होगा?’’ उसकी चिंता जायज़ थी।

‘‘देख पैसे की चिंता मत कर, ये रख...मैं रहमती को फिर छुड़ा लूँगा यार।’’ साहिल ने सारे पैसे उसके हाथ में रख दिए।

‘‘मना मत करना...जब नौकरी लगेगी तो लौटा देना...तुम एक अध्यापक हो...शिक्षा के मंदिर में काम करते हो, अगर वहाँ पर भी शोषण हो रहा है तो उसके खिलाफ आवाज़ उठानी चाहिए।’’ दनेश्वर ने साहिल को गले लगा लिया।

☐

स्कूल से लौटकर जब तृप्ति घर का ताला खोलने का उपक्रम करती तो उसे लगता कि वह जीवन के सारे रहस्यों को खोलने में आज सफल हो जाएगी। उसके घर की हालत ठीक नहीं थी। सफेदी से घर की बरसों से भेंट नहीं हुई थी और जहाँ-तहाँ का प्लास्टर भी झड़ चुका था। ऊपर छत की टाईल भी बदलवाने वाली थी। पिछले कुछ सालों से इसी नपी-तुली दिनचर्या में, सुबह हल्का-सा नाश्ता करके स्कूल निकलना, प्रायः दलिया वगैरह से ज़्यादा नहीं। लंच में कुछ मौसमी फल और एकाध कप काफी, वह भी बहुत कम चीनी की। उसने अब अपने आप को बहुत हद तक संभाल लिया था। जीवन को चलाने के लिए यह नौकरी उसके लिए महत्त्वपूर्ण थी। वह भी आवाज़ उठाना चाहती थी स्कूल के उस फरमान के खिलाफ लेकिन वह असमंजस में थी। जीवन के तमाम झंझावातों को झेलने के बाद उसके जीवन में उसके लिए कोई आकर्षण या रंग नहीं बचा था। बाहर की दुनिया उसके लिए संकुचित हो गई थी लेकिन उसके अंदर की दुनिया बड़ी थी-अनेक चेहरे लिए। उसके अंदर अनेक तृप्तियाँ रहती थी-बच्ची, किशोरी, पीड़ित, उदास, मैच्योर महिला और एक प्रेमिका। दनेश्वर का चेहरा उसे हरपल याद रहता लेकिन वह...मजबूर थी।

पिछले कुछ सालों के दृश्य जब उसकी आँखों में घूमते तो वह बेचैन हो उठती, लगता कि उसका दम घुट रहा हो। उसे अपने सोचने और रहने के लिए एक खुला आसमान चाहिए था जिस पर केवल उसका ही अधिकार रहे। पुरानी यादों का सिलसला उसे बेचैन कर देता लेकिन आज उसे किसी से भी शिकायत नहीं थी। यादें एक के बाद एक दस्तक देती जा रही थी क्योंकि उन्हें रोकना उसके वश की बात नहीं थी। उसे उन यादों में डूबना पसंद नहीं था लेकिन अतीत की काली परछाइयाँ उसके वर्तमान को ढकने आ ही जाती।

माता-पिता से भी उसके संबंध आज औपचारिक रह गए थे। पिछले कुछ सालों से उनके साथ अबोलापन-सा हो गया था। वह चाहती थी कि वे उसके पास रहें लेकिन उसके चाहे अनुसार जीवन में कुछ भी संभव नहीं हो पा रहा था। अब उसे अकेले रहने की आदत पड़ चुकी थी। अब उनसे कभी-कभार ही बातचीत हो पाती थी। जब कभी वह उनसे मिलती तो पापा प्रायः चुप रहते लेकिन माँ हर वक्त बात-बेबात बोलती रहती। माँ चाहती थी कि वह दूसरी शादी करके अपना घर बसा ले ताकि वह निश्चिंत हो जाए। माँ

की आँखों में एक सूनापन हमेशा रहता। तृप्ति का तलाक हो चुका था। शादी टूटने के बाद की तृप्ति को माँ देख नहीं पाती थी।

बाहर का समाज उसे केवल एक सुंदर शरीर मानता था, पर वह खुद को केवल ज़िस्म नहीं मानती थी, कुछ और भी था उसके अंदर ज़िंदा, जो मरा नहीं था। इस स्कूल की नौकरी जरूरी तो थी लेकिन उसे इंतज़ार था सही समय का। उसने नौकरी के लिए कई जगहों पर अप्लाई किया हुआ था। अभी हाल में ही हैदराबाद के सरकारी विभाग में अपनी किसी सहेली के कहने पर उसने अप्लाई कर दिया था। वह अब भी यहाँ रहना नहीं चाहती थी। उस हैदराबाद की नौकरी से उसे बहुत उम्मीद थी। वह काल को जीत कालजयी हो जाना चाहती थी।

॥

जब भी दनेश्वर अकेला होता, अनायास ही उसका ध्यान अपने अँधेरे गुमनाम भविष्य की ओर चला जाता और फिर उदासी और निराशा की जाने कितनी बदलियाँ उसके चेहरे पर फैल जाती। वह बिस्तर पर पड़ा अपनी ज़िंदगी का गणित समझने में लगा था। धीरे-धीरे अतीत के पल उसके दिलो-दिमाग पर हावी हो रहे थे। वह अपने ज़मीर को बचाने में लगा था।

अगले दिन दनेश्वर निर्णय ले चुका था कि वह अपने डॉक्यूमेंट किसी भी कीमत पर जमा नहीं कराएगा और उसने ऐसा ही किया और अपनी नौकरी से हाथ धो बैठा। स्कूल से उसने अपना बकाया पैसा भी नहीं लिया क्योंकि वह नहीं चाहता था कि उस बच्चे को भी स्कूल से निकाल दिया जाए जिसकी फीस का वायदा उसने स्कूल से किया था। वह उषा मैम को अपनी सहमति दे आया था। उसने तृप्ति को नौकरी न छोड़ने के लिए मना लिया था लेकिन उसे नए अवसर के लिए भी कई सुझाव दिए। वह अब शहर छोड़ने के लिए तैयार था।

''साहिल, मुझे यह शहर छोड़ना पड़ेगा यार। मैं चाहता हूँ कि नरेन के साथ भुवनेश्वर चला जाऊँ, वहीं पर कुछ काम देखूँगा।'' उसकी आँखों में उदासी के गहरे बादल थे।

''लेकिन यार इतने कम पैसों में कैसे गुजारा करेगा वहाँ? तू ठहर एक मिनट, यह मेरा ए.टी.एम. रख, जब तक नौकरी न मिले इसमें से पैसे निकाल लिया करना।'' उसने उसे गले लगाते हुए कहा।

‘‘नहीं यार...नरेन साथ है न...उनकी काफी जान पहचान है उस शहर में। कोई न कोई काम तो मिल ही जाएगा।’’ उसने ए.टी.एम. को लौटाते हुए कहा।

‘‘रख ले न यार। जब नौकरी लगेगी तो लौटा देना। मेरा कौन है यहाँ और मैं इस पैसे का क्या करूँगा?’’ साहिल भावुक हो गया।

दनेश्वर मुस्कुराया और उसे प्यार से गले लगा लिया।

दनेश्वर ने वो शहर छोड़ दिया। पुरी शहर से चलते वक्त तृसि उससे कुछ कह नहीं पाई। बस उसकी आँखें बोल रही थी। अज़ीब सम्मोहन था उसकी आँखों में। आने से पहले बीती रात को उसने तृसि के नाम एक पत्र लिखा था लेकिन वह पत्र उसके हाथ में फडफड़ाता ही रह गया और वह उससे बिना कुछ बोले, मुस्कुराता और हाथ जोड़कर आगे बढ़ गया। वह नहीं दे पाया वो पत्र।

तृसि की गहरी काली काजल भरी आँखें उसको रोकना तो चाहती थी लेकिन वह कुछ कह न सकी। चुंबकीय आकर्षण था उन काजल भरी आँखों में। दनेश्वर उन्हें घूम कर देखना तो चाहता था लेकिन उसकी आँखें नम थी। काले बादलों-सा घिरा सच उसको उदास कर रहा था। उसका मन भर आया जैसे सूखे पत्थरों से झरना फूट पड़ा हो। वह आखिरी बार उन्हें आँखों में भर लेना चाहता था लेकिन ...अफसोस...दो प्यार भरे दिल चाहकर भी कुछ कह न पाए!

रास्ते में वह उलझा रहा अपने आप से भी और कुछ अनचाहे सवालों से भी। उसके दिमाग में तृसि थी और दिल में भी। वह चाहता था कि तृसि उसके साथ उसके गाँव चले। उसने अपने परिवार के बारे में उसे सब बता दिया था। तृसि उसका अतीत और वर्तमान जानती थी लेकिन उसके भविष्य पर बोझ नहीं बनना चाहती थी। उसे इंसानी बंधन मंजूर न थे इसलिए उसने अपनी राहें बदल ली लेकिन दिल को कौन समझाए?

‘‘तृप्ति मैं तुमसे प्यार करता हूँ...तुमसे सिर्फ तुमसे..!’’

उसके कानों में दनेश्वर की आवाज़ मानो किसी पहाड़ से टकराकर वहाँ गूँज रही थी। बाहर बारिश शुरू हो चुकी थी। रह-रहकर बिजली कड़क रही थी। तेज़ बारिश में भीगता पूरा शहर स्तब्ध खड़ा था। वह खिड़की के पास

आ गई। दनेश्वर का चेहरा उसके सामने उभर आया लेकिन उसी पल ही धुंधला-सा गया। बारिश में एक गहरी-सी गुनगुनाहट हर तरफ छाई हुई थी। वह उसे सुन पा रही थी। खिड़की के पास यह गुनगुनाहट एक तेज शोर में बदलने लगी। एक मटमैली ठंडी शाम, सीलन और सड़ती लकड़ी की बू से भरा हुआ मौसम स्याह होता जा रहा था। पंछी अपने पंखों में सिर दुबकाए सामने की मुंडेर पर बेखबर-से बैठे थे जैसे उन्हें कोई देख न रहा हो। बाहर सब कुछ सिला-गिला-बोसिदा-पनियाया...।

दनेश्वर अब उसके जीवन के फलसफे पर उतर आया था।

''तृप्ति मैं तुमसे प्यार करता हूँ...तुमसे सिर्फ तुमसे!'' यह आवाज़ बाहर नहीं, भीतर रूह की ओर उतर रही थी, प्राण वायु की तरह। तृप्ति को सारी रात नींद नहीं आई, बारिश की गुनगुनाहट में वह टकटकी लगाए बस छत को घूरती रही सुबह तक।

सुबह का उजाला देख उसका मन अवसाद से भर आया क्योंकि उसके लिए बीती रात बेहद खूबसूरत थी। यादों में ही सही दनेश्वर उसके साथ तो था ही, कुछ पल के लिए ही सही। वह अपनी ही मृत राख से पुनर्जीवित होना चाहती थी लेकिन उसके शब्द मजबूरी की जंजीरों से बँधे थे। वह एक अजीब से अहसास से गुजर रही थी, जिसे शब्दों में कह पाना कठिन था। उसका कुरेदता अकेलापन एक विशाल बरगद के समान था जिसकी जड़ें गहरी थी। मगर इन सब के बीच दनेश्वर के शब्द गूँज रहे थे।

◻

दनेश्वर दुविधा में था कि नरेन के साथ भुवनेश्वर आकर उसने कहीं कोई गलत फैसला तो नहीं ले लिया। वह अपने गाँव के लिए कुछ करना चाहता था। कोलकाता के एक कॉलेज में उसने सरकारी नौकरी के लिए आवेदन किया हुआ था। उसे पूरी उम्मीद थी कि उसे लेक्चरर का पद मिल जाएगा और यहाँ से वह कोलकाता चला जाएगा लेकिन कब? सब अनिश्चित था।

उसने सोच लिया था कि वह नरेन और उस प्रोफेसर के किसी भी गलत काम में साथ नहीं देगा। वह उनके क्रांतिकारी विचारों से सहमत नहीं था लेकिन वह उन्हें रोकना भी चाहता था क्योंकि नरेन उसका दोस्त था।

वह भुवनेश्वर पहुँच चुका था। ठंड लगने की वजह से उसे उस दिन धीमा-धीमा बुखार था। दवाई का असर शुरू हो गया था। वह नींद में था। वह

तृसि के ख़्यालों से बाहर नहीं आ पा रहा था। रात के बारह बजे थे कि डोर बेल की आवाज़ सुनकर वह आश्चर्य में उठा। उसने खिड़की से देखा कि एक छाया सिकुड़ी काँपती-सी बाहर खड़ी है। दिसंबर की ठंडी रात में उसके मुँह से चीख निकलते-निकलते रह गई। उसने उस परछाईं को पहचानने की कोशिश की।

''अरे लगता है तृसि है!'' उसने दरवाजा खोला। दोनों हाथ सीने से चिपकाए, पैरों में रबड़ की चप्पल और सिर पर शॉल ओढ़े...दिसंबर की ठंडी हवा और हड्डियों में सिरहन पैदा करने वाली नरम ठंड में वह उसके सामने खड़ी थी।

''छोड़ दिया न मुझे?''

''नहीं...नहीं मैं तुम्हें नहीं छोड़ सकता। मैं तो चाहता हूँ कि तुम हमेशा मेरे साथ रहो लेकिन? ''

''लेकिन क्या?''

''मैंने तुम्हारे लिए एक पत्र भी लिखा था लेकिन मैं तुम्हें किसी कारणवश दे नहीं पाया। वह पत्र तुम्हारे लिए था। कहो तो तुम्हें दे दूँ ताकि तुम समझ सको मेरे दिल का हाल।'' वह भावुक हो बैठा था।

''हाँ...हाँ... कहाँ है वह पत्र?'' तृसि की आँखों में चमक आ गई। उसकी शॉल उसके सिर से खिसक गई तो दनेश्वर ने उसे उसके कंधे पर डालते हुए कहा-''ये पत्र...केवल शब्द ही नहीं है...मेरा मन है।''

हवा के तेज झोंके से खिड़की दीवार से टकराई और शीशा टूट कर चूर-चूर हो गया।।

स्वप्न टूट चुका था। वहाँ कोई नहीं था सिर्फ उसका भ्रम था। ख़त उसके हाथ में अभी भी फड़फड़ा रहा था। सुबह होने को थी लेकिन नींद उससे कोसों दूर...।

वह सारी रात बेचैन रहा। तृसि उसकी आँखों में परछाई बन रात भर तैरती रही। उसकी कही और अनकही बातें उसके ज़हन में गूँजती रहीं।

''सुबह के हल्के कोहरे में डूबा तेरी यादों का समंदर,
साहिल के सिरहाने पर सिर रखकर रूह बन
जैसे साँसें ले रहा था मेरे जिस्म में..
सर्दियों की काली रात में टिमटिमाते तारों के बीच,
चाँद न जाने कहाँ छुप गया,

अब यहाँ केवल इंतज़ार का ही स्पंदन संगीत है,
विरह के अकेलेपन का शोर है,
आग ये बुझकर भी जलती है रूह बन कर इस ज़िस्म में...''

❑❑❑

धीरे-धीरे ट्रेन प्लेटफ़ॉर्म पर जा ठहरी। सामने स्टेशन पर उस शहर का नाम लिखा था -कटक, जिस पर गाड़ी पहुँच चुकी थी।। मंज़िल एक स्टेशन ही दूर थी। रात के मौसम में ठंडक बढ़ चुकी थी। पूरा प्लेटफ़ॉर्म घने कोहरे की गिरफ्त में था। प्लेटफ़ॉर्म पर इक्का-दुक्का लोग कंबल ओढ़े सिर ढके सो रहे थे। कुछ बैंच पर बैठे ऊंघ रहे थे। कुहासे की गाढ़ी परतों ने दृश्य को धूमिल कर दिया था। जलती-बुझती लाइट्स भी डरी ठिठुरी-सी दिखाई पड़ रही थी। दूर एक ठेले पर वहाँ के मटमैले सन्नाटों से मुठभेड़ करता हुआ एक पुराना स्टोव जरूर जल रहा था जिसके इर्द-गिर्द कुछ आदमी मिट्टी के कुल्हड में चाय पी रहे थे।

''आप चाय लोगी?'' उस व्यक्ति ने अपना कंबल शरीर से अलग करते हुए पूछा।

''नहीं..।'' उस लड़की ने जवाब दिया।

''फिर तो मैं भी क्या करूँगा पी कर।'' उसने पास पड़ी सिगरेट की डिब्बी उठाई और बोगी से बाहर आ गया।

उसने बाहर आकर एक सिगरेट सुलगा ली लेकिन तभी उसकी निगाह बोगी में बैठी उस अनजान लड़की पर पड़ी जो उसके साथ इस सफ़र में थी। वह प्लेटफ़ॉर्म पर थोड़ा अपनी बोगी से आगे की ओर चल दिया।

ट्रेन कुछ देर के लिए वहाँ रुकी थी। बाहर ज़्यादा ठंड थी। अक्सर यहाँ की रातें इस मौसम में ज़्यादा ठंडी हो जाती हैं लेकिन उत्तर भारत की रातों की तरह तापमान ज़्यादा नहीं गिरता। वह सिगरेट पीत-पीते वहीं टहलने लगा। कहानी के सारे चरित्र उसकी आँखों में तैर रहे थे। तभी ट्रेन के हॉरन की तेज आवाज़ उसके कानों से टकराई। उसने अधजली सिगरेट बाहर प्लेटफ़ॉर्म पर ही फैंक दी और अपनी बोगी की तरफ दौड़ चला।

''बारिश ने ठंड बढ़ा दी है, वैसे यहाँ इतनी ठंड नहीं होती है।'' वह बोगी में वापिस आ चुका था।

''स्मोकिंग करना वो भी पब्लिक प्लेस पर ठीक नहीं होता।''

‘‘अच्छा तो आपने देख लिया था...सॉरी जी...बस कॉलेज के ज़माने से लत है, छूटती ही नहीं।’’ वह अपनी सीट पर आ चुका था।

‘‘हम्म... ।’’ लड़की ने अपने आप को शॉल में लपेट लिया था। बाहर बारिश शुरू होने लगी और कोहरा हटने लगा। ट्रेन धीरे-धीरे प्लेटफॉर्म छोड़ने लगी। गाड़ी के शोरगुल और इस ठंड में वह अपनी यादों के समंदर में डूब रही थी। कहानी के चरित्र उसके सामने खड़े थे।

‘‘ठीक किया उसने नौकरी छोड़ दी। ज़मीर उसके इंसान होने की गवाही दे रहा था। क्या तृप्ति ने अपने प्यार और अपनी दोस्ती दोनों को छोड़ दिया?’’ उस अनजान व्यक्ति की आवाज़ ने उसे यादों के भंवर से बाहर निकाला। उस व्यक्ति के सवाल अभी भी बचे हुए थे।

‘‘मुझे नहीं मालूम आगे क्या हुआ? क्योंकि मैंने वो शहर छोड़ दिया था। कई जगह प्रयास किया लेकिन इस कोलकाता की नौकरी ने मुझे बुला लिया था।’’ उस लड़की ने भरे मन से जवाब दिया।

‘‘क्या मेरे सवालों के जवाब अधूरे रहेंगे? ’’ उस व्यक्ति ने पूछा।

‘‘कुछ सवालों के जवाब नहीं होते। उन्हें खुद खोजना पड़ता है।’’

दोनों के पास अल्फाज़ नहीं थे कुछ भी कहने के लिए...ट्रेन अगले स्टेशन पर पहुँचने वाली थी। बाहर गहरा सन्नाटा था अंदर एक शोर। दिन का उजाला बाहर फैलने लगा था।

ट्रेन भुवनेश्वर पहुँच चुकी थी लेकिन अभी आगे का सफ़र बाकी था। यह उनका अंतिम पड़ाव नहीं था। वे अपना सामान लेकर टैक्सी स्टैंड की ओर बढ़ गए।

❑❑❑

# अध्याय-30

## 'जीत मिट्टी में धँसी जड़ों की होती है'

रात को प्रोफेसर साहब के कमरे में–

''आपने अच्छा किया वह नौकरी छोड़कर।'' प्रोफेसर संजीत राय ने अपना सिगार जला लिया था। सर्द रात होने के कारण वे तीनों जलती आग के सामने बैठे थे। प्रोफेसर साहब चॉकलेटी रंग का सूट पहने हुए थे। उनमें अफ सरों वाला रौब झलक रहा था।

''लेकिन अब काम मिलने तक एक लम्बा इंतज़ार ही रह गया मेरे पास।'' उसके चेहरे पर चिंता की गहरी लकीरें उभर आई थी।

''आप फिक्र मत कीजिए। मैं देखता हूँ कहीं, जल्दी ही आप दोनों के पास कोई नौकरी होगी।'' प्रोफेसर साहब ने तसल्ली देते हुए कहा।

''शुक्रिया सर...आप मुझे 'आप' न कहें थोड़ा अजीब-सा लगता है। मैं तो आप से बहुत छोटा हूँ।'' दनेश्वर ने विनम्रता से आग्रह किया।

''अच्छा जैसा आपको...मतलब तुम्हें अच्छा लगे।'' सभी के चेहरे पर एक मुस्कान थी।

''कमांडर वेंकटेश्वर का नाम सुना है?'' नरेन ने दनेश्वर से सवाल किया।

''हाँ नाम तो सुन रखा है लेकिन कभी देखा नहीं।'' उसने नरेन की आँखों में तैरते सवालों को देख लिया था।

''तुम्हें पता है दनेश्वर कि तुम्हारे इलाके के इस कमांडर वेंक टेश्वर ने वहाँ के नेता जी महेंद्रपाल पटनायक की हत्या की और एक बड़े उद्योगपति को अगवा कर लिया। उसने डिमांड रखी है कि दादा कामरेड रामानुज प्रकाश को छोड़ दिया जाए नहीं तो उस उद्योगपति को मार दिया जाएगा।'' नरेन ने दनेश्वर की आँखों में आँखें डालकर कहा।

''लेकिन यह तो गलत है...किसी को जान से मारना मैं ठीक नहीं समझता।'' दनेश्वर ने स्पष्ट जवाब दिया।

''गरीब लोगों के घर छीनकर उन्हें बेघर कर देना, उनकी औरतों -बेटियों के साथ बलात्कार करना, ठीक है क्या?'' प्रोफेसर साहब ने एक बड़ा सवाल उसके समक्ष खड़ा कर दिया।

''फिर भी सर क्या किसी को जान से मार कर न्याय मिल जाएगा ?'' उसने अपनी बात अपने तरीके से रखी।

''देखो दनेश्वर, जब तक हम इन्हें मुँह तोड़ जवाब नहीं देंगे। यह सब ऐसे ही चलता रहेगा।'' प्रोफेसर साहब अपने विचार पर कायम थे।

''लेकिन सर ?'' वह भी अपनी बात पर अडिग था।

''लेकिन क्या...क्या तुम नहीं चाहते कि तुम्हारे लोगों को उनकी ज़मीन मिल जाए...उनके अधिकार मिल जाएँ?'' आग की गर्मी के साथ-साथ बहस भी गर्मी पकड़ने लगी।

''लेकिन सर...मैं हिंसा का समर्थन किसी भी सूरत में नहीं करता।'' उसे वहाँ घुटन होने लगी।

''जब तक धमाका नहीं होगा, ये बहरे सुनेंगे नहीं। धमाका करेंगे तभी यह दादा कामरेड को छोड़ेंगे। दबाव बनाना जरूरी है। हम पढ़े-लिखे लोगों को ही आगे आना होगा, नहीं तो हम लोगों के गरीब भाइयों को खा जाएँगे ये लोग।'' प्रोफेसर साहब ने अपना मत पेश किया। उनकी आवाज़ में जोश था

''सॉरी सर...मैं आपकी बात से बिल्कुल सहमत नहीं हूँ क्योंकि देश के युवा एक नदी के समान होते हैं जो युवावस्था में रवानगी से बहते हैं, बदलाव चाहते हैं लेकिन आप जैसे लोग उन्हें गलत दिशा देकर अपने मंसूबे पूरे करते हैं। मैं तो केवल देश की लोकतांत्रिक व्यवस्था में विश्वास करता हूँ।'' दनेश्वर की आवाज़ में नाराज़गी थी। घुटन बढ़ती जा रही थी।

''दनेश्वर यह जो तुम्हारा लोकतंत्र है ना, वहाँ सिर्फ भीड़ का साम्राज्य है। मौलिक विचार और मौलिक बुद्धि नाम की कोई चीज नहीं। भीड़ जिस तरफ जा खड़ी होती है, उसे ही जिता दिया जाता है और इसे तुम व्यवस्था कहते हो ?'' प्रोफेसर साहब को उसकी बात का बुरा नहीं लगा।

''सर, लोकतंत्र में ही व्यवस्था को फिर भी बदला जा सकता है, इनके लिए हत्याएँ जरूरी नहीं। पाँच साल के बाद अगर आप किसी नेता को पसंद नहीं करते हो तो आप वोट न देकर उसे बदल सकते हो। हमारा आक्रोश बैलेट पेपर पर निकल सकता है। सर...मैं भी चाहता हूँ कि युवा बदलाव के सूत्रधार बनें लेकिन हिंसा से नहीं बल्कि शिक्षा से। लोकतंत्र में बदलाव की गुंजाइश रहती है सर! लेकिन एकतंत्र में कभी भी नहीं।'' वह अपनी बात पर कायम था।

‘‘क्या तुम समझते हो कि इस विचारधारा में पढ़े-लिखे लोग शामिल नहीं हैं? क्या तुम भगत सिंह और पाश के विचारों को भी नहीं मानते?’’ प्रोफेसर साहब ने बड़ा सवाल उसके सामने रखा। नरेन चुपचाप उन दोनों की बातें सुन रहा था।

‘‘भगत सिंह जी को आप अपने आंदोलन से नहीं जोड़ सकते हो। यह गलत है। वह महान विचारक थे और बेवज़ह की हिंसा में वह भी विश्वास नहीं करते थे।’’ उसने सवाल को नकार दिया।

‘‘क्रांति के बिना यहाँ पर कोई बदलाव नहीं होगा...कभी नहीं...चंद नेता आते रहेंगे और हमारे अधिकारों का हनन होता रहेगा। रूस और चाइना जैसे देशों में ऐसे आंदोलनों से ही तो समाज बदला है, हमें भी उन देशों से सीखना चाहिए।’’ फिर एक सवाल ने दनेश्वर को घेर लिया।

‘‘आप रूस और चाइना की बातें करते हो, वहाँ की परिस्थितियाँ अलग थी और हमारे भारत के हालात अलग हैं। आप उन क्रांति के बिंदुओं को यहाँ पर उसी तरह से लागू नहीं कर सकते क्योंकि भारत का सामाजिक ढांचा बिल्कुल अलग है। और आपको बता दूँ कि चीन अब एक वामपंथी देश नहीं रहा, वह एक पूँजीपति देश बन चुका है और रही रूस की बात वह भी अपनी इस विचारधारा से बाहर निकलने की कोशिश में है। क्यों आप अपने देश को नर्क बना देना चाहते हो। सॉरी सर...हिंसा के रास्ते पर कभी भी कोई न्याय नहीं मिला, हमेशा अन्याय को ही बढ़ावा मिला है। आप अराजकता फैलाकर शासन करना चाहते हो...सत्ता हासिल करना चाहते हो।’’ वह अपनी जगह से उठ खड़ा हुआ। वह अब वहाँ रुक नहीं सकता था। विचारों के टकराव से तनाव की स्थिति पैदा हो गई थी।

‘‘अरे तुम तो नाराज़ हो गए। प्लीज़ बैठ जाइए।’’ प्रोफेसर साहब ने आग्रह किया। दनेश्वर ने नरेन की ओर देखा और बैठ गया।

‘‘दनेश्वर, यह तुम्हारे निजी विचार हो सकते हैं...मैं बुरा नहीं मानता लेकिन इस आंदोलन में बहुत से पढ़े लिखे लोग हैं क्या वे सारे गलत हैं?’’ नरेन का सवाल महत्त्वपूर्ण था। उसने प्रोफेसर की बात का समर्थन किया।

‘‘तुम जैसे कुछ पढ़े लिखे युवाओं को ‘क्रांतिकारी’ होने का तमगा देकर कुछ लोग उन्हें अपराधी बना रहे हैं। वे कुछ लोग अपने ही देश के खिलाफ उन्हें जाने-अनजाने में खड़ा कर देते हैं। अगर यही है तुम्हारी

विचारधारा तो मैं नहीं मानता ऐसी विचारधारा को।'' उसने प्रोफेसर की ओर देखा और फिर नरेन की ओर। उसके जवाब में एक तर्क था।

''तुम जिस आदिवासी गाँव से आए हो, क्या कभी वहाँ की स्थिति देखी है तुमने? क्या तुमने कभी अपने गाँव के लिए कुछ किया? दनेश्वर बुरा नहीं मानना...तुम भी तो शहर में आकर, क्या शहर के ही नहीं हो गए हो? क्या किया तुमने उन लोगों के लिए ..बताओ...जरा सोचो? बड़ी-बड़ी किताबें बांचना और बड़ी-बड़ी बातें करना बहुत आसान होता है दनेश्वर लेकिन जब हम ज़मीन पर उतरते हैं तो असल सच्चाई क्या है...पता चलती है।'' नरेन ने एक बड़ा सच उसके सामने परोस दिया। दनेश्वर सोच में पड़ गया लेकिन वह हार मानने वाला नहीं था।

''मेरे पास मेरी अपनी मौलिक सोच है और बदलाव के रास्ते मुझे भी मालूम हैं लेकिन मैं कभी भी हिंसा का समर्थन नहीं करूँगा और हिंसा ही केवल एक रास्ता नहीं है। बदलाव के हजारों रास्ते हमारे सामने हैं। युवाओं को बरगलाने का काम बंद कर दीजिए। मैं अब यहाँ नहीं रह पाऊँगा, मुझे माफ करना।'' उसने अपना फैसला उन दोनों को सुना दिया।

''अरे क्या बच्चों जैसी बात कर रहे हो तुम। अब आधी रात को कहाँ जाओगे भाई। सब का अपना-अपना मत होता है, इसमें नाराज होने वाली कौन-सी बात है। तुम हमारे अपने हो और यहाँ मेहमान हो, चलो दूसरे कमरे में आराम करो। चलो अब बात नहीं करते इस बारे में।'' नरेन ने दनेश्वर को अपनेपन से समझाया और उसे दूसरे कमरे में ले गया।

अब कमरे में प्रोफेसर साहब अकेले थे। सुलगती लकड़ियाँ ठंडी पड़ चुकी थी लेकिन राख के नीचे कुछ-कुछ आग बाकी थी जो हवा का हल्का झोंका पाकर ज़रा-सी जाग उठती थी और कभी एक पल में आँखें बंद कर लेती थी। उनके चेहरे पर अभी भी मुस्कुराहट थी। उसके कमरे में लगी बहुत से विचारकों की तस्वीर उसे घूर रही थी। कुछ विचार अभी भी उसके ज़हन में कौंध रहे थे।

''आज़ादी के बाद वामपंथी चाहते थे कि व्यवस्था उनके अनुसार हो। 1947 की आज़ादी के बाद की स्वतंत्रता को उन्होंने कभी भी सच्ची आज़ादी नहीं माना। भगत सिंह ने भी कहा था कि सत्ता बदलने से केवल राज करने वाले बदल जाएँगे लेकिन गरीब लोगों का शोषण ज्यों का त्यों रहेगा। हमें व्यवस्था को बदलना है। नक्सलबाड़ी की घटना हिंसा का पर्याय बेशक़ थी

लेकिन इसका मतलब यह नहीं है कि यह विचारधारा हिंसा को प्रोत्साहन देती है। हमारी विचारधारा और आंदोलन नक्सलबाड़ी से भी ज़्यादा प्राचीन है। नक्सलबाड़ी में तो केवल ज़मींदारों की हत्या या किसी विशेष वर्ग की हत्या का उद्देश्य था लेकिन मूल विचारधारा व्यवस्था परिवर्तन ही चाहती थी। किसान मजदूरों का यह आंदोलन अब गाँव से निकलकर शहर की सीमाओं तक आ चुका है।''

प्रोफेसर साहब अभी भी मंद-मंद मुस्कुरा रहे थे। उन्होंने दूसरी सिगार सुलगा ली थी।

''सियासी सर्द रातों में जम गई है स्याही,
कलम को इंतज़ार है कुछ आज़ाद शब्दों का जो अब गुलाम हो गए,
धुंध-सी फैल गई है झूठे राष्ट्रवाद की,
जहाँ दिखाई नहीं दे रहा है लोकतंत्र का वह बुत जिसमें एक जान होती थी''

⬛

''दनेश्वर...इस आंदोलन को तुम्हारे जैसे ज़मीन से जुड़े लोगों की ही जरूरत है जो गरीबों के दर्द को समझ सके।'' नरेन ने उसे समझाने की कोशिश की। वह दूसरे कमरे में आ चुके थे।

''यार फिर वही बात...नहीं दोस्त मैं तुम्हारी कोई मदद नहीं कर सकता। मैं इस देश को कलम से बदलना चाहता हूँ। अब मुझे क्या करना है मुझ पर छोड़ दो।'' उसने हाथ जोड़कर आग्रह किया।

''ठीक है भाई, अब तुम सो जाओ...रात बहुत हो गई है कल सुबह बात करते हैं।'' नरेन के चेहरे पर मुस्कुराहट थी।

नरेन जा चुका था।

प्रोफेसर साहब की बातें उसके जहन में बिजली की तरह कौंध रही थी। वह अपने विचारों के जाल में उलझा हुआ था।

''क्या सच में मुझसे गलती हो गई? क्या मैं खुदगर्ज़ हो गया था? वह गाँव जिसकी वजह से मेरा वजूद है, मैं उसे कैसे भूल गया? कितने दिन हो गए गाँव पत्र लिखे हुए? न ही पत्र लिख पाया और न ही पैसे भेज पाया। बात किए हुए भी अरसा बीत गया। अब खुद मिट्टी मुझे पुकार रही है। अब मैं अब गाँव जाऊँगा। एक छोटा-सा स्कूल खोलूँगा और अपने आसपास के बच्चों को अच्छी शिक्षा देने की कोशिश करूँगा। अब यहाँ कुछ नहीं है। मैं अपनी ज़मीन से अपने लायक अन्न तो उगा ही लूँगा। बाबा...माँ...मैं गाँव आऊँगा।''

जीत मिट्टी में धँसी जड़ों की होती है जिस पर विश्वास का वृक्ष खड़ा होता है, मिट्टी में सना व्यक्ति कभी मिट्टी को धोखा नहीं देता, उसका यह रिश्ता अनंत है और अनंत ही रहेगा।

उसे न जाने कब नींद आई होगी, उसे पता ही न चला।

नरेन और प्रोफेसर साहब का मास्टर प्लान शहर में दो ऐसे बम ब्लास्ट करवाना था ताकि सरकार पर दादा कामरेड को छोड़ने का दबाव बने। वे उसकी योजना बना चुके थे। जेल के पास के पुलिस स्टेशन और शहर के बस स्टैंड को इसके लिए चुना गया था।

दनेश्वर एक हफ्ते से उनके साथ था लेकिन उसको उनकी इस योजना की ज़रा भी भनक नहीं थी। नरेन के कहने पर उसने नौकरी के लिए एक-दो कॉलेज और स्कूल में इंटरव्यू भी दिए लेकिन वहाँ कुछ बात न बनी। वह यहाँ रहना नहीं चाहता था। वह असमंजस में था।

अपने मन को शांत करने के लिए एक सुबह वह लिंगराज मंदिर के दर्शन का मन बना चुका था। उसका मन शांत नहीं था। वह जानना चाहता था कि कई बार कुछ निर्णय भगवान के हाथ में छोड़ देने चाहिएँ।

वह जैसे ही लिंगराज मंदिर जाने के लिए बाहर आया तो बूँदाबाँदी शुरू हो गई। उसने एक ऑटो पकड़ा और चल पड़ा मंदिर की ओर। सड़कों पर ज़्यादा भीड़ नहीं थी, शायद बारिश की वज़ह से। बादलों का उमड़ना और बरसना देख वह खुश था। अभी बारिश मंद-मंद बरस रही थी। वह बार-बार बाहर की ओर झाँक रहा था। वह नरेन को बिन बताए निकल आया था।

अचानक मूसलाधार बारिश होने लगी। बादल जोरों से गरजने लगे और बिजली चमकने लगी। जैसे ही बिजली चमकती वह उँगलियों से अपने दोनों कान बंद कर लेता। ज़मीन से टकराकर बूँदों की फुहार ऑटो के अंदर तक आ रही थी। गर्जन से ऐसा लग रहा था कि आकाश फटकर ज़मीन पर आ गिरेगा। ऐसी बारिश उसने कभी गाँव में देखी नहीं थी। वह जल्द ही मंदिर पहुँच गया। पूजा-अर्चना के बाद वह मंदिर के परिसर में बारिश के रुकने का इंतज़ार करने लगा। धीरे-धीरे बारिश मंद पड़ गई। वह मंदिर के बाहर आकर एक पुराने तालाब के पास बैठ गया जहाँ से मंदिर का शिखर दिखाई दे रहा था। तालाब में बारिश की वज़ह से पानी भर चुका था। वहाँ पर छोटे-छोटे पूजा स्थल बने हुए थे जो बेहद प्राचीन लग रहे थे। वह उन्हें चुपचाप निहार रहा

था। आकाश से गिरती एक-आध बूँद उसे छू रही थी जो उसे अपने गाँव की याद दिला रही थी। गाँव में इन बूँदों के इंतज़ार में वे महीनों गुजार देते थे। बारिश बंद हो चुकी थी। वह बाहर की ओर बढ़ गया। मंदिर के ठीक सामने बस स्टैंड था।

जैसे ही वह बाहर आया तो लोगों की भीड़ देख हैरान हो गया। अख़बार बम ब्लास्ट की खबर से रचे हुए थे। बीते कल पुलिस स्टेशन को बम से उड़ा दिया गया था। बीस पुलिस वालों की मौका-ए-वारदात पर ही मौत हो गई। यह शहर की सबसे बड़ी घटना थी। उसने अख़बार को गौर से देखा। दो व्यक्तियों की बड़ी तस्वीरें फ्रंट पेज पर ही थी। दोनों चेहरे जाने-पहचाने लग रहे थे।

नरेन और प्रोफेसर साहब की तस्वीर फ्रंट पेज पर उसे घूर रही थी। उसे कुछ समझ नहीं आ रहा था। उसके पैर काँपने लगे।

उसने भीड़ में खड़े व्यक्ति से अख़बार लिया और खबर को अच्छे से पढ़ा। नरेन और प्रोफेसर साहब को गिरफ्तार कर पुलिस ने एनकाउंटर में मार गिराया था। उनके पास लाल सलाम के आंदोलन से जुड़े अनेक दस्तावेज बरामद हुए थे। जिस हिंसा का वे समर्थन करते थे, आज उसी हिंसा का शिकार हो गए। दूसरा बम ब्लास्ट पुरी से भुवनेश्वर आनी वाली एक बस में हुआ था। यह खबर पढ़कर उसका कलेजा बाहर को आ गया। घायल लोगों की लिस्ट देख वह सरकारी हस्पताल की ओर दौड़ पड़ा। उसका सब कुछ उजड़ चुका था।

❑

हस्पताल के परिसर में भीड़ जुटी हुई थी। चारों ओर चीत्कार...बेबसी...रुदन।

जैसे-जैसे उसके कदम आई.सी.यू. की ओर बढ़ रहे थे, उसके दिल की धड़कन मंद पड़ रही थी। मरने वालों की लिस्ट दीवार पर लगा दी गई थी। उस लिस्ट को देख दनेश्वर की आँखों से आँसू रुक नहीं पाए।

उसे जिस बात का डर था, वह हो चुका था। सामने पड़े व्यक्ति की अंतिम साँसें चल रही थी। उसकी साँसों की रफ्तार इतनी धीमी थी कि वहाँ दीवार पर लगी घड़ी की टिक-टिक की आवाज़ भी उससे ज़्यादा थी। सारा खेल अब साँसों की गति पर टिका था उसकी साँसें अंतिम पड़ाव पर थी...थक चुकी थी...धीमी हो चुकी थी। दनेश्वर उसके पास पहुँच चुका था।

उसने काँपते हाथ से एक लिफाफा दनेश्वर के हाथ में थमा दिया। साहिल उसके सामने अधमरा पड़ा था। वह साँसें नहीं ले पा रहा था लेकिन उसकी आँखें दनेश्वर को देख पा रही थी।

''आ गया तू...देख तेरी सरकारी...नौकरी...लग गई भाई...तेरा ख्वाब पूरा हुआ जो तूने देखा था...तेरी यह नौकरी अब तेरे सारे गम मिटा देगी। तुम कोलकाता जरूर जाना भाई। अगर हो सके तो मेरी रहमती को पुलिस से छुड़ा लेना...मैं आज...तुझे सरपराइज...देना चाहता था लेकिन...।'' साहिल की साँसें छूट रही थी।

''नहीं साहिल...मेरे यार...ऐसा मत कह...सब ठीक हो जाएगा।'' उसकी आँखें नम हो चली।

''अल्लाह का शुक्र है...जो जाने से पहले...यार से मुलाकात करा दी...अच्छा दोस्त.. अब चलते हैं...खुदा...हाफिज़।''

उसकी धड़कनें थम चुकी थी। आँखें ठहर गई थी। वह हमेशा के लिए जा चुका था। दनेश्वर ने अपने हाथ से उसकी खुली आँखों को बंद किया। उसने दनेश्वर को सचमुच सरपराइज कर दिया था। उसकी आँखों के आगे अँधेरा छा गया। उसे कुछ भी समझ नहीं आ रहा था। उसकी भावनाओं का बाँध आँसू बन बह चला। दनेश्वर के हाथ में कोलकाता की सरकारी नौकरी का अप्वाइंटमेंट लेटर था लेकिन उसकी खुशी की वज़ह भगवान ने उससे छीन ली थी। वह अकेला हो गया।

अब उसके सामने दो रास्ते थे-एक कोलकाता की ओर और दूसरा अपने घर की ओर। दोनों में से उसे एक चुनना था। यह चुनाव उसके लिए आसान नहीं था।

❑❑❑

# अध्याय–31

## 'अखबार की सुर्खियाँ'

उधर प्रभाकर चिंता में था। बुहानगढ़ में रहते हुए उसे काफी समय बीत चुका था। यहाँ की पत्रकारिता ने उसे बहुत कुछ सिखा दिया था।

''सुधा किधर हो यार...कब से बुला रहा हूँ?'' उसने अपनी धर्मपत्नी को आवाज़ देते हुए कहा।

''लो आ गई। इतनी देर से क्या कर रहे हो? रात हो चली है सेहत का कुछ ख़्याल है कि नहीं?'' वह बड़बड़ाई।

''थोड़ी चाय बना दो यार...बहुत काम बचा है अभी...नींद से आँखें बंद हुए जा रही हैं मेरी।'' उसने प्यार से हाथ पकड़ते हुए कहा।

''नींद का भी क्या कसूर, बारह जो बज चुके हैं, कल कर लेना यह काम।'' उसने हाथ छुड़ाते हुए कहा।

''कल के अख़बार की कवर स्टोरी बना रहा हूँ...वही नक्सली हमला और प्रफुल्ल रॉय के अपरहण की खबर।''

''यह काम कल नहीं हो सकता क्या?''

''नहीं, यह बेहद जरूरी है...तुम्हें पता है अब एक करोड़ की माँग कर रहे हैं ये नक्सली।''

''इतना पैसा.. तुम्हें कैसे पता चला?''

''तुम्हें याद है जब मैं जंगल में वेंकटेश्वर का इंटरव्यू लेने गया था तो एक नक्सली जो मुझे जंगल में ले गया था, वह उस दिन की मीटिंग में भी था, जब यह घटना घटी थी। मैंने उसे एक बार में ही पहचान लिया था।'' उसने याद करते हुए कहा।

''तो तुमने पुलिस को क्यों नहीं बताया?'' वह हैरान थी।

''नहीं बताया लेकिन इसका कारण मैं खुद नहीं जानता। वही नक्सली आज भी आया था यह बताने कि एक करोड़ रुपए की माँग रखी गई है।''

'' तुम्हारे पास? कब? कहाँ?'' उसने हैरानी से पूछा।

''हाँ...आज जब मैं ऑफिस से लौट रहा था तो वह मुझे रास्ते में एक जीप में मिला...कुल चार लोग थे...एक कागज़ का टुकड़ा मुझे थमा गए। उनके मुहँ पर कपड़ा लिपटा हुआ था लेकिन मैं उस व्यक्ति की आँखें पहचानता हूँ,

वही नक्सली था...नाम नहीं याद मुझे लेकिन उसकी आँखें याद हैं...सवाल करती आँखें।'' उसके ज़हन में उसकी आँखें उसे घूर रही थी।

''मैंने पहले भी कई बार कहा है कि इस इलाके से कहीं दूर चलते हैं। यह इलाका अब रहने लायक नहीं रहा। सारा इलाका नक्सली हो चुका है। यहाँ हर पल जान का खतरा बना रहता है और एक आप हो जो हमारी बिल्कुल नहीं सोचते। यहाँ से भुवनेश्वर चलते हैं, वहीं रहते हैं। सूरज को भी अच्छे स्कूल में डाल देंगे लेकिन तुम कहाँ सुनते हो मेरी। तुम और तुम्हारी पत्रकारिता।'' सुधा की बात में नाराज़गी थी।

''अच्छा फिर शुरू हो गई...यार नौकरी है जो करनी पड़ती है। रात के बारह बज चुके हैं...यह लड़ने का समय नहीं है...रोमांस का समय है।'' प्रभाकर ने मजाक करते हुए उसे अपने पास बिठा लिया।

''तुम भी मेरी हर बात का मजाक बना डालते हो। सच में मैं सीरियस हूँ इस बात को लेकर।'' सुधा ने प्यार से कहा।

''अरे...तुम चिंता मत करो और बढ़िया-सी चाय ले आओ तो मेहरबानी होगी।'' उसने हाथ जोड़ते हुए विनती की।

''ठीक है...'' वह पास से उठी और पैर पटकती हुई रसोई में चली गई।

बेटे सूरज की नोटबुक वहीं टेबल पर पड़ी थी। प्रभाकर की नज़र नोटबुक के नीचे दबे एक कागज़ पर गई। उसने उस कागज़ को बाहर निकाल लिया। उस पर कुछ लिखा था...शायद कोई कविता...

> *''तेरे बारे में माँ जितना जान जाता हूँ*
> *खुद को उतना ही मैं विस्मित-सा पाता हूँ*
> *सत्य, हिंसा और प्यार तूने जगत को है सिखलाया*
> *माँ तेरे चरणों में शीश मैं नवाता हूँ''*

सुधा चाय लेकर आ चुकी थी।

''तुमने लिखा यह ?''

''नहीं...यह सूरज के हिंदी टीचर मुकेश सर ने लिखा है। इस बार सूरज को छब्बीस जनवरी पर यह कविता पढ़नी है।'' सुधा ने चाय टेबल पर रख दी।

''खूबसूरत लिखा है...हमारे देश की मूल जड़ों में अहिंसा की धारा बहती है लेकिन वर्तमान कितना हिंसक हो चुका है। अहिंसा का पाठ भूल

समाज हिंसा के रास्ते पर जाने से ज़रा भी गुरेज नहीं करता।'' उसने दुखी मन से कहा।

''तुम चिंता मत करो...बस यहाँ से जाने के फैसले पर विचार करो।'' सुधा ने प्यार से उसे याद दिलाया।

''तुम सही कह रही हो...मुझे विचार करना होगा लेकिन अभी कुछ काम अधूरे हैं जिन्हें मुझे ही पूरा करना है। अब तुम सो जाओ। मुझे समय लगेगा। मुझे काम खत्म करना है और कुछ ईमेल भी करनी हैं।''

प्रभाकर अपने लैपटॉप पर उंगलियाँ चलाने लगा। सुधा जा चुकी थी।

पुलिस चौकी की घटना के बाद आसपास के आदिवासी गाँवों में सी.आर.पी.एफ. तैनात कर दी गई थी।

सरकारी तंत्र तक माओवादी कमांडर वेंकटेश्वर की डिमांड पहुँच गई थी। मुख्यमंत्री कार्यालय पर बड़ी बैठक हुई और उसमें यह फैसला लिया गया कि कामरेड दादा रामानुज प्रकाश को छोड़ दिया जाएगा और एक करोड़ की रकम भी अदा की जाएगी।

अगले दिन की यह ख़बर अख़बार की सुर्खियाँ बन गई।

॰

न्यूज रूम से बाहर बरामदे में–

सुबह की धूप सुहानी लग रही थी। प्रभाकर ने धूप में कुर्सी खींची और बैठकर अख़बार पलटने लगा। तभी एक आवाज़ ने उसे चौंका दिया।

''प्रभाकर, यार तुम एक बहुत भावुक इंसान हो। एक बार क्या मिले उन लोगों से, तुम्हें उनसे सहानुभूति हो गई। यह समाजवाद, मार्क्सवाद, सब किताबों में अच्छा लगता है। भुवनेश्वर वाले ब्लास्ट को पढ़ो, रूह काँप जाएगी।'' सीनियर जर्नलिस्ट हिमांशु तंवर ने उसे समझाया।

''जी सर पढ़ा...लेकिन सच यह भी है कि हम समस्याओं को तो देख रहे हैं लेकिन उनकी जड़ों को सींचने वाली गरीबी को नहीं।''

''प्रभाकर, तुम जैसे लोगों को पता क्या कहते हैं इस समाज में?

''क्या कहते हैं सर?''

''अर्बन नक्सली...और जो दो लोग भुवनेश्वर ब्लास्ट में पकड़े गए थे, बिल्कुल उनकी तरह।''

''सर, आप क्या कह रहे हो ? अगर मैं किसी के अधिकारों के बारे में सोचता हूँ तो क्या मैं नक्सली हो जाऊँगा। तो फिर कौन सोचेगा आम जनता के बारे में ?''

''सरकार है ना, वो सोच रही है।''

''कैसे ?''

''अरे प्रभाकर...तुम्हें पता नहीं है देश के अंदर एक बड़ी लड़ाई चल रही है।'' हिमांशु तंवर ने उसे समझाने की कोशिश की।

''मतलब ?''

''ध्यान से सुनो...कारगिल जैसे युद्ध में हजारों लोग मारे गए थे, उससे पहले की लड़ाइयों में भी लेकिन इन नक्सलियों के आंदोलन ने उन सब लड़ाइयों से भी ज़्यादा लोगों को लील लिया है, चाहे इसमें पुलिस हो, हमारे जवान हों या आम आदमी। बार्डर की लड़ाई में तो दुश्मन बाहरी थे लेकिन अंदर के ये दुश्मन ज़्यादा खतरनाक हैं। तुम्हें पता है इनका नेटवर्क उड़ीसा, मध्य प्रदेश, वेस्ट बंगाल, आंध्र प्रदेश, छतीसगढ़ आदि कितने राज्यों में है जहाँ लगभग हजारों की तादाद में लोग मारे जा चुके हैं। कौन दुश्मन है ? ज़रा सोचो और पहचानो ?'' हिमांशु तंवर ने सारे तथ्य उसके सामने रख दिए।

प्रभाकर चुप था। उसे कुछ समझ नहीं आ रहा था।

''सरकार इन सब के लिए भी काम कर रही है प्रभाकर लेकिन मैं मानता हूँ कि कुछ लोग सुविधाओं को उन तक पहुँचने नहीं देते। सौ में से दस रुपये ही उनके पास पहुँच पाते हैं।'' हिमांशु तंवर सिक्के के दूसरे पहलू को भी जानता था।

''सर...यह सच्चाई है कि कुछ ही लोग समाज में संसाधनों का फायदा उठा रहे हैं। हमें मानना तो पड़ेगा कि हमार सिस्टम खराब है।''

''हाँ...व्यवस्था तो खराब है लेकिन सारा दोष सरकार को देना भी तो ठीक नहीं।''

सीनियर जर्नलिस्ट हिमांशु तंवर ने अपनी बात जारी रखी।

''तुम एक बात और सोचो इन नक्सलियों के पास बंदूक आदि का खर्चा कहाँ से आता है। बहुत लोग हैं इनके पीछे, फंडिंग होती है दूसरे देशों से। यह एक उलझी हुई प्रॉब्लम है। एक तरफ हमें यह लगता है कि शोषण के खिलाफ लड़ाई है और दूसरी तरफ उनके पीछे छिपी राजनीति। इनको कोई आज़ादी...इंकलाब नहीं चाहिए।''

''सॉरी सर...मैं आपकी कुछ बातों से सहमत नहीं हूँ। जिस दिन इन लोगों के पास अपनी ज़मीन और जंगल आ जाएँगे तो सब ठीक हो जाएगा सर! अब हमारी ड्यूटी बनती है न सर कि हम बीच की राजनीति का पर्दाफाश करने की कोशिश करें।'' उसकी बात में दम था।

''तुम्हें समझाना कठिन है लेकिन रही ड्यूटी की बात तो वो यह कि तुम्हें अब सरकार का साथ देना है, उन्हें जंगल तक पहुँचाने के लिए क्योंकि तुम उन लोगों का ठिकाना देख चुके हो। तुम ही उन्हें गाईड कर सकते हो। तुम तैयार रहना और अपना ख़्याल रखना क्योंकि इस मिशन में जान जाने का भी पूरा खतरा है।'' हिमांशु तंवर ने उसके कंधे पर हाथ रखते हुए कहा।

''जी सर...मैं अपना ख़्याल रखूँगा।''

''जितना तुम्हें पता है उन्हें बता देना...जवानों का साथ देना भी हमारा पहला कर्तव्य है और राष्ट्रभक्ति भी।''

सीनियर जर्नलिस्ट हिमांशु तंवर जा चुके थे लेकिन प्रभाकर के अंदर एक तूफान रह-रह कर आहट दे रहा था। वह दुविधा में था।

प्रभाकर का मन जब अपने ऑफिस में नहीं लगता था तो वह अपनी पुरानी मोटर साइकिल पर निकल पड़ता था आस-पास के गावों का मुआयना करने। पुरानी बात है, एक दिन कुछ गाँव वालों ने उसका मोटर साइकिल रोक लिया क्योंकि उन्हें शक था कि वह कहीं पुलिस का मुख़बिर तो नहीं। ऐसा पहले भी कई बार हो चुका था लेकिन उस दिन थोड़ा अलग था। उस दिन दसेक लोग उसे घेर कर खड़े हो गए। अपने बचाव में वह अपना पहचान पत्र और ढेरों अख़बार की कतरनें हमेशा साथ रखता। ज़्यादातर कतरनें इंगलिश में होती, उन्हें वो समझ नहीं आती थी।

''बाबू अपनी गाड़ी को यहीं खड़ी कर दो और यह थैला भी हमें दे दो...तुम्हारी तलाशी लेनी है।'' उनके पास धनुष, कुल्हाड़ी, बंदुक जैसे छोटे हथियार थे। उसने चुपचाप अपना बैग उन्हें दे दिया और मोटर साइकिल से उतर गया। उन्होंने उसका सारा बैग और मोटर साइकिल टटोल मारा लेकिन उन्हें अख़बार की कतरनों के अलावा कुछ न मिला।

''आप बेवज़ह मेरा समय बर्बाद कर रहे हो। ऐसी गाड़ी सिर्फ पुलिस वालों के पास ही नहीं होती बल्कि हमारे जैसे छोटे पत्रकारों के पास भी हो

सकती है। मैं तुम्हारे कमांडर वेंकटेश्वर को भी जानता हूँ।'' उसने उत्साह से अपने डर को छिपाते हुए बताया।

''तू चुप बैठेगा या हम बिठाएँ।'' एक आदिवासी ने उसे चुप करा दिया। उन्हें उसके पास कुछ नहीं मिला था लेकिन जब तक जाने की हरी झंडी न मिले वह वहाँ से जा नहीं सकता था।

वे उसे पास की झोंपड़ी में ले गए। शुरू में वे लोग काफी कठोर लग रहे थे लेकिन जब उन्हें कुछ नहीं मिला तो वे थोड़े सहज हो गए। उनमें से एक व्यक्ति चारपाई ले आया।

''मुझे जाना है...मुझे देर हो रही है।'' उसने चारपाई पर बैठने से मना कर दिया। वे लोग चुपचाप झोंपड़ी से बाहर चले गए।

बांस से बनी झोंपड़ी अंदर से साफ-सुथरी थी। गोबर की मिट्टी से लिपी। खजूर के पत्ते की चटाइयाँ दीवारों से सटाकर बिछाई हुई। दूर रखे चूल्हे पर भात खदक रहा था। वहाँ हंडियाँ-महुआ की व्यवस्था भी थी। नशा पानी के साथ-साथ खाना भी। एक आदिवासी अंदर आया और एक दोना उसकी तरफ किया लेकिन उसने मना कर दिया।

''पीकर तो देखिए, झूमने लगोगे।''

''नहीं.. धन्यवाद।''

एक और आदिवासी बूढ़ा व्यक्ति जंगल का एक गीत गुनगुनाते उसके पास आया और उसे घूरने लगा। फिर वह दुलार से उसके बाल सहलाने लगा। वह बूढ़ा कुछ भावुक हुआ फिर उतेजना से भर गया और कुछ अपनी भाषा में बड़बड़ाने लगा।

''क्या कह रहा है यह?'' उसने पूछा

''कुछ ज़्यादा नहीं सिर्फ इतना ही कि अगर कोई बाहरी हमारे जंगलों पर हक दिखाएगा तो बरदाश्त नहीं करेंगे।'' दूसरे आदिवासी ने उसे समझाया। वह आदिवासी बूढ़ा अभी भी बड़बड़ा रहा था लेकिन उसके अर्थ बेशक प्रभाकर को समझ न आ रहे हो लेकिन उसके भाव वह समझ गया था।

एक दूसरे आदिवासी व्यक्ति ने उसकी ललाट पर मिट्टी का तिलक लगाया। उसने अपने हाथ से उसको छुआ। कुछ देर बाद उसे वहाँ रखने के बाद उसे जाने दिया गया।

मोटर साइकिल पर सवार हो वह निकल पड़ा अगले घर की ओर। पिछले साल के नक्सली हमले की कुछ तस्वीरें उसके ज़हन में उतर आई थी।

साठ पुलिस वाले, बीस नक्सली और चार पत्रकार मारे गए थे। उनकी लाशों पर खबर लेने वह खुद घटनास्थल पर गया था। सड़ चुकी अधजली लाशों की तस्वीरें उसने खुद ली थी। वह हिंसा का पक्षधर नहीं था लेकिन उसे उस दिन लगा था कि दुनिया में उससे बुरा क्या देखना बचा है अब। उसे इस इलाके में आने से पहले रत्ती भर भी अंदाजा नहीं था कि यहाँ मौत का तांडव इस तरह से होता है।

जंगल के वे स्मारक अभी भी उसे याद थे। मृत्यु को बलिदान का नाम देकर नक्सलियों ने उन्हें सहेज कर रखा था। यह अब उनकी परम्परा बन चुकी थी और नशा भी। वे उन स्मारकों पर अद्भुत चित्रकारी करते लेकिन उनके बनाए हुए चेहरे लगभग एक जैसे प्रतीत होते। मौत का चेहरा भी एक-सा ही होता है, चाहे हम उसे किसी भी तरह से देखे। न जाने कितनों का खून यहाँ पर दर्ज था। यहाँ हिंसा एक तरफा नहीं थी। इसका गवाह वह खुद था।

पिछले साल गर्मियों में एक निहायत ही मासूम बच्चे की लाश पर पुलिस द्वारा घोपे गए खंजर के निशान उसने अपनी आँखों से देखे थे। बाद में पता चला कि उस बच्चे की माँ के साथ बलात्कार भी हुआ था। उसे अच्छे से याद था कि नक्सलियों ने उन पुलिसवालों को जंगल में घेर कर बुरी तरह से मारा था। वह बदले की भावना का सबसे बुरा रूप था। उन पुलिस वालों की ठीक उसी तरह से ही हत्या की गई। उनका शरीर चाकुओं से गोद दिया गया था। देखने वाले कहते हैं कि वे उनकी लाशों को पैरों से तब तक रोंधते रहे, जब तक उनमें से जीवन के निशां न मिट गए। वे उन्हें बार-बार चाकू से गोदते रहे और नाचते रहे। वे उनकी लाशों पर मौत का उत्सव मनाते रहे। उनकी आँखों में घृणा का रूप और असीम सुकून दिखाई दे रहा था। उन आदिवासी नक्सलियों में से हर किसी ने हिंसा भोगी और शोषण सहा था। उसके निशान उनके चेहरे के साथ-साथ उनके दिल पर भी थे। किसी के माँ-बाप, किसी की पत्नी और बच्चे इस संघर्ष की बलि चढ़ गए थे। बलात्कार और हत्या जैसे मामले यहाँ के वातावरण में आग को भड़का रहे थे।

यहाँ हिंसा एक 'बदला' थी और नफरत की अभिव्यक्ति भी, जिसे सब क्रांति और विद्रोह का नाम दे रहे थे। चारों ओर रणभूमि थी और लाशें भी। यह जंगल अब आजाद भारत की युद्धभूमि बन चुका था, जहाँ केवल इंसान का ही नहीं बल्कि उसकी लाश का भी शिकार हो रहा था।

वह मोटर साइकिल पर सवार अपने ज़हन में छिपी तस्वीरों को अपनी आँखों के सामने अवतरित होते देख रहा था।

वह बीते कल की यादों से अब वर्तमान में आ चुका था। उसे आज एक मिशन का हिस्सा बनना था। जंगल के बारे में वह जो जानता है वह सब सी.आर.पी.एफ के अधिकारियों को बता देने के लिए तैयार था। वह दोनों तरफ से होने वाली हिंसा को किसी भी रूप में जायज़ नहीं मानता था। उसने इस इलाके से दूर जाने का मन बना लिया था लेकिन सी.आर.पी.एफ के अधिकारियों से मिलने के बाद।

❑

भोर में कावेरी जंगल में टोकरी लिए महुआ के पेड़ के पास सुस्त होकर बैठ गई। उसे बुद्धरायशराण का इंतज़ार था। जंगल की इस ख़ामोशी में ही तो वे दोनों आपस में बतलाते थे।

''तूने ही बोला था न ...महुए के नीचे मिलना...खुद इतनी देर में आया है...कहाँ था बता?'' उसे आता देख कावेरी शिकायत भरी आवाज़ में बोली।

''अच्छा जी...देरी हो गई माफ कर दो अब।'' उसने कान पकड़ते हुए माफी माँगी।

''तुम्हें पता ही है कि गाँव के कितने लोग जंगल में महुआ चुनने आते हैं..सारा महुआ कहीं खत्म न हो जाए इसलिए मैं इतनी सवेरे आ जाती हूँ।'' उसने मुस्कुराते हुए कहा।

''पगली फिक्र मत कर...इस बार जी भर कर महुआ गिरा है इतनी जल्दी खत्म नहीं होने वाला।'' उसने ज़मीन की ओर इशारा करते हुए कहा।

''मुझे फिक्र तो सिर्फ तेरी है बस।'' उसने नजदीक आते हुए कहा।

''चल अपना काम कर जो करने आई है...देख ढेर सारा महुआ झरा हुआ है...तेरी टोकरी छोटी पड़ जाएगी कावेरी।'' वह मुस्कुराया।

''ठीक है...चुनती हूँ।'' उसने अपनी टोकरी उठाई और महुआ भरना शुरू कर दिया। सफेद छोटा फूल धरती पर चारों ओर फैला हुआ था। वह नीचे बिखरी सूखी लाल पत्तियों के बीच गिरे महुआ को अपनी टोकरी में भर रही थी। बुद्धरायशराण भी उसकी मदद के लिए नीचे बैठ गया और महुआ चुनने लगा।

''तुम्हें पता है बुद्ध कल गाँव में सरकारी हस्पताल की गाड़ी एक लाश छोड़ कर गई। कह रहे थे कि नक्सली है आत्महत्या कर ली।'' कावेरी की बात सुन उसके चेहरे की मुस्कुराहट चली गई।

''हाँ मैं जानता हूँ लेकिन उसने आत्महत्या नहीं की...पुलिस और साले ये झूठे पत्रकार सभी मिलकर झूठी खबर छाप देते हैं।'' उसका गुस्सा उसके चेहरे पर उतर आया।

''लेकिन वो तो कह रहे थे कि रस्सी से लटक कर हवालात में खुदकशी की।'' कावेरी ने टोकरी ज़मीन पर रख दी। उसके चेहरे पर भी गंभीरता उतर आई।

''सब झूठ, ऐसा हो ही नहीं सकता...गोरिल्ला योद्धा इतना कमजोर हो ही नहीं सकता कावेरी। मेडिकल रिपोर्ट में साफ लिखा है कि मरने से पहले उसकी पिटाई की गई है...सारी पुलिस की चाल है...कावेरी तुम्हें नहीं पता।'' कावेरी ने एक विश्वास से उसका हाथ थाम लिया। वह उसकी बात पर यकीन कर रही थी।

महुए की टोकरी उन दोनों को ताक रही थी। पहले महुआ हर साल झरता था...हर साल टपकता था...हर साल टोकरी ले कावेरी सफेद फूल बीनती थी लेकिन उन लोगों का भविष्य उजड़ी और उधड़ी दोपहर जैसा ही रहा। धीरे-धीरे महुआ कम झरने लगा।

बहुत सालों बाद इस बार ज़मीन सफेद फूलों से भर गई है कुछ उम्मीदों के साथ...कुछ अच्छा होने की उम्मीदों के साथ।

''मैं समझ सकती हूँ तुम्हारा दर्द...अपना और अपने लोगों का दर्द।'' कावेरी ने उसे गले से लगा लिया। ठंडी सूखी हवा से सफेद फूल ज़मीन पर गिरते जा रहे थे।

''कावेरी तुम मत मिलने आया करो अब यहाँ जंगल में। तुम्हें दिक्कत हो सकती है।'' उसने उसे समझाया लेकिन कावेरी ने कोई जवाब नहीं दिया। दोनों अब खामोश हो गए।

बुद्धरायशरण के शरीर में कोई हलचल नहीं लेकिन ज़हन में उस मृत नक्सली का विचार कुलबुला रहा था। वह उसकी मृत्यु की कल्पना कर रहा था कि उसे कैसे मारा गया होगा। उसे ऐसा लग रहा था कि उसकी दबी हुई चीखें उसके कान के पर्दें फाड़ रही हैं। वह अपनी चीखों के टुकड़े समेट रहा था। एक काल्पनिक भय ने उसे घेर लिया था।

जंगल ख़ामोश हो गया और हवा गुम। बस हल्की-सी सरसराहट थी। जंगल के लिए यह नया नहीं था, जंगल को तो इसकी आदत पड़ गई थी। जंगल की इस ख़ामोशी में यहाँ के लोगों के 'शोक गीत' रच-बस चुके थे। पौधे भी चुप थे। एक विचित्र से भय से वे ग्रसित लग रहे थे। वह असहनीय आतंक के गवाह थे चाहे वह किसी ओर से भी फैलाया जा रहा हो लेकिन अब सब वक्त पर निर्भर था क्योंकि वह गवाह होता है हर उस घटना का जो घटती है। सरकार क्या प्लान कर रही थी वे सब उससे अनजान थे।

प्रभाकर को नींद नहीं आ रही थी। रात ज़्यादा हो गई थी। उस दिन की गाँव की घटना से वह अभी तक बाहर नहीं आया था। नींद के झोंके उसे सता रहे थे। अब उसे कैमरे के साथ-साथ एक छोटा-सा ऑडियो रिकार्डर भी मिल गया था जिससे वह किसी का भी इंटरव्यू ले सकता था। जंगल की घटनाओं को वह शब्दों में ढालना चाहता था लेकिन उसकी उंगलियाँ उसे दर्ज करने में दर्द करने लगी थी। अपने अनुभवों को डायरी में लिखने की उसकी पुरानी आदत थी। लेखक और पत्रकार में ज़्यादा फर्क नहीं होता, बस तरीका थोड़ा अलग होता है लेकिन दोनों ही शब्दों से खेलते हैं। उसकी आँखें बंद होने को जा रही थी लेकिन दिमाग अभी भी सचेत था।

''सैकड़ों वर्षों का इतिहास दर्ज है इन जंगलों में, यहाँ की संस्कृति में...क्या वाकई कुछ धन के लालची लोग इस पुरातन संस्कृति को नष्ट कर रहे हैं? इन जंगलों का यह महायुद्ध न जाने इस कोरे कागज़ पर कैसे आकार ले? क्या ये लिखे हुए शब्द इस फैली आग को बुझा सकते हैं? क्या इन जंगलों में प्रवाहित होने वाली खून की धारा को रोक सकते हैं? अब कितना सच लिखा जाए और कितना झूठ? पत्रकारिता के मूल सिद्धांत भी इस बारे में कुछ नहीं कहते। नियम अमीरों और सरकारों के दबाव में बदल जाते है।''

वह चुपचाप सोचे जा रहा था। फिर उसे अचानक लगा कि उसकी ललाट पर वही मिट्टी का तिलक लगा है जो उस दिन आदिवासी व्यक्ति ने लगाया था। उसने अपने माथे को छुआ।

''मिट्टी का कर्ज चुकाना इतना आसान नहीं होता, जितना हम सोचते हैं?'' उसके सामने उसका पेन और कागज़ उसे घूर रहे थे।

# अध्याय-32

## 'मियाद खत्म हो चुकी थी'

बाहर गली में ज़ोर-ज़ोर से बाजा बज रहा था। बाजे वाले बहुत उत्साह से बाजा बजा रहे थे। विवाह उत्सव में कुछ औरतें और मर्द बहुत ही आंनद के साथ नाच रहे थे।

अचानक उस बाजे का बजना बंद हो गया। बैंक के स्टीकर लगी दो सफेद गाड़ियाँ पीपल के पेड़ के ठीक नीचे आकर रुक गई। पड़ोस में होने वाला उत्सव थम-सा गया। सभी का ध्यान अब गाड़ियों की ओर था।

बैंक की दी गई मियाद खत्म हो चुकी थी। बैंक के कई अधिकारी हेमरन के साथ बिरंचि नारायण की चौखट पर आ चुके थे।

''बाबा मुझे माफ करना लेकिन अब मैं कुछ नहीं कर सकता।'' हेमरन ने उदासी भरे स्वर में कहा।

बिरंचि नारायण की आँखों में आँसू थे। महालया ने भरी आँखों से घर के आँगन में नज़र दौड़ाई। वे अब हार चुके थे। उनकी नम आँखों ने घर के कोने-कोने को निहारा। पास खड़े एक अधिकारी ने उसे बैंक का एक काग़ज़ पकड़ा दिया।

''हमें क्या पता, तुम ही बता दो बेटा...कहाँ अँगूठा लगाना है?'' उसके आँसू गालों से लुढ़क कर ज़मीन को तर करने लगे। प्यासी ज़मीन की प्यास अब खारे पानी से बुझ रही थी। उसने नीली स्याही से उस काग़ज़ को रंग दिया लेकिन उनकी ज़िंदगी के सभी रंग मिट चुके थे।

''कुछ सामान उठाना हो तो उठा लो बाबा।'' हेमरन का मन भी उदास था।

''नहीं बेटा जो जहाँ पड़ा है उसे वहीं रहने दो, मेरे बेटे आएँगे तो तभी...।'' कहते-कहते महालया का गला भर आया।

दनेश्वर से संपर्क हुए बहुत दिन हो चुके थे। उसके साथ शहर में क्या घट रहा था, उनको खबर तक न थी। दूसरा बुद्धरायशरण का भी अब कोई अता-पता नहीं था सिर्फ कावेरी से वह जंगल में चुपके से मिल पाता था।

बैंक के अधिकारियों को देख कावेरी और चक्रधर भी उनके पास आ गए। बैंक वालों ने उस घर को सील कर दिया। वे दोनों उस घर की दहलीज़ पर बेघर खड़े थे जो अब उनका नहीं था।

‘‘जब तक दनेश्वर शहर से नहीं आता, तब तक तुम हमारे घर चलो बाबा।’’ कावेरी ने अपनेपन से कहा। वे दोनों उदास मन लिए कावेरी के पीछे-पीछे हो लिए। बिरंचि नारायण ने गले में पड़े गमछे से अपनी आँखों को पोंछा और महालया की तरफ देखा।

दोनों लाचार लग रहे थे। उनके दोनों बेटे अब उनसे दूर थे। वे चाह कर भी उनसे संपर्क नहीं कर सकते थे। घर छिन जाने के सदमे ने जैसे उनकी आवाज़ ही छीन ली थी। उदासी उनका दामन नहीं छोड़ रही थी।

बिरंचि नारायण देखने में एक मामूली आदमी, उतना ही मामूली जितना कि लोकतंत्र में होना चाहिए ताकि वह इस भीड़तंत्र में खप जाए। ऐसे आदमी का होना यहाँ महज एक वोट भर होना होता है। ऐसे मामूली लोगों से यह देश भरा हुआ है। देश की इतनी बड़ी जनसंख्या में ऐसे लोग केवल एक अंक मात्र हैं। उनके होने या न होने से किसी को क्या फर्क? उदासी बेशक इनके जीवन का हिस्सा बन चुकी हो लेकिन ये मुस्कुराना नहीं भूलते। विश्वास और उम्मीद की ज्योति इनकी डबडबाती आँखों में हमेशा स्पष्ट दिखाई देती रहती है। माना कि अख़बार के बिकाऊ पन्ने उनके बारे में आज नहीं लिखते लेकिन मिट्टी की आवाज़ कभी दबाई नहीं जा सकती। आज ये अख़बार झूठ में रचे ज़्यादा काले और स्याह हो गए थे। सच लिखने की ताकत इन बिकाऊ अख़बारों में नहीं थी। मिट्टी अपना इतिहास खुद लिखती है, यह सत्य ये बिकाऊ लोग भूल रहे थें।

◻

सी.आर.पी.एफ. हैडक्वार्टर और सी.आर.पी.एफ के अधिकारी–

‘‘प्रभाकर जी मैंने सुना है कि आपने कुछ महीनों पहले उस नक्सली कमांडर वेंकटेश्वर का इंटरव्यू लिया था।’’ सी.आर.पी.एफ.के एक बड़े अधिकारी सरदार नैब सिंह ने उससे पूछा।

‘‘जी सर, मुझे स्थानीय विधायक और पुलिस ने भेजा था लेकिन उस दिन मेरी आँखों पर पट्टी थी।’’ उसने निडर होकर जवाब दिया।

‘‘तो क्या आप हमें जंगल का वो रास्ता नहीं बता पाओगे?’’ बड़े अधिकारी सरदार नैब सिंह ने दोबारा सवाल किया

‘‘नहीं... क्योंकि जंगल के बाहर की सड़क पर वे मुझे छोड़ गए थे और वहीं से ही ले गए थे। आँखों पर पट्टी होने की वजह से मैं ज्यादा कुछ

देख नहीं पाया था इसलिए मैं कोई मदद नहीं कर पाऊँगा।'' उसने याद करते हुए कहा।

''जब आपको वह जंगल के बाहर छोड़ कर चले गए थे तो कितना समय लगा था आपको बाहर सड़क पर पहुँचने में?''

''लगभग एक घंटा...।'' उसने एक पल के लिए सोचा और जवाब दिया।

''मतलब वे लोग जंगल में चार-पाँच किलोमीटर से ज़्यादा अंदर नहीं होंगे।''

''हाँ...सही कह रहे हो सर।'' उसने भी अंदाजा लगाया।

''दिशा भी याद होगी आपको कि वह किस दिशा में ले गए थे?''

''हाँ याद है...पूर्व दिशा।'' उसने बड़े अधिकारी सरदार नैब सिंह की आँखों में देखा।

''बस प्रभाकर जी थैंक्यू...जाइए आप अपना काम करें लेकिन जब हम कहें आप को हमारे साथ चलना होगा।''

''मुझे क्यों?''

''जगह की पहचान के लिए और घबराइए नहीं... हम सब भी आपके साथ ही होंगे।'' बड़े अधिकारी नैब सिंह मुस्कुराते हुए कहा। वह पंजाब से स्पेशल पोस्टिंग पर थे।

प्रभाकर समझ गया था कि पुलिस सी.आर.पी.एफ.की योजना उन लोगों को पकड़ने की है। दादा कामरेड को छोड़ने के घटनाक्रम में वे उन्हें मार गिरा देना चाहते थे। वह उनके मिशन का हिस्सा बन चुका था।

❏

घर के बाहर सड़क पर बिरंचि नारायण कुल्हाड़ी से लकड़ी के टुकड़े-टुकड़े करने में संघर्षरत था। जोर के प्रहार ने लकड़ी के दो टुकड़े कर दिए। मौसम में ठंडक होने के बावजूद उसका शरीर पसीने से लथपथ था। वह अपनी उदासी को काटने का प्रयास कर रहा था।

तभी गाड़ी का काफिला शोर मचाते हुए बिरंचि नारायण के पास आकर रुक गया। पीपल के पेड़ पर लाल झंडा लहरा रहा था। गाड़ियों की आवाज सुन चक्रधर और कावेरी भी वहाँ आ गए। कावेरी खतरे को भाप गई थी।

‘‘इधर आओ बिरंचि नारायण।’’ दुर्जेधन नायक के हाथ में कुछ कागज़ थे और इंकपैड भी।

‘‘चल अब यहाँ पर अँगूठा लगा...तेरी सब मियाद पूरी हो चुकी है।’’ उसने बिरंचि नारायण का गमछा दोनों हाथों से पकड़ा और उसे अपने घुटनों में गिरा दिया।

‘‘नहीं सरकार ऐसा न करो...अब हमारे पास बचा ही क्या है? सब कुछ तो इन कागज़ों ने छीन लिया हैं।’’ वह गिड़गिड़ाया। मिट्टी और कागज़ के खेल में अक्सर ये कागज़ जीत जाते हैं।

‘‘तुम्हें पता है न...हम कौन हैं...चुपचाप यहाँ अँगूठा लगा।’’ वह चिल्लाया।

‘‘छोटे ज़मींदार बाबू इसे माफ कर दो। मैंने कितने साल आपकी जी हजूरी की है। बड़े ज़मींदार भी हमें बड़ा प्यार करते थे। उनके लिए ही सही...।’’ चक्रधर अपनी बात पूरी करता उससे पहले ही दुर्जेधन नायक ने उसे जोरदार लात दे मारी और उसका सिर पास पड़े पत्थर से जा टकराया। उसके सिर से खून बह चला। वह वहीं अचेत हो गया। अब उसके शरीर में प्राण नहीं थे।

‘‘कुत्ते...तूने मेरे बाबा पर हाथ उठाया।’’ कावेरी ने कटार निकाली और सीधे उसके पैर में घोंप दी। वह चीख पड़ा।

‘‘साली कुतिया अब मैं बताऊंगा तुझे नक्सलियों के साथ मिलने का मजा।’’ उसने कावेरी के बाल पकड़े और ज़मीन पर पटक दिया। उसकी साड़ी खुल चुकी थी। उसने कावेरी की साड़ी को खींच लिया। ब्लाउज-पेटीकोट में उठकर कावेरी भागी लेकिन वह ठोकर खाकर वहीं गिर गई। साड़ी उसका बदन छोड़ चुकी थी। दुर्जेधन नायक के हाथ पीछे से उसके ब्लाउज पर पड़े। पुराना ब्लाउज चर्र से फट गया। पेटीकोट और ब्लाउज के बचे चीथड़ों को हथेलियों से समेट उसने फिर भागने की कोशिश की। फटे कपड़ों मे झांकती उसकी कमीनी आँखें हवस से भर चुकी थी। कावेरी अपनी पीड़ा में निपट अकेली थी। उसकी आवाज़ उसके गले में धँस गई थी।

‘‘बड़ी कामरेड लड़ाका समझ रही थी अपने आप को..अब बोल कुतिया...अब बोल! अब लडेंगी...बुला ना अपने यार को अब!’’ उसके कावेरी के पेट पर लात दे मारी। वह अधमरी हो चुकी थी।

गाँव के लोग डर के मारे मौन साधे हुए थे। नंग-धडंग लोगों की भीड़, धोती पहने नंगे बदन, कुछ साड़ियों में लिपटी बदहाली की मूरतों-सी आकृतियाँ सामने खड़ी तमाशा देख रही थी।

'' चुप क्या खड़े हो इसे कार में डालो और हवेली ले चलो। इसके पर वहाँ कैसे काटे जाते हैं देखना।'' उसने अपने कारिंदों को कहा। उसकी आँखों में खून उतर आया था। उसके कारिंदे दौड़ कर आए और कावेरी को उठाकर गाड़ी में ले गए। धीरे-धीरे गाँव के लोग जमा होने लगे लेकिन वे चुपचाप तमाशा देख रहे थे।

''नहीं, ऐसा मत करो बेटा।'' महालया चिल्लाई। बिरंचि नारायण भी हाथ जोड़कर खड़ा हो गया।

''चुप अब...अब तुम्हें ज़िंदा रहने का हक नहीं है। मुनीम जी क्या देख रहे हो...कागज़ पर निशान लो और इन्हें आज़ाद करते है आज।'' उसकी कर्कश आवाज से सारा गाँव गूँज उठा। उसके पैर से खून बह रहा था।

मुनीम ने कागज़ पर निशान ले लिया। सारा गाँव तमाशबीन था।

''हम ग्राम पंचायत के मुखिया हैं। तुम सब ने हमें चुना है। मैं तो कब से इनकी उम्र का लिहाज कर रहा था। अगर इन्हें मरना है तो ठीक है। अब इनकी गलती की सजा पूरे गाँव को भुगतनी पड़ेगी।'' वह दर्द से चिल्ला उठा।

एक लठैत ने बिरंचि नारायण और महालया को खींचकर ज़मीन पर लिटा लिया।

''तुम सरकार से गद्दारी नहीं कर रहे हो...देश से गद्दारी कर रहे हो.. कुत्ते! हम हैं यहाँ की सरकार और हम हैं यहाँ का लोकतंत्र। उस लाल झंडे के तले तुम लोग जो सपना पाले हुए हो न...यह देशद्रोह है...इसकी सजा है मौत..सारे गाँव को आग के हवाले कर दो।'' क्रोध में काँपते हुए दुर्जेधन नायक ने उन्हें देखा। वे बेबस ज़मीन पर पड़े थे।

पीपल पर लहराते लाल झंडे में आग लगा दी गई और पूरे गाँव में भी। गाड़ियाँ धूल उड़ाती गाँव की सीमा से बाहर जा चुकी थी। गाँव धू-धूकर जल रहा था।

❑

पेड़ पर अब दो शरीर झूल रहे थे जिनमें प्राण नहीं बचे थे। अब उन्हें अपने बेटों का भी इंतज़ार नहीं था। वे जा चुके थे हर कर्ज से दूर। उन्हें आज़ादी मिल चुकी थी अपने हर दर्द से।

दूर नदी के पास जंगल में एक लड़की का नग्न शव मिला, जिसे भेड़ियों ने नोच कर रख दिया था। उस लड़की की आँखें अभी भी खुली थी लेकिन बेजान। वे आँखें अभी भी पहाड़ों की ओर बड़ी उम्मीद से देख रही थी। हँसती-खेलती ज़िंदगी मौत में बदल चुकी थी।

जैसे-जैसे समय बीत रहा था खौफ की थरथराहट तो घटती जा रही थी लेकिन घुटन और कुढ़न की ठंडक बढ़ने लगी। पत्रकारिता करना इतना सरल नहीं, जितना दिखाई देता है। प्रभाकर समझने लगा था कि हिमांशु तंवर का झुकाव सरकार की तरफ ज़्यादा है क्योंकि उन्हें अपना अख़बार जो चलाना है। सच को दबाकर झूठ के पन्ने रचने का यह व्यापार आम आदमी की समझ से बाहर है। किसी भी अख़बार ने गाँव की उस दर्दनाक घटना को प्राथमिकता नहीं दी। हर बार की तरह इस बार भी सब ख़ामोशी में दफ़्न हो गया।

प्रभाकर दोहरे रास्ते पर खड़ा था, जहाँ एक तरफ उसके मन का सच और दूसरी तरफ दुनिया का सच। दोनों सच में से उसे किसी एक का साथ देना था...कितना कठिन था यह उसके लिए? एडिटिंग रूम के बाहर की दुनिया अलग थी। जब से वह फील्ड में स्टोरी कवर करने लगा था, तभी से अख़बारी स्याही के सच में और मिट्टी पर बहते हुए लहू में वह अंतर कर पा रहा था लेकिन घर..परिवार और नौकरी की मजबूरी बड़े से बड़े सच को झूठ में बदलने की ताकत रखती है जहाँ सच मजबूरी की छत्र-छाँव में पनाह ले लेता है। प्रभाकर जब भी आईने के सामने खड़ा होता तो उसे अपनी शक्ल सवालात में बदलती दिखाई देती लेकिन उन सवालों के जवाब जानते हुए भी वह ख़ामोश था।

गरीबों के हक को मारने वाले साहूकार उन कुत्तों की तरह होते हैं जो एक दूसरे की देह पर लरियाते, कूदते-फाँदते, जबड़े से एक-दूसरे को नोचने-खसोटने की नकल करते लेकिन अंदर से एक होकर कमजोर को काट खा जाते। गरीब का शोषण कर उसे गर्त में पहुँचा देते। सरकारी पनाह में  पल रहे ऐसे कुत्ते व्यवस्था के द्वारा पाली गई दीमक के समान होते हैं जो चाट जाते हैं धीरे-धीरे देश की नींव को जो आम आदमी से बनती है। व्यवस्था में बैठे कुछ लालची नेताओं को ये साहूकारी कुत्ते गोस्त का एक टुकड़ा फेंक देते हैं और फिर ये नेता आँखें मूंद शोषण का तमाशा देखते। कुछ अच्छे लोग भी मजबूरी की आड़ लेकर मूकदर्शक बने रहते। शायद प्रभाकर भी इस वर्ग में

आता था। वह आँख मूंद लेना तो चाहता था लेकिन उसे सब साफ-साफ दिखाई दे रहा था। अपने रोम-रोम में उठने वाले गीत को वह न चाह कर भी सुन पा रहा था।

□

खदानों से रिसता गंदला लाल पानी वहाँ की ज़मीन को खराब कर रहा था। खेतों की बर्बादी, बढ़ता शोषण और आए दिन होने वाली हत्याएँ विरोध के बीज को अंकुरित कर चुकी थी। उनके असंतोष को दबाने के लिए प्रशासन ने पूरे इलाके को छावनी में बदल दिया था। पुलिस की गोलियों का जवाब वे अपनी कटार और तीर कमान से नहीं दे सकते थे लेकिन अब जब भी उन्हें मौका मिलता तो वे चूकते नहीं थे।

वेंकटेश्वर की छत्रच्छाया में एक विचार, एक क्रांति का स्वर पूरे इलाके में संक्रमण की तरह फैल चुका था। तीरों की जगह अब बंदूकों ने ले ली थी। गुरिल्ला माओवादियों को इस भीड़तंत्र ने अब हथियार उपलब्ध करा दिए थे जिसमें कुछ नेता, उद्यमी और विदेशी लोग भी शामिल हैं। अब इनकी व्यवस्था ने विशाल रूप धारण कर लिया था। अब वे हर अन्याय का बदला लेने के लिए तैयार हो चुके थे। संगठन धीरे-धीरे मजबूत हो रहा था। एक मजबूत विचार ने बड़े-बड़े लोगों को अप्रत्यक्ष तौर से इस विचारधारा से जोड़ दिया था। अब यह एक युद्ध था जिसमें आग दोनों तरफ लगी थी। जिसको जब मौका लगता वह दाँव खेल जाता। आपसी मुठभेड़ में दोनों ओर के लोग मारे जा रहे थे।

आंदोलन के प्रति धीरे-धीरे लोग त्याग व समर्पण का भाव दिखाने लगे थे। ज़मींदारों द्वारा किया जाने वाला शोषण और सरकार की अनीतियों के साथ-साथ वे इलाके में होने वाले खनन का भी विरोध कर रहे थे। खदानों पर काम करने वाले मज़दूरों की हालत भी बद से बदतर होती जा रही थी। जो काम उन्हें पसंद नहीं था वो ही उन्हें पेट भरने के लिए करना पड़ रहा था। कहा जाता है कि प्राचीन समय में वे पत्थरों से लोहा निकालने के काम को 'दानवों का काम' मानते थे। जंगलों को काटकर लोहे की भट्टियों में बदलना क्या उनके देवता पसंद करेंगे? क्या यह जंगल के लिए ठीक था? जंगल के सूखे पत्तों की चीख-पुकार, पक्षियों का विरह गीत और पहाड़ों की ओट में छिपे सूरज का रुदन अब यहाँ के लोगों को हर पल सुनाई देता था।

बुद्धरायशरण को यह आवाज सोने नहीं देती थी लेकिन वह अब असमंजस में रहता। उसके सामने दो रास्ते थे जिनमें से उसे एक चुनना था। एक रास्ता उसे परिवार की ओर ले जाता और दूसरा रास्ता उसे पूरे समुदाय की ओर। वह रास्ता चुन चुका था। वह गाँव में घटी उस घटना से अभी तक अनभिज्ञ था।

वह अकेला विचार शून्य होकर कोठरी के बाहर खड़ा था जहाँ पहली बार कमांडर से मिला था। शाम होने को थी। अँधेरा गहराने लगा था। टिबरी की मंद-मंद रोशनी उस वीराने में उसके होने का विश्वास दिला रही थी। दूर किसी पहाड़ी गाँव से एक गीत की आवाज़ उसके कानों तक पहुँच रही थी। वह उसकी रेडियो की आवाज़ से ज़्यादा सुरीली थी। कहीं दूर मांदर नगाड़े बज रहे थे।

हवा के झोंके से पास खड़े पेड़ से फूल झर रहे थे। उनकी मादक खुशबू से उसे किसी की याद आ रही थी। ''*कावेरी को ये फूल बेहद पसंद थे।*''वह मन ही मन बुदबुदाया। उस बेचारे को क्या पता था कि उसकी कावेरी उसकी दुनिया से जा चुकी है।

महुआ, गुलैंची, साल आदि के फूलों की खुशबू से जंगल महकने लगा था। हल्की ठंड से उसका बदन सिहरने लगा था।

उसने नीचे बिखरे फूलों को अपने सीने से लगा लिया था जो उसे सुकून पहुँचा रहे थे। अब कोहरा बढ़ने लगा था। एक आज़ाद सुबह का उसे हमेशा से इंतज़ार था। लेकिन उस सुबह के होने से पहले ही उसका सब कुछ लुट चुका था...वह अनजान की तरह आकाश को घूर रहा था। गाँव से उसका सम्पर्क लगभग टूट चुका था।

▪▪▪

# अध्याय-33

## 'रिवॉल्यूशन'

घने सफेद कोहरे में जंगल डूबा हुआ था। सुबह हो चुकी थी। आज कमांडर से उनकी मुलाकात होनी थी। उन्हें आगे की रणनीति तय करनी थी।

''कैथान तुम्हारा नाम कुछ अलग है?'' बुद्धरायशरण ने जंगल के संगीत को महसूस करते हुए पूछा। उसे संगीत में उदासी महसूस हो रही थी।

''इसके पीछे एक दिलचस्प कहानी है भाई। मेरा जन्म मेरे माँ-बाप की कई संतानों के बाद हुआ था।'' ज़मीन पर बिखरे तिनकों के साथ खेलते हुए उसने बताया।

''अच्छा''

''हमारे समुदाय में अगर संतान बचपन में जन्म लेते हुए मर जाए तो उनके माँ और बापू गाँव की एक दरगाह पर जाते हैं। वहाँ संतान सलामती की दुआएँ माँगी जाती हैं। अगर मन्नत पूरी हो जाए तो जीवित संतान का नाम मुस्लिम नामकरण द्वारा किया जाता है। मेरा नाम भी दरगाह पर ही रखा गया था।'' उसने मुस्कुराते हुए बताया।

''तो यह नाम मुस्लिम है?''

''शायद...मुझे तो इसका अर्थ भी पता नहीं।'' यह कह वह फिर मुस्कुरा दिया। बुद्धरायशरण भी मुस्कुरा दिया लेकिन मन से वह उदास था। बहुत दिन हो गए थे उसे घर गए हुए।

तभी पाँच माओवादी साथी उनकी तरफ आते दिखाई दिए। कैथान उठकर उनके पास चला गया। वे एक पेड़ पास खड़े हो गए। बुद्धरायशरण उन्हें देखे जा रहा था।

कैथान पेड़ से टिकी एक लम्बी सीढ़ी पर ऊपर चढ़ गया। ऊपर बंधी हंडियाँ में रात भर सल्फी टपकी थी। वह उसे नीचे उतार लाया। महुआ और सल्फी उनके मुख्य पेय पदार्थ थे। अपने बीते हुए दुखद काल को वे इसके नशे में डुबो देते थे। साल में कुछ दिन ही महुआ टपकता था लेकिन महकता पूरे साल था।

उसने बुद्धरायशरण को सल्फी पेश की। वे सब सल्फी पी सुस्ताने लगे। उसकी पुरानी रेडियो पर धीमे स्वर में एक गीत रुक-रुककर बज रहा

था। जंगल में सिग्नल सही नहीं थे। यह गीत जंगल में किसी अन्य ग्रह से आई आवाज़ जैसा प्रतीत हो रहा था।

क्रांति इन गुरिल्ला माओवादियों का अंतिम स्वप्न था जो मृत्यु की पगडंडी पर चलकर ही हासिल हो सकता है। क्रांति का यह स्वप्न उन्हें मौत से परे तो ले जा रहा था लेकिन झुलसने का डर स्वाभाविक था। तभी धोती साधे कुछ माओवादी औरतें और पुरुष वहाँ एकत्र हो गए और बज रहे गीत पर घेरा बनाकर नाचने लगे। उनके कदम बिफरने और बौराने लगे जैसे उन्हें किसी बात से नाराज़गी हो। वे अपने कुछ गीत गुनगुनाने लगे।

रेडियो की आवाज़ थम चुकी थी। उनके गीत में एक कहानी थी जो मृत्यु को परास्त कर देना चाहती थी लेकिन कुछ कहानियाँ ऐसी भी होती हैं जो मौत से बचाती नहीं बल्कि उन्हें उसके करीब ले जाती हैं। उधर गाँव में मौत ने बुद्धरायशरण के अपनों को छीन लिया था और वह अभागा अनजान बना बैठा था इन जंगलों में।

▢

जंगल के बीच...औरतें और मर्द सभी ज़मीन पर बैठे अपने कमांडर के शब्दों का इंतज़ार कर रहे थे। उन्होंने माथे पर क्रांति का प्रतीक 'लाल कपड़ा' बाँधा हुआ था। सभी के हाथों में बंदूकें थी। कुछ लोग पेड़ पर बँधी मचानों पर चढ़ बैठे थे। उनकी नज़र आसपास की हलचल पर थी।

''कामरेड इस उद्योगपति प्रफुल्ल रॉय ने सरकार से करोड़ों का सौदा करके हमारे साथ गद्दारी की है। अगर हमारी बात सरकार ने नहीं मानी तो माथे पर गोली मारेंगे इसके, सुधर जाएँगे साले।'' वेंकटेश्वर ने उसकी ओर देखते हुए कहा। उसके मुँह में कपड़ा ठूँस रखा था।

''इन जंगलों में रहकर हमारा एक ही मकसद है 'जंग' 'रिवॉल्यूशन' अगर कोई भी हमारे रास्ते में आएगा तो उसे किसी भी कीमत पर बख़्शा नहीं जाएगा।'' वह अपनी बात पर अडिग था।

''कमांडर सुना है उस खोजी पत्रकार प्रभाकर का साथ ले रहे हैं सी.आर.पी.एफ. के लोग।'' कैथान ने बताया।

''नहीं खोज पाएँगे साले...खुद भी मरेंगे और उस बेचारे पत्रकार को भी मरवाएँगे।'' वह मुस्कुराया।

''इन्हें मालूम नहीं...हम अकेले नहीं हैं...शहर में, गाँव में, कस्बों में जंगल में, टीचर, प्रोफेसर, नेता...न जाने कितने रूप में हम अपने मिशन को

चला रहे हैं। 'लाल सलाम' अपना इतिहास लिखना चाहता है...देश का इतिहास समाज की भलाई के लिए बदलना होगा और हम इसे बदल कर रहेंगे।'' सभी उसकी बात ध्यान से सुन रहे थे। वह बादलों की तरह गरज रहा था। उसके शब्द गिरती बिजली की तरह आग उगल रहे थे।

''सरकार के लिए 'गरीबी हटाओ' का मतलब है कुछ लोगों को अमीर बनाओ। कुछ हजार लोगों को जो बाकी करोड़ों लोगों पर राज करें। यह लड़ाई भूखी जनता और भरे पेट वाले लोगों के बीच की है, यह लड़ाई न रुकी है और न ही रुकेगी। कामरेड...इंडिया और भारत में फर्क है...हम भूखे लोग हैं असली भारत हैं...हमें लड़ना है अपने हक के लिए...लाल सलाम...लाल सलाम!'' सभी की बंदूकें आग उगलने लगी।

उनके शोर से पक्षी पेड़ों को छोड़ आकाश की ओर हो लिए। इन घने जंगलों से उनकी आवाज़ जंगल के छोर से पहले ही खत्म हो जाती थी क्योंकि उनका ठिकाना मुख्य सड़क से दुर उन विशाल जंगलों के ठीक बीचो- बीच था।

''भगत सिंह ने कभी सच ही कहा था यह जंग का दौर है...यह दौर चलेगा...संघर्ष खूनी हो या शांतिमय...यह हम पर निर्भर है जो भी हम चुन ले, यह जंग तो चलेगी। जिन्होंने आवाज़ उठाई उन्हें दबा दिया गया। शहीदों के पैगाम को हमें हर कीमत पर जारी रखना है।'' वह उनको मानसिक तौर पर तैयार कर रहा था।

वह खुद ग्रेजूएट था। उसने बहुत-सी किताबें पढ़ रखी थी लेकिन उसकी बातें कितनी सच थी, कितनी झूठ, उन्हें नहीं पता था। वे सभी अब आँखें बंद करके उसका अनुसरण कर रहे थे।

''आत्मरक्षा सिर्फ युद्ध द्वारा ही संभव है और यह आत्मरक्षा की लड़ाई है। हम अपनी जीवनशैली को बचाने के लिए लड़ रहे हैं जिसे समाज, सरकार आतंकवाद मानती है। बेशक बंदूकों से क्रांति नहीं आती, क्रांति की तलवार विचारों की कसौटी पर तेज की जाती है लेकिन हम बंदूक उठाने के लिए मज़बूर हैं।'' वह भगत सिंह के विचारों का हवाला देकर उन्हें प्रभावित कर रहा था।

''हमें यह प्रोजेक्ट मंजूर नहीं है...हमें दादा कामरेड रामानुज प्रकाश की रिहाई चाहिए...हमें अपने जल...जंगल...ज़मीन चाहिएँ। हमारा असली धन

इन पहाड़ों और जंगलों में है और तुम जैसे लोग इन्हें चुराने आए हो।'' उसने उस उद्योगपति की ओर देखते हुए कहा।

''दुर्योधन नायक जैसे ज़मींदार, पुलिस दरोगा, नेता सब मिलकर जाल बिछा रहे हैं। हमें नहीं चाहिए यह झूठा विकास तंत्र और न ही चाहिए कोई प्रोजेक्ट। हम इंकार करते हैं ऐसी सरकार से...हमारा आंदोलन जीने के लिए है, अब अगर कोई बीच में आएगा तो हम क्या करें? अन्याय के खिलाफ आवाज उठाना गलत नहीं है।'' वह चीख रहा था अपने लोगों के सामने।

''कमांडर...कमांडर...नदी के पास एक लड़की की लाश मिली है और दो लाशें हिलखेड़ी गाँव के बीचो-बीच पुराने पीपल के पेड़ पर लटकी हुई मिली हैं'' एक नक्सली स्दस्य ने हाँफते हुए बताया।

यह सुन वह ख़ामोश हो गया।

हेलीकॉप्टर की आवाज़ से जंगल का सूनापन तितर-बितर हो गया।

''वहाँ देखो कमांडर...'' बुद्धरायशरण चिल्लाया और ऊपर की ओर इशारा किया।

सी.आर.पी.एफ. की ताबड़तोड़ गोलियों से जंगल का कोना-कोना गूँज उठा।

''बुद्ध इस उद्योगपति को पकड़कर कोठरी में ले जाओ।'' वेंकटेश्वर ने दौड़ते हुए कहा। जंगल में अचानक कोहराम मच गया।

''ठीक है कमांडर।'' वह पेड़ से बँधे उद्योगपति को खोलने लगा लेकिन तभी एक गोली उसके दाहिने पाँव में सुराख कर गई। वह चीख उठा।

''क्या हुआ?'' कैथान भी उसके पास आ गया।

''कुछ नहीं...तुम इसे देखो...मैं ठीक हूँ...मेरी फिक्र मत करो।'' वह दर्द को छिपाते हुए बोला।

कैथान ने अपने टूटे हाथ से सहारा देते हुए उसे उठाया और दूसरे हाथ की बंदूक का निशाना उद्योगपति की तरफ कर दिया। निशाने पर उसका सिर था।

''तू जा कैथान...इसे ले जा कोठरी तक।'' बुद्धरायशरण ने करहाते हुए कहा।

‘‘ठीक है।’’ वह उद्योगपति को कोठरी तक ले जाने का प्रयास करने लगा। तभी कुछ और साथी मदद के लिए वहाँ आ गए। उद्योगपति के हाथ बँधे थे। वह बंदूक के निशाने पर था।

‘‘दिखा दी न औकात तेरी सरकार ने।’’ वेंकटेश्वर चिल्ला पड़ा।

तभी एक गोली चली। एक महिला कमांडर ने वेंकटेश्वर का बचाव किया। निशाना पेड़ को चीर कर निकल गया।

अचानक गोलियों की बौछार रुक गई और वहाँ एक माइक की आवाज़ गूँजने लगी।–

‘‘तुम सभी को घेर लिया गया है। हमें पता है कि तुम्हारा ठिकाना इस छोटे से एरिया में है। तुम प्रफुल्ल रॉय को छोड़ दो और एक तरफ हो जाओ। नहीं तो दादा कामरेड ज़िंदा नहीं बचेगा और न ही तुम सभी।’’

प्रभाकर की बताई जानकारी के आधार पर सी.आर.पी.एफ. के जवानों ने अंदाजा लगा लिया था कि वह जंगल में कहाँ तक फैले हैं। हेलीकॉप्टर में प्रभाकर भी उनके साथ था।

‘‘हम लाल स्मारक वाली जगह पर दादा कामरेड को छोड़ देंगे और तुम प्रफुल्ल रॉय को वहाँ तक ले आओ।’’ माइक से आवाज़ आई।

‘‘साले कुत्ते...हमला करके शर्तें गिनवा रहे हैं। हमें विश्वास नहीं तुम सब पर।’’ वेंकटेश्वर और उसके साथी पेड़ों के झुरमुट में छिप गए थे।

‘‘रही हमें घेरने की बात...यह हमारा जंगल है...हमारा घर है.. हमें नहीं खोज पाओगे। पहले अपनी पुलिस को कहो कि वह गोलीबारी बंद करे। दादा कामरेड को लाल स्मारक वाली जगह पर पहले तुम लोग छोड़ो, फिर हम इसे बाहर वाली सड़क पर छोड़ देंगे।’’

‘‘क्या विश्वास है कि तुम इसे छोड़ दोगे?’’

‘‘करना पड़ेगा तुम्हारे पास कोई चारा नहीं है। यह घर हमारा है और नियम भी हमारे चलेंगे, नहीं तुम में से तो एक भी वापिस नहीं जा पाएगा।’’ घने जंगल में आवाज़ गूँज रही थी। पेड़ों के घने आवरण में वेंकटेश्वर और उसके साथी दिखाई नहीं दे रहे थे।

‘‘सर ये सही कह रहे हैं इन जंगलों में इन्हें खोजना नामुमकिन है। कितनी भी गोलीबारी कर लो यह बंकर बनाकर कहीं से कहीं निकल जाएँगे। मेरी बात मानो तो दादा कामरेड रामानुज प्रकाश को छोड़कर हमें बाहर की

सड़क पर मिल्ट्री कैम्प के पास इंतज़ार करना चाहिए।'' प्रभाकर ने अपना विचार रखा।

*''ठीक है हम जा रहे हैं...तुम्हें दादा कामरेड मिल जाएगा।''* माइक से आवाज़ आई।

उनके लीडर कमांडर दादा कामरेड रामानुज प्रकाश को स्मारक के पास छोड़ दिया गया। सी.आर.पी.एफ. के हेड ने दादा कामरेड रामानुज प्रकाश की आँखों में देखा।

''आप लोग ठीक नहीं कर रहे हैं, यह देशद्रोह है इसकी सजा नहीं मालूम तुम लोगों को। बंदूक की नली पर गरीब लोगों को इस्तेमाल किया जा रहा है।'' सी.आर.पी.एफ. के बड़े अधिकारी नैब सिंह की बातों में मजबूरी दिखाई दे रही थी।

''आप पंजाब से हो ना! इंकलाब ज़िंदाबाद।'' दादा कामरेड मुस्कुराए।

''यह इंकलाब नहीं है यह आतंक है दादा कामरेड। भगत सिंह के विचारों को तुम जैसे लोग समझ नहीं सकते।'' सी.आर.पी.एफ. के बड़े अधिकारी नैब सिंह ने गुस्से में कहा।

''ज़्यादा मत सोचिए...जाइए आप, मुझे पता है आप अपनी ड्यूटी कर रहे हो और आप का भी एक परिवार है।'' दादा कामरेड ने शांत स्वर में कहा। सी.आर.पी.एफ. के बड़े अधिकारी नैब सिंह उसे देख रहे थे।

''जाइए...आप लोगों को वह उद्योगपति मिल जाएगा और जो एक करोड़ आप लोगों ने हमें दिए हैं ये हमारे आंदोलन को आगे बढ़ाने में काम आएँगे। अब जो हमारे रास्ते में आएगा...जो हमारे जल...जंगल...ज़मीन को छीनना चाहेगा हम उसे छोड़ेंगे नहीं।'' दादा कामरेड ने चेतावनी दी और फिर से मुस्कुराए।

सी.आर.पी.एफ. हेड नैब सिंह उसकी बात सुन वहाँ से पीछे मुड़ गया। उसकी आँखों में दादा कामरेड का चेहरा तैर रहा था।

''सर चालीस-पचास लोग ही होंगे ये सब, हमें यह जगह नहीं छोड़नी चाहिए।'' एक जवान ने सी.आर.पी.एफ. हेड नैब सिंह के कान में चुपके से कहा।

सी.आर.पी.एफ. हेड वहीं खड़ा सोच रहा था कि तभी जंगल में कुछ फुसफुसाहट हुई और सामने से गोरिल्ला मर्द कमांडर आते दिखाई दिए। वह उद्योगपति उनके साथ था।

"ले जाइए इसे, हमारी भी जुबान है" कमांडर वेंकटेश्वर सामने ही खड़ा था। उद्योगपति प्रफुल्ल रॉय पुलिस की तरफ बढ़ चला। उसके मुँह में कपड़ा ठूँसा हुआ था और हाथ बँधे हुए।

"अब प्रोजेक्ट स्टील निर्माण को भूल जाइए। नहीं तो अगली बार ज़िंदा नहीं छोड़ेंगे। तुम्हारा खेल आज खत्म।" कमांडर वेंकटेश्वर ने चेतावनी दी।

"सेना को इतना कमजोर मत समझना वेंकटेश्वर...जरा ऊपर देख।" सी.आर.पी.एफ. हेड नैब सिंह ने इशारा किया।

पेड़ों से जवानों का झुरमुट ज़मीन पर रस्सी के सहारे आ चुका था। सारा नजारा एक पल में बदल गया।

"अब तुम बच नहीं सकते कमांडर वेंकटेश्वर! तुम्हारे दादा और तुम दोनों खत्म।" सी.आर.पी.एफ. हेड के चेहरे पर मुस्कुराहट थी।

"दिखा दी न औकात...इसी से नफरत है हमें...विश्वास की बात की थी न? तुम हमें खत्म कर सकते हो लेकिन उस विचार को नहीं जो गाँव और शहर के दबे-कुचले लोगों के हक की बात करता है।" कमांडर वेंकटेश्वर की आवाज़ अभी भी बुलंद थी। उसकी आँखों में डर नहीं था। सौ से ज़्यादा सी.आर.पी.एफ. जवानों ने दादा कामरेड को घेर लिया था। वेंकटेश्वर के साथियों के हाथों में भी बंदूक थी लेकिन वे संख्या में बहुत कम थे। उद्योगपति पुलिस की गाड़ी में बैठ कर बाहर कुछ जवानों के साथ सब देख रहा था। तभी अचानक उस गाड़ी में ब्लास्ट हुआ। सभी के सभी गौरिल्ला मर्द और वेंकटेश्वर ने अपने आप को एक साथ बम से उड़ा दिया। एक बड़ा धमाका...फिर लम्बी ख़ामोशी। कमांडर वेंकटेश्वर, दादा कामरेड, उद्योगपति, सी.आर.पी.एफ. हेड और जवानों के शरीर हवा में बिखर गए। सब कुछ एकपल में स्वाहा हो चुका था। हेलीकॉप्टर की आवाज़ आसमान में गूँज रही थी। उन्हें नहीं पता था कि ज़मीन पर क्या हुआ।

▢

"सुधा...आज अच्छा नहीं हुआ! मेरी वजह से सब...।" वह बहुत परेशान था।

''क्या हुआ?''

''सब मारे गए। अगर मैं उनका साथ न देता तो कोई न मरता, न ही हमारे जवान और न ही वे सब लोग।''

''नहीं...उदास मत होइए इसकी वज़ह तुम नहीं हो प्रभाकर।'' सुधा ने समझाया।

''लेकिन मैं कुछ भी भुला नहीं पा रहा हूँ सुधा।'' वह उस धमाके की गूँज अभी तक सुन रहा था।

''जो होता है अच्छे के लिए होता है, तुम मन पर बोझ न रखो।''

''मुझे लगता है कि वे सब बेकसूर थे, चाहे वे आदिवासी हो या हमारे जवान...थे तो अपने ही न।'' वह उदास हो गया। उसकी आँखें नम हो चली थी।

''उनके तरीके ठीक नहीं थे प्रभाकर। तुमने ही तो बताया था कि नक्सली हिंसा में हर साल हजारों लोग मारे जाते हैं। हर घटना के साथ कितने जवान मारे जाते हैं। कितने पुलिस वाले मारे जाते हैं। उनका भी तो परिवार होता है।'' सुधा उसे समझाने की कोशिश कर रही थी।

''तुम ठीक कह रही हो शायद मैं गलत हूँ...कि बंदूक इसका इलाज नहीं है चाहे वो किसी भी ओर से चले।'' वह अपनी कुर्सी पर आकर बैठ गया।

''तुम्हारी तबीयत ठीक नहीं है। अब तुम आराम करो।''

''सुधा अब हम यहाँ नहीं रहेंगे। हम यहाँ से बहुत दूर चले जाएँगे।'' सुधा के चेहरे पर हल्की-सी मुस्कान थी लेकिन प्रभाकर अब भी सवालों में उलझा हुआ उदास था। जंगल का वो धमाका रह-रहकर उसके ज़हन में हलचल मचा रहा था। वह बुद्धरायशरण के अतीत से जुड़ी हर बात को जानना चाहता था लेकिन कैसे, वह नहीं जानता था। उसकी बोलती आँखें उसे अभी तक याद थी। उसे यकीन था कि उस धमाके में बुद्धरायशरण बच निकला था।

इस घटना के बाद गाँव के मुखियाओं की गवाही और शक़ के आधार पर हजारों आदिवासियों को नक्सली कहकर जेल में ठूँस दिया गया। उनके हक में बात करने वाले असंख्य सामाजिक कार्यकर्ताओं को जेल में डाल दिया। सी.आर.पी.एफ.की बटालियन कुछ आदिवासी गाँवों में तैनात कर दी गई लेकिन सरकारी तंत्र में बैठे कुछ नेता यह नहीं जानते कि जहाँ जब तक अन्याय

रहेगा, तब तक शांति नहीं आ सकती। बंदूक की नोक पर तो कभी भी नहीं। चाहे वो किसी के हाथ में न हो। जब लोगों को न्याय मिलेगा, उनके अधिकार मिलेंगे तो शांति अपने आप चली आएगी। ऐसे आंदोलनों की आग में हर साल हजारों जवान मर जाते हैं लेकिन इसकी किसको फिक्र? उनके भी तो परिवार होते हैं? अगर सरकार में बैठे ये नेता न्याय और विकास के लिए ईमानदारी से कार्य करें तो किसी भी निर्दोष नौजवान और आदिवासी की जान नहीं जाएगी लेकिन नेताओं को तो अपना कमीशन चाहिए पूँजीपतियों से। अपने अधिकार न्याय और शांति के लिए आवाज़ उठाने वाले लोगों को अगर यूँ ही पुलिस जेलों में डालती रहेगी तो यह युद्ध कभी खत्म नहीं होगा। इसकी आग में न जाने कितने लोग जल चुके हैं और न जाने कितने लोग जला दिए जाएँगे? अब कसूर किसका है? यह एक बहुत बड़ा प्रश्न है.. हमे इसकी जड़ों तक जाना चाहिए।

◻◻◻

# अध्याय-34
## 'उम्मीद के किनारे'

बुद्धरायशरण लंगड़ाता हुआ गाँव के उस पीपल के पास आ गिरा जो उसके घर के पास था। खून काफी रिस चुका था। उसकी साँसें तेज चल रही थी। वह घायल था। कमांडर और उसके साथी मारे जा चुके थे। जो बचे थे वे पुलिस से बचते-बचाते जंगल में मारे-मारे फिर रहे थे।

तभी उसकी नज़र उपर लटकते दो मृत शरीरों पर पड़ी। उसकी देह का बचा खून यह देख सूखने लगा। उसे यकीन नहीं हो रहा था कि अब बाबा और अम्मा इस दुनिया से जा चुके हैं। गाँव के सारे घर आग के हवाले कर दिए गए थे।

आग बुझ चुकी थी लेकिन चिंगारी नहीं। इसी तरह आसपास के कई गाँवों को सजा दी गई ताकि वे नक्सलियों की कोई मदद न करें। हजारों आदिवासी मारे गए और न जाने कितने बेघर हो गए हैं। गाँव जलते श्मशान की भांति अपनी बर्बादी की कहानी खुद कह रहा था।

उस पेड़ पर टंगी लाशें काली पड़ चुकी थी। गाँव के ऊपर गिद्ध मंडरा रहे थे। यह दृश्य देख बुद्धरायशरण की आँखों के आँसू उसकी आँखों में ही जम गए थे।

मिट्टी और खून से सने अपने घायल शरीर को उसने ज़मीन का सहारा लेकर लड़खड़ाते हुए खड़ा करने की कोशिश की। उसका बहुत खून बह चुका था। उसने पूरी ताकत से अपने आप को संभाला लेकिन उसके पैर अभी लड़खड़ा रहे थे।

वह खड़ा हुआ। बाबा और अम्मा के पैरों से लिपट उसकी सूखी-जमी आँखें नम होकर पिघलने लगीं। वह किसी बच्चे की भाँति ज़ोर-ज़ोर से रोना चाहता था लेकिन उसकी आवाज़ उसके गले में ही रुँधकर रह गई। उसका सारा गाँव उजड़ चुका था और घर भी।

तभी दूर एक आहट हुई...एक साया आता हुआ दिखाई दिया...वह साया किसी को कंधे पर उठाए हुए उसकी ओर ही आ रहा था। उसने उस साये को बड़े ध्यान से देखा। वह उसके नजदीक आ चुका था।

कैथान अपने कँधे पर एक लाश को ढोए हुए उसके सामने आ खड़ा हुआ। बुद्धरायशरण ने उस लाश को गौर से देखा। वह कावेरी का मृत शरीर

था। उसकी आँखें बंद हो चुकी थी लेकिन चेहरे की लालिमा अभी तक नहीं गई थी। कैथान उसे नदी किनारे से उठा लाया था।

कैथान ने कावेरी के मृत शरीर को कंधे से उतारकर ज़मीन के हवाले कर दिया। एक तरल उदासी उसके पूरे शरीर को लपेटे हुए थी, मानो कावेरी किसी साधना में लीन हो। उधर उसके बाबा चक्रधर का बेज़ान शरीर भी अपने घर की दहलीज़ पर औंधे मुँह पड़ा था। शमशान-सी ख़ामोशी चारों ओर फैली हुई थी। हवा मंद पड़ गई और अचानक पहाड़ों की आरे आकाश में बादल उमड़ आए।

कैथान ने पीपल के पेड़ पर चढ़कर रस्सी को खोल दिया। मृत शरीर अब उस ज़मीन पर चैन की नींद सो रहे थे। जिस ज़मीन के लिए वे जीवन भर संघर्ष करते रहे, वह ज़मीन अभी भी प्यासी थी। पहाड़ों के उस ओर फैले बादलों का समूह चुपके से धरती की ओर चल पड़ा।

बुद्धरायशरण और कैथान घुटनों के बल बैठ गए। गाँव में दूर-दूर तक कोई दिखाई नहीं दे रहा था। यहाँ तक कि पशु भी गाँव को छोड़ कर जा चुके थे। गाँव जलता शमशान बन चुका था। मंद-मंद सर्द हवाएँ उनके शरीर को छूकर उसे अपने होने का एहसास दिला रही थी।

अम्मा के स्नेह और बाबा के लाड़-प्यार को याद कर बुद्धरायशरण अतीत के पन्नों में उतर गया। अतीत की न जाने कितनी बातें उसके ज़हन में उतर आई।

*"अब वह दनेश्वर को क्या जवाब देगा?"* यह सोच उसका कलेजा फटा जा रहा था। वह चिल्ला उठा।

'दनेश्वर' आकाश गूँज उठा।

बुद्धरायशरण का रुदन पहाड़ों से टकराकर गहरे जख़्मों में विलीन हो गया। उसकी आँखों में गहरी संवेदना के साथ-साथ एक आक्रोश भी था। उसकी आँखें अंगारे से लाल हो चुकी थी। उसके हाथ ठिठुरे जा रहे थे। उसके नंगे पाँव मिट्टी में सने हुए थे। उसके अंदर बदले की आग धधक रही थी जिसने बाहर की ठंड को जलाकर भस्म कर दिया था।

अचानक उसकी नज़र कटी-फटी सूखी लकड़ी के पास पड़ी कुल्हाड़ी पर गई। उसने कैथान का सहारा लिया और उस कुल्हाड़ी को उठाया। वह बिरंचि नारायण की कुल्हाड़ी थी। उसकी आँखों की नमी फिर से सूख गई और

उनमें बदले की आग धधकने लगी। उसके बेजान शरीर में जैसे जान आ गई थी। वह गुस्से में जोर से चिल्ला उठा– *"दुर्जेधन नायक... !!"*

गाँव की ख़ामोशी को चीरती उसकी आवाज़ दूर आकाश में फैले बादलों से जा टकराई। नमी को ढोते वे बादल ज़मीन की ओर तेज गति से अग्रसर होने लगे। आकाश से वसुंधरा तक का उनका सफ़र अब पूरा होने को था।

वह दौड़ पड़ा नदी के पास की हवेली की ओर। कैथान भी उसके पीछे हो लिया। वो कुल्हाड़ी बुद्धरायशरण के हाथ में थी जो सदियों से जन्में सवालों के जवाब जानने के लिए आतुर थी। युद्ध शांति के लिए लड़ा जाता है लेकिन जहाँ अन्याय हो वहाँ कभी शांति नहीं हो सकती। अब यह युद्ध की शुरुआत थी या अंत कहना कठिन था। वे दोनों उस विशाल हवेली के सामने खड़े थे, जहाँ उन्हें अपना वर्षों का हिसाब करना था।

हवेली के दरवाजे को तेज कुल्हाड़ी के वार से चीरते हुए वह दुर्जेधन तक पहुँच गया था। वह एक तूफान था जिसे अब कोई रोक नहीं सकता था। उसकी खून से सनी कुल्हाड़ी को आज अपने सवालों के जवाब चाहिएँ थे। बुद्धरायशरण की आँखों में खून उतर आया था। माँ, बाबा, कावेरी सब का चेहरा उसके सामने बार-बार आ रहा था। दुर्जेधन के सारे कारिंदें मारे जा चुके थे। अब वह हाथ जोड़े बुद्धरायशरण के कदमों में सिसक रहा था। कुल्हाड़ी हवा में लहराई और अपने सवालों के जवाब खोजने लगी। बुद्धरायशरण का शरीर खून से लथपथ हो चुका था।

❑

कुछ घंटों की ख़ामोशी के बाद बुद्धरायशरण का एक हाथ गाँव की गलियों से एक लाश को घसीटते हुए उन सभी सवालों के जवाब ले आया था जो उसके ज़हन में थे। कैथान भी इस युद्ध की बलि चढ़ गया। वह भी आज़ाद हो चुका था।

दुर्जेधन नायक का शरीर अब उसी पीपल के पेड़ पर टंगा था जिसे उसने सदियों की तानाशाही दिखाने के लिए प्रयोग किया था। उसकी अंतड़ियाँ पेट से बाहर आ चुकी थी। उसके मृत शरीर को धरती भी नसीब नहीं हुई। हवा में झूलती लाश को ऊपर मंडराते गिद्धों ने देख लिया था। वह उसे नोचने के लिए तैयार थे।

अब गाँव में युद्ध के बाद वाली शांति थी लेकिन रोने वाला कोई भी नहीं। क्रांति का प्रतीक एक नया लाल झंडा उस पीपल के पेड़ पर लहरा रहा था। बुद्धरायशरण के हाथ में खून से लथपथ कुल्हाड़ी थी अपने बहुत से सवालों के जवाबों के साथ। उसके शरीर पर धूल जम चुकी थी, होंठ सूखे हुए, चेहरा संवलाए लेकिन आँखों में जैसे आज़ादी की ज्योति चमक रही थी। वह शांत ज़मीन की गोद में सोए हुए अपनों के शवों को निहार रहा था।

बादलों ने गर्जना शुरू कर दिया था। बूँदा-बाँदी होने लगी थी। कई वर्ष लगे इन बादलों को इस ज़मीन तक पहुँचने में। ज़मीन धीरे-धीरे तर होने लगी। कुल्हाड़ी से खून रिस-रिस कर ज़मीन को लाल करने लगा।

अचानक किसी के कदमों की आहट ने सन्नाटे में फिर से सरसराहट पैदा की।

दूर घर की दहलीज़ के पास उस साये के कदम ठहर गए। वह साया सोच में पड़ गया। अपनी आँखों के आगे फैले मंज़र पर उसे यकीन नहीं हो रहा था। उसके काँपते हाथ से अटैची छूट गई। अटैची खुलते ही किताबें कच्ची गीली सड़क पर बिखर गईं। पन्ने तेजी से फड़फड़ाए और गीलापन पाकर ज़मीन से चिपक गए।

वह बेज़ान साया घुटनों के बल गिर पड़ा। उसने माँ के हाथों को अपने हाथ में लिया। वे ठंडे और काले पड़ चुके थे। माँ और बाबा के गले पर रस्सी के निशान थे। उसने बाबा के हाथ को भी अपने हाथ में लिया और उन दोनों हाथों को अपने कलेजे से लगा लिया।

वह चीख उठा लेकिन बादलों की गड़गड़ाहट ने उसे दबा दिया। बादल ज़मीन की ओर फट पड़े। ख़ामोशियों की परत टूट चुकी थी। आँखें आँसुओं के महासागर में डूब चुकी थी।

उसने माँ के सिर को धीरे से उठाया। प्यार से उसे थपथपाया लेकिन उसमें कोई हलचल नहीं थी। उसने माँ को अपनी गोद में सुला लिया। वह माँ का कर्ज़ उतारने की कोशिश कर रहा था। उसका सारा खून जम चुका था लेकिन आँखें पिघल रही थी। माँ सदा के लिए गहरी निद्रा में थी।

अनायास उसका हाथ बाएँ बाजू पर माँ के द्वारा बाँधे गए ताबीज़ पर गया।

‘‘बेटा यह काला धागा तुझे शहर की बुरी नज़रों से बचाकर रखेगा लेकिन जब तू गाँव में वापिस आ जाएगा माँ के पास...हमेशा के लिए, तो तू इसे बेशक़ खोल देना। तुझे कसम है मेरी जो इसे मेरी इजाज़त के बग़ैर उतारा तो...’’

उसने उँगली के जोर से ताबीज़ की डोर को खींचा जैसे अपने सिर पर माँ के आशीर्वाद धरता हाथ उठा रहा हो लेकिन उसने तुरंत अपना हाथ पीछे की ओर खींच लिया और उसे दोबारा कस दिया। यह अंधविश्वास नहीं था एक विश्वास था जो अब याद बन कर उसके साथ था। आज इसी अंधकार और अकेलेपन में माँ–बाबा के शब्द करुण और असहाय होकर उसके कानों में गूँज रहे थे। इतने बड़े संसार में वह अब अकेला पड़ गया था। आँसुओं का आवेग उसके वश में नहीं था। जंगल पार दूर पर्वतों से लेकर गाँव तक बादल गरज रहे थे और सारी ज़मीन भीग रही थी। बादल के भीषण नाद में उसका रुदन दब गया। ऐसा मालूम हुआ कि बादलों के भीषण नाद ने उन पर्वतों को हिला दिया हो। भयावह...हृदयविदारक...करुणा से भरा...गहरी चुप्पी...भीषण आघातमय क्षण था। सब कुछ लुट जाने का दर्द भयावह मौन के रूप में उसके चेहरे पर अंकित था। मूसलाधार बारिश शुरू हो गई। उस कुल्हाड़ी से रिसता लहू बारिश के पानी में मिलकर उसे लालमय कर रहा था। खदानों का गंदला लाल पानी भी आकर उस बारिश में मिल गया। पास बहती नदी का पानी सुर्ख हो चुका था।

□

संध्या होने को थी। बारिश मंद पड़ गई थी। धूंध गहराने लगी और उसमें मिट्टी की लालटेनें रोती आँखों की भांति ज्योतिहीन–सी प्रतीत हो रही थी। दोनों भाइयों के बीच में फैल गया था गहरा सन्नाटा और उस सन्नाटे के पीछे गूँज रही थी उनकी ख़ामोश सिसकियाँ। आर्द्र नयन और अवरुद्ध कंठ लिए वे दोनों अपने–अपने रास्ते हो लिए। अब कौन–सा रास्ता सही था और कौन–सा गलत, यह भी अपने आप में एक बहुत बड़ा सवाल था। अब दोनों भाइयों के रास्ते अलग हो चुके थे। एक कलम का सिपाही तो दूसरे के हाथ में खून से लथपथ कुल्हाड़ी लेकिन दोनों ही क्रांति का प्रतीक।

कोलकाता की नौकरी का लेटर बरसात के पानी में गल चुका था। उसने सरकारी नौकरी का अवसर छोड़ अपनी जड़ों की ओर रुख कर लिया था लेकिन यहाँ सब कुछ समाप्त हो चुका था। बुद्धरायशरण को एक बार फिर जंगलों ने अपना लिया। वह बिना कुछ कहे वहाँ से जा चुका था।

दनेश्वर सब कुछ छोड़ आया था हमेशा के लिए...अपनी नौकरी और अपने सपने। वह अब मिट्टी की आग़ोश में था-अपनी मिट्टी की आग़ोश में, जिसका कर्ज़ चुकाना अभी बाक़ी था। जल...जंगल...ज़मीन सब उसके हो चुके थे और वह उम्मीद के किनारे खड़ा आशा की नई किरण को देख पा रहा था। उसे अब नए सिरे से जीवन को जीना था, अपने लिए नहीं बल्कि अपने समाज़ के लिए...अपने इस भारत के लिए जो गाँव की मिट्टी में बसता है।

▢▢▢

कुछ समय बाद

एक टैक्सी गाँव की सुनसान गलियों को पार करती हुई ठीक उसके घर की दहलीज़ पर रुक गई। गाड़ी की आवाज़ सुन दनेश्वर बाहर आ चुका था। स्कूल का बोर्ड ठीक दरवाज़े के ऊपर लगा था। पीपल के उस पेड़ पर अब वो लाल झंडा नहीं था। वह एक खूबसूरत सुबह थी लेकिन बादलों से ढके आसमान में झुंड के झुंड पंछी स्वदेश लौट रहे थे।

टैक्सी का दरवाज़ा खुला और वह उसके सामने खड़ी थी। बादलों का रेला भी उसके साथ गाँव तक आ पहुँचा था।

लम्बे अरसे बाद आज उसने दिल के दरवाज़े पर हुई दस्तक को सुना। वह उस तरफ दौड़ पड़ी। हालांकि इस तरह तेजी से दौड़ने से उसके दाँए घुटने में जोर की टीस उठी लेकिन खुशी के पलों में ऐसी टीसें अक्सर ठीक हो जाया करती हैं। उसके दिल के पास ज़ोर की धुकधुकी उठी और लहरों के भंवर की तरह उसकी सिहरन समूची देह में तरंगित हो गई। वह उसके बेहद नजदीक जा खड़ी हुई। उसे वहाँ देख वह हैरान तो था लेकिन न जाने क्यों उसे यकीन था कि वह एक दिन जरूर आएगी। तृसि सब कुछ छोड़ उसके पास हमेशा के लिए आ चुकी थी। डबडबाई थीं उसकी आँखें। वे दोनों एक-दूसरे को कुछ कहना चाहते थे लेकिन उनके लब साथ नहीं दे पा रहे थे। शब्द तो थे ही नहीं उनके पास। उस वक़्त उनकी भाषा सिर्फ रो सकती थी। किसी विकल झरने की तरह बह सकती थी लेकिन वे दोनों पीड़ा के मर्म को चुप्पी साधे महसूस कर रहे थे।

तृसि ने पिछले कुछ सालों में इस रिश्ते के नए अर्थ खोजे, समझे और जिए। वो अकेलापन, सिर्फ अकेलापन नहीं था बल्कि एक साधना थी जिसमें वह दूर होकर भी उससे दूर नहीं थी।

''तुम...यहाँ?'' दनेश्वर के हलक से आवाज़ निकल नहीं पा रही थी।

''हाँ...मैं।'' उसकी आवाज़ का दर्द दिल के भीतर गहराई तक उतरता चला गया। वह हवा को पढ़ पा रही थी। दूर कहीं बारिश शुरू हो चुकी थी। दूर होने वाली बारिश के शोर को महसूस कर रही थी। वह बरसात के रुख को बदल देना चाहती थी लेकिन अचानक हवा थम गई और आकाश में फैले बादलों का पानी वहीं जम गया। अब वह पानी उन दोनों की आँखों में उतर आया था। दोनों की आँखें नम हो चली थी।

उसके हाथ में दनेश्वर की तस्वीर थी और उस अनजान व्यक्ति का आई कार्ड भी जो उसे कोलकाता से यहाँ लेकर आया था। उस व्यक्ति के ऊपर एक कर्ज़ था जो उसने आज चुका दिया था।

वे दोनों चीज़े तृसि के हाथ से छूटकर ज़मीन पर जा गिरी। कार्ड पर जो नाम था वह किसी कलमकार का था...।

उस व्यक्ति ने अपने आई कार्ड को उठाया, उसे देखा और मुस्कुराते हुए अपनी जेब में डाल लिया और टैक्सी में बैठ वापिस हो लिया।

उस आई कार्ड पर एक नाम था–'प्रभाकर'

▢

वह जा चुका था। उसके मन का एक बोझ उतर चुका था लेकिन उसे अभी भी बुद्धरायशरण की तलाश थी। उसकी आँखें उसे आज भी नहीं भूली थी। बाहर दूर–दूर तक फैले जल, जंगल, ज़मीन। अपने भारत होने की कहानी खुद बयान कर रहे थे लेकिन उनके दर्द, उनके शब्द, उनके अर्थ, इंतज़ार में थे। उनके शब्द उनसे छीन लिए गए थे और जुबानें कतर दी गई थी। उनके भविष्य की चिंता किसे थी? आज भी वहाँ सिर्फ बचे थे कुछ रक्त में सने शब्द-वंचित, निष्काषित, यातना, शोषण और मृत्यु...।

आज भी सब कुछ हाशिये पर था और ऐसा कब तक रहेगा। इसका जवाब क्या आपके मौन शब्द दे पाएँगें...? इनके मौन होने का और कितना हर्ज़ाना देना होगा, हमें तय करना होगा?

वह पत्रकारिता वह छोड़ चुका था। उसने अपने बैग से अपनी डायरी निकाली और बची कहानी को लिखने बैठ गया। कहानी को जीना उसने सीख लिया था। शब्दों के मर्म को वह महसूस करना जानता था। शब्दों की नाव पर सवार होकर वह बह चला था। ये शब्द ही उसके मन की अभिव्यक्ति थे।

और कहानी अभी खत्म नहीं हुई थी...।

▢▢▢

244. मैं भी भारत (हिंदी उपन्यास )